DRAGONS D'UN CRÉPUSCULE D'AUTOMNE

LANCEDRAGON

Entre parenthèses, après chaque titre, figure son numéro dans la collection ou (pour les ouvrages grand format) la mention GF.

I. La séquence fondatrice

Les Chroniques de Lancedragon

Dragons d'un crépuscule d'automne,
par Margaret Weis et Tracy Hickman (1)
Dragons d'une nuit d'hiver,
par Margaret Weis et Tracy Hickman (2)
Dragons d'une aube de printemps,
par Margaret Weis et Tracy Hickman (3)
Dragons d'une flamme d'été,
par Margaret Weis et Tracy Hickman (GF, 42)
Deuxième Génération, par Margaret Weis et Tracy Hickman (GF)

Les Légendes de Lancedragon

Le temps des jumeaux, par Margaret Weis et Tracy Hickman (4)
La guerre des jumeaux, par Margaret Weis et Tracy Hickman (5)
L'épreuve des jumeaux, par Margaret Weis et Tracy Hickman (6)

L'extraordinaire récit de la Guerre de la Lance (puis de la Guerre du Chaos) où les sept Compagnons « historiques » affrontent l'assaut le plus violent jamais lancé par la Reine des Ténèbres. Ces huit romans incontournables ont donné naissance à une des sagas les plus riches et foisonnantes de notre temps.

II. La séquence des Préludes

L'Ombre et la Lumière, par Paul B. Thompson (7)
Kendermore, par Mary Kirchoff (8)
Les frères Majere, par Kevin Stein (9)
Rivebise, l'Homme des Plaines, par Paul B. Thompson
et Tonya R. Carter (10)
Sa Majesté Forgefeu, par Mary Kirchoff et Douglas Niles (11)
Tanis, les années secrètes, par Barbara et Scott Siegel (12)

La biographie des Compagnons avant leur grand rendez-vous à l'*Auberge du Dernier Refuge*. Ou comment des êtres hors du commun se sont préparés et armés (même sans le savoir) à combattre pour la survie de Krynn…

III. La séquence des Rencontres

Les âmes sœurs, par Mark Anthony et Ellen Porath (13)
L'éternel voyageur, par Mary Kirchoff et Steve Winter (14)
Cœur sombre, par Tina Daniell (15)
La règle et la mesure, par Michael Williams (16)

La pierre et l'acier, par Ellen Porath (17)
Les compagnons, par Tina Daniell (18)

Bien avant l'*Auberge du Dernier Refuge*, certains Compagnons se connaissaient et avaient vécu ensemble de tumultueuses aventures. Si tout le monde sait que l'amitié entre Tanis Demi-Elfe et Flint Forgefeu remontait à longtemps, cette séquence réservera bien des surprises aux plus fins connaisseurs...

IV. La séquence de Raistlin

Une âme bien trempée, par Margaret Weis et Tracy Hickman (GF) (49)
Les frères d'armes, par Margaret Weis et Don Perrin (GF) (53)

L'histoire « officielle » de la jeunesse du mage Raistlin et de son jumeau Caramon. Un récit initiatique qui revient sur la séquence fondatrice et lui donne un nouvel éclairage.

V. La séquence des Agresseurs

Devant le Masque, par Michael et Teri Williams (19)
L'Aile Noire, par Mary Kirchoff (20)
L'Empereur d'Ansalonie, par Douglas Niles (21)
Hederick le Théocrate, par Ellen Dodge-Severson (24)
Le Seigneur Toede, par Jeff Grubb (25)
La Reine des Ténèbres, par Michael et Teri Williams (26)

La Reine elle-même... et une série de séides plus maléfiques les uns que les autres. Cette galerie de portraits fera frissonner plus d'un lecteur !

VI. La séquence des Héros

La Légende de Huma, par Richard A. Knaak (32)
L'Epée des Tempêtes, par Nancy Varian Berberick (33)
Le Nid du Scorpion, par Michael Williams (34)
Kaz le Minotaure, par Richard A. Knaak (35)
Les Portes de Thorbardin, par Dan Parkinson (36)
La Tanière du mal, par Michael Williams (37)

Un grand retour sur les géants qui repoussèrent la première attaque de la Reine des Ténèbres et assurèrent à Krynn une longue période de paix. A noter un superbe portrait de Huma, le premier d'entre tous.

VII. La séquence des Elfes

Le Premier Fils, par Paul B. Thompson et Tonya R. Carter (29)
Les Guerres fratricides, par Douglas Niles (30)
La Terre de nos pères, par Paul B. Thompson et Tonya R. Carter (31)

L'histoire de la création des deux royaumes elfiques, le Qualinesti et le Silvanesti, qui joueront un rôle capital dans l'équilibre des forces sur Krynn au moment de la Guerre de la Lance.

VIII. La séquence des Nains

Le Pacte de la Forge, par Dan Parkinson (38)
La Hache et le Marteau, par Dan Parkinson (39)
Le Parchemin du Fourreau, par Dan Parkinson (40)

Têtus, bougons et bagarreurs… Les nains étaient déjà tout cela avant de fonder Thorbardin, le royaume unifié qui leur permit de traverser les siècles dans une relative sécurité.

IX. La séquence des Contes

Les sortilèges de Krynn,
par Margaret Weis et Tracy Hickman (22)
Les petits peuples de Krynn,
par Margaret Weis et Tracy Hickman (23)
Guerre et amour sur Krynn,
par Margaret Weis et Tracy Hickman (27)

Un florilège d'histoires et de légendes sur le monde de Krynn. Cette séquence « transversale » explore tout le cycle et résout une multitude d'énigmes…

X. La séquence de la Guerre des Ames

Dragons d'un coucher de soleil,
par Margaret Weis et Tracy Hickman (GF)
Dragons d'une étoile perdue,
par Margaret Weis et Tracy Hickman (GF)
Dragons d'une lune disparue,
par Margaret Weis et Tracy Hickman (GF) (juin 2003)

Une deuxième naissance pour Lancedragon ? Et comment ! Dans ces romans, signé par les deux maîtres d'œuvre du cycle, le célèbre Tass vient faire un petit tour dans l'avenir… et découvre qu'il est sens dessus dessous !

XI. La séquence des défenseurs de la magie

La Nuit des Trois Lunes, par Mary Kirchoff (43)
Les Yeux de pierre, par Mary Kirchoff (44)
La Septième sentinelle, par Mary Kirchoff (45)

Guerrand DiThon, un jeune noble désargenté, est irrésistiblement attiré par la magie. Sur la route semée d'obstacles qui le conduit à la maîtrise de cet art majeur, il découvre peu à peu les secrets des trois Ordres de mages qui veillent sur Krynn...

XII. La séquence de la Guerre du Chaos

Tempête sur Thorbardin, par Douglas Niles (46)
La Dame en blanc aux yeux de cendres, par Linda P. Baker et Nancy Varian Berberick (47)
Le Roi de paille, par Douglas Niles (48)

Nul n'ignore les grands événements de cette guerre où périrent certains Compagnons de la Lance – par exemple, l'infortuné Tass, piétiné par le Chaos. Mais Krynn est vaste et le conflit a touché tous ses peuples… De nouvelles pages d'histoire à découvrir !

XIII. La séquence des Barbares

Les Fils de la Plaine, par Paul B. Thompson et Tonya C. Cook (50)
Le Frère du Dragon, par Paul B. Thompson et Tonya C. Cook (51)
La Sœur de l'Epée, par Paul B. Thompson et Tonya C. Cook (52)

Un frère et une sœur, séparés après le massacre de leur famille, apprennent à survivre dans un monde sauvage. Chacun à leur façon, ils joueront un rôle essentiel dans l'histoire du peuple indomptable qui donna plus tard naissance à Rivebise, un des héros de la Guerre de la Lance !

XIV. La séquence des Premiers peuples

La Légende des Kagonestis, par Douglas Niles (54)
Les Chroniques des Irda, par Linda P. Baker (55)
La Saga des Dargonestis, par Paul B. Thompson et Tonya C. Cook (56)

Ces trois peuples que les épreuves et les malédictions n'ont jamais épargnés ont fait l'histoire de Krynn sans que leur contribution ne soit toujours estimée à sa juste valeur. Il était temps de leur rendre justice...

Perspectives…

L'Aube d'un nouvel âge, par Jean Rabe (28)

Une première incursion dans le Cinquième Age, mais sûrement pas la dernière…

DRAGONS D'UN CRÉPUSCULE D'AUTOMNE

par

MARGARET WEIS
ET TRACY HICKMAN

Couverture de
LARRY ELMORE

FLEUVE NOIR

Titre original :
Dragons of Autumn Twilight

Traduit de l'américain
par Dominique Mikorey

Collection dirigée par Patrice Duvic
et
Jacques Goimard

TSR Stock N° 8300

ISBN : 2-265-07429-2

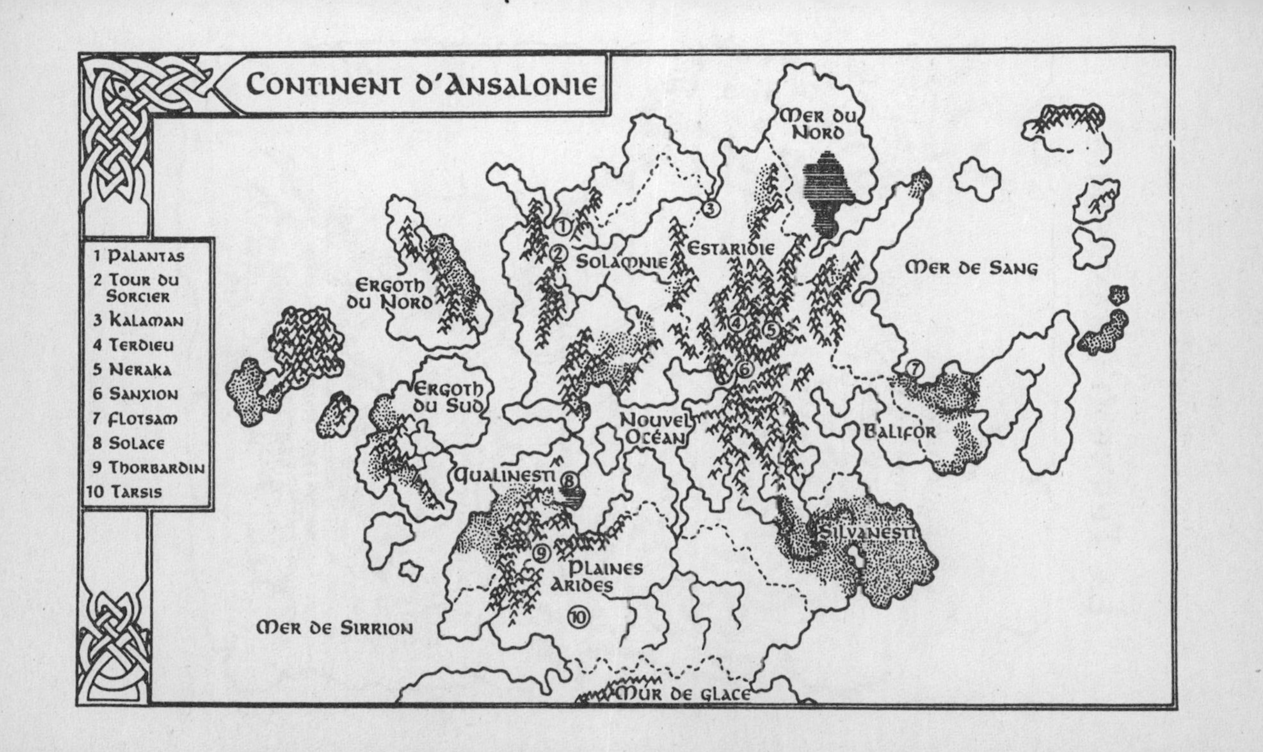
Continent d'Ansalonie
1 Palantas
2 Tour du Sorcier
3 Kalaman
4 Terdieu
5 Neraka
6 Sanxion
7 Flotsam
8 Solace
9 Thorbardin
10 Tarsis
Mer du Nord
Mer de Sang
Solamnie
Estaridie
Ergoth du Nord
Ergoth du Sud
Nouvel Océan
Balifor
Qualinesti
Silvanesti
Plaines Arides
Mer de Sirrion
Mur de glace

La Terre d'Abanasinie

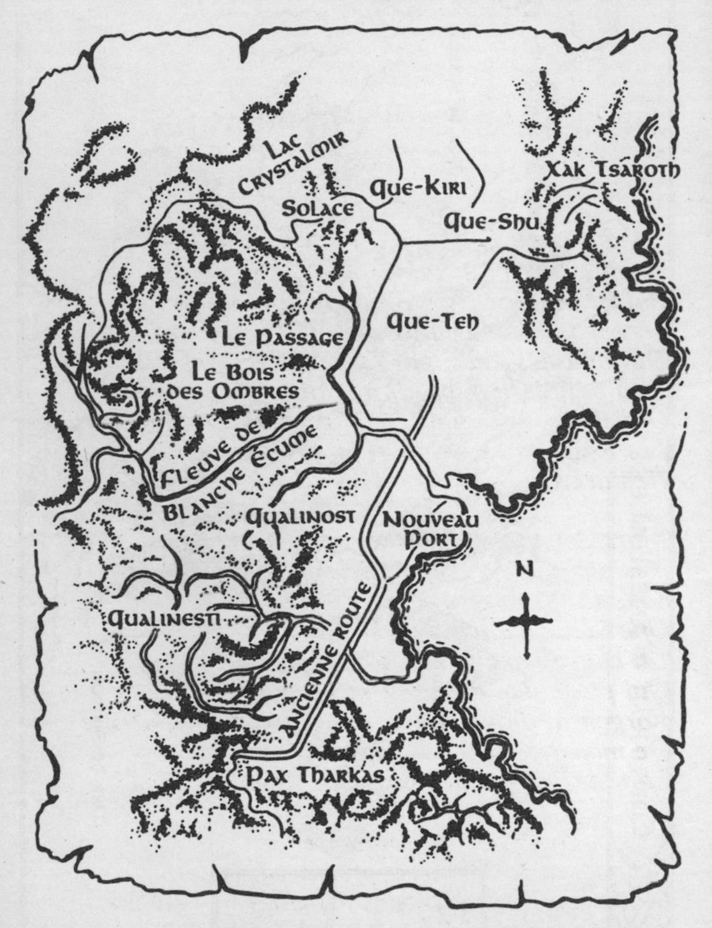

CANTIQUE DU DRAGON

Ecoute la chanson du sage s'égrener des cieux
Comme une pluie de larmes
Balayant la poussière des ans qui recouvre
La saga de Lancedragon.
Du fond des âges, par-delà les souvenirs,
A la première aube du monde
Quand les trois lunes émergèrent du giron de la forêt
Les dragons superbes et terribles
Déclarèrent la guerre au monde de Krynn.

Alors des ténèbres où règnent les dragons,
Des cris s'élevèrent, appelant la lumière.
Sous la lune noire lovée dans le ciel
Une lueur s'alluma en Solamnie.
Un chevalier au cœur fort et fidèle,
Qui parle aux dieux et les commande
Forgea la puissante Lancedragon pourfendeuse
De monstres aux ailes déployées,
Loin des rives lumineuses de Krynn.

Huma, chevalier de Solamnie,
Porteur de la Lumière, premier Lancier,
Suivit son étoile dans les Montagnes Khalkist,
Jusqu'aux pieds de pierre des dieux,
Jusqu'au cœur de leur temple de silence.
Invoquant les Forgerons-lanciers, il employa

Leur puissance légendaire pour écraser l'ineffable
Démon, repoussant les ténèbres dévorantes
Au fond de la gueule du dragon.

Paladine, dieu suprême du Bien, assiste Huma.
Il arma de ses pouvoirs son bras de lancier
Et Huma, brûlant de l'ardeur de mille lunes
Renvoya la Reine des Ténèbres,
Flanquée de son cortège hurlant
Au royaume de la mort, où leurs maléfices
Rejoignirent le plus profond du néant
Sous les cieux lumineux d'une contrée radieuse.

Dans le fracas du tonnerre s'acheva l'Ere des Rêves.
L'Ere du Pouvoir commença : Istar,
Roi de Lumière et de Vérité, s'éleva à l'est,
Là où les minarets blancs et or pointent vers le soleil
Astre glorieux annonçant la fin du Mal.
Istar, qui apporta tant d'étés où fructifiait le Bien,
Brille comme un météore
Dans le champ immaculé des Justes.

Sous l'irradiante lumière du soleil
Le roi-prêtre d'Istar a discerné des ombres :
La nuit les arbres portèrent des épées
Les rivières s'assombrirent, roulant des flots épais.
Dans les livres, il chercha des chemins pour Huma,
A l'affût d'un message, d'un signe, d'une malédiction,
Pour en appeler aux dieux, invoquer leur aide,
Dans l'accomplissement de sa mission sacrée :
Bannir le péché du monde.

Puis survint l'Ere des Ténèbres et de la Mort,
Les dieux se détournèrent du monde.
Un éclair de feu traversa Istar comme une comète,
La ville éclata tel un crâne dans les flammes,
Les montagnes surgirent à la place des vallées fertiles,

Les mers furent avalées par les montagnes,
Laissant des déserts de lamentations.
Les chemins de Krynn explosèrent,
Transformés en sentiers de la mort.

Alors advint l'Ere de Désespérance.
Les routes furent coupées.
Ouragans et tempêtes s'abattirent sur les cités,
Les plaines et les montagnes devinrent nos foyers.
Les anciens dieux avaient perdu leur pouvoir.
Nous invoquâmes les cieux ternes et glacés,
En quête de nouvelles divinités.
Calme et immuable, le ciel reste silencieux.
Attendons à présent ce qu'il va nous dire.

LIVRE PREMIER

LE VIEIL HOMME

Tika Waylan s'étira pour soulager ses épaules douloureuses. Elle laissa retomber le chiffon dans le seau et, du regard, fit le tour de la pièce vide.

Tenir la vieille auberge devenait de plus en plus difficile. Cirer les meubles avec amour n'empêchait pas qu'ils s'abîment et il arrivait parfois qu'un client se blesse sur une écharde. L'auberge n'était pas aussi coquette que celles de Haven, mais elle était confortable. L'arbre sur lequel elle avait été construite la tenait entre ses rameaux comme s'il s'était agi de bras protecteurs. La construction avait été exécutée avec un tel art qu'il était difficile de distinguer l'œuvre de la nature de celle de l'homme. Au fond de la pièce, un grand comptoir ondulait comme une vague, et les vitraux des fenêtres laissaient filtrer une chaleureuse lumière.

Midi approchait. L'*Auberge du Dernier Refuge* ouvrirait bientôt ses portes. Tika sourit avec satisfaction ; les tables luisaient de propreté, il ne lui restait plus qu'à balayer le plancher. Elle commençait à pousser les bancs de bois quand Otik sortit de la cuisine dans un nuage de vapeur odorante.

— La journée sera bonne, dit-il en se glissant derrière le comptoir, sinon pour le temps, du moins pour les affaires !

Il aligna les chopes en sifflotant.

— Pour ma part, j'aimerais que les affaires soient plus calmes, et le temps plus chaud, répondit Tika. J'ai tant trotté hier que je ne sentais plus mes jambes, tout ça pour bien peu de reconnaissance et de pourboires. Les clients étaient nerveux et sursautaient au moindre bruit. Dans la soirée, j'ai fait tomber une chope et Retark a tout de suite dégainé son épée !

— Bah ! grogna Otik. Retark est un garde du Limier de Solace. Ces gens sont toujours un peu nerveux. Tu le serais aussi si tu travaillais pour Hederick, ce fanatique...

— Prends garde, dit Tika.

Otik haussa les épaules.

— A moins que le Grand Théocrate puisse voler, je ne crois pas qu'il nous écoute. Je percevrai le bruit de ses bottes avant qu'il puisse m'entendre, dit-il en baissant la voix. Crois-moi, les habitants de Solace ne vont pas supporter ça longtemps. Des gens disparaissent on ne sait où. Tristes temps ! Mais c'est bon pour les affaires !

— Tant qu'il ne fermera pas l'auberge..., souffla Tika d'un air sombre.

Elle se mit à balayer le plancher.

— Même les Théocrates ont besoin de se remplir le ventre et de se rincer le gosier, ricana Otik. Cela donne soif de haranguer les foules jour après jour au nom des nouveaux dieux. Il vient ici tous les soirs...

Tika arrêta de balayer et s'adossa au comptoir.

— Ecoute, Otik, dit-elle gravement, on parle aussi de guerre. Il y aurait des armées massées au nord. Et puis il y a ces hommes bizarres, avec leur capuchons, qui accompagnent le Grand Théocrate et qui interrogent tout le monde.

Otik regarda la jeune fille avec attendrissement et lui tapota la joue. Elle allait sur ses dix-neuf ans. Il lui servait de père depuis que sa propre fille avait mystérieusement disparu. Il tira sur ses boucles rousses.

— La guerre ! Depuis le Cataclysme, on ne parle que de ça. Ce ne sont que des rumeurs. Le Théocrate les entretient pour garder les gens sous son influence.

— Je ne saurais dire, mais je..., commença Tika, le visage sombre.

La porte s'était ouverte.

Le cœur battant, Tika et Otik se retournèrent. Ils n'avaient rien entendu venir. Comme les autres habitations de Solace, excepté la maison du forgeron, l'auberge était construite dans les branches d'un immense chêne centenaire. Les habitants s'étaient installés ainsi après le chaos du Cataclysme, Solace était devenue une ville d'arbres, l'une des dernières merveilles qui subsistaient en Krynn. Les maisons étaient reliées par des ponts de bois, et les cinq cents Solaciens vaquaient à leurs affaires quotidiennes perchés au-dessus du sol. L'*Auberge du Dernier Refuge*, juchée à quarante pieds de haut, était la plus grande maison de Solace. Des escaliers spiralant autour du tronc de l'arbre permettait d'y accéder. Comme l'avait dit Otik, on entendait approcher les visiteurs bien avant de les voir.

Mais ni l'un ni l'autre n'avait entendu le vieillard.

Debout sur le seuil, appuyé sur un bâton, il scrutait l'intérieur de la salle. Sous le capuchon de son manteau, rabattu sur sa tête, brillaient deux yeux gris et perçants.

— Que puis-je faire pour toi, vieil homme ? demanda Tika en échangeant un regard anxieux avec Otik.

Le vieillard est peut-être un espion du Limier ?

— L'auberge est ouverte ?

— C'est que..., hésita Tika.

— Mais oui, dit Otik avec un grand sourire. Entre, Barbe Grise. Tika, avance une chaise pour notre hôte. Il doit être fatigué après avoir grimpé toutes ces marches.

— Toutes ces marches ? dit le vieillard en se

grattant la tête. (Il regarda en contrebas.) Ah oui, l'escalier ! (Il pénétra dans la salle en pointant par jeu son bâton sur Tika.) Retourne à ton ouvrage, ma fille. Je suis capable de me trouver un siège.

Campé au milieu de la pièce, il inspecta les lieux comme s'il les reconnaissait. La cheminée, qui se trouvait au fond de la salle, attira son attention. C'était le seul élément de pierre de la maison, harmonieusement incorporée aux branches qui la soutenaient. Des bûches et du petit bois venus de la montagne, car personne ici n'aurait brûlé le bois de Solace, étaient entassés sur chaque flanc de l'âtre. Il y avait une entrée du côté de la cuisine, à cinquante pieds de haut, mais les clients ne l'empruntaient pas souvent. C'est par là que le vieil homme était apparu.

Il marmonna des commentaires de satisfaction en regardant autour de lui. Puis, au grand étonnement de Tika, il laissa tomber son manteau, releva ses manches et commença à pousser les meubles.

Tika arrêta de balayer.

— Que fais-tu donc ? La place de cette table a toujours été ici !

Le vieil homme avait tiré la longue table centrale et l'avait poussée contre la cloison de bois, en travers de la cheminée. Il recula d'un pas pour admirer son œuvre.

— Voilà, marmonna-t-il. Maintenant, elle est près du feu. Apporte encore deux sièges, il en faudra six autour de la table.

Tika se tourna vers Otik. Celui-ci allait protester, quand une vive lumière sortit de la cuisine. A en juger par les cris du cuisinier, l'huile s'était enflammée. Otik se précipita, franchissant les portes battantes.

— Il ne fait rien de mal, souffla-t-il à Tika. Laisse-le s'amuser comme il veut. Il a peut-être lancé une invitation.

Soupirant, Tika plaça les deux chaises où le vieillard les voulait.

— Maintenant, apporte-moi encore deux sièges, mais plus confortables. Tu les mettras près de l'âtre, dans ce coin sombre.

— Le coin n'est pas sombre, protesta Tika. Il est en plein soleil !

— Ah ! dit le vieillard, surpris, mais cette nuit, il sera sombre, non ? Si le feu est allumé...

— Je pense que oui..., dit Tika.

— Apporte les sièges, tu seras une bonne fille. Et j'en veux un là, dit-il en pointant un doigt devant la cheminée. Il sera pour moi.

— Donnes-tu une fête ? demanda Tika en soulevant le fauteuil le plus confortable de la maison.

— Une fête ? (Le vieillard semblait trouver la question saugrenue ; il rit.) Oui, ma fille. Unc fête comme le monde de Krynn n'en a plus vu depuis le Cataclysme. Prépare-toi, Tika Waylan !

Après lui avoir gentiment tapoté l'épaule, il se laissa tomber sur son siège.

— Unc chope de bière, ordonna-t-il.

Tika s'en alla tirer la boisson. Quand elle eut servi le vieil homme, elle retourna à son balai. Une pensée lui traversa l'esprit : comment connaissait-il son nom ?

1

RENCONTRE DE VIEUX AMIS BRUSQUEMENT INTERROMPUE.

Flint Forgefeu s'assit sur une pierre moussue. Sa vieille carcasse de nain l'avait porté trop longtemps. Elle n'en pouvait plus.

— Je n'aurais jamais dû en partir, grommela-t-il tout haut en regardant la vallée. (De longues années solitaires l'avaient habitué à parler tout seul.) Que je sois damné si j'en pars une fois encore !

La chaleur de la pierre, exposée à une journée de soleil, réchauffa ses vieux os transis par l'air automnal. Une pensée lui réchauffait également le cœur : il était chez lui.

D'un œil attendri, il contempla le paysage qui lui était si familier. Sur le fond des montagnes tapissées aux couleurs de l'automne se détachaient le pourpre et l'or des grands arbres dressés devant les sommet des Kharolis. Le ciel bleu se reflétait dans l'eau calme du lac Crystalmir. De fines colonnes de fumée s'élevaient au-dessus de la cime des arbres, signalant Solace. Une brume légère enveloppait la vallée, emprisonnant les senteurs délicieuses des feux de cheminées.

Flint sortit de son bagage un morceau de bois et un poignard. Depuis toujours, ses compatriotes éprouvaient le besoin de donner une forme de leur choix aux choses qui n'en avaient pas. Lui-même avait été un forgeron de renom avant de se retirer, quelques années plus tôt. Il planta la lame dans le bois et se mit à rêver.

— Mon âtre est éteint depuis longtemps, dit-il doucement. Ma maison est vide. Le toit laisse probablement passer la pluie et le mobilier doit être ruiné. Comme c'est bête d'être revenu. C'est la chose la plus stupide que j'aie jamais faite. A cent quarante-huit ans, j'aurais dû m'en douter !

— Tu n'apprendras jamais rien, nain, répondit une voix lointaine, dusses-tu vivre *deux* cent quarante-huit ans !

Avec une tranquille assurance, la main du nain passa du poignard au manche de sa hache. Pour la première fois depuis longtemps, il entendait une voix qui lui était familière. Mais il n'arrivait pas à lui donner un visage.

Clignant des yeux face au soleil couchant, il distingua la silhouette d'un homme qui marchait sur le sentier. Prudent, il se mit à l'ombre d'un grand pin pour mieux voir. L'homme se mouvait avec la gracieuse souplesse des elfes mais il appartenait au monde des humains. Sa capuche verte abritait une barbe auburn et un visage tanné. Il portait un arc en bandoulière et une épée au flanc. Ses vêtements de cuir souple étaient frappés des motifs qu'affectionnaient les elfes. Mais ceux de Krynn n'avaient pas de barbe...

— Tanis ? interrogea Flint.

— Lui-même.

Le nouveau venu arbora un large sourire et ouvrit grand les bras. Flint fut soulevé de terre.

Son vieil ami le tint un instant enlacé, puis le nain se dégagea.

— En cinq ans tu n'as toujours pas appris les bonnes manières, grommela-t-il. Et tu ne manifestes pas le moindre respect pour mon âge et mon rang. Me soulever comme un vulgaire sac de pommes de terre : J'espère que personne ne nous a vus.

— Je doute qu'on se souvienne de nous, dit Tanis. Le temps ne s'écoule pas de la même façon pour les humains. Cinq années, c'est long pour eux, tandis que pour nous, cela ne représente rien. Tu n'as pas changé.

— On ne peut guère en dire autant de tout le monde ! Pourquoi cette barbe ? Tu étais bien assez laid sans ça.

— Je me suis rendu dans des contrées peu aimables avec les elfes. Cette barbe, un cadeau de mon humain de père, dit-il ironiquement, sert à voiler mes origines.

Flint savait que ce n'était pas toute la vérité. Bien que le demi-elfe détestât tuer, il n'était pas homme à se cacher derrière une barbe quand il fallait se battre.

— Je me suis rendu dans des contrées peu accueillantes pour quiconque, dit-il. Mais à présent, nous sommes chez nous. Tout cela est du passé.

— Pas d'après ce que j'ai entendu dire, objecta Tanis en rabattant sa capuche pour se protéger du soleil. Les Questeurs de Haven ont nommé un certain Hederick Grand Théocrate afin qu'il gouverne Solace ; il a fait de la ville un haut lieu des fanatiques de sa nouvelle religion.

Tanis et le nain regardèrent la paisible vallée. Les lumières commençaient à s'allumer dans les maisons. L'air du soir sentait la fumée des cheminées. Ici et là, ils entendirent une mère appeler ses enfants pour le dîner.

— Je n'ai rien ouï dire de malsonnant sur Solace, dit tranquillement Flint.

— Persécutions religieuses..., inquisition...

Le ton de Tanis était inquiétant. Dans le souvenir de Flint, sa voix n'était pas aussi grave et sombre. En cinq ans, son ami avait bien changé. Pourtant les elfes ne changeaient jamais ! Mais Tanis n'était qu'un demi-elfe, né de la violence. Sa mère avait été violée par un soldat humain au cours d'une des nombreuses guerres qui avaient divisé les différents peuples de Krynn après le Cataclysme.

— L'inquisition ! D'après ce que j'ai entendu dire, elle ne concerne que ceux qui contestent le Grand Théocrate. Je ne crois pas aux dieux des Questeurs, mais je ne le clame pas à chaque coin de rue. « Tiens-toi tranquille et on te laissera en paix », telle est ma devise. Les Grands Questeurs de Haven sont des gens sages et vertueux. Un seule pomme pourrie suffit à gâter tout le panier, et c'est à Solace qu'elle se trouve. D'ailleurs, as-tu trouvé ce que tu cherchais ?

— La trace des anciens dieux ? demanda Tanis. Ou la paix intérieure ? Je suis parti à la recherche des deux. Que veux-tu savoir ?

— Je pensais que l'un n'allait pas sans l'autre, grommela Flint. Nous n'allons pas passer la nuit ici, à respirer le fumet des marmites mijotant sur le feu. Si nous allions en ville faire un bon dîner ?

— Entendu.

Ils descendirent le chemin. Les grands enjambées de Tanis forçaient le nain à adopter une allure précipitée. Ils n'avaient pas marché ensemble depuis bien longtemps ; Tanis ralentit bientôt pour régler son pas sur celui de son ami.

— Alors tu n'as rien trouvé ? continua Flint.

— Rien du tout, répondit Tanis. Comme nous le savions depuis longtemps, le clergé et les prêtres de ce monde servent de faux dieux. J'ai entendu parler de guérisons, mais elles étaient l'œuvre de la magie et des *charlatans*. Heureusement, notre ami Raistlin m'a appris ce qu'il faut regarder...

— Raistlin ! pouffa Flint. Ce sorcier efflanqué au visage blafard ! Il ne vaut guère mieux qu'un *charlatan*. Toujours en train de pleurnicher et de se lamenter, quand il ne met pas son nez partout où il n'a rien à faire. S'il n'y avait pas son frère jumeau pour s'occuper de lui, il y a belle lurette que ses pratiques magiques auraient mal fini.

Tanis dissimula un sourire dans sa barbe.

— Le jeune homme est meilleur magicien que tu crois, et tu admettras qu'il a autant fait que moi pour aider ceux qui se sont laissé prendre dans les filets du clergé.

— Ce qui ne t'a pas valu grande reconnaissance, murmura le nain.

— Bien peu, dit Tanis. Les gens veulent croire en quelque chose, même si au fond d'eux-mêmes ils savent que c'est une erreur. Mais parle-moi de toi. Comment s'est passé ton voyage de retour au pays ?

— Je n'aurais jamais dû m'en aller, répondit le nain après un silence.

Le regard qu'il lança à Tanis sous ses épais sourcils blancs n'était pas engageant. Mais le demi-elfe était décidé à poursuivre.

— Que deviennent les prêtres nains ? On racontait beaucoup d'histoires à ce sujet...

— Rien n'était vrai. Les prêtres ont disparu il y a trois cents ans pendant le Cataclysme. C'est ce qu'ont raconté les anciens.

— Tout comme les elfes.

— J'ai vu...

— Chut ! l'interrompit Tanis d'un signe.

— Quoi ? chuchota Flint.

— Derrière ces buissons, montra Tanis.

Flint scruta le bosquet en saisissant sa hache.

Les rayons du soleil firent étinceler quelque chose de métallique dans le feuillage. Tanis vit un deuxième éclair avant que le soleil sombre sous l'horizon. Le ciel devint pourpre, l'ombre se fit plus dense.

— Je n'ai rien remarqué, dit Flint.

— Moi, si, souffla Tanis.

Ses yeux s'attachèrent à l'endroit où il avait vu briller quelque chose. Peu à peu, il perçut l'aura rougeoyante que dégageaient tous les êtres humains, et que seuls les elfes pouvaient voir.

— Qui va là ? cria Tanis.

Pour toute réponse, un son étrange s'éleva. Les cheveux du demi-elfe se dressèrent sur sa tête. C'était une sorte de susurrement sourd, à peine audible, qui s'achevait en ululement strident. Une voix s'y ajouta :

— Elfe voyageur, passe ton chemin et abandonne le nain. Nous sommes les esprits des pauvres hères que Flint Forgefeu abandonna sur le sol de l'auberge. Sommes-nous morts au combat ?

La voix de l'esprit s'amplifiait dans les aigus, accompagnée d'un sifflement plaintif.

— Non, nous sommes morts de honte, maudits par le fantôme de la treille, pour avoir été incapables de relever le défi d'ivrognerie d'un nain de la colline.

La barbe de Flint tremblait de colère ; Tanis, secoué de rires, dut le retenir de charger le buisson.

— Maudits soient les yeux des elfes ! (La voix du spectre prit un ton plus gai.) Et maudites soient les barbes des nains !

— Tu ne le reconnais pas ? gronda Flint. C'est Tass Racle-Pieds !

Le feuillage bruissa et une petite silhouette apparut sur le sentier. C'était un kender, une race considérée par la plupart des gens comme aussi nuisible que les moustiques. De faible constitution, les kenders n'atteignaient guère plus de quatre pieds de haut. Celui-ci était aussi *grand* que Flint, mais sa petite carrure et son faciès enfantin le faisaient paraître plus petit. Il portait une culotte bleu vif qui contrastait avec son gilet de fourrure et sa tunique grossièrement tissée. Ses yeux noisette luisaient de malice et son visage arborait un sourire allant d'une oreille à l'autre. Il fit une ironique courbette qui projeta la masse de ses cheveux noués - sa fierté - par-dessus son visage. Il releva la tête, hilare. L'éclat métallique que Tanis avait capté dans le buisson provenait des sacs qu'il portait autour de la taille et sur les épaules.

Appuyé sur son bâton, Tass les regardait en souriant. C'était ce bâton qui avait produit le son étrange. Tanis aurait dû le reconnaître sur-le-champ, car il avait vu le kender décourager des assaillants rien qu'en le faisant tournoyer dans les airs. L'extrémité du bâton en bois de saule se terminait par une fourche garnie d'un lacet de cuir. Bien que méprisée par les autres peuples de Krynn, cette invention bruyante était plus qu'un outil de défense pour les kenders. C'était leur symbole. « Le bâton hurleur ouvre des voies nouvelles », affirmait l'un de leurs dictons les plus populaires. Il en appelait immédiatement un autre : « Une voie nouvelle ne le reste jamais longtemps ».

Soudain Tasslehoff se précipita vers eux, les bras tendus.

— Flint !

Le kender referma les bras sur le nain qu'il souleva de terre. Embarrassé, Flint répondit mollement à l'accolade, et recula. Tasslehoff grimaça un sourire et se tourna vers le demi-elfe.

— Mais qui vois-je ? Tanis ! Avec ta barbe, je ne t'avais pas reconnu ! s'exclama-t-il en lui ouvrant ses petits bras.

— Non merci, dit Tanis, repoussant le kender avec un sourire. Je tiens à ma bourse.

Consterné, Flint tâta sa tunique.

— Espèce de salopard !

Il se jeta sur le kender, qui se tordait de rire. Tous deux roulèrent dans la poussière.

Amusé, Tanis tira Flint par la tunique puis le lâcha brusquement. Il avait entendu un cliquetis de mors et le halètement d'un cheval. Il saisit son épée. Mais avoir été alerté ne lui donnait pas pour autant l'avantage.

Les yeux fixés sur les buissons, il attendit de pied ferme. Une silhouette juchée sur un poney aux pattes velues sortit de l'ombre. Dans le visage cendreux et ridé du cavalier, deux petits yeux porcins brillaient sous un casque vaguement militaire. Des bourrelets de graisse molle débordaient des pièces d'armure prétentieuses dont il était couvert.

Une odeur singulière vint chatouiller désagréablement les narines de Tanis. *Un hobgobelin* ! se dit-il. Il abaissa son épée et flanqua un coup de pied à Flint, qui éternua bruyamment, retombant assis sur le kender.

— Un cheval ! dit Flint en éternuant de nouveau.

— Il est derrière toi, répliqua Tanis.

A cet avertissement, Flint bondit sur ses pieds. Tasslehoff en fit autant.

Le hobgobelin les considéra d'un air méprisant.

— Regardez, les gars, dit-il dans la langue commune avec un fort accent, à qui nous avons affaire à Solace.

Des rires gras montèrent des taillis. Cinq gardes gobelins en uniforme rapiécé marchèrent vers leur chef et se postèrent à côté de lui.

— Maintenant... (Le hobgobelin se pencha sur sa selle. Fasciné de dégoût, Tanis vit le pommeau disparaître sous son gros ventre.) Je suis le petit-maître Toede, chef de la troupe chargée de protéger Solace des éléments indésirables. Vous n'avez pas le droit de vous trouver sur le territoire de la ville après le coucher du soleil. Vous êtes en état d'arrestation. (Il se pencha vers l'un des gobelins :) Apporte-moi le bâton au cristal bleu, si tu le trouves.

Tanis, Flint et Tasslehoff s'interrogèrent du regard. Chacun d'eux parlait gobelin, Tass mieux que les autres. Avaient-ils bien entendu ? Un bâton avec un cristal bleu ?

— S'ils résistent, ajouta Toede dans la langue commune pour faire plus d'effet, tue-les.

Il administra un coup de trique à sa monture et partit au galop vers la ville.

— Des gobelins à Solace ! Ce nouveau Théocrate devra en répondre ! cracha Flint.

Bien campé sur ses jambes, il tira sa hache de son sac à dos et la brandit.

— Très bien, les prévint-il, je vous attends !

— Je vous conseille de battre en retraite, dit Tanis, relevant le pan de son manteau pour dégager son épée. La journée a été longue. Nous sommes aussi fatigués qu'affamés ; il se fait tard pour nos amis qui nous attendent et que nous n'avons pas vus depuis longtemps. Nous ne nous laisserons pas arrêter.

— Pas plus que nous ne nous laisserons trucider, ajouta Tass.

Les gobelins échangèrent quelques coups d'œil nerveux. L'un lança un regard vers la route où leur chef venait de disparaître. Les créatures avaient coutume d'intimider les marchands ambulants et les fermiers qui se rendaient d'une ville à l'autre. Ils avaient peu d'entraînement au combat et leurs armes n'étaient guère redoutables. Mais leur haine des races étrangères les poussa à dégainer leurs longues lames courbes.

Main serrée sur le manche de sa hache, Flint fit un pas en avant.

— S'il y a des salopards que je déteste plus encore que les nains des ravins, grommela-t-il, c'est bien les gobelins !

Une des créatures plongea aussitôt sur le nain. Flint lança sa hache avec une précision et une dextérité telles que la tête du gobelin alla rouler dans la poussière.

— Bande de mollassons, que diable faites-vous donc à Solace ? rugit Tanis en parant un estoc maladroit. Etes-vous au service du Théocrate ?

— Du Théocrate ? ricana le gobelin. Cet idiot ? Notre petit-maître travaille pour... Ouille !

Le gobelin s'était embroché sur l'épée de Tanis. Il s'abattit sur le sol en geignant.

— Sacrebleu ! jura Tanis. Quel balourd ! Je ne voulais pas le tuer, mais savoir qui l'employait.

— Tu ne vas pas tarder à l'apprendre ! gronda un autre gobelin en se précipitant sur le demi-elfe.

En se retournant, Tanis le désarma. Un coup de pied à l'estomac l'envoya rouler au sol.

A peine avait-il lancé son arme meurtrière, que Flint fut assailli par un gobelin qui lui fit perdre l'équilibre.

La voix de Tasslehoff s'éleva, plus aiguë que jamais :

— Cette vermine se mettrait au service de n'importe qui, Tanis. Tu donnes à ces chiens quelques os à ronger de temps à autre et ils te suivent au bout du monde !

— Des os à ronger, hein ? Que dirais-tu d'un peu de viande de kender, petit imbécile ?

Mains tendues, le gobelin se rua sur le petit être. Tass, sans se départir de son expression puérile, mit la main à son gilet et en sortit un poignard qu'il planta dans la poitrine du monstre.

Le dernier gobelin détala sans demander son reste. La bataille était terminée.

Pinçant le nez devant les cadavres puants, Tanis rengaina son épée. L'odeur lui rappelait le poisson pourri. Flint essuya sa hache souillée de sang noir, tandis que Tass regardait sans mot dire le corps du gobelin effondré sur le ventre, son poignard sous lui.

— Je vais le retirer pour toi, proposa Tanis.

— Non, je n'en veux plus. Tu sais qu'il est impossible de se débarrasser de l'odeur.

Tanis acquiesça. Tous trois descendirent le sentier. Dans l'obscurité croissante, les lumières de la ville grandissaient. La bonne odeur de cuisine dont ils se rapprochaient leur donna chaud au cœur. Ils pressèrent le pas. Chacun restait silencieux ; les mots de Flint résonnaient à leurs oreilles : des gobelins, à Solace...

Ce fut l'incorrigible kender qui brisa le silence.

— De toute façon, c'était le poignard de Flint, gloussa-t-il.

2

RETOUR À L'AUBERGE
LE CHOC. LE SERMENT BRISÉ.

Ces derniers jours, tous les habitants de Solace passaient à un moment ou à un autre à l'*Auberge du Dernier Refuge*, car les gens se sentent plus en sécurité quand ils sont entourés.

Située au carrefour de plusieurs routes, Solace avait toujours été un point de rencontre pour les voyageurs. Il en venait du nord-est, de Haven, capitale des Questeurs, pour se rendre dans le sud, au royaume des elfes, Qualinesti. Il en venait aussi de l'est, à travers les plaines arides d'Abanasinie. Dans le monde civilisé, l'auberge était pour les voyageurs un havre où se transmettaient les nouvelles. C'est vers elle que les trois compères dirigèrent leur pas.

En contrepoint des fenêtres illuminées, des lanternes accrochées aux branches éclairaient les marches. L'auberge était bondée. Les trois amis durent attendre pour laisser passer hommes, femmes et enfants qui en sortaient. Tanis remarqua les coups d'œil suspicieux qui leur étaient adressés en lieu et place des regards bienveillants d'il y a cinq ans.

Tanis se rembrunit. Ce n'était pas l'accueil dont il avait rêvé. Jamais il n'avait senti une telle tension dans cette ville. Les bruits qui couraient sur la corruption insidieuse de la population par les Questeurs devaient être fondés.

Cinq ans auparavant, des hommes se présentant comme « questeurs » (« Nous sommes en quête de nouveaux dieux ») fondèrent dans les villes de Solace, de Haven et de Hautes-Portes une organisation de prêtres au service d'une nouvelle religion. Ces prêtres étaient mal inspirés, du moins selon Tanis, mais ils étaient honnêtes et sincères. Les années passant, ils assirent leur position. Bientôt, ils s'occupèrent davantage du pouvoir qu'ils avaient acquis sur Krynn que du salut éternel. Avec la bénédiction du peuple, ils prirent en main le gouvernement des cités.

Quelqu'un lui toucha le bras, interrompant ses réflexions : Flint lui montrait du doigt ce qu'il fallait regarder en bas. Tanis vit des gardes marchant au pas par groupes de quatre. Armés jusqu'aux dents, ils défilaient d'un air suffisant.

— Au moins ce sont des humains, non des gobelins, dit Tass.

— Le gobelin a ricané quand je lui ai parlé du Grand Théocrate. Comme s'ils étaient au service de quelqu'un d'autre ! Je me demande ce qui ce passe.

— Nos amis en savent peut-être plus long, hasarda Flint.

— S'ils sont ici, ajouta Tass. En cinq ans, les choses ont dû changer.

— Ils sont ici, s'ils vivent toujours, dit Tanis. Nous avons fait le serment solennel de nous retrouver dans cinq ans et de rapporter ce que nous avions appris sur l'influence du Mal dans le monde. Dire que nous rentrons à la maison et que nous trouvons le Mal sur le seuil de notre porte !

— Chut !

Des passants se retournèrent d'un air effaré sur le nain qui osait s'exprimer ainsi.

— Il vaudrait mieux ne pas en parler ici, dit le demi-elfe.

En haut des marches, Tass ouvrit grand la porte de l'auberge. Une bouffée de lumière, de chaleur et de bruit les accueillit, ainsi que la bonne odeur de pommes de terre aux herbes d'Otik. Celui-ci, debout derrière le comptoir comme à l'ordinaire, n'avait guère changé. A peine s'était-il arrondi davantage. L'auberge non plus n'avait pas changé, elle semblait juste un peu plus confortable.

Tasslehoff parcourut la foule du regard et fit un geste de la main en s'exclamant. Comme par le passé, les flammes de l'âtre se reflétaient sur le heaume aux ailes de dragon.

— Qui est-ce ? demanda Flint en se pressant pour passer devant les plus grands.

— Caramon, répondit Tanis.

— Alors Raistlin doit être ici aussi, dit le nain sans enthousiasme.

Tasslehoff se glissa entre les clients, qui le remarquèrent à peine. Tanis espérait de tout son cœur qu'il ne dépouille personne au passage. Non qu'il volât : Tass aurait été très choqué qu'on l'accuse d'être un tire-laine. Mais il était d'une curiosité insatiable, et les objets les plus divers finissaient par échouer entre ses mains. La dernière chose à souhaiter pour ce soir était un esclandre. Il se promit d'en toucher deux mots au kender.

Le demi-elfe et le nain se frayèrent difficilement un chemin parmi les infortunés qui n'avaient pu trouver à s'asseoir. Ils regardaient les nouveaux venus avec curiosité et suspicion. Personne ne salua Flint, bien que moult clients de sa forge fussent parmi les hôtes de l'auberge. Les gens de Solace avaient leurs problèmes ; ils considéraient désormais Tanis et Flint comme des étrangers.

Un rugissement s'éleva de la table, près de l'âtre où brillait le heaume aux ailes de dragon. Le visage de Tanis s'éclaira en reconnaissant Caramon, qui soulevait le petit Tass dans ses pattes de géant.

Flint, qui naviguait à vue à la hauteur des ceintures, ne put qu'entendre la voix tonitruante de Caramon répondant aux congratulations stridentes de Tass.

— Caramon ferait mieux de surveiller sa bourse, et de compter ses dents, grommela le nain.

Flint et le demi-elfe arrivèrent devant le comptoir. La table où se trouvait Caramon était adossée au tronc de l'arbre. Cette position n'était pas favorable. Tanis s'étonna qu'Otik l'ait poussée là, alors que tout le reste était demeuré en place. Mais déjà le grand guerrier s'était tourné vers lui pour le saluer avec chaleur. Tanis se débarrassa de son arc et de son carquois avant que Caramon ne les ait transformés en petit bois.

— Mon ami ! s'exclama Caramon, l'œil humide.

Il voulut poursuivre, mais ne put contenir son émotion. Etouffé par l'étreinte du géant, Tanis était également dans l'impossibilité de dire un mot.

— Où est Raistlin ? parvint-il à demander.

Les jumeaux n'étaient jamais loin l'un de l'autre.

— Le voilà, fit le guerrier en indiquant le bout de la table. Je te préviens, il a changé, continua-t-il d'un air sombre.

Le demi-elfe tourna son regard vers un coin plongé dans l'ombre. Tout d'abord, il ne vit que la lueur des flammes. L'homme avait la tête couverte d'un capuchon.

Tanis répugna soudain à aborder seul le jeune magicien. Mais Tasslehoff avait filé vers le comptoir et Flint se trouvait quelque part dans les airs grâce aux bons soins de Caramon. Tanis arriva au bout de la table.

— Raistlin ? demanda-t-il, pris d'une sensation de malaise.

L'homme releva lentement la tête.

— Tanis ? dit-il, faisant glisser son capuchon.

Le demi-elfe eut le souffle coupé. Muet d'horreur, il fit un pas en arrière.

Le visage qu'il découvrait était un véritable cauchemar. Et Caramon disait qu'il avait *changé* ! Le mot était faible. La peau claire du magicien avait pris une teinte dorée qui lui donnait l'aspect d'un masque métallique. Ses joues s'étaient creusées et ses pommettes saillaient au-dessus de lèvres réduites à un trait sombre. Mais ce furent ses yeux qui stupéfièrent Tanis, cloué sur place par leur implacable rayonnement. Aucun humain n'en possédait de tels ! Les pupilles étaient en forme de sablier, et l'iris jadis bleu pâle brillait comme une pépite d'or !

— Je vois que tu es surpris de me retrouver sous cette apparence, murmura Raistlin, esquissant un imperceptible sourire.

Tanis s'assit en face du jeune homme.

— Au nom des vrais dieux, Raistlin...

Flint s'était laissé tomber sur un siège, à côté de Tanis.

— J'ai été plusieurs fois propulsé dans les airs aujourd'hui... Par Reorx ! Quel démon a-t-il été à l'œuvre ? C'est une malédiction ? s'exclama le nain en dévisageant Raistlin.

Caramon prit place à côté de son jumeau. Levant sa chope, il interpella Raistlin.

— Veux-tu leur dire, Raist ? demanda-t-il d'un voix rauque.

— Oui, dit Raistlin dans un souffle qui fit frissonner Tanis. Vous vous souvenez du moment où nous nous sommes quittés, il y a cinq ans ? Mon frère et moi avions projeté un voyage secret, dont nous n'avions pas parlé, même à vous, nos amis les plus chers.

Il y avait une pointe de sarcasme dans la voix plaintive, réduite à un chuchotement. Raistlin n'avait jamais eu d'« amis chers » de sa vie.

— J'ai été choisi par Par-Salian, le chef de mon ordre, pour passer l'Epreuve, poursuivit Raistlin.

— L'Epreuve ! répéta Tanis, abasourdi. Mais tu

étais trop jeune. Tu avais quel âge ? Vingt ans ? L'Epreuve est réservée aux magiciens qui ont des années d'expérience.

— Vous imaginez ma fierté, dit Raistlin, irrité d'avoir été interrompu. Mon frère et moi sommes partis pour un endroit secret, les fameuses Tours de la Haute Sorcellerie. Là, j'ai passé l'Epreuve, et j'ai failli y laisser la vie !

En proie à une vive émotion, Caramon s'étrangla.

— C'était affreux, dit-il d'une voix chavirée. Je l'ai trouvé dans cet horrible endroit, le sang ruisselait de sa bouche, il était à l'agonie. Je l'ai ramassé, et...

— Cela suffit, frère !

La voix de Raistlin claqua comme un fouet. Caramon sursauta et but sa bière en silence. Une étrange tension régnait entre les jumeaux.

Raistlin exhala un soupir et continua son récit :

— Quand je suis revenu à moi, ma peau était devenue de cette couleur : la marque de mes souffrances. Mon corps et ma santé sont irrémédiablement détériorés. Quant à mes yeux, je regarde le monde à travers un sablier. Par conséquent, je vois le temps couler et abîmer chaque chose. Même quand je te dévisage, Tanis, je te vois mourir peu à peu, comme chaque être vivant.

La main décharnée de Raistlin s'agrippa au bras de Tanis. Le demi-elfe tressaillit et tenta de se dégager, mais les iris dorés ne le lâchaient pas.

Le magicien se pencha sur lui et plongea ses yeux fiévreux dans les siens.

— Désormais je dispose du pouvoir ! susurra-t-il. Par-Salian m'a révélé que mes forces étaient capables de remodeler le monde ! J'ai un pouvoir, et j'ai le Bâton de Magius.

Tanis regarda le bâton de bois posé contre le tronc de l'arbre, à portée de main de Raistlin. Au bout brillait une boule de cristal enchâssée entre des griffes de dragon.

— Cela en valait-il la peine ? demanda Tanis.

— Bien sûr ! Le pouvoir est ce que je cherche depuis toujours, et que je continuerai à chercher.

Il recula dans l'ombre. Tanis ne vit plus que ses yeux dorés miroiter à la lueur des flammes.

— Je voudrais de la bière, dit Flint en se raclant la gorge. Qu'est-ce que le kender peut bien fabriquer ? Il a dû enlever la servante...

— Nous voilà ! cria Tass.

Une grande jeune fille rousse apparut derrière lui, portant des cruches de bière.

Caramon sourit.

— Maintenant, Tanis, devine qui c'est. Toi aussi, Flint. Si vous trouvez, j'offre la tournée.

Heureux de la diversion, Tanis regarda la jeune fille. Des boucles cuivrées encadraient son visage semé de taches de rousseur et ses yeux verts brillaient de gaieté. Ses yeux-là lui disaient quelque chose.

— Je donne ma langue au chat, avoua Tanis. Pour les elfes, les humains changent si rapidement d'apparence que nous ne nous y retrouvons plus. J'ai cent deux ans, mais pour vous j'ai l'air d'en avoir trente. Et pour moi, ces cent ans en paraissent trente. Cette jeune fille devait être une enfant lorsque nous avons quitté le pays.

— J'avais quatorze ans. A en croire Caramon, j'étais si laide que mon père aurait dû finir par payer pour qu'on m'épouse.

— Tika ! s'exclama Flint en tapant du poing sur la table. Tu n'as qu'à l'acheter, espèce de grand benêt ! dit-il à Caramon.

— Ce n'est pas du jeu, rit le géant, elle vous a donné des indications.

— Les années ont prouvé que ce malotru avait tort, dit Tanis en souriant. J'ai fait bien du chemin. Crois-moi, tu es l'une des plus jolies filles que j'ai vues dans le pays de Krynn.

Tika rougit de plaisir. Puis elle reprit son sérieux.

— Pendant que j'y pense, Tanis, dit-elle en sortant un objet cylindrique de sa poche, c'est arrivé aujourd'hui pour toi. De manière étrange.

Tanis fronça les sourcils et prit le petit étui d'ébène, qui contenait un parchemin. Il le déroula et eut un pincement au cœur en reconnaissant l'impétueuse écriture noire.

— C'est Kitiara, dit-il d'une voix brisée. Elle ne viendra pas.

Il y eut un silence.

— C'est le bouquet ! Le cercle est rompu, le serment renié. Plutôt mauvais signe, dit Flint en secouant la tête. Un sinistre présage !

3

LE CHEVALIER DE SOLAMNIE. LA RÉCEPTION DU VIEILLARD.

Raistlin et Caramon échangèrent un regard qui leur suffit à se comprendre. C'était un instant rare, car les jumeaux témoignaient rarement des liens étroits qui les unissaient. Kitiara était leur demi-sœur aînée.

— Kitiara ne romprait pas un serment sans qu'un serment plus fort l'y contraigne, dit Raistlin.

— Que dit-elle dans la lettre ?

— Ses devoirs auprès de son nouveau seigneur la retiennent, résuma Tanis. Elle exprime ses regrets et envoie ses meilleures pensées et son amour à ses frères et à... C'est tout !

— Son amour... à qui ? questionna Tass. Aïe ! cria-t-il à l'intention de Flint qui venait de lui écraser les orteils. Oh ! lâcha-t-il enfin, gêné de sa maladresse.

— Savez-vous ce qu'elle veut dire ? demanda Tanis aux jumeaux. Qui est le nouveau seigneur dont elle parle ?

— Avec Kitiara, qui sait ? répondit Raistlin en haussant les épaules. Nous l'avons vue pour la dernière fois ici, dans cette auberge, il y a cinq ans. Elle devait aller vers le nord avec Sturm. Nous n'avons pas entendu parler d'elle depuis. Quant au nouveau seigneur, je dirais que nous savons pourquoi elle a rompu le serment : elle a juré allégeance à quelqu'un d'autre. Après tout, c'est une mercenaire.

— Oui, admit Tanis. (Il remit le parchemin dans son écrin et se tourna vers Tika.) Tu disais que la lettre était arrivée dans d'étranges circonstances ?

— Un homme l'a apportée ce matin. Du moins, l'ai-je pris pour un homme. Il était enveloppé des pieds à la tête de vêtements hétéroclites. Je n'ai pas pu voir son visage. Sa voix était sifflante et il avait un accent étrange. « Remets cela à Tanis Demi-Elfe », a-t-il dit. Je lui ai objecté que tu n'étais pas ici et que je ne t'avais pas vu depuis plusieurs années. « Il viendra », a dit le messager. Puis il est parti. C'est tout ce que je peux te dire. Le vieil homme là-bas l'a vu, dit-elle en montrant le vieillard assis devant le feu. Demande-lui s'il a noté quelque chose d'autre.

Tanis approcha du vieil homme occupé à raconter une histoire à un enfant ébloui.

— Voici quelqu'un qui pourra t'en dire plus long, jeta soudain le nain.

Tanis se tourna vers la porte de l'auberge.

— Sturm ! s'exclama-t-il avec chaleur.

Tous s'étaient retournés, sauf Raistlin, qui recula dans l'ombre.

Une grande silhouette en armure et cotte de mailles portant le symbole de l'Ordre de la Rose se tenait sur le seuil. Les buveurs s'interrompirent pour le regarder. C'était un Chevalier Solamnique, et ceux-ci ne jouissaient plus d'une très bonne réputation dans le nord. La rumeur dénonçant leurs mœurs corrompues s'était répandue jusque dans le sud. Les rares habitants de Solace qui reconnurent Sturm haussèrent les épaules et se détournèrent. Les autres continuèrent de l'observer. Il était rare, en période de paix, de rencontrer un chevalier en armure dans une auberge. Mais il était encore plus rare d'en voir un dans un équipement qui datait du Cataclysme !

Sturm accueillit comme son dû les regards et les

accolades. Il caressait sa grosse moustache, attribut symbolique des chevaliers, aussi archaïque que son armure. Portant avec fierté les atours des Chevaliers Solamniques, il en avait l'habileté et la bravoure traditionnelles.

Il fit entrer à sa suite un homme de haute taille et une femme enveloppée de fourrures, vers laquelle il s'inclina avec une déférence désuète.

— Regarde-moi ça. (Caramon hocha la tête avec admiration.) Le galant chevalier prête main à la gente dame. Je me demande où il a bien pu dénicher ces deux-là ?

— Ce sont des barbares des plaines, dit Tass, ils portent le costume de la tribu Que-Shu.

Ses deux compagnons déclinèrent apparemment l'offre de Sturm, car ils s'éloignèrent.

Tanis vint à la rencontre de Sturm, qui fendait la foule d'un pas altier. Ils s'embrassèrent avec effusion, puis reculèrent pour se regarder.

Sturm n'avait pas changé, nota Tanis, à part quelques rides et des cheveux blancs supplémentaires. Sa cape était plus usée, et sa cuirasse avait essuyé de nouveaux coups. Mais sa moustache était toujours aussi impeccable que son bouclier, et ses yeux bruns exprimaient la joie de revoir ses amis.

— Tu portes à présent une barbe ! lança-t-il gaiement à Tanis.

Le chevalier vint saluer Caramon et Flint, tandis que Tasslehoff disparaissait pour aller lui chercher de la bière.

— Je te salue, chevalier, murmura Raistlin dans son coin.

— Raistlin, fit Sturm d'un air solennel.

Le magicien retira sa capuche. Le chevalier était trop bien élevé pour laisser paraître sa stupéfaction. Mais ses yeux s'agrandirent. Tanis réalisa que le jeune magicien prenait un plaisir cynique à observer la mine déconfite de ses amis.

— Veux-tu que je t'apporte quelque chose, Raistlin ? demanda Tanis.

— Non merci, répondit le mage en se retirant dans l'ombre.

— Il ne mange presque rien, dit Caramon avec irritation. On dirait qu'il vit de l'air du temps.

— Comme certaines plantes, déclara Tass en apportant de la bière à Sturm. Elles tirent leur subsistance de l'atmosphère, non de la terre.

— Vraiment ? fit Caramon, incrédule.

— Je ne sais lequel des deux est le plus idiot, commenta Flint. Bon, nous sommes tous là. Alors, quelles sont les nouvelles ?

— Tous ? (Sturm interrogea Tanis du regard.) Et Kitiara ?

— Elle ne vient pas. Nous comptions sur toi pour en apprendre davantage.

— C'était en vain, fit le chevalier en fronçant les sourcils. Nous sommes partis ensemble vers le nord et nous nous sommes séparés après le bras de mer, en Ancienne Solamnie. Elle allait rendre visite à des parents de son père. C'est la dernière fois que je l'ai vue.

— Bon, il faudra nous contenter de cela, soupira Tanis. Et ta famille, Sturm ? As-tu trouvé ton père ?

Tanis écouta à peine le récit du périple de Sturm au pays de ses ancêtres, la Solamnie. Ses pensées allaient à Kitiara. De tous ses amis, c'était elle qu'il désirait le plus revoir. Après avoir essayé pendant cinq années d'oublier ses yeux sombres et son sourire, son désir d'elle croissait de jour en jour. Sauvage et impétueuse, la guerrière était l'opposé de Tanis. Elle appartenait à l'humanité, et l'amour entre les elfes et les humains tournait toujours à la tragédie. Mais Tanis était aussi incapable de chasser Kitiara de son cœur que d'en arracher sa propre part d'humanité.

— On m'avait raconté beaucoup de choses contradictoires..., commença Sturm. Selon certaines rumeurs, mon père était vivant, selon d'autres, il était mort... En réalité, personne ne sait où il se trouve.

— Et ton héritage ? demanda Caramon.

— Je le porte sur moi. Une armure et une arme.

Tanis regarda la splendide armure antique et l'épée à deux mains.

— Elles sont de toute beauté, dit Caramon. On n'en fait plus de telles de nos jours. Mon épée s'est brisée dans un combat contre un ogre. Théros Féral a remplacé la lame, mais cela m'a coûté cher. Ainsi, tu es devenu chevalier ?

Le sourire de Sturm disparut. Ignorant la question, il caressa amoureusement la garde de l'épée.

— Selon la légende, cette épée ne peut être brisée que par moi. C'est tout ce qui me reste de mon père...

La voix criarde de Tass s'éleva brusquement :

— Qui sont ces gens ?

Tanis vit passer les deux barbares qui se dirigeaient vers les sièges installés devant la cheminée. Tanis n'avait jamais vu d'homme aussi grand. Bien que son torse et ses bras fussent trois fois plus développés, Caramon arrivait à l'épaule du barbare. L'homme, enveloppé de peaux de bêtes à la manière des tribus sauvages, devait être très maigre. Sa peau hâlée avait le teint des malheureux affaiblis par la douleur ou la maladie.

Sa compagne était tellement emmitouflée dans les fourrures qu'il était difficile de reconnaître ses traits. Ils s'assirent et échangèrent quelque mots à voix basse.

— Je les ai rencontrés sur la route de Solace, dit Sturm. La femme semblait épuisée et l'homme n'avait guère meilleure mine. Je leur ai dit qu'ils pouvaient se restaurer et passer la nuit ici. Ce sont des gens fiers, qui auraient refusé mon aide, mais ils étaient égarés, à bout de forces et, continua-t-il en baissant la voix, par les temps qui courent, il y a des rencontres qu'il vaut mieux éviter la nuit.

— Nous en avons fait l'expérience, dit Tanis. Il semblerait qu'on recherche un bâton.

Il raconta leur rencontre avec Toede. Sturm sourit au récit de la bataille, et hocha la tête.

— Dehors, un garde des Questeurs m'a interrogé à propos d'un bâton. Il serait orné d'un cristal bleu...

Caramon posa fermement la main sur le bras de son frère et acquiesça.

— Ces gardes nous ont arrêtés aussi, dit-il. Ils voulaient confisquer le bâton de Raistlin, imaginez-vous, pour l'examiner, paraît-il. J'ai agité un peu mon épée et ils n'ont pas insisté.

Un sourire rageur aux lèvres, Raistlin se libéra de la main de son jumeau.

— Que serait-il arrivé s'ils avaient confisqué ton bâton ? demanda Tanis.

— Ils seraient morts de manière atroce, mais pas sous les coups de mon frère.

Le demi-elfe frissonna. Le ton doux et égal du magicien était plus effrayant que les bravades de son jumeau.

— Je me demande quelles particularités peut avoir ce bâton pour que les gobelins soient prêts à tout pour l'obtenir, dit Tanis.

— Des bruits inquiétants circulent, dit Sturm. Des armées d'étranges créatures se forment au nord du pays. On parle de guerre.

— Mais de quoi s'agit-il ? Et de qui ? J'ai entendu dire la même chose, renchérit Tanis.

— Moi aussi, fit Caramon. En fait, on m'a rapporté que...

Laissant la conversation se dérouler sans lui, Tasslehoff bâilla en cherchant une diversion. Son regard tomba sur le vieil homme qui racontait des histoires à l'enfant, devant la cheminée. Son auditoire s'était élargi. Les deux barbares l'écoutaient aussi.

La femme avait retiré sa capuche. Le kender fut ébloui par son visage à présent éclairé par les flammes. On aurait dit une statue de marbre tant ses traits étaient majestueux et purs.

Plus encore, le kender fut fasciné par sa splendide chevelure ; il n'en avait jamais vu de semblable chez les peuples des plaines, généralement bruns. Aucune main humaine n'aurait su sculpter les torsades d'or et d'argent qui cascadaient sur les épaules de la barbare.

Un autre personnage écoutait le vieil homme. Vêtu de la riche tunique brune et or des Questeurs, il était assis à une petite table ronde et buvait du vin chaud aux épices. Il avait déjà vidé plusieurs coupes et en réclamait encore une.

— C'est Hederick, chuchota Tika en passant devant la table de ses amis, le Grand Théocrate.

De nouveau, l'homme appela Tika. Elle accourut aussitôt. D'un ton grognon, il se plaignit du service. La jeune fille se mordit les lèvres sans répondre.

Le vieillard arriva à la fin de son histoire. Le petit garçon l'interrogea en soupirant :

— Les histoires des anciens sont-elles vraies, vieil homme ?

Tasslehoff vit Hederick froncer les sourcils. Il tapota le bras de Tanis en hochant du menton vers le Questeur. Le kender redoutait que le vieillard soit pris à partie.

Les amis tournèrent leur attention vers la cheminée. La beauté de la femme des plaines les réduisit au silence.

— Mes histoires sont vraies, mon enfant. Demande à ces deux-là, dit-il en regardant le couple de barbares. Ces légendes sont enracinées dans leur cœur.

— C'est vrai ? s'enquit le gamin en se tournant vers la femme. Peux-tu me raconter une histoire ?

Intimidée par les regards braqués sur elle, la femme se retira dans l'ombre. L'homme se rapprocha d'elle, une main sur son arme. D'un air farouche, il toisa le petit groupe, et plus particulièrement Caramon.

— Cet énergumène est bien nerveux, commenta ce dernier, mettant la main à l'épée.

— Je le comprends, dit Sturm. Protéger un tel trésor ! D'ailleurs, c'est son garde du corps. D'après ce que j'ai pu comprendre, elle est de sang royal. Mais il semblerait que leurs relations soient plus profondes.

La femme fit un signe de la main pour protester.

— Je suis désolée. Je ne sais pas raconter les histoires, dit-elle avec un fort accent.

— Tu ne sais peut-être pas raconter les histoires, répliqua le vieillard avec enjouement, mais tu sais chanter les chansons, n'est-ce pas, fille de chef ? Chante pour l'enfant, Lunedor. Tu sais quelle chanson lui plaira...

Comme par miracle, un luth apparut dans les mains du vieillard. Il le tendit à la femme, stupéfaite.

— Mais comment sais-tu tout cela, messire ?

— Peu importe, dit-il en souriant. Chante pour nous, fille de chef.

La femme prit le luth d'une main tremblante, sans quitter des yeux le vieillard. Les premières notes s'élevèrent, mélancoliques. Tous les regards convergèrent vers elle, mais elle ne voyait rien. Lunedor chantait pour le vieil homme, et pour lui seul :

— *Infinies sont les prairies, et chante l'été.*
La princesse Lunedor
Aime le fils d'un pauvre homme.
Son père, le grand chef
Les a éloignés l'un de l'autre.

Infinies sont les prairies, et chante l'été.
Les prairies ondulent sous le vent,
Le ciel se frange de gris.
Le chef a envoyé Rivebise
Loin, très loin, tout à l'est

Pour trouver l'objet magique
Né de l'aube du monde.

Les prairies ondulent sous le vent,
Le ciel se frange de gris.
O Rivebise où es-tu parti ?
L'automne va venir ô Rivebise,
Assise au bord de la rivière
Je contemple le lever du soleil.
Mais le soleil s'élève seul au-dessus des cimes.

Les prairies flétrissent,
Le vent d'été se meurt.
Il revient, les yeux lourds
Comme la noire obsidienne.
Il porte un bâton bleu
Limpide comme un glacier.

Les prairies flétrissent, le vent d'été se meurt.
Les prairies sont fragiles,
Claires comme les flammes.
Le grand chef fait fi
Du vœu de Rivebise.
Il ordonne au peuple
De lapider le jeune guerrier.

Les prairies sont fragiles, claires comme les flammes.

La prairie est fanée,
L'automne est là.
La jeune fille retrouve son aimé.
Les pierres sifflent,
Le bâton scintille de lumière bleue
Et tous deux disparaissent.

Les prairies sont fanées, l'automne est là.

Les dernières notes retentirent dans un silence de plomb. La femme rendit le luth au vieillard et se retira dans l'ombre.

— Je te remercie, dit le vieil homme avec un sourire affectueux.

— Maintenant, tu veux bien me raconter une histoire ? demanda le petit garçon.

— Mais oui. Il était une fois, le grand dieu Paladine...

— Paladine ? interrompit l'enfant. Je n'ai jamais entendu parler de ce dieu.

Le Grand Théocrate émit un grognement. Tanis regarda Hederick. Il était rouge de colère. Le vieil homme parut ne rien remarquer.

— Paladine est un des anciens dieux, mon enfant. Il y a bien longtemps que plus personne ne le vénère.

— Pourquoi est-il parti ?

— Il n'est pas parti. Les hommes l'ont abandonné après la sombre époque du Cataclysme. Ils imputaient la destruction du monde aux dieux et non à eux-mêmes, comme il aurait fallu. N'as-tu jamais entendu le *Cantique du Dragon* ?

— Oh si ! J'aime les histoires de dragons, même si papa dit qu'ils n'existent pas. Moi j'y crois. J'espère en voir un jour.

— Prends garde aux souhaits que tu formules, mon enfant, ils pourraient bien se réaliser !

— L'histoire..., pressa le petit garçon.

— Ah oui. Eh bien, un jour, Paladine entendit la prière d'un très noble chevalier, qui s'appelait Huma...

— Le Huma du *Cantique* ?

— Oui, celui-là. Huma s'était perdu dans la forêt. Il marcha si longtemps qu'il crut ne jamais revoir son pays. Il implora l'aide de Paladine, et soudain un grand cerf blanc apparut devant lui.

— Huma l'a tiré ?

— Il se préparait à le faire, mais le cœur lui manqua. L'animal était si beau. Le cerf s'éloigna en bondissant, puis s'arrêta et se retourna vers Huma comme s'il l'attendait. Huma le suivit. Jour et nuit, il marcha derrière le cerf, qui le mena jusqu'à son pays. Alors il rendit grâce au dieu Paladine...

— C'est un blasphème ! cracha une voix hargneuse.

Les têtes se tournèrent vers le Théocrate, qui avait atteint un état avancé d'ébriété.

— Blasphémateur ! Hérétique ! Tu corromps nos enfants ! Je te traînerai devant le Conseil, vieil homme ! (Le Questeur avança d'un pas titubant vers le milieu de la salle.) Appelez les gardes ! cria-t-il en gesticulant.) Arrêtez cet homme, ainsi que cette femme qui vient de chanter des obscénités ! C'est une sorcière ! Je confisque le bâton !

Le Questeur fit une embardée vers la barbare, qui le regardait avec un effroi mêlé de dégoût ; il voulut s'emparer de son bâton.

— Non, il est à moi, dit-elle froidement. Tu ne peux pas me le prendre.

— Sorcière ! Je suis le Grand Théocrate ! Je prends ce que je veux !

Il fit une deuxième tentative. L'homme qui accompagnait Lunedor se leva.

— La fille du chef t'a dit de ne pas y toucher, lança-t-il d'une voix coupante.

Il poussa le Questeur, qui perdit l'équilibre. Essayant de se rattraper, l'ivrogne se prit les pieds dans la chaise et fut projeté la tête la première dans la cheminée.

Une bouffée de clarté éclata dans l'âtre, accompagnée d'une odeur de chair brûlée. Les hurlements du Théocrate déchirèrent le silence. Il réussit à se relever, puis, transformé en torche vivante, il se mit à tourner frénétiquement sur lui-même.

Tanis et ses amis furent incapables de faire un geste. Seul Tasslehoff eut la présence d'esprit de venir au secours du maladroit. Mais le Théocrate criait en agitant les bras tandis que les flammes couraient sur ses vêtements. Le kender ne pouvait plus grand-chose pour lui.

— Tiens ! (Le vieillard prit le bâton orné de

plumes du barbare et le tendit au kender.) Frappe-le pour qu'il tombe, nous pourrons éteindre le feu.

Quand les flammes furent étouffées, la tunique du Questeur se révéla intacte. Sa peau rose ne portait pas de traces de brûlures. Secoué d'une sainte terreur, il se mit sur son séant.

— Le bâton l'a guéri ! clama le vieillard. Regardez ce bâton !

Tasslehoff contempla le morceau de bois qu'il avait entre les mains. Son pommeau de cristal bleu irradiait une lumière azurée !

Le vieux Questeur se remit à crier :

— Appelez les gardes ! Arrêtez le kender et les barbares ! Arrêtez leurs amis ! Je les ai vus arriver avec le chevalier !

— Tu es devenu fou, vieil homme ! cria Tanis.

— Appelez les gardes ! Vous voyez ? Nous l'avons trouvé, ce fameux bâton ! Maintenant, ils vont nous laisser tranquilles.

Le visage livide, le Théocrate tenait à peine sur ses jambes. La barbare et son compagnon, effrayés, se levèrent.

— Misérable sorcière, tonna Hederick, tu m'a soigné avec l'aide du Démon ! Même si je devais me consumer pour purifier ma chair, toi, tu brûleras afin de purifier ton âme !

D'un pas mal assuré, il tourna les talons et traversa la foule.

— Il faut que vous sortiez d'ici ! pressa Tika, hors d'haleine. La ville entière est à la recherche de ce bâton ! Les hommes en capuchon ont déclaré au Théocrate qu'ils détruiraient Solace s'ils trouvaient quelqu'un qui cache le bâton au cristal bleu ! Les gens vont vous livrer aux gardes !

— Mais ce bâton ne nous appartient pas ! protesta Tanis.

Il regarda le vieillard. Celui-ci jubilait du fond de son siège ; il lui fit un clin d'œil.

— Tu t'imagines qu'ils te croiront ! dit Tika. Regarde donc !

Les clients les fixaient d'un air menaçant. Certains avaient la main sur le pommeau de leurs armes. Des vociférations montèrent de la cour de l'auberge.

— Ce sont les gardes qui arrivent ! s'exclama Tika.

— Il faut filer par la cuisine, dit Tanis.

L'équipe ne fut pas longue à réagir. Caramon, qui avait mis son casque et dégainé son épée, aida son frère, muni de son bâton, à se lever. Flint brandissait sa hache devant lui. Les buveurs semblèrent hésiter à se jeter sur des hommes si bien armés. Seul Sturm resta assis et vida tranquillement sa chope.

— Sturm ! appela Tanis. Dépêche-toi, il faut sortir d'ici !

— Fuir ? Devant cette racaille ?

Le code de l'honneur du chevalier lui interdisait de se dérober au danger. Il fallait l'en convaincre.

— Cet homme est un fanatique, Sturm. Il nous fera brûler vifs. (Tanis eut soudain une idée.) Nous devons protection à la dame.

— C'est vrai ! dit Sturm en se dirigeant vers elle. Ma dame, je suis ton serviteur. Nous sommes malgré nous mêlés à cette affaire. Ton bâton nous a mis dans une situation périlleuse, surtout toi. Nous sommes de cette contrée, où nous avons grandi. Toi et ton compagnon êtes des étrangers. Nous serions honorés de vous servir et de veiller sur vos vies.

— Dépêche-toi ! pressa Tika. Caramon et Raistlin sont déjà dans la cuisine.

— Va chercher le kender, lui demanda Tanis.

Abîmé dans la contemplation du bâton, à présent d'une couleur brunâtre, Tass semblait avoir pris racine. Tika le tira dans la cuisine. Le kender poussa un cri et laissa échapper le bâton.

Lunedor le ramassa prestement et le serra contre elle. Son compagnon murmura quelques mots dans leur langue, auxquels elle répondit par la négative. Il fit un signe tranchant, mais une brève réplique le réduisit au silence.

— Nous venons avec vous, dit Lunedor en langue commune. Merci de nous offrir votre aide.

— Par là ! fit Tanis, qui fermait la marche.

Il jeta un coup d'œil derrière lui, et vit quelques manants avancer timidement à leur suite.

Quarante pieds au-dessus du sol, une corde avait été nouée à une grosse branche de la charpente.

— Ah ! s'exclama Tass en riant. C'est par là que monte la bière et que descendent les ordures !

— Je suis désolée, dit Tika à Lunedor, mais c'est la seule manière de sortir d'ici.

— Je sais me servir d'une corde, la rassura Lunedor, bien que je ne l'aie pas fait depuis des années.

Elle joignit le geste à la parole, imitée par son compagnon.

Avant que quiconque ait esquissé un geste, Raistlin sauta sans se soucier de la corde. Tous attendirent l'instant où il s'écraserait sur le sol. Mais ils le virent descendre avec aisance, sa tunique flottant autour de lui. Le cristal de son bâton était devenu lumineux.

— Il me fait froid dans le dos ! grommela Flint à Tanis avant de prendre son tour.

Vint celui de Caramon.

— Je descendrai le dernier, déclara Sturm en dégainant son épée.

— D'accord, répondit Tanis pour éviter une discussion inutile.

Son arc et son carquois à l'épaule, il se laissa glisser le long de la corde. Soudain, ses mains n'eurent plus de prise sur le chanvre. Quand il arriva en bas, ses paumes étaient ensanglantées. Mais ce n'était pas le moment de s'en soucier. Il leva les yeux vers Sturm qui amorçait sa descente.

Tika apparut au-dessus d'eux.

— Allez chez moi ! dit-elle en pointant une main vers les arbres.

— Je connais le chemin, cria Tass. Tous derrière moi !

Ils suivirent le kender le long des passerelles, puis à travers un lacis de sentiers où Tanis se sentit complètement désorienté.

— Nous nous cacherons chez Tika pour la nuit, chuchota Tanis à Sturm, au cas où quelqu'un qui nous aurait reconnu vienne nous chercher chez nous. Demain, tout le monde aura oublié l'incident. Nous emmènerons les gens des plaines dans ma maison, où ils se reposeront quelques jours. Ensuite nous les enverront à Haven, où le Conseil des Grands Questeurs parlera avec eux. Je peux même m'en occuper, car ce bâton m'intrigue...

Sturm acquiesça, lui adressant un de ses rares et mélancoliques sourires.

— Bienvenue chez nous.

— De même, répondit le demi-elfe en riant.

Dans le noir, ils se cognèrent contre Caramon qui marchait devant eux.

— Nous sommes arrivés, je crois, dit celui-ci.

A la lueur des lanternes de la ville, ils regardèrent Tass grimper le long d'un tronc avec l'agilité d'un nain des ravins. Sur le seuil de la maison de Tika, il examina la serrure et sourit d'un air satisfait. Puis il sortit quelque chose de sa poche ; en un clin d'œil, la porte fut ouverte.

— Entrez donc, dit-il sur le ton d'une maîtresse de maison.

La petite habitation fut vite pleine. Le grand barbare baissa la tête pour ne pas se cogner au plafond. Tass tira les rideaux et Sturm offrit un siège à la dame des plaines pendant que Raistlin ranimait le feu.

— Ouvrons l'œil, dit Tanis.

Caramon se posta près d'une fenêtre et scruta la nuit. Tout le monde s'observait en silence.

Tanis se laissa tomber sur un siège et regarda Lunedor.

— Le bâton au cristal bleu a guéri le bonhomme. Comment est-ce possible ?

— Je ne sais pas. Je... je ne l'ai pas depuis longtemps.

Tanis montra ses mains, dont la peau avait été arrachée par la corde, et les lui tendit. Lentement, elle approcha le bâton, qui s'illumina d'une clarté opalescente. Tanis sentit une légère impulsion parcourir son corps. Il vit le sang disparaître de ses paumes, laissant place à une peau parfaite. La douleur disparut aussi.

— Je suis bel et bien guéri ! dit-il, rempli d'une crainte respectueuse.

4

LA PORTE OUVERTE.
FUITE DANS LES TÉNÈBRES.

Assis à même le sol, Raistlin se réchauffait les mains à la chaleur des flammes. Ses yeux dorés ne quittaient pas le cristal bleu du bâton que la femme tenait contre elle.

— A quoi penses-tu ? demanda Tanis.

— Si c'est une *bonimenteuse*, c'en est une bonne.

— Immonde vermisseau ! Tu oses traiter la fille du chef de *bonimenteuse* !

L'air menaçant, le grand barbare s'était approché de Raistlin. Caramon quitta son poste d'observation et vint se camper près de son frère.

— Rivebise..., dit la femme en prenant le bras de l'homme. Je t'en prie. Il ne pense pas à mal. Il est normal qu'ils se méfient de nous. Ils ne nous connaissent pas.

— Nous ne les connaissons pas non plus.

— Permets-tu que je l'examine ? dit Raistlin.

Lunedor lui tendit le bâton. Quand il toucha la main du magicien, il émit un éclat de lumière bleue suivi d'un craquement. Laissant échapper un cri de douleur, le mage retira vivement les doigts. Caramon voulut intervenir, mais son frère l'arrêta :

— Non, Caramon, la dame n'y est pour rien.

Elle regardait le bâton avec stupéfaction.
— Qu'est-ce que ça veut dire ? dit Tanis, exaspéré. Un bâton qui guérit et blesse à la fois ?
— Il n'y a que lui qui sache pourquoi. Tu vas voir. Caramon, prends le bâton !
— Non, pas moi ! protesta Caramon.
— Prends le bâton ! ordonna Raistlin.
A contrecœur, Caramon tendit la main et l'approcha de l'objet, les yeux fermés, les dents serrées dans l'attente du choc. Rien ne se passa.
Caramon ouvrit de grands yeux et saisit le bâton avec un sourire émerveillé.
— Voyez ! fit Raistlin. Seuls les êtres bons, dont le cœur est pur, peuvent le toucher. Cet objet a été fait pour guérir. Consacré par un dieu, il n'a rien de magique. Il n'y a pas d'objets magiques qui possèdent le pouvoir de guérir.
— Chut ! Voilà les gardes du Théocrate ! avertit Tass, qui guettait à la fenêtre.
Ils écoutèrent les gobelins aller et venir sur les passerelles.
— Ils fouillent toutes les habitations, dit Tanis, entendant frapper à la porte de la maison voisine.
— Ouvrez aux gardes des Questeurs ! cria quelqu'un. (Il y eut un silence, puis la voix s'éleva de nouveau :) Il n'y a personne. Faut-il enfoncer la porte ?
— Pas la peine, croassa une autre voix. Nous le dirons au Théocrate, et il l'enfoncera s'il veut. Si elle avait été ouverte, cela aurait été différent. Nous aurions pu perquisitionner.
Tanis regarda la porte qui lui faisait face. Il sentit un courant d'air. Il aurait juré qu'elle avait été barricadée... et pourtant elle était entrouverte !
— La porte ! chuchota-t-il. Caramon...!
Le guerrier s'était déjà levé. Il se colla le dos au mur à côté de l'huis.
— Ouvrez ! Nous sommes les gardes du Questeur !

Les gobelins flanquèrent des coups dans le battant, qui céda aussitôt.

— Il n'y a personne. Allons voir ailleurs.

— Tu manques d'imagination, Grum. C'est l'occasion de chiper quelques pièces...

La tête d'un gobelin apparut dans l'encadrement de la porte. Son regard tomba sur Raistlin, assis avec son bâton sur les genoux.

— Oh ! Regarde ce que nous avons trouvé ! Un bâton ! Donne-le-moi, dit-il en marchant sur Raistlin.

— Mais certainement.

Tandis qu'il tendait le bâton au gobelin, Raistlin souffla un mot de pouvoir : *« Sharak »*. L'objet s'illumina. Eblouis, les gobelins glapirent et fermèrent les yeux, tâtonnant pour dégainer leurs épées. Caramon en profita pour les prendre par la nuque et cogner leurs crânes l'un contre l'autre.

Les gobelins s'écroulèrent.

— Morts ? demanda Tanis à Caramon, qui examinait les corps à la lueur du bâton de Raistlin.

— Je le crains, soupira le grand gaillard. J'ai frappé trop fort.

— Cela change tout, dit Tanis gravement. Nous avons tué deux gardes de plus. Le Théocrate va mettre la ville à sac. Nous ne pouvons pas rester ici ! Quant à vous deux, vous feriez bien de venir avec nous.

— Où que nous finissions..., dit Flint avec irritation.

— Où aviez-vous l'intention d'aller ? demanda Tanis à Rivebise.

— A Haven, avoua à regret le barbare.

— Là-bas, il y a des sages, dit Lunedor. Nous espérions qu'ils nous expliqueraient la nature de ce bâton. Vous avez vu, la ballade que j'ai chantée disait la vérité : le bâton nous a sauvé la vie.

— Tu nous raconteras cela plus tard, l'interrompit Tanis. Quand on se sera aperçu de la disparition des deux gardes, les gobelins fourmilleront dans chaque arbre de Solace. Raistlin, éteins cette lumière.

Le mage prononça le mot « *Dumak* ». La luminosité du cristal s'évanouit.

— Qu'allons-nous faire des corps ? Et Tika ? Elle risque d'avoir des ennuis..., dit Caramon.

— Oublions les corps... et défonce la porte. Toi, Sturm, renverse quelques meubles. Il faut qu'ils croient que nous sommes tombés sur les gobelins et qu'une bataille s'en est suivie. Ainsi, Tika ne devrait pas avoir d'ennuis. C'est une fille avisée, elle s'en sortira.

— Il nous faut des provisions, constata Tass.

Il courut à la cuisine et bourra ses poches de tout ce qu'il put trouver. Flint se chargea d'une flasque de vin.

Debout devant le feu, les deux barbares regardaient Tanis avec incertitude.

— Alors, fit Sturm, où allons-nous maintenant ?

Tanis retourna plusieurs solutions dans sa tête. Si leur tribu avait réellement attenté à la vie des deux barbares des Plaines, ils ne voudraient pas retourner à l'est. Ils pourraient prendre la direction du sud, vers le royaume des elfes, mais Tanis éprouvait une réticence bizarre à revenir dans son pays. Il savait aussi que les elfes ne seraient pas ravis de voir débarquer tant d'étrangers dans leur cité secrète.

— Nous allons vers le nord, finit-il par déclarer. Nous escorterons ces deux-là jusqu'au croisement des routes, et nous déciderons ensuite ce que nous ferons. Eux pourront rejoindre Haven s'ils le désirent. Je projette de continuer vers le nord, pour vérifier si les rumeurs qui parlent d'une armée sont vraies.

— Et pour tomber peut-être sur Kitiara, murmura Raistlin.

Tanis rougit.

— Tout le monde est d'accord ?

— Bien que tu ne sois pas le plus âgé d'entre nous,

tu es le plus sage, dit Sturm. Nous te suivrons, comme toujours.

Tanis sentit une pression sur son bras. Il se retourna, et rencontra les yeux bleus de la belle barbare.

— Nous vous sommes très reconnaissants, dit doucement Lunedor. Vous risquez vos vies pour nous, des étrangers.

Tanis sourit et frappa dans ses mains.

— Je suis Tanis. Les jumeaux s'appellent Caramon et Raistlin. Le chevalier, Sturm Clairelame. Celui qui porte le vin, c'est Flint Forgefeu, et notre adroit serrurier est Tasslehoff Racle-Pieds. Tu es Lunedor et lui Rivebise. Nous ne sommes plus des étrangers.

Lunedor sourit d'un air fatigué et avança vers la porte, appuyée sur le bâton qui avait repris sa couleur neutre. Le visage aussi indéchiffrable qu'un masque, Rivebise regarda Tanis.

Eh bien, nous dirons plutôt que « certains » parmi nous ne sont plus des étrangers, corrigea mentalement le demi-elfe.

Bientôt tout le monde fut dehors. Tass montrait le chemin. Passant le dernier, Tanis contempla un moment la pièce qu'ils laissaient sens dessus dessous.

Après de dures années d'errance solitaire, ce n'est pas ainsi qu'il avait imaginé son retour au pays. Kitiara n'était pas revenue. Les gobelins avaient envahi sa paisible cité. Il lui fallait fuir en pleine nuit devant une bande de fanatiques, vraisemblablement sans espoir de retour.

Les elfes ne sentent pas le temps passer. Pour eux, les saisons vont et viennent comme les averses d'orage. Mais Tanis était un demi-homme. Son agitation intérieure l'avertissait que quelque chose allait arriver...

5

LES ADIEUX DE FLINT. UNE NUÉE DE FLÈCHES. LE MESSAGE DES ÉTOILES.

Rabattant sa capuche sur sa tête pour se protéger du vent du nord, Tanis rejoignit ses compagnons.

— Le vent a tourné, dit-il. Il pleuvra demain. Il faut trouver un endroit où nous reposer.

— Ecoute, Tanis, proposa Tass, nous pourrions prendre un bateau. Le lac de Crystalmir est tout près d'ici. De l'autre côté, il y a des cavernes ; cela nous épargnerait du chemin à faire demain.

— C'est une excellente idée, Tass, mais nous n'avons pas de bateau.

— Aucun problème, sourit le kender.

Dans la pénombre, son petit visage aux oreilles en pointe lui donnait l'air démoniaque. Tass prenait grand plaisir à ces péripéties. Tanis l'aurait volontiers secoué pour lui faire comprendre qu'ils couraient de grands dangers. Mais le demi-elfe savait que c'était peine perdue : les kenders étaient immunisés contre la peur.

— Guide-nous, Tass. Et ne dis rien à Flint, je m'en occupe.

— En quoi consiste le plan ? demanda Sturm.

— Nous continuons en bateau.

— Et où prendrons-nous ce bateau ?

— Il vaut mieux que tu n'en saches rien, dit le demi-elfe.

Le chevalier fit grise mine. Il suivit des yeux le kender, qui filait devant eux comme une ombre parmi les ombres.

— Je n'aime pas ça, Tanis. Nous sommes déjà devenus des meurtriers, maintenant, des voleurs.

— Je ne me considère pas comme un meurtrier, protesta Caramon. Les gobelins, ça ne compte pas.

— Je n'aime ni l'un ni l'autre, dit Tanis pour couper court à la discussion, mais nous y sommes obligés. Regarde les deux barbares. Ils tiennent debout grâce à leur seule fierté. Regarde Raistlin...

Le magicien haletait, accroché à son bâton, toussant de temps à autre à fendre l'âme.

— Tanis a raison, dit Caramon. Raistlin n'en peut plus. Je vais le voir.

Abandonnant le chevalier et le demi-elfe, il se hâta de rejoindre son frère.

— Laisse-moi t'aider, Raist.

Raistlin secoua la tête et se déroba au geste de Caramon, qui haussa les épaules mais resta près de lui.

— Pourquoi réagit-il ainsi ? demanda Tanis à Sturm.

— Histoires de famille. Les liens du sang...

Sturm avait parlé comme à regret. Il allait poursuivre, mais la vision du demi-elfe portant la barbe d'un humain l'en empêcha. Tanis comprit ce qui avait traversé l'esprit du chevalier. La famille, les liens du sang... Un demi-elfe ne pouvait pas le comprendre.

— Allez, viens, grogna Tanis, ne traînons pas.

Le petit groupe laissa derrière lui les grands arbres de Solace pour pénétrer dans la forêt de pins qui bordait le lac Crystalmir. Tanis entendit des bruits confus dans le lointain. *Ils ont dû trouver les cadavres*, se dit-il.

Venu d'on ne sait où, Tass surgit devant eux.

— Il y a à peine une lieue d'ici jusqu'au lac, dit-il. Je vous retrouverai là-bas, au bout du chemin.

Avant que Tanis ait pu souffler mot, il avait disparu.

— Où est le kender ? grommela Flint tandis qu'ils entraient dans la forêt.

— Nous le retrouverons au lac, répondit Tanis.

— Au lac ? dit Flint en ouvrant de grands yeux. Quel lac ?

— Il n'y en a qu'un par ici, Flint, dit Tanis, se retenant de rire. Marchons. Inutile de perdre du temps.

— Je pensais que nous allions juste nous cacher un moment dans les bois, râla Flint.

— Nous allons prendre un bateau.

— Ça, jamais ! grommela le nain. Je ne mettrai pas le pied sur un bateau !

— Flint, ton accident remonte à dix ans, s'impatienta Tanis. Ecoute, je ferai en sorte que Caramon se tienne tranquille.

— Pas question ! J'en ai fait le serment.

— Tanis, chuchota Sturm derrière lui, je vois des lumières.

— Malédiction !

Autour de Solace, des torches apparaissaient çà et là parmi les grands arbres. On était à leur poursuite. Tanis se dépêcha de rattraper Caramon, Raistlin et les barbares. Ils pressèrent l'allure. Derrière eux, Flint s'essoufflait en grognant.

— Flint ne viendra pas avec nous, dit Sturm. Il a une peur bleue des bateaux depuis que Caramon a failli le noyer par inadvertance. N'étant pas là, tu n'as pas pu voir dans quel état il s'est mis après que nous l'eûmes repêché.

— Il viendra, dit Tanis en soufflant. Il est notre aîné, et il ne peut nous laisser affronter seuls le danger.

Tanis ne vit plus les lumières ; mais ils étaient sans

doute trop loin pour les apercevoir. L'intelligence de Maître Toede ne leur avait pas laissé une impression inoubliable, pourtant il ne fallait pas être grand clerc pour déduire que le groupe se dirigerait vers le lac.

— Nous sommes arrivés, fit remarquer Caramon.

Tanis poussa un soupir de soulagement en découvrant les eaux houleuses.

— Où est Tass ?

— Là, je crois, dit Caramon, pointant le doigt sur une masse sombre flottant aux abords de la berge.

Tanis distingua à peine l'aura rougeoyante du kender perché sur une grande barque.

Dans le ciel constellé d'étoiles, Lunitari, la lune rousse, se levait à la surface de l'eau. Solinari, sa compagne, mirait sa robe d'argent sur le lac.

— Nous ferons des cibles idéales ! déplora Sturm.

Tasslehoff tâtonnait dans l'obscurité à la recherche d'un point d'ancrage. Voyant les signaux de Tanis, il sauta devant le bateau et le tira vers le rivage.

— Tu veux nous faire tous monter dans la même barque ? déclara Flint, horrifié. Tu as perdu la tête, demi-elfe !

— Le bateau est grand, dit Tanis.

— Non, je n'irai pas. S'agirait-il des légendaires bateaux ailés de Tarsis, que je n'irais pas davantage ! Je préfère tenter ma chance contre le Théocrate !

Tanis ignora le nain fulminant et fit un signe à Sturm.

— Fais monter tout le monde à bord. Nous arrivons dans un instant.

— Ne tardez pas trop, répondit Sturm. Ecoute...

— J'entends, dit Tanis.

— D'où viennent ces bruits ? s'enquit Lunedor.

— Les gobelins sont à nos trousses ; ils communiquent grâce à ces sifflements. Ils vont bientôt entrer dans le bois.

Lunedor acquiesça, puis elle échangea quelques mots avec son compagnon, qui fit de grands gestes en direction des bois.

Il est en train de la convaincre de se séparer de nous, comprit Sturm.

— Rivebise, *gue-lando* ! dit Lunedor sèchement.

Sturm vit le visage du barbare se durcir. Sans un mot, il marcha vers l'embarcation. Lunedor paraissait soucieuse.

— Puis-je faire quelque chose pour toi, ma dame ? demanda galamment Sturm.

— Non. Il règne sur mon coeur, mais je règne sur sa volonté. Jadis, quand nous étions jeunes, nous pensions que nous pourrions oublier cela. Mais j'ai trop longtemps été fille de chef.

— Pourquoi se méfie-t-il de nous ?

— Il est victime des préjugés de notre peuple, répondit Lunedor. Les tribus des plaines ne se fient qu'aux humains. La barbe de Tanis n'empêche pas de voir qu'il est un demi-elfe. Et il y le nain et le kender.

— Et toi, ma dame ? Pourquoi nous fais-tu confiance ? N'as-tu pas les mêmes préjugés ?

— Petite fille, j'étais une princesse pour mon peuple. J'en étais aussi la prêtresse. Les gens de ma tribu m'adoraient comme une déesse. J'y ai cru, et j'aimais cela. Puis quelque chose est arrivé.

Elle resta silencieuse, l'œil perdu dans le vague.

— Qu'est-il arrivé ? reprit Sturm.

— Je suis tombée amoureuse d'un berger, dit Lunedor en regardant Rivebise.

Avec un grand soupir, elle marcha vers le bateau.

Quand chacun fut monté à bord, Caramon s'enquit du nain auprès de Sturm.

— Flint dit qu'il préfère griller à petit feu plutôt que monter sur un bateau, car au moins il mourra au chaud et au sec.

— Je vais le chercher, et le déposer ici de force, dit Caramon.

— Cela n'arrangera rien. C'est toi qui a failli le noyer, n'oublie pas. Laisse faire Tanis, il est plus diplomate.

Ils virent Tanis et le nain se serrer la main. Puis le demi-elfe accourut vers le bateau, seul.

— Buté comme un nain, dit le proverbe, maugréa Caramon, et celui-là a eu cent quarante-huit années pour se perfectionner. Bref, il va nous manquer. Il m'a sauvé la vie plusieurs fois. Laisse-moi aller le chercher. Un coup de poing dans la mâchoire et il se retrouvera sur le bateau en croyant être dans son lit.

Tanis, hors d'haleine, avait grimpé à bord.

— Non, Caramon. Flint ne nous le pardonnerait jamais. Ne te fais pas de souci pour lui, il retourne dans les collines.

Caramon sauta dans l'eau pour pousser l'embarcation. Quelqu'un cria du rivage.

— Attendez ! (C'était Flint, qui courait entre les arbres.) Arrêtez ! Je viens avec vous !

Les lumières des torches trouèrent le feuillage sombre des bois.

— Flint, les gobelins ! cria Tanis. Ils sont derrière toi ! Vite !

Sans demander son reste, le nain accéléra l'allure, une main sur la tête pour tenir son casque.

— Je vais couvrir sa fuite, dit Tanis en prenant son arc.

Le demi-elfe était le seul à pouvoir distinguer les gobelins à la lueur des torches. Caramon immobilisa l'embarcation et Tanis visa le premier monstre. La flèche l'atteignit en pleine poitrine. Les gobelins ralentirent et prirent leurs arcs. Tanis encochait une autre flèche quand Flint arriva sur la berge.

— Attendez-moi ! Je viens avec vous ! cria le nain en se jetant dans l'eau, où il disparut en bouillonnant.

— Sors-le de là ! hurla Sturm. Tass, rame en arrière ! Il est là, as-tu vu ?

Caramon plongea à l'aplomb des bulles pour repêcher le nain. Les efforts de Tass furent vains ; le bateau était trop lourd. Tanis décocha une autre flèche, qui manqua son but. Déjà les gobelins dévalaient la colline.

— Je l'ai ! cria Caramon en tenant le nain ruisselant par le col de sa tunique. Arrêtes de gigoter ainsi ! dit-il à Flint qui se débattait comme un diable dans un bénitier.

Le nain était dans un état de panique absolue. Une flèche vint se ficher en vibrant dans la cotte de maille de Caramon.

— Voilà le résultat ! grommela le guerrier.

Il hissa le nain dans les airs et le lâcha brutalement dans l'embarcation. Flint resta accroché au bastingage, les jambes pendant dans le vide. Sturm l'attrapa par la ceinture tandis que la barque, déséquilibrée, tanguait dangereusement. Tanis faillit tomber à l'eau et dut lâcher son arc pour se cramponner. Une flèche manqua de peu sa main.

— Tass, rame en arrière vers Caramon ! cria-t-il.

— Je ne peux pas ! glapit le kender, qui tirait sur les avirons comme un forcené.

Un coup de rame faillit faire passer Sturm pardessus bord. Le chevalier vida le kender de son siège et prit sa place. Le bateau glissa doucement vers Caramon. Aidé de Tanis, le colosse se hissa à bord.

— Rame plus vite ! hurla Tanis à Sturm.

Dans le concert de vociférations des gobelins, le bateau s'éloigna du rivage. Les flèches sifflèrent autour des rescapés.

— Ce soir, ce fut un excellent exercice de tir pour les gobelins, marmonna Caramon en retirant la flèche de sa cotte de mailles. Nous étions comme sur un présentoir, histoire qu'ils nous canardent du mieux possible.

Occupé avec son arc et son carquois, Tanis vit Raistlin se lever.

— Baisse-toi, Raistlin ! cria-t-il.

Le magicien fit comme s'il n'avait rien entendu et se mit à fouiller la bourse accrochée à son ceinturon. Une flèche se planta à côté de lui sans qu'il réagisse. Tanis réalisa qu'il se concentrait sur un tour de magie.

Le déranger pouvait avoir de désastreuses conséquences ; le jeune homme risquait d'oublier la formule magique, ou, plus grave, de devoir l'interrompre.

Le magicien leva la main et laissa s'égrener sur le plancher ce qu'il avait sorti de sa bourse. C'était du sable.

— *Ast tasarak sinuralan krynawi*, murmura-t-il, arquant la main droite vers le rivage.

Sur la berge, les gobelins lâchèrent leurs arcs et tombèrent sur le sol comme des mouches. Ceux de l'arrière-garde avancèrent en braillant. Mais les énergiques coups de rames de Sturm avaient mis le bateau hors de portée des flèches.

— Bon travail, petit frère !

Epuisé, Raistlin laissa retomber la tête sur sa poitrine. Il fut aussitôt pris d'un accès de toux. Son jumeau vint le réconforter.

— Ça ira, murmura le magicien en repoussant Caramon.

— Que leur as-tu fait ? demanda Tanis.

— Je les ai endormis, dit Raistlin en claquant des dents. Maintenant, il faut que je me repose.

Il a vraiment acquis habileté et pouvoirs, pensa le demi-elfe. *Si seulement je pouvais lui faire confiance.*

Le bateau filait sans encombre sur l'eau noire. On n'entendait plus que le bruit des rames et la toux sèche de Raistlin.

Lunedor, transie, se recroquevilla dans ses fourrures. La tunique qu'elle portait sur son pantalon bouffant avait été éclaboussée.

— Prends ma cape, dit Rivebise en enlevant sa peau d'ours.

— Non, tu as eu la fièvre. Tu sais que je ne tombe jamais malade. Mais tu pourrais mettre ton bras autour de moi, guerrier. La chaleur de ton corps nous réchauffera tous deux.

— Est-ce un ordre, fille de chef ? la taquina Rivebise en la serrant contre lui.

— C'en est un, dit-elle en souriant.

Elle regarda le ciel semé d'étoiles, et poussa un soupir.

— Qu'y a-t-il ? demanda Rivebise en levant les yeux.

Bien que les autres n'aient pas compris un mot de leur dialogue, ils virent le regard intense de Lunedor dirigé vers le ciel.

— Raist, qu'est-ce que c'est ? Je ne vois rien, dit Caramon.

Le magicien fut pris d'une quinte de toux. Puis il se redressa et examina le ciel. Ses yeux s'arrondirent ; il toucha le bras de Tanis pour attirer son attention.

— Tanis..., chuchota-t-il, le souffle court, les constellations...

— Quoi ? fit le demi-elfe, troublé par la pâleur du jeune homme et la lueur fiévreuse de ses yeux. Qu'ont-elles donc, les constellations ?

— Elles ont disparu ! répondit Raistlin, avant d'être secoué par une nouvelle quinte de toux.

Caramon le prit dans ses bras. Raistlin s'essuya la bouche du revers de la main. Ses doigts étaient pleins de sang.

— La constellation qu'on appelle Reine des Ténèbres et celle du Vaillant Guerrier. Elle était venue pour conquérir Krynn, et lui devait la combattre. Toutes les rumeurs qui circulent sont vraies. Guerre, mort, destruction...

— Calme-toi, Raist, tu en fais trop. Ce ne sont que des étoiles.

— Seulement des étoiles, répéta Tanis, d'un ton égal.

Sturm reprit les avirons et se mit à ramer vers la rive, qu'on distinguait déjà.

6

NUIT DANS LA CAVERNE. DISSENSIONS. TANIS PREND UNE DÉCISION

La brise s'était levée durant la traversée. Peu à peu, les nuages s'amoncelèrent dans le ciel. Les passagers du bateau se couvrirent de leurs frusques pour se protéger de la pluie qui commençait à tomber.

— Sturm ! Par là, entre les deux rochers sur notre gauche ! dit Tanis.

Le chevalier et Caramon ramèrent plus vite. La pluie ne facilitait pas la visibilité. Soudain, une falaise s'éleva au-dessus d'eux.

Tirée par Tanis jusqu'à la berge, la barque accosta sous un déluge de pluie. Ils descendirent du bateau, portant le nain transi de frayeur et de froid. Rivebise et Caramon tirèrent l'embarcation derrière les buissons. Tanis conduisit la petite troupe jusqu'à l'entrée d'une caverne.

Lunedor considéra la minuscule grotte d'un air perplexe. Mais à l'intérieur, il y avait suffisamment de place pour que chacun puisse s'étendre.

— L'endroit est charmant, dit Tass, même s'il manque un peu de mobilier.

— Cela suffira pour cette nuit, répondit Tanis en riant. Je crois que même Flint ne s'en plaindra pas. Sinon, nous le renverrons dormir sur le bateau.

Tass était heureux de retrouver son ami plus déterminé que dans son souvenir. Maintenant qu'ils faisaient équipe, son regard avait repris de la vivacité. Il avait sans doute besoin d'action et d'aventure pour oublier ses problèmes. Le kender, qui n'avait jamais rien compris aux tourments intérieurs du demi-elfe, se réjouit de l'heureuse diversion.

Caramon déposa son frère sur le sable, près du feu que Rivebise était en train d'allumer.

Il se débrouille bien, pensa Tanis en regardant faire le barbare. *Il pourrait être l'un des nôtres*. Lunedor s'assit près de Raistlin, qui continuait à tousser à fendre l'âme. Elle lui tendit une coupe de vin.

— Veux-tu en boire un peu ? demanda-t-elle.

Raistlin secoua la tête et repoussa la main tendue. Elle regarda Tanis.

— Peut-être que mon bâton...?

— Non !

Raistlin étouffait. Il fit signe à Tanis de s'approcher. Même très près de lui, il était difficile de comprendre ce qu'il disait.

— Le bâton ne peut pas me guérir, Tanis. Ne perdez pas de temps avec moi. Si c'est un objet consacré..., son pouvoir est limité. J'ai sacrifié mon corps... à la magie. Mes souffrances sont inévitables. Rien n'y fera...

Sa voix s'éteignit et ses yeux se fermèrent.

Un courant d'air parcourut la caverne. Sturm avait écarté les branchages qui servaient à la clôturer ; il traîna Flint avec lui et le laissa devant le feu. Le nain avait durement mis à l'épreuve la patience de Sturm. Tanis nota chez le chevalier les signes de la mélancolie qui le submergeait de temps à autre.

Sturm aimait l'ordre et la discipline. La disparition des étoiles, donc de l'ordre naturel des choses, l'avait éprouvé.

Tasslehoff jeta une couverture sur les épaules du nain, qui claquait des dents en psalmodiant : « B-bbateau... ». Il but avidement le vin que le kender lui tendit.

Sturm regarda Flint d'un air dégoûté.

— Je prends le premier tour de garde, dit-il.

Rivebise se leva.

— Je viens avec toi.

Sturm tressaillit, et se tourna lentement vers le barbare.

— Je suis un Chevalier de Solamnie, dit-il. Ma parole est mon honneur, et mon honneur est ma vie. A l'auberge, j'ai juré de vous protéger, toi et la dame. Si tu doutes de ma parole, tu insultes mon honneur. Je ne peux tolérer cet outrage.

— Sturm ! lança Tanis, bondissant sur ses jambes.

Sans quitter des yeux le barbare, le chevalier repoussa le demi-elfe d'un geste.

— Ne t'en mêle pas, Tanis. Bien. Quelle sera l'arme ? Comment se battent les barbares ?

Les grands yeux sombres de Rivebise fixèrent intensément le chevalier.

— Je n'ai pas remis ton honneur en question. Je ne connais pas les hommes des villes, et je le dis simplement : j'ai peur. C'est ma peur qui me fait parler ainsi. Depuis qu'on m'a donné le bâton au cristal bleu, j'ai peur. J'ai surtout peur pour Lunedor. Sans elle, je n'existe pas. Comment pourrais-je avoir confiance...

Sa voix s'était altérée, son visage soudain marqué par la fatigue et la douleur. Ses jambes le trahirent ; il tomba en avant. Sturm le rattrapa au vol.

— Tu ne pouvais pas savoir, dit-il. Je comprends. Vous êtes épuisés, et vous avez été malades. Repose-toi. Je monterai la garde.

Il écarta les branchages et sortit sous la pluie.

Lunedor avait écouté sans mot dire. Elle vint se blottir contre Rivebise, étendu dans un coin de la caverne. Bientôt ils s'endormirent, la tête de Lunedor reposant sur la poitrine de son guerrier.

Avec un soupir de soulagement, Tanis se tourna vers Raistlin. Il avait sombré dans un profond sommeil. Parfois, il murmurait quelques mots étranges et touchait son bâton. Tasslehoff, assis près du feu, dénombrait ses différentes « acquisitions ». Des anneaux brillants, des pièces de monnaie bizarres, des plumes d'engoulevent, des cordelettes, un collier de verroterie, une poupée de savon, et une toupie. Tanis reconnut un des objets. C'était un anneau fabriqué par les elfes, que quelqu'un dont il ne se souvenait plus lui avait donné. En or, il était finement sculpté de feuilles de lierre.

Doucement pour ne pas réveiller les autres, Tanis approcha du kender.

— Tass..., cet anneau m'appartient..., dit-il en lui touchant l'épaule.

— Vraiment ? répondit Tass en roulant de grands yeux. C'est le tien ? Je suis content de l'avoir trouvé. Tu as dû le perdre à l'auberge.

— Tass, aurais-tu une carte de la région, par hasard ?

Les yeux du kender brillèrent.

— Une carte ? Oui, j'en ai une, Tanis. Bien sûr.

Il fouilla dans un de ses sacs et sortit un coffret de bois sculpté dont il tira une liasse de cartes. Tanis connaissait la diversité des « trouvailles » du kender, mais il ne cessait de s'en émerveiller. Il devait y avoir là une centaine de cartes sur parchemin.

— Je croyais que tu connaissais personnellement chaque arbre de la région, Tanis.

— J'ai vécu ici plusieurs années, mais soyons francs, je n'ai pas trouvé un seul sentier dérobé.

— Tu n'en trouveras pas d'ici à Haven, dit Tass en étalant une carte sur le sol de la grotte. La route de Haven par la vallée de Solace est la plus rapide.

— Tu as raison, admit Tanis après avoir étudié la carte. Non seulement c'est la plus rapide, mais c'est la seule route possible à des lieues à la ronde. Au nord et à l'est, se dressent les monts Kharolis, où il n'y a pas un col. Ce que sait parfaitement le Théocrate.

Tass bâilla et remit la carte dans le coffret.

— Bien ! C'est un problème que des têtes meilleures que la mienne sauront résoudre. Moi, je suis là pour la rigolade.

Le kender remit le coffret dans son sac. Ramenant ses jambes en chien de fusil, il s'étendit par terre et s'endormit du sommeil bienheureux des nourrissons.

Tanis le regarda avec envie. Bien que recru de fatigue, il n'était pas assez détendu pour s'abandonner au sommeil. Caramon, qui veillait sur son frère, ne dormait pas non plus.

— Repose-toi, je m'occuperai de Raistlin.

— Non, répondit le guerrier. Il peut avoir besoin de moi.

— Mais il te faut récupérer.

— J'en aurai, répliqua Caramon en souriant. Dors toi-même, nounou. Tes enfants se portent bien. Regarde le nain a cessé de grelotter.

— En effet, dit Tanis, le Théocrate entend probablement ses ronflements depuis Solace. Eh bien, ami, nos retrouvailles ne ressemblent pas à ce que nous avions imaginé cinq ans plus tôt.

Tanis s'étendit à son tour et se roula dans son manteau. Il finit par s'endormir.

Au cours de la nuit, Caramon releva Sturm. Puis Tanis releva Caramon. La tempête fit rage. Le lac ressemblait à une mer déchaînée. Les éclairs illuminaient les arbres comme en plein jour. Le matin, la tempête se calma et l'aube grise pointa dans un ciel couvert de nuages. Tanis sentit qu'il fallait agir. Les tempêtes étaient rares en automne, et il était étrange qu'elles viennent du nord ; elles passaient généralement à l'est, par les plaines. Tanis, très sensible aux phénomènes naturels, était aussi dérouté par ce temps étrange que Raistlin par la disparition des étoiles. Il ressentait le besoin de bouger. Alors il revint dans la grotte pour réveiller ses compagnons.

La caverne était humide et sombre malgré l'aube naissante et le feu pétillant. Lunedor et Tasslehoff s'affairaient à préparer le petit déjeuner. Rivebise était occupé à secouer les fourrures de sa compagne. Le barbare, qui allait parler à la jeune femme quand Tanis était entré, s'était interrompu. Le visage pâle et défait, Lunedor gardait les yeux baissés.

Tanis comprit que Rivebise regrettait de s'être laissé aller, la veille.

— Il n'y a pas grand-chose à manger, dit Lunedor en versant des graines dans l'eau bouillante.

— Le garde-manger de Tika n'était pas bien garni, avança Tass pour s'excuser. Nous avons une miche de pain, un demi-fromage ramolli, et de l'avoine. Tika doit se contenter de peu.

— Rivebise et moi n'avons rien emporté avec nous, dit Lunedor. Nous ne nous attendions pas à voyager si loin.

Tanis voulut lui demander des précisions, mais les autres commençaient à se réveiller. Caramon s'étira, et se leva.

— Du gruau ? C'est tout ce qu'il y a ?

— Il y aura encore moins pour le dîner, dit Tasslehoff. Serre-toi la ceinture. De toute façon, tu as grossi.

Sturm refusa toute nourriture et reprit la garde. Caramon dévora ce que contenait son assiette, vida celle de son frère, puis celle du chevalier. Il attendit, au cas où quelqu'un lui laisse encore quelque chose.

— Vas-tu manger ça ? demanda-t-il en pointant un index sur le morceau de pain de Flint.

Le nain fronça les sourcils. Tass, voyant le regard de Caramon se poser sur son assiette, enfourna son morceau de pain dans sa bouche et faillit s'étouffer. *Cela lui clouera le bec un moment*, pensa Tanis, heureux de ne plus entendre la voix aiguë du kender. Tass n'avait cessé de taquiner Flint dès le matin, l'appelant « maître des mers » ou « navigateur émérite », l'interrogeant sur le prix du poisson ou sur la somme qu'il lui prendrait pour le transporter de l'autre côté du lac. Flint lui jeta finalement un caillou à la figure. Sur quoi Tanis l'envoya laver la vaisselle dans le lac.

Le demi-elfe se dirigea vers le fond de la caverne.

— Comment ça va, ce matin, Raistlin ? Nous allons bientôt lever le camp.

— Je vais beaucoup mieux, répondit le magicien d'une voix douce.

Il fit la grimace en buvant une décoction d'herbes de sa composition. Dans un insupportable tintamarre, Tass revint avec les ustensiles lavés. Flint voulut les prendre pour les empaqueter, mais Tass se déroba avec agilité.

— Un peu de sérieux, siffla le nain, sinon je te pends par les cheveux à un arbre pour que tu serves d'exemple aux autres kenders.

Les branchages de l'entrée de la grotte bruissèrent ; le visage tourmenté, Sturm entra.

— Arrêtez votre tintamarre ! cracha-t-il avec colère. On vous entend depuis la rive du lac. Ces deux-là vont ameuter tous les gobelins de Krynn. Il faut partir d'ici. Quelle direction prenons-nous ?

Un silence gêné s'installa. Chacun regarda Tanis, sauf Raistlin, qui semblait ailleurs.

— Le Théocrate de Solace est corrompu. A présent, nous le savons. Il manipule cette racaille de gobelins pour prendre le pouvoir. Si le bâton entrait en sa possession, il s'en servirait à des fins personnelles. Depuis des années, nous sommes à la recherche des vrais dieux. Il semblerait que nous en ayons trouvé un, que je ne suis pas prêt à laisser aux mains de cet imposteur de Solace. Tika croit que les Grands Questeurs de Haven sont encore à la recherche de la vérité, elle nous l'a dit. Ils pourront peut-être nous renseigner sur ce bâton, nous dire d'où il vient, et quels pouvoirs il possède. Tass, donne-moi la carte.

Le kender étala par terre le contenu de ses poches, puis lui tendit un parchemin.

— Nous sommes là, dit Tanis, sur la rive ouest de Crystalmir. Au nord et au sud, nous avons les monts Kharolis qui délimitent la vallée de Solace. A notre connaissance, il n'y a pas de col qui permette de franchir les montagnes, sauf celui de HautesPortes, au sud de Solace.

— Et que tiennent sûrement les gobelins, poursuivit Sturm. Il y a des cols au nord-est...

— C'est de l'autre côté du lac ! vociféra Flint, horrifié.

— Oui, de l'autre côté du lac, dit Tanis, impassible. Mais cela mène vers les plaines et je ne pense pas que vous vouliez y aller. (Il se tourna vers Lunedor et Rivebise.) La route pour Haven passe par le Pic de la Sentinelle et le Canyon de l'Ombre. Il me semble évident que c'est la meilleure.

— Et si les Questeurs de Haven sont aussi corrompus que celui de Solace ? objecta Sturm.

— Alors nous irons au sud, au Qualinesti.

— Qualinesti ? dit Rivebise. Le pays des elfes ? Pas question ! Il est interdit aux êtres humains. D'ailleurs, le chemin est secret...

Un raclement de gorge coupa court à la discussion. Tous se tournèrent vers Raistlin.

— Il y a un chemin. Les sentiers du Bois des Ombres. Ils mènent directement à Qualinesti, dit-il d'une voix moqueuse.

— Le Bois des Ombres ? répéta Caramon. Tanis, non ! Je veux bien me battre chaque jour que les dieux font, mais pas contre des morts !

— Des morts ? demanda Tass. Dis-moi, Caramon...

— La ferme, Tass ! jeta Sturm. Le Bois des Ombres, c'est de la folie pure et simple. Ceux qui y pénètrent n'en ressortent pas. Veux-tu vraiment que nous prenions ce parti, magicien ?

— Attendez ! coupa Tanis.

Tout le monde se tut. Sturm considéra le visage calme de Tanis, et ses yeux en amandes qui reflétaient la sagesse acquise au cours d'années d'errance. Le chevalier s'était longtemps demandé pourquoi il acceptait l'autorité de Tanis. Après tout, il n'était qu'un bâtard mâtiné d'elfe. Le sang qui coulait dans ses veines n'était pas noble. Il ne portait ni armure ni bouclier au blason héroïque. Pourtant Sturm le suivait, l'aimait et le respectait comme personne au monde.

La vie n'avait pas été clémente pour le Chevalier Solamnique. Il ne la concevait qu'à travers le codex des chevaliers, qui la réglait. *« Est sularus oth mithas »*, « Mon honneur est ma vie ». Cette devise avait sept cents ans, mais Sturm craignait, dans le fond de son cœur, qu'au jour de la bataille décisive elle n'apportât pas de vraie réponse. Si ce jour survenait, il savait que Tanis serait à son côté pour soutenir un monde en train de s'écrouler. Sturm se *conformait* au code tandis que Tanis le *vivait* de tout son être.

La voix du demi-elfe le ramena à la réalité :

— Je vous rappelle que ce bâton ne nous appartient pas. Si toutefois il appartient à quelqu'un, c'est à Lunedor. Nous n'avons pas plus de droit sur lui que le Théocrate de Solace. Que décides-tu, ma dame ?

Le regard de Lunedor passa de Tanis à Rivebise.

— Tu connais mon opinion, dit celui-ci froidement, mais c'est toi la fille de chef.

Ignorant le regard suppliant de Lunedor, il sortit.

— Que veut-il dire ? interrogea Tanis.

— Il veut que nous vous quittions, et que nous allions à Haven avec le bâton. Il pense que nous risquons davantage avec vous que seuls.

— Nous sommes un risque ? explosa Flint. Pourquoi serions ici, pourquoi aurais-je été noyé - pour la seconde fois - si ce n'est pour... pour...

Il bégayait de colère.

— Cela suffit ! dit Tanis. Tass, tu connais le chemin ! Et rappelle toi, nous ne partons pas pour un pique-nique !

— D'accord, Tanis, lança le kender.

Il rassembla ses sacs et les chargea sur ses épaules. Puis il mit un genou en terre devant Lunedor, lui baisa la main et sortit. Les autres prirent leur bagage et le suivirent.

— Il va pleuvoir, grommela Flint. J'aurais dû rester à Solace.

Tanis sourit en hochant la tête. Au moins, il y avait des choses qui ne changeaient pas : les nains, par exemple.

— J'ai bien caché le bateau, dit Rivebise. Au cas où nous en ayons besoin...

— Bonne idée, répondit Tanis. Merci...

— Passe devant si tu veux, l'invita Rivebise en faisant un geste. Je fermerai la marche et je couvrirai nos traces.

Tanis allait remercier le barbare des plaines, mais Rivebise s'était déjà retourné pour converser dans leur langue avec Lunedor. A ses paroles prononcées d'un ton doux, il rétorqua sèchement. Tanis entendit la jeune femme soupirer. Il s'éloigna et rejoignit ses compagnons.

7

L'HISTOIRE DU BÂTON. D'ÉTRANGES PRÊTRES. DE MYSTÉRIEUSES SENSATIONS

Les bois de la vallée de Solace débordaient d'une luxuriante végétation. Sous la haute couronne des arbres foisonnaient ronces et chardons. Le sous-bois était envahi de volubilis et de lianes auxquels il fallait prendre garde ; ils piégeaient leurs proies en s'enroulant autour de leurs chevilles, et tous les prédateurs de la forêt se repaissaient de leur sang...

La petite troupe mit plus d'une heure à se frayer un chemin dans la broussaille pour rejoindre la route de Haven. Quand, égratignés et fourbus, les compagnons s'arrêtèrent pour se reposer, ils réalisèrent qu'un silence total pesait sur la forêt. On aurait dit que chaque créature retenait son souffle. Tapis dans les buissons, les bêtes n'osaient se risquer à découvert.

— Crois-tu que l'endroit soit sûr ? demanda Caramon.

— De toute façon, nous sommes obligés d'emprunter ce chemin, s'impatienta Tanis, à moins qu'il nous pousse des ailes, ou de revenir sur nos pas. Nous avons mis une heure pour faire quelques centaines de pas. A ce train-là, il faudra une semaine pour arriver au prochain croisement de routes.

— Allons-nous rester ensemble, ou nous séparer ? demanda Sturm.

— Nous restons ensemble, répondit Tanis. Mais il faudrait que quelqu'un parte en éclaireur.

— J'irai, Tanis, dit Tass. Personne ne se méfiera d'un kender solitaire.

Tanis hésita. La remarque de Tass était juste. Les kenders avaient la manie de sillonner Krynn à la recherche de l'aventure. Mais ce kender-là avait la mauvaise habitude d'oublier ses missions ; il se laissait détourner de son but par son insatiable curiosité.

— D'accord, mais prends bien soin de garder l'œil ouvert et ta langue dans ta poche, Tasslehoff Racle-Pieds. Ne t'écarte du chemin à aucun prix, et ne touche à rien de ce qui ne t'appartient pas !

— Sauf si tu rencontres un boulanger ! ajouta Caramon.

Dans un éclat de rire, Tass s'éloigna. Les autres attendirent quelques instants, puis se risquèrent hors des fourrés, avec le même trac qu'une troupe de théâtre face à un public hostile. Ils avaient l'impression que tout ce que Krynn comptait d'yeux était braqué sur eux.

Une fois sur la route, les bois se présentaient comme une masse impénétrable. Sturm, silencieux, marchait en tête. Tanis sentait qu'il était en proie à ses tourments. Caramon et Raistlin le suivaient.

Son bâton dans une main, le magicien tenait un livre dans l'autre. Tanis se demanda ce qu'il pouvait bien marmonner tout au long du chemin. Puis il réalisa que Raistlin répétait des formules magiques pour les savoir par cœur.

Flint pressa le pas pour remonter jusqu'à Caramon. Ils recommencèrent à se chamailler à propos de l'incident, vieux de dix ans, qui avait coûté au nain un bain mémorable.

— Essayer d'attraper un poisson à main nue ! maugréa Forgefeu d'un air dégoûté.

En compagnie des barbares des plaines, Tanis fermait la marche. A la terne lumière du jour, les cernes sous les yeux de Lunedor la faisaient paraître plus âgée que ses vingt-neuf ans.

— Nous n'avons pas eu une vie facile, dit-elle sur le ton de la confidence. Rivebise et moi, nous nous aimions depuis longtemps, mais nos coutumes exigent qu'un guerrier, pour épouser la fille d'un chef, s'en rende digne en réalisant un exploit. Pour nous, ce fut pire. Il y a des années, la famille de Rivebise avait été rejetée par notre tribu pour avoir refusé le culte des ancêtres. Son grand-père croyait aux anciens dieux, ceux d'avant le Cataclysme, bien qu'il n'en subsistât plus de trace sur Krynn.

« Mon père décida que je n'épouserais pas un homme inférieur. Il assigna à Rivebise une mission impossible. Il devait ramener un objet consacré par les dieux, afin de prouver leur existence. Mon père, qui, bien sûr, n'y croyait pas, espérait qu'en chemin, Rivebise rencontrerait la mort, ou un autre amour. »

Elle regarda le grand guerrier et lui sourit. Mais Rivebise avait le regard perdu dans le lointain ; le sourire de Lunedor s'évanouit. Comme si elle parlait pour elle seule, elle poursuivit son récit :

— Rivebise resta au loin de nombreuses années. Ma vie n'avait plus aucun sens. Parfois, je sentais le cœur me manquer et l'espoir me quitter. Puis il est revenu, il a quelques jours de cela, à demi-mort, en proie à la fièvre. Tenant à peine sur ses jambes, il s'est écroulé à mes pieds, serrant un bâton contre lui. Il tomba dans l'inconscience, sans pour autant lâcher son bien.

« Dans son délire, il était question d'un endroit effrayant, d'une cité détruite sur laquelle planait la mort aux ailes noires. Effrayé, il se débattit tellement qu'on dut l'attacher. Il se souvint alors d'une femme vêtue de bleu, qui avait surgi dans cette cité pour le guérir, et qui lui avait donné le bâton. A cette évocation, la fièvre tomba et il se calma.

« Il y a deux jours... (elle s'interrompit ; deux jours seulement ? cela lui semblait une éternité) ... il a présenté le bâton à mon père, lui disant qu'il l'avait reçu d'une déesse dont il ignorait le nom. Mon père a regardé le bâton, et il a commandé à Rivebise de faire quelque chose de simple. Rien ne s'est produit. Il l'a alors jeté à la figure de mon aimé en l'accusant d'imposture. Puis il a ordonné au peuple de le lapider pour le punir de son blasphème.

« Les membres de la tribu ont ligoté Rivebise et l'ont traîné devant le Mur des Douleurs. Ils ont commencé à lui jeter des pierres. Il me regarda avec amour et me cria que rien, même la mort, ne pouvait nous séparer. Je ne supportai pas l'idée de vivre sans lui. J'ai couru et j'ai reçu des cailloux. Soudain un éclair déchira le ciel, après quoi Rivebise et moi nous sommes retrouvés sur la route de Solace. Le bâton irradiait une lueur bleue qui disparut peu à peu, le laissant tel que tu le vois. Nous avons alors décidé d'aller à Haven pour consulter les sages du temple. »

— Rivebise, demanda Tanis, troublé, à quoi ressemblait cette cité désolée ? Où se trouvait-elle ?

Rivebise ne répondit pas. Le regard errant sur les bois, il semblait à mille lieues de là.

— Tanis Demi-Elfe, dit-il au bout d'un moment. C'est bien ton nom ?

— Chez les hommes, c'est ainsi qu'on m'appelle. Mon nom elfique est trop difficile à prononcer pour eux.

— Pourquoi te nomme-t-on Demi-Elfe et non Demi-Homme ?

Tanis reçut la question comme une gifle. Se sentant traîné dans la boue, la repartie lui manqua. Il savait que Rivebise n'avait pas posé la question sans raison. Il ne devait pas la prendre comme une insulte, mais comme un test.

— Selon les humains, la moitié d'un elfe est la partie d'un tout. Un humain qui ne l'est qu'à moitié passe pour un infirme.

Rivebise réfléchit, puis opina du chef, et se décida à répondre à Tanis :

— J'ai erré de longues années. Parfois je ne savais pas où je me trouvais. Je suivais le soleil, la lune et les étoiles. Mon dernier séjour fut un cauchemar.

« C'était une cité aux maisons blanches, aux colonnes de marbre, qui avait été belle autrefois. On aurait dit qu'une main géante l'avait projetée contre la montagne. Elle était devenue vieille et hantée par le Mal. »

— Les ailes noires de la mort..., dit doucement Tanis.

— La dame est sortie des ténèbres comme une déesse, sous les hurlements de ses adorateurs, dit l'homme des plaines en frissonnant, le front couvert de sueur. Je ne veux plus en parler !

— C'est alors qu'elle t'a donné le bâton ? poursuivit Tanis.

— Elle m'a guéri. J'étais à l'agonie.

Tanis regarda le bâton au cristal que Lunedor tenait à la main. Un banal bâton de bois, comme tant d'autres. A une extrémité était gravée une devise, entourée des plumes d'oiseaux qu'affectionnent les barbares. Il l'avait vu s'illuminer ! Il avait fait l'expérience de ses pouvoirs de guérison. Etait-ce un cadeau des anciens dieux, qui leur tendaient la main en ces temps troublés ? Etait-ce le démon ? D'ailleurs, que savait-il de ces barbares ? Tanis se souvint de ce qu'avait déclaré Raistlin. Le bâton ne devait être touché que par une personne au cœur pur. Il aurait aimé y croire...

Les trois compagnons s'étaient laissés distancer par Sturm et Caramon. Ils coururent les rejoindre.

— Notre éclaireur est de retour, dit Sturm sèchement.

Par trois fois, Tass agita les bras.

— Cachons-nous dans les buissons ! ordonna Tanis.

Tous s'exécutèrent, sauf Sturm, qui resta à la lisière du bois.

— Je ne vais pas me terrer dans les broussailles comme un lapin ! dit-il en se dégageant de Tanis qui voulait l'entraîner avec lui.

Le demi-elfe ravala les mots qu'il avait sur les lèvres, qui auraient causé d'irréparables dégâts, et attendit Tasslehoff.

— Des prêtres ! haleta le kender. Il y en huit ! Ils ont un chariot !

— Je m'attendais à un bataillon de gobelins, pour le moins ! Je pense que nous sommes de taille à tenir tête à un groupe de prêtres.

— Je n'en sais rien, dit Tass, je n'ai jamais vu pareils prêtres en Krynn. Tanis, te souviens-tu de ce qu'a dit Tika ? Des gens bizarres de l'entourage de Hederick ? Avec des houppelandes à capuche ? Ceux-là correspondent exactement à ce qu'elle a décrit. Ils me font une impression bizarre, dit-il en frissonnant. Dans quelques instants, ils seront en vue.

Tanis jeta un coup d'œil à Sturm. Tous savaient que le kender n'était pas sensible à la peur, mais excessivement réceptif au rayonnement des créatures. Tanis ne se souvenait pas avoir vu Tass dans cet état, même dans les situations les plus périlleuses.

— Les voilà, dit Tanis en se réfugiant sous la ramure avec le chevalier et le kender. Sturm, tu pourrais peut-être leur parler. Il faudrait que nous sachions où mène cette route. Sois prudent, mon ami.

— Je le serai, car je n'ai pas l'intention de risquer ma vie pour rien.

— Ce sont des prêtres ! dit Raistlin. Je n'aime pas ça.

— Que veux-tu dire ? demanda Tanis.

— Qu'ils sont vraiment étranges, expliqua patiemment Raistlin, comme s'il s'adressait à un demeuré. Le bâton possède des vertus curatives, tout comme les prêtres ont le pouvoir de guérir, ce qu'on n'a plus vu en Krynn depuis le Cataclysme ! A Solace, Caramon et moi avons aperçu ces hommes encapuchonnés. Ne trouves-tu pas étrange, mon ami, que ces prêtres et ce bâton apparaissent en même temps au même endroit, alors qu'on ne les avait jamais vus ? Le bâton leur appartient peut-être vraiment.

Lunedor semblait soucieuse. Elle aussi s'étonnait de ces coïncidences.

Les compagnons ne soufflèrent mot. Une pluie serrée commença à tomber, tambourinant sur le feuillage.

Tanis regardait la route. Lui non plus n'avait jamais rencontré des prêtres comme ceux-là pendant les cent ans passés en Krynn. Ils mesuraient bien six pieds de haut. Leurs mains et leurs pieds étaient couverts de bandelettes comme ceux des lépreux. Quand ils arrivèrent à hauteur de Sturm, ils jetèrent de furtifs coups d'œil alentour. A travers les fentes de ses bandelettes, l'un d'eux scruta les buissons.

— Salut, Chevalier Solamnique, dit-il dans la langue commune.

Sa voix, à la fois caverneuse et zézayante, sonnait autrement qu'un timbre humain.

— Salut, frères, répondit Sturm. J'ai parcouru un bon bout de chemin aujourd'hui, et vous êtes les premiers voyageurs que je rencontre. Il y a beaucoup de rumeurs qui circulent, et je voudrais savoir comment continuer ma route. D'où venez-vous ?

— A l'origine, nous venons de l'est. Mais aujourd'hui, nous sommes partis de Haven. La journée est bien maussade pour voyager, et c'est sans doute pourquoi tu n'as rencontré personne. Nous avons pris la route parce que nous y étions obligés. Nous ne t'avons pas vu en chemin. Tu dois donc venir de Solace, messire chevalier.

Sturm opina du chef. Les prêtres se regardèrent en murmurant. Leur chef leur parla en une langue bizarre, gutturale. Tanis échangea un coup d'œil avec ses compagnons. Personne ne connaissait cet idiome. Le chef des prêtres reprit en langue commune :

— Je serais curieux de savoir ce qu'on raconte, chevalier.

— Il y aurait des armées rassemblées au nord du pays, répondit Sturm. Je suis en route pour la Solamnie, mon pays. Je n'ai aucune envie de me trouver mêlé à une guerre qui n'est pas la mienne, et à laquelle personne ne m'a *invité*.

— Ces rumeurs ne sont pas parvenues jusqu'à nous, répondit le prêtre. Autant que je sache, la route du nord est libre.

— Ça m'apprendra à écouter les ivrognes, dit Sturm en haussant les épaules. Mais quelle impérieuse nécessité vous contraint à sortir par un temps pareil, mes frères ?

— Nous sommes à la recherche d'un bâton. Un bâton orné d'un cristal bleu. Nous savons qu'on en a vu un à Solace. As-tu eu vent de cet objet ?

— Oui, répondit Sturm. A Solace, j'ai entendu des gens en parler. Ce sont les mêmes qui ont mentionné les armées rassemblées dans le nord. Que dois-je croire ?

Le prêtre resta un instant confondu. Il hésitait sur la contenance à prendre.

— Dis-moi, frère, pourquoi cherchez-vous un bâton au cristal bleu ? Un gros gourdin siérait mieux au bon prêtre que tu es.

— Il s'agit d'un bâton sacré, qui possède des vertus curatives, répondit gravement le prêtre. L'un des nôtres est très malade. Sans le secours de cette sainte relique, il mourra.

— Le bâton a le pouvoir de guérir ? Un bâton sacré qui guérit est d'une valeur inestimable. Comment avez-vous pu égarer un objet aussi rare, aussi merveilleux ?

— Nous ne l'avons pas égaré ! grogna le prêtre. Il nous a été dérobé. Nous avons suivi le voleur jusqu'à un village barbare des plaines, mais nous avons perdu sa trace. En tout cas, il se passe des choses étranges à

Solace, et c'est là que nous nous rendons. Les mauvaises conditions de voyage ne sont rien comparées aux souffrances que notre frère doit endurer.

— Je regrette de ne pouvoir vous être utile...

— Je peux faire quelque chose ! cria une voix derrière Tanis.

Trop tard. Lunedor était sortie des buissons et marchait sur le prêtre, Rivebise sur les talons.

— Lunedor ! souffla Tanis.

— Je dois en avoir le cœur net !

Entendant la voix de Lunedor, les prêtres hochèrent la tête en se consultant du regard d'un air entendu. Tanis pressentit le danger, mais il n'y avait plus rien à faire. Caramon intervint.

— Les barbares des plaines ne vont pas me laisser moisir au fin fond des fourrés pendant qu'ils se livrent à leurs facéties ! déclara-t-il en emboîtant le pas à Rivebise.

— Vous êtes tous devenus fous ? grommela Tanis en rattrapant Tass, qui se précipitait derrière Caramon. Flint, surveille le kender. Raistlin...

— Ne te fais pas de souci, Tanis, je n'ai aucune envie de quitter ces buissons.

— Très bien. Restons ici.

Envahi par une « étrange sensation », Tanis approcha sur la pointe des pieds...

8

À LA RECHERCHE DE LA VÉRITÉ.
RÉPONSES INESPÉRÉES

— Je peux te venir en aide.

La voix pure de Lunedor tinta comme une clochette. L'expression de consternation du chevalier ne lui avait pas échappé, et elle comprenait l'avertissement de Tanis.

Mais elle n'agissait pas sur un coup de tête. Lunedor n'était pas femme à s'emporter. C'était elle qui commandait la tribu depuis que son père avait été frappé par la foudre et privé ainsi de l'usage de la parole, de la jambe et du bras droits. Elle avait fait la guerre aux tribus voisines, et géré la paix. Maintes fois, on avait tenté de lui ravir le pouvoir. Elle savait parfaitement qu'elle prenait un risque considérable. Ces prêtres ne lui disaient rien qui vaille, mais ils en savaient long sur le bâton. Il fallait qu'elle en ait le cœur net.

— Je suis en possession du bâton au cristal bleu, dit Lunedor, avançant vers le chef des prêtres. Mais nous ne l'avons pas volé. Il nous a été donné.

Rivebise et Sturm vinrent se placer de chaque côté d'elle. Caramon déboula des fourrés et se campa derrière elle, la main sur le pommeau de son épée.

— C'est ce que tu prétends, dit le prêtre avec mépris.

Ses yeux brillants de convoitise étaient fixés sur le bâton ; il tendit la main pour le prendre. Vivement, Lunedor le serra contre elle.

— Ce bâton provient d'un endroit maléfique, dit-elle. Je ferai mon possible pour aider ton frère mourant, mais je ne céderai la relique à personne avant d'être sûre qu'elle lui revient de plein droit.

Hésitant, le prêtre se tourna vers ses compagnons. Tanis les vit faire des gestes vers leurs grosses ceintures, semées de renflements qui ne devaient pas être des livres de prières. Prudent, le demi-elfe prit son arc, et encocha une flèche.

Les mains enfouies dans ses manches, le prêtre inclina finalement la tête en signe d'acceptation.

— Nous vous sommes reconnaissants de venir en aide à notre malheureux frère. J'espère que vous viendrez avec nous à Haven, et que je pourrai alors vous convaincre que ce bâton vous a été remis par erreur.

— Nous allons où bon nous semble, prêtre, grommela Caramon.

Quel idiot ! pensa Tanis, qui resta caché dans les buissons au cas où les choses tourneraient mal.

Lunedor et le chef des prêtres avancèrent vers le chariot, sous l'œil vigilant de Caramon et de Sturm. Le prêtre souleva la bâche ; le bâton à la main, Lunedor plongea le regard à l'intérieur du véhicule.

Tanis vit bouger quelque chose. Lunedor poussa un cri. Un éclair de lumière bleue jaillit, un autre cri s'éleva. Lunedor recula d'un bond. Rivebise la rejoignit. Le prêtre emboucha un cor dont il tira de longues notes plaintives.

— Caramon ! Sturm ! cria Tanis. C'est un traquenard...

Ses derniers mots s'étranglèrent dans sa gorge. Une masse lui était tombé dessus et le maintenait plaqué au sol. Des mains serraient son cou à l'étouffer. Sa vue s'obscurcit, son souffle devint court. Son adversaire disposant d'une force hors du commun, Tanis se sentit perdre conscience. Il entendit un hurlement suivi d'un craquement d'os brisés. L'étau se desserra ; son agresseur s'abattit sur le sol.

Tanis se redressa. Flint se tenait devant lui, une bûche à la main. Le nain ne lui prêta pas attention, il contemplait la forme inerte qui gisait à ses pieds.

Tanis suivit le regard de Flint et tressaillit, horrifié. Ce n'était pas un être humain ! Il se tenait debout comme un homme, mais sa peau était constituée d'écailles de serpent et ses mains et ses pieds énormes se terminaient par des griffes. Il avait des ailes membraneuses sur le dos. Mais le plus horrible était sa tête ; Tanis n'avait jamais rien vu de tel dans le monde de Krynn, ni dans ses pires cauchemars. C'était une tête humaine, aux traits reptiliens...

— Par tous les dieux de la terre, souffla Raistlin en rampant vers Tanis, qu'est-ce que c'est que ça ?

Une clarté bleuâtre, suivie d'un appel de Lunedor, empêcha Tanis de répondre.

Penchée sur le malade étendu dans le chariot, elle s'était demandée un instant quel terrible mal avait pu transformer la peau d'un homme en écailles de reptile. Elle tendit le bâton vers le malheureux ; des griffes crochues tentèrent de le lui arracher. Lunedor recula, mais les griffes s'étaient fichées dans le bois. La lueur bleue jaillit, éblouissante. Avec un hurlement de douleur, la créature recula, tâtant sa main brûlée.

Rivebise, l'épée brandie, accourut.

Lunedor vit retomber le bras tendu de son bien-aimé ; il ne fit pas un geste pour se défendre. Des mains agrippèrent la jeune femme et la bâillonnèrent. Les yeux agrandis de terreur, Rivebise, médusé, découvrit la créature et réalisa qu'il s'agissait de la réalité, et non d'un cauchemar.

En digne représentante de sa race, Lunedor se

défendit bec et ongles. Son adversaire, vacillant sur ses jambes, dut desserrer son étreinte. La fille de chef en profita pour le toucher de son bâton. Stupéfaite, elle vit la créature s'effondrer sur le sol, comme si un géant l'avait terrassée. Le bâton diffusait de nouveau sa lumière bleue. Elle le fit tournoyer devant elle pour maintenir les prêtres à distance. Mais combien de temps cela durerait-il ?

Ayant pris conscience du traquenard dans lequel ils étaient tombés, Sturm vint à leur rescousse. Mais il n'en crut pas ses yeux : les bras ballants, l'homme des plaines battait en retraite, sans un geste pour se défendre. Sturm plongea sa lame dans le dos de la créature qui assaillait Rivebise. Touchée à mort, elle empoigna le chevalier, révulsé par le contact de cette peau visqueuse. Soudain, la créature s'immobilisa, comme tétanisée. Le chevalier voulut retirer sa lame du corps inerte, mais il lui fut impossible de l'en dégager. Furieux, il flanqua un coup de poing rageur à sa victime, et sursauta d'horreur et de dégoût. Le monstre s'était pétrifié...

— Caramon ! hurla Sturm.

Le chevalier était attaqué par un prêtre qui brandissait une hache. Une douleur intense le fit vaciller ; le sang lui ruissela sur les yeux. Un poids énorme le renversa dans la boue.

Au moment où Caramon entendit l'appel de Sturm, deux créatures se précipitèrent vers lui. Les tenant à distance de son épée, il dégaina sa dague. Le prêtre qui se jeta sur lui la reçut dans le ventre. Une tache verdâtre apparut sur sa tunique en même temps que montait une odeur infecte, qui souleva le cœur de Caramon. Un instant, le guerrier fut saisi de panique. Il s'était battu contre les trolls et les gobelins, mais devant ces prêtres, il se sentait démuni et abandonné. Une voix rassurante s'éleva derrière lui :

— Je suis là, frère...

— Il était temps, Raistlin ! Qui sont ces satanés religieux ?

— Ne les embroche pas sur ton épée ! avertit Raistlin. Ils se pétrifient. Ce ne sont pas des prêtres, mais des hommes-serpents. C'est pourquoi ils s'enveloppent de houppelandes et de capuchons.

Aussi différents que l'ombre et la lumière, les jumeaux faisaient preuve d'une belle unité au combat. Ils se parlaient peu, car leurs pensées se transmettaient plus vite que la parole.

Voyant que Caramon laissait tomber son épée et sa dague, les créatures se précipitèrent vers lui, leurs vêtements défaits flottant de façon grotesque sur leurs écailles.

— Je suis prêt, dit le guerrier à son frère.

— *Ast tarsak simiralan krynawi*, psalmodia Raistlin en lançant une poignée de sable dans les airs.

Les créatures se figèrent, stoppées dans leur élan. Leurs yeux clignèrent ; en quelques secondes, elles reprirent leurs esprits et chargèrent de nouveau.

— Ces créatures résistent à la magie ! gémit Raistlin.

Mais le bref répit suffit à Caramon. De ses mains immenses, il empoigna les têtes reptiliennes et les choqua l'une contre l'autre. Les corps tombèrent sur le sol comme des statues. Deux autres monstres émergèrent du chariot, brandissant des épées courbes dans leurs mains bandées.

— Place-toi derrière moi, ordonna Raistlin.

Caramon ramassa ses armes et, à regret, recula derrière son frère.

Raistlin fixa intensément les deux monstres qui, reconnaissant un magicien, hésitèrent à approcher. L'un se réfugia sous le chariot, l'autre se rua sur lui l'épée en avant avec l'intention d'interrompre le sort. Caramon poussa un cri d'alarme, mais son frère n'entendait déjà plus. Il leva les bras, joignit les pouces et déploya les doigts en éventail.

— *Kair tangus mopiar.*

L'injonction prononcée par le frêle magicien agit sur la créature, qui s'embrasa.

Grâce au hurlement de Sturm, Tanis avait repris ses esprits. Il fendit les broussailles et fit irruption sur le chemin. Du plat de l'épée, il frappa l'agresseur de Sturm, qui s'effondra avec un cri. Puis il tira le chevalier dans les buissons.

— Mon épée, marmonna Sturm, aveuglé par le sang qui lui coulait sur le visage.

— Nous la reprendrons, dit Tanis en se demandant comment. (Il se tourna vers Flint et Tasslehoff qui étaient accourus :) Restez près de Sturm. Je vais essayer de rassembler tout le monde. Nous allons nous replier dans les bois.

A peine parvenu sur le chemin, des flammes s'élevèrent, l'obligeant à se plaquer au sol. L'incantation de Raistlin avait fait son œuvre. De la fumée montait du chariot ; la paillasse du malade avait pris feu.

— Reste ici et veille sur Sturm ! grogna Flint en prenant sa hache.

Pour l'instant, les créatures ne semblaient pas soupçonner la présence du chevalier, du nain et du kender dans les fourrés. Mais Flint savait que cela ne saurait tarder.

— Occupe-toi de lui, lança-t-il à Tass avec irritation. Rends-toi utile, pour une fois !

— Je fais de mon mieux, mais je n'arrive pas à arrêter le sang, dit le kender en essuyant le visage du chevalier. Alors, vois-tu quelque chose à présent ?

— Mon épée..., souffla Sturm en laissant retomber la tête.

Tass la chercha des yeux ; il la découvrit plantée dans le corps pétrifié du prêtre.

— Génial ! s'exclama le kender, émerveillé. Regarde, Flint, là voilà, l'épée de Sturm !

— Je sais, crétin !

— Je vais la chercher ! annonça joyeusement Tass. Je ne serai pas long.

Une créature se dirigea vers eux, l'épée brandie.

— Arrête ! cria Flint, réalisant que le nouvel assaillant n'était pas dans le champ de vision du kender.

De son épée courbe, la créature visa la gorge de Tass. Flint fit tournoyer sa hache au moment où celui-ci se releva. Le bâton à grelots du kender vint frapper Flint aux jambes ; il tomba à genoux. L'épée de la créature frôla la tête du nain, qui bascula sur Sturm en poussant des cris d'orfraie.

Alerté par ce vacarme, Tass se retourna. Le spectacle était affligeant. Flint, assailli par un prêtre, gisait sur le dos, les jambes en l'air, alors qu'il aurait dû se battre.

— Mais qu'est-ce que tu fabriques, Flint ? cria Tass.

D'un revers de bâton, il fit tomber la créature. Un deuxième coup sur la tête l'acheva. .

— Alors ! dit-il, furieux. Dois-je me battre à ta place ?

Le kender marcha résolument vers l'épée de Sturm.

— « Se battre à ma place ! » Ce qu'il faut entendre !

Tanis trouva Lunedor et Rivebise dos à dos, tenant les créatures à distance grâce au bâton. Trois corps pétrifiés gisaient à leurs pieds. Le barbare bandait son arc, la seule arme qu'il lui restât. Les créatures échangèrent des paroles incompréhensibles, sans doute sur la stratégie à adopter. Prévoyant qu'ils allaient passer à l'assaut pour maîtriser les deux barbares, Tanis attaqua par-derrière. Pour faucher l'adversaire, il se servit du plat de son épée comme d'une massue.

— Filez, cria-t-il aux barbares. Vite, par là !

Rivebise prit Lunedor par la main et tous deux bondirent vers Tanis par-dessus les corps pétrifiés.

— Tiens, prends ce poignard, dit le demi-elfe à Rivebise.

L'homme des plaines le saisit, le retourna et, de sa garde, frappa un assaillant avec une telle violence qu'il lui brisa la nuque. Lunedor, qui jouait toujours de son bâton pour se défendre, fit jaillir la lumière bleue en terrassant l'autre créature.

Ils filèrent dans le sous-bois.

Tanis scruta la route à travers le rideau de fumée. Soudain, son cœur bondit dans sa poitrine : des silhouettes aux grandes ailes noires s'étaient posées au bord du chemin. Ils étaient pris au piège, à moins de s'échapper par les bois.

Tanis rejoignit Sturm, entouré de Flint et des deux barbares.

— Où sont les autres ? Caramon, Raistlin ? Tass ? Je lui avais recommandé de ne pas bouger d'ici.

— Le satané kender a failli me tuer ! explosa Flint. J'espère qu'ils l'ont emporté et qu'ils en feront de la soupe pour les cochons !

Tanis avança dans les nuages de fumée. Il buta sur Tass, qui traînait l'épée de Sturm.

— Comment es-tu arrivé à la sortir du cadavre ?

— Le corps est tombé en poussière. Je...

— Tu me raconteras cela plus tard, rejoignons les autres ! As-tu vu Caramon et Raistlin ?

— Nous sommes là, haleta Caramon, qui soutenait son frère, secoué d'une quinte de toux. Alors, on les a eus ?

— Loin de là, dit Tanis tristement. Il faut déguerpir d'ici le plus vite possible.

Derrière l'écran de fumée, ils retrouvèrent leurs compagnons groupés autour de Sturm, livide, qui s'était remis debout, et dont la blessure ne saignait plus.

— Nous allons prendre par le sud, à travers bois, décida Tanis.

— Mais c'est le Bois des Ombres ! dit Caramon, horrifié.

— Il en arrive de tous les côtés. Nous ne pourrons pas soutenir un nouvel assaut. Mais rien ne nous oblige à rentrer dans le Bois des Ombres, si nous prenons le chemin qui mène au Pic du Prieur.

— Nous pourrions retourner à la caverne, proposa Rivebise, et récupérer le bateau ?

— Jamais ! s'étrangla Flint.

Il tourna les talons. Aussi vite que le lui permettaient ses petites jambes, il s'enfonça dans le sous-bois.

9

LA FUITE.
LE CERF BLANC.

Les compagnons entrèrent dans le bois, où, marchant à vive allure, ils eurent tôt fait de retrouver le sentier. Caramon était en tête, son frère le suivant de près. Chacun avait l'arme au poing.

Pas de trace des monstres.

— Pourquoi ne nous poursuivent-ils pas ? s'étonna Flint au bout d'une heure de marche.

— Inutile qu'ils se donnent cette peine, répondit Tanis qui s'était posé la même question. Nous sommes pris au piège. Ils tiennent toutes les issues de la forêt, sauf le Bois des Ombres...

— Le Bois des Ombres ! dit Lunedor. Sommes-nous vraiment obligés de passer par là ?

— J'espère que non, dit Tanis. Allons jusqu'au Pic du Prieur, nous pourrons jeter un coup d'œil sur le panorama.

A l'avant de la colonne, Caramon cria quelque chose. Tanis accourut aussitôt. Raistlin venait de s'évanouir.

— Ça va aller, souffla le mage quand il fut revenu à lui, il suffit que je me repose un instant.

— Nous avons tous besoin d'une pause, dit Tanis.

Sans un mot, les compagnons se laissèrent tomber sur la mousse. Sturm ferma les yeux et appuya sa tête endolorie contre un rocher. Tandis que la blessure du chevalier avait viré à l'incarnat, son visage était d'une pâleur mortelle. Tanis savait que la douleur ne lui arracherait pas une plainte, dût-il se trouver à l'agonie.

— Ne te tracasse pas, accorde-moi seulement quelques instants de paix.

Tanis vint s'asseoir à côté de Rivebise. Après un moment de silence, il se hasarda à lui poser une question :

— Tu as déjà eu affaire à ces créatures, n'est-il pas vrai ?

— Oui, dans la cité en ruine. Tout m'est revenu à la mémoire quand j'ai regardé dans le chariot et que j'ai vu cette horrible chose me fixer. Au moins, je sais que je ne suis pas fou ; ces créatures existent réellement. Parfois, j'en doutais.

— Je te comprends, dit Tanis. Elles ont dû se répandre dans Krynn, à moins que la cité détruite ne se trouve tout près d'ici.

— Je ne le crois pas, car je suis venu à Que-Shu par l'est. C'est très loin de Solace, au delà des plaines où je demeure.

— Que voulaient dire ces créatures en prétendant t'avoir poursuivi jusqu'à notre village ? demanda Lunedor.

— Ne t'inquiète pas, dit Rivebise. Nos guerriers savent se défendre.

— Rivebise, tu étais sur le point de dire quelque chose..., rappela Lunedor.

— Tu as raison, répondit-il, lui caressant les cheveux. (Il sourit à Tanis. Son masque de dureté avait disparu, et son regard brun était chaleureux.) Je te remercie, Demi-Elfe, ainsi que vous tous. Vous nous avez sauvé la vie plusieurs fois, et je me suis montré ingrat. Mais tout ce qui nous arrive est si étrange !

— Et cela ne fait que commencer, ajouta Raistlin d'une voix lugubre.

La petite troupe approchait du Pic du Prieur. On le voyait de loin, dressé au-dessus de la forêt comme deux mains jointes pour une prière. La pluie s'était arrêtée, faisant place à un silence de mort. Où étaient passés les oiseaux et la faune habituelle de la forêt ? L'atmosphère était pesante ; chacun restait sur le qui-vive.

Sturm, qui avait insisté pour fermer la marche, était fatigué jusqu'à la nausée. Peu à peu, il s'était laissé distancer par les autres ; ne sachant plus très bien où il était, se bornait à mettre un pied devant l'autre, comme les automates dont Tass avait parlé la veille.

Il essayait de se souvenir de l'histoire. Ces automates étaient au service d'un magicien qui avait chargé un démon d'enlever le kender. Comme toutes les histoires de Tass, celle-ci n'avait aucun sens. Comme celle du vieillard de l'auberge. Des histoires de Cerf Blanc et d'anciens dieux... Paladine, Huma...

Toute son enfance, Sturm avait été gavé d'histoires sur Huma. Sa mère, fille et épouse de Chevalier Solamnique, lui en avait rebattu les oreilles. Les pensées de Sturm allèrent à sa génitrice, qui avait si souvent soigné ses maladies et apaisé ses douleurs. Son père les ayant envoyés en exil pour soustraire son unique héritier à la vindicte des ennemis des chevaliers, sa mère et lui avaient trouvé refuge à Solace. Sturm s'était vite fait des amis, parmi lesquels Caramon, avec qui il partageait la passion de l'art militaire. La mère de Sturm n'avait de considération pour personne. Quand elle mourut de la fièvre, seul son fils était auprès d'elle. Elle recommanda l'adolescent à son père, si toutefois il vivait encore, ce dont Sturm commençait à douter.

Sous la férule de Tanis et de Flint, le jeune homme devint un combattant aguerri. L'elfe et le nain adoptèrent Sturm comme ils avaient adopté Caramon et Raistlin.

Avec Tasslehoff, toujours partant, et parfois la belle demi-sœur des jumeaux, Kitiara, Sturm et ses amis accompagnaient Flint dans ses tournées de forgeron à travers les contrées d'Abanasinie.

Cinq ans plutôt, les compagnons avaient pris la décision d'aller voir chacun de son côté jusqu'où le Mal s'était répandu. Ils avaient fait le serment de se retrouver à l'*Auberge du Dernier Refuge*.

Décidé à retrouver en Solamnie son père et son héritage, Sturm avait fait route vers le nord. Il ne retrouva rien du tout, hormis l'armure et l'épée de son père. De surcroît, il échappa de justesse à la mort. Ce retour au pays avait été une épreuve. Il savait dans quel mépris on tenait les chevaliers, mais il fut choqué de la haine qu'on leur portait. Huma, Messager de Lumière, Chevalier Solamnique, avait fait reculer l'obscurité, engendrant l'Ere des Rêves, puis l'Ere de la Force. Le Cataclysme y avait mis fin. Les dieux avaient abandonné les hommes, du moins selon le peuple, qui se tourna alors vers les chevaliers, comme il s'était tourné vers Huma par le passé. Mais Huma était mort depuis bien longtemps. Les chevaliers ne purent qu'assister à la catastrophe qui tombait du ciel. Krynn fut la proie du chaos. Le peuple, qui avait imploré l'aide des chevaliers, ne leur pardonna pas leur impuissance.

Devant les ruines du château de ses ancêtres, Sturm avait juré de venger l'honneur des Chevaliers de Solamnie, dût-il y consacrer sa vie.

Les compagnons étaient arrivés au pied du Pic du Prieur, où ils virent des sentiers serpenter jusqu'au sommet, le long du versant boisé. Au détour d'un lacet, Sturm avisa un cerf blanc. C'était le plus bel animal qu'il ait jamais vu. Il était plus grand que ses congénères, et ses magnifiques andouillers brillaient comme une couronne au-dessus de ses grands yeux bruns étincelants. Il regardait le chevalier comme s'il le reconnaissait. Brusquement, il tourna la tête et partit en bondissant vers le sud-ouest du versant.

— Halte ! cria le chevalier.

Tanis courut le rejoindre.

— Que se passe-t-il, Sturm ?

— Regarde ! Le vois-tu ? C'est le Cerf Blanc !

— Le Cerf Blanc ? Où ça ? Je ne ...

— Là ! dit Sturm, avançant de quelques pas dans la direction prise par le cerf.

L'animal hocha la tête et fit encore quelques bonds, sans quitter des yeux le chevalier.

— Il nous demande de le suivre, souffla Sturm. Comme Huma !

Ses compagnons avaient fait cercle autour de lui et le considéraient avec scepticisme.

— Je ne vois pas de cerf, ni blanc ni brun, constata Rivebise en scrutant les arbres.

— C'est ta blessure à la tête..., dit Caramon d'un air entendu. Allez viens, étends-toi et repose-toi un moment.

— Tu n'es qu'un idiot incapable de voir quoi que ce soit ! Ta cervelle se trouve dans ton estomac, et si tu repérais l'animal, tu n'aurais qu'une réaction : l'abattre et le faire rôtir ! Je vous dis qu'il faut le suivre !

— Sa blessure lui a dérangé l'esprit, murmura Rivebise à Tanis. J'ai déjà vu des cas semblables.

— Je n'en suis pas si sûr..., répondit Tanis. Bien que je n'aie jamais vu le Cerf Blanc, j'ai suivi un jour celui qui le voyait, comme dans l'histoire du vieil homme.

Ses doigts jouaient avec l'anneau aux feuilles de lierre qu'il portait à la main gauche. Il pensa à la jeune elfe aux cheveux dorés qui avait pleuré son départ du Qualinesti.

— Tu nous demandes de suivre un cerf que nous ne voyons pas, c'est bien ça ? dit Caramon.

— Ce ne serait pas la chose la plus étrange que nous ayons faite, dit Raistlin. Mais souvenez-vous : le vieil homme qui nous a raconté l'histoire du Cerf Blanc nous a entraîné dans cette situation...

— Non, nous sommes ici de notre propre chef, coupa Tanis. Nous aurions pu remettre le bâton au Théocrate et nous débrouiller autrement. Nous avons agi librement pour éviter le pire. Nous suivrons Sturm. Apparemment, il a été choisi pour nous guider, tout comme Rivebise a été choisi pour recevoir le bâton.

— Mais il ne nous conduit pas dans la bonne direction ! dit Caramon. Tu sais aussi bien que moi qu'il n'y a pas de chemin au sud-ouest.

— Eh bien tant mieux ! dit Lunedor. Il y aura peut-être moyen de sortir du bois. Suivons le chevalier.

Sans se retourner, elle rejoignit Sturm, et ils se mirent en route. Les autres suivirent sans objections.

Sturm avançait en fendant les broussailles. Il se frayait un chemin en direction du sud-ouest, quand un sentier s'ouvrit devant lui.

— Qui a pu dégager cette voie ? demanda Tanis.

— Je ne vois vraiment pas, répondit Rivebise. Le sentier est ancien. Regarde cet arbre déraciné, il est couvert de lierre. Mais il est bizarre que la végétation n'ait pas envahi le chemin.

— Des gobelins, des bateaux, des hommes-lézards, des cerfs invisibles, et puis quoi encore ? grogna Flint.

Suivi de ses compagnons, Sturm avança à toute allure. Brûlant de fièvre, il était mû par une force intérieure qui le guidait. Le sentier menait au sommet du Pic du Prieur, entre les deux mains jointes qui formaient la vieille montagne.

Rampant avec Rivebise jusqu'au bord du promontoire, Tanis risqua un œil en contrebas. Pas étonnant que les bruits de la forêt aient cessé : les horribles créatures escaladaient le versant de la montagne. Sturm et le Cerf Blanc leur avaient sauvé la vie.

Hélas, les monstres découvriraient vite le sentier caché que la petite troupe venait d'emprunter. Le regard de Tanis quitta la route de Haven où se déplaçaient leurs monstrueux ennemis, et se tourna vers le nord.

Il fronça les sourcils. Dans le lointain, quelque chose d'inhabituel se passait. De gros nuages orageux s'amoncelaient à l'horizon, pesant sur la terre comme un couvercle. Le doigt pointé vers le nord, Tanis interrogea Rivebise du regard.

— Des feux de camp !

— Des *centaines* de feux de camp ! Toute une armée qui bivouaque !

— Les rumeurs se confirment, dit Sturm quand Tanis et Rivebise eurent rejoint le groupe. Il y a bel et bien une armée qui stationne dans le nord.

— Mais qui veulent-ils attaquer ? A-t-on besoin d'une armée pour trouver un bâton ? ricana Caramon.

— Le bâton n'est qu'un élément de l'histoire, dit Raistlin. Rappelez-vous les étoiles disparues du ciel !

— Balivernes ! grogna Flint.

— Je ne parle pas pour les enfants, riposta le magicien. Toi, le nain, tu ferais bien de faire attention à ce que je dis !

— Le cerf ! Le cerf est là ! s'exclama Sturm en montrant ce qui, pour ses compagnons, n'était qu'un gros rocher. Il est temps de repartir.

La journée était bien avancée quand ils pénétrèrent dans l'étroit défilé du Pic du Prieur.

— Je mangerais volontiers quelque chose, soupira Flint.

— J'ai une telle faim que je suis prêt à dévorer mes bottes ! renchérit Caramon.

— Si ce cerf existait en chair et en os, il servirait à autre chose qu'à se perdre, dit Flint.

— Silence ! hurla Sturm, prêt à se jeter sur le nain.

Tanis le retint par la manche.

— Allons-y.

Sur l'autre versant de la montagne, le soleil brillait dans un ciel sans nuages. Devant eux, des prairies d'herbe drue ondulaient jusqu'à la lisière de lointaines forêts. Pour la première fois, ils eurent trop chaud. Flint ne cessait de se plaindre de la lumière, trop vive, et du soleil, trop envahissant.

— Je crois que je vais balancer le nain du haut de cette montagne, grommela Caramon.

— N'en fais rien, il râlerait pendant toute la descente et trahirait notre présence, répondit Tanis en souriant.

— Mais qui pourrait nous entendre ? Nous sommes les premiers êtres vivants à poser les yeux sur cette vallée.

— Les premiers êtres vivants, tu n'as pas tort de le souligner, Caramon. Car ce que tu contemples se nomme le Bois des Ombres.

Personne ne souffla mot.

Tanis rejoignit Sturm, campé sur un rocher, sa cape flottant au vent.

— Sturm, vois-tu encore le Cerf Blanc ?

— Oui, il a traversé les prairies, et je repère ses traces dans l'herbe. Il a disparu entre les arbres.

— Donc dans le Bois des Ombres, murmura Tanis.

— Qui a dit que c'était le Bois des Ombres ?

— Raistlin.

— Bah !

— C'est un mage, dit Tanis.

— C'est un fou, répliqua Sturm en haussant les épaules. Mais tu peux très bien rester ici et prendre racine si le cœur t'en dit. Moi, je suivrai le cerf, comme l'a fait Huma, même s'il me mène au Bois des Ombres.

Le chevalier se drapa dans sa cape et descendit la sente menant au pied de la montagne. Tanis rejoignit les autres.

— Le cerf le conduit vers le bois, dit-il. Raistlin,

es-tu absolument certain qu'il s'agit du Bois des Ombres ?

— Comment être sûr de quelque chose en ce monde, Demi-Elfe ? Je ne suis pas certain d'être encore en vie dans la minute qui suit. Mais vas-y ! Entre dans ce bois dont personne n'est jamais sorti. L'unique certitude en ce monde est la mort.

Le demi-elfe réprima une impérieuse envie de pousser le mage au bas de la pente. Il vit que le chevalier l'avait presque atteint.

— Je vais avec Sturm, dit-il brusquement. Mais je n'assumerai pas la responsabilité de votre décision. Vous choisissez ce que bon vous semble.

— Je viens avec toi ! dit Tasslehoff.

— Des fantômes ! railla Flint en regardant Raistlin d'un air excédé.

Il se plaça à côté de Tanis. Après un instant d'hésitation, Lunedor et Rivebise, l'air pensif, le suivirent. Cela rassura Tanis. Il savait que les légendes barbares sur le Bois des Ombres étaient terrifiantes. Finalement, Raistlin s'avança avec une rapidité qui déconcerta son frère. Tanis le regarda, un petit sourire aux lèvres.

— Pourquoi viens-tu ?

— Parce que vous aurez besoin de moi, Demi-Elfe. D'ailleurs, où veux-tu que nous allions ? Nous t'avons suivi jusque-là, sans pouvoir rebrousser chemin. Tu ne nous as laissé qu'une alternative, Tanis ! Mourir tout de suite, ou un peu plus tard. (Il descendit le sentier.) Tu viens, frère ?

Les autres regardèrent Tanis d'un air gêné. Il se sentait très mal à l'aise. Raistlin avait raison. Il les avait mis dans une situation où ils ne pouvaient qu'obtempérer, ce qui lui avait donné bonne conscience. Rageusement, il flanqua un coup de pied dans les cailloux. Pourquoi était-il responsable de tout ? Pourquoi s'était-il laissé entraîner, alors qu'il ne désirait qu'une chose : retrouver Kitiara et lui dire que sa décision était prise, qu'il l'aimait et qu'il voulait vivre avec elle ? Il avait appris à accepter les faiblesses de la guerrière comme il supportait ses propres travers.

Mais elle n'était pas revenue. Elle vivait auprès d'un « nouveau seigneur ». Peut-être était-ce parce qu'il...

— Hé, Tanis ! appela le kender de sa voix de flûtiau.

— J'arrive...

Le fameux bois n'avait rien de sinistre. Après la vibrante lumière de l'automne, sa fraîcheur le rendait plutôt accueillant.

— Nous trouverons peut-être du gibier, dit Caramon. Pas de cerfs, bien entendu, mais des lapins...

— Ne tuez rien, ne mangez ni buvez quoi que ce soit dans le Bois des Ombres, recommanda Raistlin.

Tanis regarda le magicien. Ses pupilles en sablier étaient dilatées, et sa peau au reflet métallique scintillant sous le soleil lui conférait une allure inquiétante. Il s'appuya sur son bâton en tremblotant comme s'il avait froid.

— Fadaises, marmonna Flint sans conviction.

Tanis connaissait la tendance du mage à dramatiser, néanmoins, il ne l'avait jamais vu dans cet état.

— Comment te sens-tu, Raistlin ? demanda-t-il avec sollicitude.

— Un sortilège très puissant plane sur ces bois.

— Est-il maléfique ?

— Seulement pour ceux qui portent le Mal en eux...

— Tu es donc le seul à devoir redouter cette forêt, dit sèchement Sturm.

— Nous verrons, fit Raistlin d'une voix à peine audible. (Il s'appuya sur le bras de son frère et déclara :) On y va ?

Caramon foudroya Sturm du regard et pénétra avec son jumeau dans le bois. Les autres les suivirent de près ; Tanis et Flint restèrent un peu en arrière.

— Je commence à me faire vieux pour ce genre d'aventure, Tanis.

— Tu dis des bêtises, Flint. Tu te bats comme un...

— Il ne s'agit pas de mes muscles, bien qu'eux aussi ne soient plus tout neufs. Non, je veux parler de l'esprit. Il n'y a pas si longtemps, avant que les autres soient nés, toi et moi serions rentrés dans un bois ensorcelé sans une arrière-pensée.

— Allons, du courage ! dit Tanis sur un ton enjoué. Cependant la tristesse du nain l'affectait. Flint avait toujours paru âgé. Avec sa grosse barbe grise et ses sourcils embroussaillés, il était par habitude d'humeur bougonne. Mais l'étincelle de fierté qui animait autrefois son regard avait disparu.

— Ne te laisse pas troubler par ce que dit Raistlin. Ce soir, devant un bon feu, nous rirons de ces histoires de maléfices.

— C'est possible, soupira Flint, espérons-le. Ecoute, Tanis, un jour, je deviendrai un poids mort pour toi, et je ne veux pas que tu te dises : « Mais qu'est-ce que je fais avec ce vieux nain grognon ? ».

— J'ai besoin de toi, vieux nain grognon, le rassura Tanis. Ils sont tous si... jeunes. Toi, tu es comme un roc indestructible sur lequel je m'appuie dans la bataille.

Le visage de Flint s'empourpra de bonheur. Emu, il tirailla sur sa barbe en se raclant la gorge.

— Il est vrai que tu as toujours été un grand sentimental. Viens, nous perdons du temps. Je veux entrer dans cette forêt aussi vite que possible. (Il murmura plus bas :) Heureusement qu'il fait encore jour.

10

LE BOIS DES OMBRES.
LA MARCHE DES MORTS.
LE SORTILÈGE DE RAISTLIN.

Entrant dans le bois, Tanis ne put s'empêcher de frissonner. Les légendes qu'on lui avait contées pendant les veillées lui revinrent à la mémoire, ponctuées par les sombres prédictions de Raistlin. Il lui parut cependant que cette forêt foisonnait de vie comme aucune autre. Des insectes multicolores vibraient sous la brise au cœur d'une végétation luxuriante.

Ils marchèrent pendant des heures sans rencontrer d'obstacle. Tanis avait retrouvé son calme, heureux d'évoluer dans un univers où les horribles créatures ailées ne pourraient les poursuivre. Ici, il n'y avait pas de place pour le Mal, même si chacun apportait avec soi sa part ténébreuse, comme le prétendait Raistlin. Les ombres des arbres semblaient converger sur le mage, qui marchait seul, tête baissée. Le soleil déclinait, et la fraîcheur du soir commençait à se faire sentir. Il était temps de bivouaquer.

Tanis allait ordonner de faire halte pour la nuit quand le sentier déboucha sur une clairière, comme pour exaucer ses souhaits. L'eau claire d'une source bondissait entre les rochers, éclaboussant le sol tapissé d'une mousse veloutée qui invitait à s'asseoir.

— Ne vous éloignez pas du sentier ! lança Raistlin, qui voyait ses compagnons se diriger vers la clairière.

— Ecoute, Raistlin, dit le demi-elfe avec une impatience contenue, tout se passera bien. Nous ne quittons pas le sentier, il est à dix pas. Viens, repose-toi... Nous sommes tous fatigués. Tiens, regarde...

Il déroula la carte de Tass.

— Je ne crois pas que nous nous trouvions dans le Bois des Ombres, car...

Raistlin détourna la tête et ne voulut rien savoir. Les autres ignorèrent sa recommandation et commencèrent à installer le camp. Sturm se laissa choir contre un arbre, et Tass partit ramasser du bois. A l'affût de gibier, Caramon suivait des yeux tout ce qui remuait dans l'ombre.

Le magicien les regardait, un sourire sardonique aux lèvres.

— Pauvres fous ! A la nuit tombée, vous verrez bien s'il s'agit du Bois des Ombres ou non. Comme vous dites, j'ai besoin de repos. Mais en aucun cas je ne quitterai le sentier.

— Allez, viens près de nous, dit Caramon. Nous allons faire du feu, et j'arriverai bien à tirer un lapin.

— Ne tuez rien !

Pour la première fois, le magicien avait élevé la voix. Chacun sursauta.

— Ne touchez à rien dans ce bois ! Ni plante, ni arbre, ni animal !

— Je suis d'accord avec Raistlin, approuva Tanis. Nous sommes obligés de passer la nuit ici, mais rien ne nous contraint à tirer du gibier.

— Toujours la même litanie ! Les elfes ne veulent jamais rien tuer. Le mage nous fiche une peur bleue, et toi, tu nous affames. Bref, j'espère que si quelqu'un nous attaque ce soir, il sera comestible !

Caramon poussa un grand soupir et tenta de calmer sa faim en buvant l'eau de la source.

— Je l'ai seulement *ramassé*. Et je n'ai pas cassé de branches, dit Tass en déposant une brassée de bois mort.

Rivebise s'échina en vain à faire prendre le feu.

— Le bois est humide, remarqua-t-il en rangeant son amadou.

— Il nous faut de la lumière, fit observer Flint.

Avec l'obscurité qui gagnait, les bruits de la forêt devenaient inquiétants.

— Ce ne sont pas mes balivernes qui t'effraient, nain ? siffla Raistlin.

— Mais non ! Je veux seulement m'assurer que le kender ne profitera pas de l'obscurité pour me voler mon sac.

— Parfait ! dit doucement Raistlin. *Sharak !*

L'extrémité en cristal de son bâton irradia une lueur blanche. C'était une lumière qui n'éclairait guère, mais elle donnait un aspect fantomatique à la clairière.

— Voilà qui est fait, dit le mage en plantant son bâton dans la terre.

A ce moment, Tanis s'aperçut qu'il avait perdu sa vision infrarouge. Il aurait dû percevoir l'aura rougeoyante des ses compagnons, mais il ne voyait que la découpe sombre de leurs silhouettes. Il n'en dit rien, préférant garder pour lui la vague crainte qui commençait à le gagner.

— Je vais monter la garde, déclara Sturm sur un ton qui n'admettait pas de réplique. De toute façon, avec cette blessure, je ne pourrai pas fermer l'œil.

— Nous monterons la garde ensemble, renchérit Tanis.

Les autres s'étendirent à même le sol, sauf Raistlin. Tanis alla boire à la source. Penché sur l'eau, il se désaltérait, quand il entendit un cri étouffé derrière lui. En un clin d'œil il fut debout, l'épée au poing. Les autres se saisirent de leurs armes. Seul Raistlin ne bougea pas.

— Posez vos épées, dit-il. Elles ne vous serviront à rien. Contre ceux-là, il faudrait une arme magique.

Une armée de guerriers les avait encerclés. Cela aurait suffit à glacer les sangs de n'importe qui, mais les compagnons étaient de taille à s'en sortir. Hélas, il avait autre chose...

Ces guerriers étaient des morts !

Une lueur diffuse soulignait le contour de leurs corps, comme si la chaleur de la vie continuait de les habiter. Leurs chairs étaient décomposées, mais leurs âmes gardaient une vague consistance. Ils portaient leurs armures et leurs armes d'antan, toujours aussi redoutables. Mais ils n'avaient pas besoin d'elles pour inspirer la terreur.

— Comment se battre contre de telles créatures ? se demanda Tanis, qui n'avait jamais ressenti pareille peur devant un homme en chair et en os.

Le demi-elfe essaya de retrouver son calme et de revenir à la réalité. La réalité ! Quelle ironie ! S'enfuir ne rimait à rien ; ils se disperseraient et se perdraient. Il fallait faire front. Il prit le parti d'aller au-devant des guerriers fantômes. Ceux-ci ne firent pas un geste. Ils occupaient simplement le chemin, difficiles à dénombrer car ils semblaient se dédoubler comme des ombres qui se superposent. Mais peu importait leur nombre ; d'un geste de la main, un seul était capable de les tuer tous.

Appuyé sur son bâton lumineux, le mage s'était placé devant ses compagnons. Tanis les rejoignit. A la lueur du cristal, Raistlin avait l'air aussi fantomatique que les spectres.

— Bienvenue au Bois des Ombres, dit-il à Tanis.

— Raistlin, qu'est-ce que...

— Des spectres asservis, répondit le mage sans les quitter des yeux. Nous avons de la chance. Ce sont des esprits qui, de leur vivant, ont failli à leur tâche, et ont été contraints, pour gagner leur salut, de l'exécuter jusqu'à son accomplissement.

— Au nom des Abysses, en quoi avons-nous de la chance ? Leur tâche consiste peut-être à expulser les intrus de la forêt !

— C'est possible, bien que je n'y croie guère. Nous allons le savoir...

— Qu'as-tu l'intention de faire, Raistlin ?

— Je vais jeter un sort qui nous permettra d'entrer en communication avec eux. Je connaîtrai leurs pensées. Ils parleront par mon intermédiaire.

Le mage étendit les bras vers le ciel et psalmodia.

— *Ast bilak parbilakar. Suh tangus moipar !* dit-il par trois fois.

La mer de guerriers s'ouvrit pour laisser le passage à un spectre plus terrifiant encore que les autres. Plus grand que ses compagnons, il portait une couronne, et son armure était incrustée de joyaux. Son visage exprimait la douleur et le chagrin. Il avança vers Raistlin. Le magicien, en transe, ne fit pas un mouvement. Tanis se demanda s'il voyait la main décharnée tendue vers lui.

— Toi que la mort a frappé il y a bien longtemps, sers-toi de ma voix pour nous révéler le sort qui vous accable. Aide-nous à traverser cette forêt, car notre but n'est pas le Mal, comme tu l'as lu dans nos cœurs.

La main du spectre s'immobilisa. Scintillant dans l'obscurité, il s'inclina devant le jeune mage. Tanis retint son souffle. Il savait que Raistlin possédait des pouvoirs occultes, mais là...

Raistlin lui retourna la révérence et vint se placer à son côté. Leurs visages étaient aussi pâles l'un que l'autre. *Un mort-vivant avec un vivant-mort*, songea Tanis en frissonnant.

Le timbre de Raistlin n'avait plus rien d'un murmure haletant. C'était une voix profonde, froide et décidée, qui remplissait la forêt :

— Qui êtes-vous, vous qui avez osé franchir les limites du Bois des Ombres ?

Tanis ouvrit la bouche pour répondre, mais il n'en sortit aucun son. A côté de lui, Caramon n'osait pas relever la tête. Quelqu'un fit un mouvement. Le kender ! Trop tard. La petite silhouette, sa queue-de-cheval dansant dans le dos, s'était avancée vers le spectre, et s'inclina respectueusement devant lui.

— Je suis Tasslehoff Racle-Pieds. Mes amis m'appellent Tass. Et toi ?

— Aucune importance, répondit la voix sépulcrale. Sache que nous sommes des guerriers tombés dans l'oubli.

— Est-ce vrai que vous avez failli à votre tâche et que vous êtes ici pour cette raison ?

— C'est vrai. Nous n'avons pas pu protéger ce pays. Les cieux ont fondu sur lui, et il a été désagrégé. Le Mal est sorti des entrailles de la terre. Nous avons pris peur et nous nous sommes enfuis, abandonnant nos épées. Une mort amère nous a cueillis et condamnés à rester ici jusqu'à ce que le Mal soit repoussé et l'équilibre rétabli.

Soudain Raistlin, les yeux révulsés, se mit à crier. Un concert de voix hurlantes éclata. Même l'impavide kender, désemparé, fit un pas en arrière.

D'un geste, le spectre fit cesser le vacarme.

— Mes hommes demandent pourquoi vous avez pénétré dans le bois. Si c'est pour faire le Mal, ce sera à vos dépens, car vous ne vivrez plus assez longtemps pour voir se lever la lune.

— Nous ne voulons rien de mal, se hâta de dire le kender. Vois-tu, c'est une longue histoire. Mais tu n'es sûrement pas pressé, alors je vais te la raconter.

« Elle commence à l'*Auberge du Dernier Refuge*, où j'ai dû frapper un Théocrate avec un bâton au cristal bleu... »

— Le cristal bleu !

Sa voix résonnant dans la gorge de Raistlin, le spectre s'avança vers le petit groupe. Tanis et Sturm se précipitèrent sur Tass et le tirèrent en arrière. Mais le mort-vivant voulait seulement les regarder de plus près. Ses yeux se posèrent sur Lunedor. D'un geste impératif, il lui ordonna d'avancer.

— Non !

Rivebise voulut l'en empêcher, mais elle se dégagea et vint se placer face au spectre, son bâton à la main.

Le guerrier dégaina son épée. Une flamme bleue se mit à danser au-dessus de sa lame.

— Regardez le bâton ! s'exclama Lunedor.

Répondant à l'épée, il s'était illuminé.

Le roi des fantômes se tourna vers Raistlin et tendit la main vers lui. Caramon bondit sur le spectre et lui traversa le corps d'un estoc. On entendit un hurlement de douleur. Caramon s'effondra sur le sol.

Raistlin ne fit pas un geste.

— Ma main ! hurla Caramon.

Le regard de Tanis se posa sur l'épée du grand guerrier. Il comprit ce qui était arrivé ; la lame de Caramon était prise dans le givre.

Le spectre avait saisi Raistlin par le poignet et le secouait. Les traits du jeune homme étaient déformés par la douleur, mais il tenait encore debout. Ses yeux se fermèrent, ses traits se détendirent. L'expression de son visage s'apaisa, puis se transforma de nouveau. Cette fois, il exprimait l'extase. L'aura du mage se dilata. Un halo scintillant l'enveloppa.

— On nous appelle. (Tanis reconnut à peine la voix de Raistlin, qui avait changé de timbre.) Nous devons partir.

La main du mort-vivant sur le poignet, il leur tourna le dos et marcha vers les arbres.

Les spectres s'écartèrent pour laisser passer le jeune mage et leur chef. Sous des regards haineux, les compagnons leur emboîtèrent le pas.

Le cercle se referma sur la petite troupe.

Les compagnons se retrouvèrent au cœur d'une tumultueuse bataille. Des cris déchirants s'élevèrent au milieu d'un fracas de lames qui s'entrechoquent. Le vacarme était tel que Sturm dégaina son arme. Frappant au hasard dans le noir, il esquiva des coups qu'il croyait lui être destinés. Enfin, persuadé d'être frappé par un destin auquel il ne pourrait pas échapper, il se mit à courir.

Il se retrouva dans une clairière désolée. Raistlin, seul, se tenait devant lui.

Les yeux fermés, le mage poussa un grand soupir et se laissa tomber sur le sol. Sturm courut vers lui. Il fut vite rejoint par Caramon, qui prit son frère dans ses bras. Un par un, les autres apparurent dans la clairière. Les spectres s'étaient évanouis.

Le mage battit des paupières et ouvrit les yeux.

— Le sort... que j'ai lancé... m'a épuisé. J'ai besoin de me reposer...

— Qu'il se repose ! tonna une voix, bien vivante, cette fois.

Tanis poussa un soupir de soulagement, la main sur son épée. Les compagnons firent cercle autour de Raistlin. Sans s'annoncer, la lune apparut soudain, comme si une main invisible avait soulevé un voile. A la lueur de l'astre d'argent, ils distinguèrent entre les arbres la tête et les larges épaules nues d'un homme. Ses yeux clairs brillaient d'un éclat dur. La pointe d'un javelot scintilla entre les feuilles. C'était sur Tanis que le nouveau venu la braquait.

— Abaissez ces armes ridicules, déclara l'inconnu. Vous êtes cernés, vous n'avez aucune chance.

— C'est un piège, grommela Sturm.

Au même moment, les branches craquèrent. Armés de javelots miroitant sous le clair de lune, des hommes prirent position autour de la clairière.

Le premier s'avança. Les compagnons furent suffoqués. Ce n'était pas un homme, mais un centaure !

Jusqu'à la taille, son corps était celui d'un humain, au-dessous, celui d'un cheval. Tanis rengaina son épée.

— Vous allez nous suivre, ordonna le centaure.

— Mon frère est malade, il ne peut pas se déplacer, grommela Caramon.

— Mets-le sur mon dos, dit froidement le centaure.

Si vous êtes fatigués, nous vous prendrons en croupe, et nous chevaucherons jusqu'à destination.

— Où nous emmenez-vous ? demanda Tanis.

— Ce n'est pas à vous de poser les questions. Nous allons loin, et nous irons vite, je vous conseille donc d'accepter mon offre. Soyez tranquilles. (Il salua Lunedor.) Il ne vous arrivera rien cette nuit.

— Je peux monter sur son dos, Tanis ? demanda Tass, tout émoustillé.

— Ne les crois pas ! s'écria Flint.

— Je ne leur fais pas confiance, murmura Tanis, mais il ne semble pas que nous ayons le choix. Raistlin ne peut pas marcher. Vas-y, Tass. Les autres aussi...

Les sourcils froncés, Caramon hissa son frère sur le dos du centaure.

— Grimpe, toi aussi. Je peux porter deux hommes. Il faudra soutenir ton ami, car nous irons bon train.

Rouge de confusion, Caramon s'assit sur la large croupe du centaure. Ses jambes traînaient presque par terre. Tass, excité, se jeta avec enthousiasme à l'assaut d'une croupe. Il s'écrasa dans la boue de l'autre côté du centaure. Sturm le ramassa et le déposa où il fallait ; il lui adjoignit la compagnie de Flint, qui protesta avec véhémence. Le chef des centaures se chargea de Tanis.

— Où allons-nous ? demanda de nouveau le demi-elfe.

— Chez la Maîtresse de la Forêt.

— Qui est-ce ? L'une des vôtres ?

— Elle est la Maîtresse de la Forêt, répondit le centaure.

Le galop à dos de centaure étant des plus inconfortables, Tanis renonça à poser des questions. Comme ils galopaient de plus en plus vite, il dut se cramponner des deux bras au torse de l'homme-cheval.

— Tu vas m'étouffer, imbécile ! Détends-toi. Serre tes jambes et relâche un peu tes bras !

Le visage fouetté par la végétation, Tanis ne voyait rien du chemin qu'ils empruntaient. Le centaure s'arrêta brusquement.

Bien qu'invisibles dans les ténèbres, le demi-elfe sentait ses compagnons tout proches. Il entendait les éternuements à répétition de Flint et le cliquetis de l'armure de Caramon.

— Un sortilège d'une force immense domine cette forêt, murmura le mage. Il annule tous les autres.

— Pourquoi nous sommes-nous arrêtés ? demanda Tanis, inquiet.

— Nous sommes arrivés. Descendez !

Tanis se laissa glisser sur le sol ; il ne voyait rien. Le feuillage devait être trop épais pour que le clair de lune le pénètre.

— Où sommes-nous ?

— Au cœur du Bois des Ombres. Je vous laisse à la grâce des dieux... ou des démons. Votre sort dépend de la Maîtresse de la Forêt.

— Attendez ! Vous ne pouvez pas nous abandonner ici ! On n'y voit goutte !

— Arrêtez-les ! cria Tanis en cherchant son épée.

Celle-ci avait disparu. Un juron de Sturm l'avertit qu'il venait de faire la même découverte.

Le centaure éclata de rire et s'éloigna dans un craquement de branches.

— Tout le monde est là ?

— Moi, je suis là, glapit le kender. Oh ! Tanis, c'était magnifique...

— Silence, Tass ! Les barbares des plaines ?

— Nous sommes là, dit Rivebise d'une voix éteinte. Sans armes.

— Quelqu'un a-t-il encore son arme ?

— J'ai mon bâton, dit doucement Lunedor.

— C'est une arme extraordinaire que tu as là, fille de Que-Shu, déclara une voix grave. Une arme pour le Bien, faite pour combattre la maladie, panser les plaies et réduire les maux. (La voix invisible se fit triste.) Par les temps qui courent, elle servira contre les créatures malfaisantes qui cherchent à bannir le Bien du monde.

11

LA MAÎTRESSE DE LA FORÊT. UN PAISIBLE INTERMÈDE.

— Qui es-tu ? demanda Tanis. Montre-toi !

— Nous ne te ferons rien ! mentit Caramon.

— Bien sûr que vous ne me ferez rien, répondit la voix sur un ton amusé, vous n'avez pas d'armes. Je vous les rendrai en temps voulu. Personne ne doit en avoir dans le Bois des Ombres, pas même un Chevalier Solamnique. N'aie crainte, noble chevalier, je sais que ton épée est ancienne, et d'une valeur inestimable. J'en prends soin. Pardonnez cette méfiance apparente, mais le grand Huma lui-même a dû déposer Lancedragon à mes pieds.

— Le grand Huma ! s'exclama Sturm. Qui es-tu donc ?

— Je suis la Maîtresse de la Forêt.

Dès que la voix avait retenti, les ténèbres s'étaient dissipées. Une brise printanière se leva, caressant les compagnons, bouche bée devant ce qui leur arrivait. La lune illumina un rocher, sur lequel se dressait une licorne. Elle posa sur eux un œil froid plein d'une infinie sagesse.

L'animal mythique était bouleversant de beauté. Lunedor, éblouie par son aura, en avait les larmes aux yeux. Son pelage était couleur de lune et son unique corne brillait comme une perle. Sa crinière flottait dans la brise telle l'écume de la mer. On aurait dit que sa tête avait été sculptée dans le marbre. Son torse et son cou étaient puissants, et ses longues jambes reposaient sur de délicats sabots de biche.

La licorne hocha la tête en signe de bienvenue. Les compagnons, qui se sentaient empruntés devant tant de grâce, s'inclinèrent. Puis la licorne descendit du rocher et se joignit à eux.

Mû par une injonction intérieure, Tanis regarda ce qui l'entourait. La lune illuminait une clairière bordée d'arbres immenses qui semblaient les protéger de leur branches. Le demi-elfe sentit qu'il régnait ici une paix profonde, et une tristesse diffuse.

— Reposez-vous, dit la Maîtresse de la Forêt. Vous devez être fatigués et affamés. Inutile d'être sur vos gardes. Pour cette nuit, vous n'avez rien à craindre. C'est un endroit sûr, si tant est qu'il en existe dans le pays cette nuit. On va vous apporter de l'eau et de la nourriture.

Entendant parler de nourriture, Caramon aida son frère à se mettre à l'aise. Raistlin se laissa tomber au pied d'un arbre. Il était pâle, mais il respirait mieux.

— Nous ne trouverons sans doute que des baies, dit Caramon à Tanis. Je meurs d'envie de viande... Un beau cuissot de daim rôti, un lapin grillé...

— Chut ! l'admonesta Sturm, C'est plutôt toi que la licorne fera rôtir !

Des centaures apportèrent une grande nappe blanche qu'ils étendirent sur l'herbe. Ils y déposèrent des globes de cristal qui illuminèrent la forêt.

Tass les examina avec intérêt.

— Je vois des insectes à l'intérieur !

Les globes contenaient des myriades de lucioles qui allaient et venaient contre la paroi.

Les centaures apportèrent des sièges que Caramon observa d'un air inquiet. Taillés d'un seul tenant dans le bois, ils ne reposaient que sur un pied.

— Prenez place, je vous prie, dit gracieusement la Maîtresse de la Forêt.

Lunedor, qui voulait honorer leur hôtesse, s'exécuta avec une bonne grâce toute royale.

— Assieds-toi à ma droite, guerrier, dit-elle d'un ton cérémonieux à Rivebise. Merci, mes amis, d'avoir attendu que je sois assise, ajouta-t-elle pour masquer le peu d'empressement de ses compagnons. Maintenant, vous pouvez tous vous asseoir.

Les centaures se placèrent aux quatre coins de la nappe et la soulevèrent. Elle resta en l'air, aussi ferme qu'une table d'auberge sur ses quatre pieds.

— Extraordinaire ! Comment font-ils ? pépia Tass en mettant son nez sous la *table*. Il n'y a rien en dessous, c'est vide !

La licorne esquissa un sourire bienveillant ; les centaures éclatèrent de rire. Ils apportèrent des rôtis qui embaumèrent les narines des compagnons, d'énormes miches de pain et des corbeilles de fruits.

Humant à plein nez le délicieux fumet, Caramon s'empressa de piquer sa fourchette dans un morceau juteux. Réalisant que chacun le regardait d'un air gêné, il s'arrêta.

Son regard tomba sur la Maîtresse de la Forêt. Rougissant, il reposa sa fourchette.

— Euh... Je... je suis désolé. Cet animal devait être un des tes amis, je veux dire, un des tes sujets.

La licorne sourit.

— Rassure-toi, guerrier. Ce daim a rendu à la vie ce qu'il lui devait en nourrissant le chasseur, fût-il homme ou loup. Ne pleurons pas sur ceux qui ont accompli leur destinée.

Tanis eut l'impression que les yeux noirs de la Maîtresse de la Forêt étaient dirigés vers Sturm, et qu'ils exprimaient une tristesse qui faisait froid dans le dos. Mais déjà le magnifique animal souriait à nouveau. *Je me fais des idées... Ce doit être un effet de mon imagination*, pensa Tanis.

— Maîtresse, demanda-t-il timidement, comment savoir si un être a accompli sa destinée ? J'ai vu mourir des vieillards en proie à l'amertume et au désespoir. J'ai vu des enfants partir trop tôt, mais laisser derrière eux un tel amour, et une telle joie, que le chagrin de leur disparition était adouci par ce que leurs courtes vies avaient prodigué aux autres.

— Tu as répondu toi-même à la question, Tanis Demi-Elfe, et beaucoup mieux que je ne l'aurais fait. Tu l'as dit, nos vies ne se mesurent pas à ce que nous acquérons, mais à ce que nous donnons.

Le demi-elfe allait répondre quand la Maîtresse de la Forêt l'interrompit :

— Pour l'instant, oublie tes soucis. Profite de la paix qui règne sur ma forêt. Cela ne durera pas.

Tanis se demanda ce que la licorne voulait dire. Il resta coi, perdu dans ses pensées, jusqu'à ce qu'il sente une main se poser sur son épaule.

— Tu devrais manger quelque chose, dit Lunedor. La bonne chère ne fera pas disparaître tes soucis, mais on ne sait jamais...

Tanis sourit et attaqua son assiette avec appétit. Lunedor avait raison : ses soucis n'allaient pas s'envoler de sitôt.

Ses compagnons se régalaient dans la gaieté et la bonne humeur. Ils discutaient et riaient les uns avec les autres sous l'œil de la Maîtresse de la Forêt qui ne disait rien, mais ne perdait pas une miette du spectacle.

A la fin du dîner, Tass ne put s'empêcher de pousser sa chansonnette favorite, une marche, qui enchanta les centaures. Brusquement, Raistlin prit la parole. Sa voix douce et en même temps insinuante domina le brouhaha des rires et des bavardages.

— Maîtresse de la Forêt, dit le jeune mage, nous avons combattu aujourd'hui des créatures répugnantes que nous n'avions jamais vues dans le monde de Krynn. Les connais-tu ?

Ces paroles jetèrent un froid sur la fête, comme si le ciel s'était obscurci. Les compagnons échangèrent des regards soucieux.

— Ils marchent debout comme des humains, ajouta Caramon, mais ils ont des traits de reptiles et des griffes. Ils se pétrifient en passant de vie à trépas.

La Maîtresse de le Forêt le considéra d'un œil triste. Elle s'attendait apparemment à la question.

— Je connais ces créatures. Certaines sont entrées dans le Bois des Ombres avec une patrouille de gobelins de Haven, il y a une semaine de cela. Elles portaient des capuchons pour cacher leur horrible apparence. Les centaures les ont épiées, pour s'assurer qu'elles ne fassent pas de mal, avant que les spectres asservis ne se chargent de leur sort. Les centaures m'ont dit que ces créatures s'appelaient des « draconiens », et qu'elles appartenaient à l'Ordre de Draco.

— Draco..., souffla Raistlin, étonné. Mais qui sont-elles ? Et de quelle race, ou de quelle espèce sont-elles ?

— Je n'en sais rien. En tout cas, elles n'appartiennent pas au monde animal, ni aux races de Krynn.

Il fallut un certain temps pour que tout le monde comprenne. Caramon voulut oser une objection :

— Je ne...

— La Maîtresse de la Forêt veut dire qu'elles ne relèvent pas de ce monde-là, coupa Raistlin avec impatience.

— Alors duquel viennent-elles ?

— C'est justement le problème, vois-tu ! dit Raistlin, glacial. D'où elles viennent, et pourquoi elles sont là.

— Je ne peux y répondre, dit la Maîtresse de la Forêt. Mais je peux vous dire qu'avant de réduire à néant ces créatures, les spectres asservis les ont entendu parler d'armées massées dans le nord.

— J'ai vu cette armée, dit Tanis, j'ai vu ses feux de camp.

— Des armées de draconiens ? Il doit y en avoir des centaines !

— C'est impossible ! dit le chevalier.

— Qui est derrière tout ça ? Les Questeurs ? Par les dieux, brailla Caramon, j'ai bien envie d'aller à Haven et leur flanquer...

— Ce n'est pas à Haven qu'il faut aller, mais en Solamnie, dit le chevalier.

— Nous devrions partir pour le Qualinesti, proposa Tanis. Les elfes...

— Les elfes ont leurs propres problèmes, rappela la Maîtresse de la Forêt sur un ton conciliant. Les Questeurs de Haven aussi. Il n'existe pas d'endroit sûr. Mais je vais vous dire où vous pouvez vous rendre pour trouver réponse à vos questions.

— Que veux-tu dire ? dit Raistlin en s'avançant vers elle. Que sais-tu de nous ?

— Je vous attendais, répondit la Maîtresse de la Forêt. Aujourd'hui, un être lumineux m'est apparu dans les bois. Il m'a dit que le porteur du bâton au cristal bleu serait dans le Bois des Ombres cette nuit. Les spectres asservis le laisseront passer, ainsi que ses compagnons, bien que depuis le Cataclysme, le Bois des Ombres soit interdit aux elfes, aux kenders et aux hommes. J'ai un message pour le porteur du bâton : *Survoler les Monts du Levant et rejoindre en deux jours Xak Tsaroth.* Là-bas, s'il s'en montre digne, il recevra le plus beau cadeau que puisse recevoir le monde.

Interloqués, les compagnons se lancèrent des coups d'œil perplexes.

— Maîtresse de la Forêt, le voyage jusqu'à Xak Tsaroth serait long et périlleux, dit finalement Tanis. Il faudrait passer par des contrées peuplées de gobelins et de draconiens.

— Et par les plaines, ajouta Rivebise, qui ouvrait la bouche pour la première fois. Nous y trouverons la mort. Les Que-Shus sont de redoutables guerriers et ils connaissent le pays. Ils nous attendent de pied ferme. Nous ne pourrons pas passer au travers des mailles du filet. (Il jeta un coup d'œil à Tanis.) Ils n'aiment pas les elfes.

— Mais pourquoi irions-nous à Xak Tsaroth ? grommela Caramon. Pour un beau cadeau ? Qu'est-ce que ça peut bien être ? Une épée extraordinaire ? Une cassette contenant un trésor ? C'est toujours bon à prendre ; mais il semblerait qu'on se batte dans le nord. Je n'aimerais pas manquer ça.

La Maîtresse de la Forêt acquiesça gravement.

— Je comprends votre dilemme. Je vous offre l'aide qui est en mon pouvoir. Je vais faire en sorte que vous arriviez à Xak Tsaroth en deux jours. La question est de savoir si vous voulez vous y rendre.

Tanis se tourna vers ses compagnons. Sturm arborait un visage sombre.

— Le cerf nous a peut-être conduits jusqu'ici pour recueillir ce message, déclara le chevalier, mais mon cœur est resté dans le nord, dans ma patrie. Si les armées des draconiens se préparent à l'attaquer, ma place est auprès des chevaliers, qui ne manqueront pas de se réunir pour faire front. Néanmoins, je ne veux pas t'abandonner, Tanis, ni toi, ma dame, dit-il en regardant Lunedor.

— J'irai n'importe où, je me battrai contre n'importe qui, affirma Caramon. Tu le sais. Et toi, frère, qu'en dis-tu ?

Perdu dans ses pensées, Raistlin ne répondit pas. Après s'être concertés à voix basse, Lunedor et Rivebise se tournèrent vers Tanis.

— Nous irons à Xak Tsaroth, dit Lunedor. Nous apprécions beaucoup ce que tu as fait pour nous...

— Mais nous ne voulons plus accepter l'aide de personne, déclara Rivebise. Ce voyage sera l'aboutissement de notre quête. Nous l'avons entrepris seuls, nous le terminerons seuls.

— Et vous mourrez seuls, dit doucement Raistlin.

Tanis tressaillit.

— Raistlin, juste un mot seul à seul !

En signe d'assentiment, le mage gagna un buisson feuillu. Tanis le rejoignit.

— Comme au bon vieux temps ! dit Caramon en suivant des yeux son frère et son ami d'un air inquiet.

— Rappelle-toi dans quel guêpier on s'est fourrés ensuite ! commenta Flint.

— Je me demande ce qu'ils se racontent, dit Tass, et surtout, pourquoi ils ne peuvent pas en discuter avec nous.

— Probablement parce que cela déchirerait le cœur de Raistlin, répondit Sturm tristement. Peu m'importe ce que tu en penseras, Caramon, mais je trouve que ton frère a des côtés maléfiques, et Tanis le sait.

Contre toute attente, Caramon ne répondit rien. Autrefois, il aurait aussitôt pris la défense de son jumeau. Au grand étonnement de Sturm, il était à présent conscient des sombres aspects de Raistlin.

Comme toujours, Tanis se sentait mal à l'aise avec le jeune mage. Mais il était le seul à qui il pouvait poser les questions qui le préoccupaient.

— Que sais-tu de Xak Tsaroth ?

— C'est là qu'il y avait un temple consacré aux anciens dieux. Il a été détruit pendant le Cataclysme, et les gens ont déserté l'endroit, persuadés que les dieux les avaient abandonnés. Il est tombé dans l'oubli. Je croyais qu'il n'existait plus.

— Quelle vision as-tu de l'avenir, Raistlin ? demanda Tanis après un silence. Tu sembles voir loin devant toi.

— Je suis un magicien, Tanis, non un voyant.

— Je ne vais pas me contenter de cette réponse, répliqua Tanis. Je sais parfaitement que tu n'as pas le don de double vue. Tu réfléchissais, et tu pensais certainement à quelque chose. A quelles conclusions es-tu arrivé ? Tu as plus de jugement que nous tous réunis, même si...

— Même si je suis chétif et difforme ? rétorqua sèchement Raistlin. Oui, je suis plus malin que vous tous. Un jour, vous en aurez la preuve ! Un jour, vous, les grands, les forts, les bien portants, toi et les autres, vous m'appellerez « maître » !

Les yeux étincelant de colère, il serrait les poings. Tanis, accoutumé à ses tirades, attendit patiemment que celle-ci se terminât. Le mage se détendit ; la tension se relâcha.

— Maintenant, je vais te dire ce que je pense, reprit Raistlin d'une voix calme. Ce que je vois ? Eh bien, Tanis, ces armées de draconiens vont envahir Haven et Solace, et tous les pays de vos ancêtres. Voilà pourquoi il faut aller à Xak Tsaroth. Ce que nous trouverons là-bas peut empêcher l'invasion.

— Mais pourquoi ces armées se sont-elles groupées dans le nord ? Qui peut vouloir conquérir Haven, Solace, et les plaines ? Les Questeurs ?

— Les Questeurs ! s'esclaffa Raistlin. Ouvre les yeux ! Quelqu'un ou quelque chose de très puissant a créé les draconiens. Ce ne peuvent être ces crétins de Questeurs ! Personne ne se donnerait autant de mal pour prendre deux bourgades de fermiers et un bâton au cristal bleu ! Il s'agit d'une guerre de conquête, Tanis. Quelqu'un veut s'emparer de l'Ansalonie. En l'espace de deux jours, la vie telle que nous l'avons connue sur la terre de Krynn n'existera plus. C'est ce qu'ont annoncé les étoiles en disparaissant du ciel. La Reine des Ténèbres est de retour. Nous devrons affronter un adversaire qui nous réduira en esclavage si nous échappons à la destruction totale.

— Que conseilles-tu ? demanda Tanis à contrecœur.

Il sentait qu'un changement inéluctable allait survenir. Comme tous les elfes, il détestait le changement.

Raistlin arbora un sourire supérieur.

— Je te conseille de partir pour Xak Tsaroth sans attendre. Dès ce soir, quels que soient les moyens prévus par la Maîtresse de la Forêt ! Il nous faut ce *cadeau* dans les deux jours, sinon ce sont les armées draconiennes qui le prendront.

— A ton avis, quel peut être ce fameux cadeau ? Une épée, ou de l'argent, comme a dit Caramon ?

— Mon frère est idiot, déclara froidement Raistlin. Tu n'y crois pas plus que moi.

— Alors, c'est quoi ?

— Je t'ai donné mon avis. Fais comme bon te semble. J'ai mes raisons de partir. Inutile de discuter plus longtemps. Mais il y a des risques. Xak Tsaroth est abandonnée depuis trois siècles. Je ne pense pas que cela va durer.

— C'est vrai, dit Tanis d'un air absent.

Il y eut un silence. Le mage se remit à tousser.

— Crois-tu que nous avons été choisis, Raistlin ?

— Oui, répondit celui-ci sans hésiter. C'est ce qu'il m'a été donné d'apprendre à la Tour des Sorciers. Salien le Juste me l'a révélé.

— Mais pourquoi nous ? s'impatienta Tanis. Nous ne sommes pas de l'étoffe des héros, sauf Sturm, peut-être...

— Ah ! Mais *qui* nous a choisis ? Et dans quel but ? C'est à cela qu'il faut réfléchir, Tanis !

Raistlin esquissa une courbette de dérision, écarta les buissons et s'en alla rejoindre les autres.

12

SOMMEIL AILÉ. FUMÉES AU LEVANT. SOUVENIRS DE SINISTRE MÉMOIRE.

— Xak Tsaroth, voilà ma décision, dit Tanis.

— C'est ce qu'a préconisé le mage ? demanda sentencieusement Sturm.

— C'est exact, répondit Tanis, et je crois que c'est un bon conseil. Si nous ne sommes pas dans deux jours à Xak Tsaroth, d'autres s'empareront du « cadeau », qui nous échappera pour toujours.

— Le plus beau cadeau que le monde puisse recevoir ! dit Tass, les yeux brillants. Imagine, Flint ! Des bijoux inestimables, ou peut-être...

— Un tonneau de bière avec des pommes de terre frites comme chez Otik, marmonna le nain. Près d'un bon feu de bois. Mais Xak Tsaroth, non !

— J'espère que nous allons tomber d'accord, en fin de compte, dit Tanis. Si tu sens que ta place est dans le nord, Sturm, bien entendu...

— Je viens avec vous, soupira le chevalier. Je n'ai rien à faire dans le nord. Je me suis bercé d'illusions. Les chevaliers de mon ordre sont dispersés ; ils se terrent dans leurs châteaux en ruine, et ne combattent plus que contre les collecteurs d'impôts.

Tanis se sentit très las. Tous ses muscles lui faisaient mal. Il voulut répondre, quand il sentit une pression sur son épaule. Il releva la tête et vit le visage calme et sculptural de Lunedor baigné par le clair de lune.

— Tu es fatigué, mon ami, dit-elle. Nous aussi. Mais nous sommes heureux que tu viennes avec nous. (Elle embrassa du regard la petite troupe.) Nous sommes heureux que vous veniez *tous* avec nous.

— Il faut partir immédiatement, déclara le mage. (Il se tourna vers la Maîtresse de la Forêt :) Tu as parlé d'un moyen de nous faire passer les montagnes.

— En effet, répondit-elle en hochant gravement la tête. Moi aussi, je suis heureuse de cette décision. J'espère que mon aide vous sera utile.

Le merveilleux animal leva la tête et contempla le ciel. Les compagnons en firent autant. Des myriades d'étoiles brillaient au firmament. Ils remarquèrent bientôt que quelque chose d'autre bougeait parmi les étoiles.

— Que je sois changé en nain de ruisseau si ce ne sont pas des chevaux ! s'exclama Flint. Que vont-ils encore inventer !

Emerveillé, le kender resta muet d'admiration devant les chevaux ailés à la robe bleutée qui tournoyaient dans le ciel en se rapprochant d'eux. Jamais dans ses rêves les plus débridés, Tass n'avait imaginé pouvoir voler. Cela valait bien d'affronter tous les draconiens de Krynn.

Avec des battements d'ailes qui firent frémir les branches, les chevaux ailés se posèrent à terre. Un grand étalon dont les ailes touchaient le sol avança d'une fière allure vers la Maîtresse de la Forêt. Tous les chevaux ailés s'inclinèrent devant la licorne.

— Tu nous as fait venir...

— Mes hôtes doivent se rendre le plus vite possible dans l'est. Je te prie de les emmener aussi vite que le vent de l'autre côté des Monts du Levant.

Le plus grand des merveilleux quadrupèdes se tourna vers les compagnons et les considéra un par un d'un œil étonné. Puis il se retourna vers la Maîtresse de la Forêt, l'air dégoûté.

— Un kender ? Des humains ?... Et un nain !

— Je me passerai de tes faveurs, cheval ! dit le nain, se mettant aussitôt à éternuer.

La Maîtresse de la Forêt hocha la tête et sourit. A contrecœur, le cheval ailé s'inclina en signe d'acceptation.

— Très bien, Maîtresse, répondit-il.

Avec grâce, il mit un genou en terre devant Lunedor pour lui permettre de monter sur son dos.

— Reste debout, noble animal, dit Lunedor. J'ai su monter à cheval avant de marcher. Je n'ai pas besoin de ton aide.

Elle tendit le bâton au cristal à Rivebise et, passant un bras autour du cou de l'équidé, elle sauta sur son dos. Belle comme une statue de marbre, ses cheveux d'or et d'argent luisant sous la lune, elle apparaissait vraiment comme une princesse barbare.

Elle reprit son bâton qu'elle brandit en entonnant un chant. Rivebise, éperdu d'admiration, sauta en croupe derrière elle. Refermant les bras sur sa princesse, il l'accompagna de sa voix de baryton.

Emportés par le chant de Lunedor, les compagnons furent gagnés par l'allégresse quand les chevaux prirent leur envol. Ils montèrent toujours plus haut dans le ciel rouge ; bientôt la forêt disparut sous leurs yeux, avec la dernière image de la Maîtresse de la Forêt, étincelant comme une étoile dans l'indigo du paysage.

Les compagnons sombrèrent alors dans une étrange somnolence.

Le demi-elfe se réveilla en sursaut. Il était étendu dans une prairie, le chef des chevaux ailés debout devant lui.

— Où sommes-nous ? demanda Tanis en découvrant les montagnes à l'horizon. Mais nous n'avons pas traversé les Monts du Levant !

— Je le regrette, répondit le cheval ailé. Nous n'avons pas pu vous emmener jusque là-bas. Il règne une grande agitation à l'est, et une obscurité opaque comme je n'en ai jamais vu dans Krynn... Je ne peux m'aventurer plus loin.

— Où sommes-nous ? demanda Tanis, qui ne savait plus où il en était. Où sont tes compagnons ?

— Je les ai renvoyés. Je suis resté pour veiller sur votre sommeil. Maintenant que tu es réveillé, je vais partir. Je me demande ce qui a pu déclencher ce marasme. J'espère que ce n'est pas vous.

Il déploya largement ses ailes.

— Attends ! cria Tanis. Quel...

Le cheval ailé prit son envol et s'éloigna en direction du levant.

— Quel marasme ? répéta Tanis, perplexe.

Il se demandait quelles étaient les manifestations de mauvais augure dont avait parlé l'animal. Curieusement, il se sentait plus détendu après cet étrange somme que s'il avait dormi des jours d'affilée.

Soudain, l'angoisse le prit à la gorge. Trois épaisses colonnes de fumée montaient dans le ciel à la rencontre du soleil levant. Tanis bondit sur ses pieds et courut vers Rivebise. Doucement, il le secoua pour le réveiller. Le barbare ouvrit un œil.

— Chut ! dit Tanis en lui collant sa main sur la bouche pour l'empêcher de réveiller les autres.

Rivebise se leva en silence et suivit le demi-elfe.

— Qu'est-il arrivé, chuchota le barbare, pour que nous nous trouvions dans les plaines d'Abanasinie ? Nous sommes à une demi-journée de marche des Monts du Levant. Mon village est à l'est de...

Tanis pointa un doigt vers les colonnes de fumée. Le barbare ne put retenir un cri. Lunedor se réveilla aussitôt. Ses yeux embués de sommeil suivirent le regard horrifié de Rivebise.

— Non..., gémit-elle. Non !

En un bond elle fut sur ses jambes et rassembla ses affaires. Les autres s'étaient réveillés.

— Que se passe-t-il ? demanda Caramon en se levant.

— Leur village a été incendié, dit Tanis, montrant les colonnes de fumée. Les armées avancent plus vite que nous le pensions.

— Non, rappelle-toi, dit Raistlin, les prêtres draconiens ont raconté qu'ils avaient suivi le bâton à la trace et que cela les avait conduits à un village des plaines.

— Mon peuple..., murmura Lunedor, effondrée. (Rivebise la prit dans ses bras.) Mon père...

— Nous ferions bien de partir, dit Caramon en lançant des coups d'œil méfiants alentour. Ici, nous sommes aussi exposés qu'un diamant sur le nombril d'une danseuse.

— Oui, mais où aller ? fit Tanis à Rivebise.

— A Que-Shu ! dit Lunedor sur un ton décidé. C'est sur notre chemin. Les Monts du Levant sont juste derrière mon village.

Sans plus attendre, elle s'engagea dans les hautes herbes.

— *Marulina* ! lui cria Rivebise en courant derrière elle. *Nikh pat-takh merilar* ! dit-il en la prenant par le bras pour la retenir.

Elle se retourna, l'œil froid comme le ciel bleu du matin.

— Non ! J'irai au village. Ce qui est arrivé est de notre faute. Qu'importe si des milliers de ces monstres nous attendent. Je veux être auprès des miens à l'heure de la mort, car je n'aurais jamais dû les quitter.

Sa voix s'était brisée. Le cœur de Tanis s'emplit de pitié devant sa douleur. Rivebise passa un bras autour de ses épaules et ils marchèrent vers le soleil levant.

Emu, Caramon se racla la gorge.

— J'espère bien retrouver ces monstres ! grommela-t-il en ramassant son sac et celui de son frère. Hé ! ils sont pleins ! Des provisions pour une semaine ! Et mon épée est dans son fourreau !

— Voilà du moins un problème résolu, se réjouit Tanis. Ça va, Sturm ?

— Ça va, je me sens mieux après ce long sommeil.

— Tant mieux, nous pouvons partir. Flint, Tass !

— Pauvre Lunedor, fit le kender, touché aux larmes.

— Ce n'est peut-être pas aussi grave que nous le pensons, dit Tanis. Les guerriers des plaines ont pu repousser l'ennemi, et ce sont les feux de la victoire que nous voyons !

— Tu ne sais pas mentir, mon pauvre ami, répliqua Tass.

Il eut le sentiment que la journée allait être interminable.

Le crépuscule. L'heure où le soleil va disparaître pour laisser place à la nuit, une nuit sinistre. Les yeux rivés sur les flammes, les compagnons ne parvenaient pas à réchauffer leurs âmes glacées. Réunis autour du feu, ils ne parlaient pas. Chacun tentait de donner un sens à ce qu'ils avaient vu, d'expliquer l'inexplicable.

Tanis avait été confronté à bien des spectacles horribles au cours de son existence. Mais les images du massacre de Que-Shu restaient gravées dans sa mémoire comme le symbole des horreurs de la guerre.

Il refoula certaines des visions qui affluaient à son esprit. Il se souvint des pierres encore incandescentes de Que-Shu, des corps carbonisés méconnaissables, comme si le village avait été englouti par un immense brasier. Quel était ce feu qui pouvait faire fondre le roc ?

Il se rappelait d'un bruit sinistre, dont il avait cherché l'origine dans un silence de mort. Les murs d'enceinte avaient fondu, laissant apparaître une potence. Les charognards s'étaient perchés sur le gibet et regardaient les cadavres suspendus par les pieds à des chaînes qui les balançaient avec un grincement lancinant. C'était l'origine du bruit. Les cadavres étaient ceux de hobgobelins. Un bouclier cloué par une épée au sommet du macabre édifice portait des mots rageusement tracés :

Ainsi finissent ceux qui font des prisonniers et désobéissent à mes ordres. Tuer, ou être tué ! Verminaar.

Verminaar. Ce nom ne lui disait rien.

Il revit Lunedor au milieu des ruines de la maison de son père, tentant de rassembler les morceaux d'une coupe brisée. Il se souvint du seul rescapé du village, un chien enroulé autour du corps d'un enfant, qui lécha sa main, puis la figure de son jeune maître pour lui demander de le ramener à la vie.

Il songea à Rivebise soulevant une pierre, et cherchant sur quoi la lancer, le regard errant sur son village dévasté. Il se souvint du nain consolant le kender en larmes. Il revit Lunedor chercher désespérément des survivants parmi les décombres calcinés, hurlant des noms, attendant vainement une réponse, jusqu'à ce que Rivebise la persuade de renoncer. D'après lui, s'il y avait des rescapés, ils s'étaient enfuis depuis longtemps.

Il se revit seul devant les tas des cadavres percés de flèches. Il se rappela qu'une main froide s'était posée sur son bras et qu'il avait entendu la voix du mage lui murmurer :

« — Tanis, il faut partir. Nous n'avons plus rien à faire ici. Allons à Xak Tsaroth. Vengeons-nous. »

Ils quittèrent Que-Shu. Ils marchèrent jusqu'à une heure avancée de la nuit, car personne ne voulait s'arrêter, comptant sur l'épuisement pour sombrer dans un sommeil sans rêves.

Mais non sans cauchemars.

13

AUBE GLACIALE. LE PONT DE LIANES. LES EAUX TROUBLES.

Tanis sentit des mains crochues sur sa gorge. Il se débattit dans un demi-sommeil, puis se réveilla. Rivebise était penché sur lui, le secouant comme un pantin.

— Qu'y... a-t-il ? bredouilla Tanis.

— Tu rêvais..., expliqua l'homme des plaines d'un air sombre. J'ai dû te réveillcr, sinon tu aurais ameuté tout le pays.

— Merci. Je suis désolé. Quelle heure est-il ?

— Il nous reste quelques heures avant l'aube, répondit Rivebise d'un ton las.

— Tu aurais pu me réveiller plus tôt, dit Tanis. C'était mon tour de garde.

— Crois-tu que je parvienne à dormir ?

— Il le faudra bien, sinon tu risques de ralentir la marche.

— Les hommes de ma tribu peuvent avancer des jours sans fermer l'oeil...

Le visage dur, Rivebise regardait devant lui, les yeux dans le vide. Tanis aurait aimé le réconforter d'une parole, mais il y renonça. Il ne pourrait jamais vraiment comprendre la douleur qui accablait le barbare. Sa famille, ses amis, toute une vie anéantie... C'était trop pour le demi-elfe. Il se refusait à y penser.

Il s'enroula dans sa cape et rabattit sa capuche. La nuit était glaciale.

— As-tu une idée de l'endroit où nous sommes ? demanda-t-il à Flint, qui ne dormait pas non plus.

— L'homme des plaines affirme que nous sommes sur le Chemin des Sages, répondit le nain. C'est une ancienne voie qui existait avant le Cataclysme.

— Ce serait trop beau qu'elle nous mène directement à Xak Tsaroth, non ?

— Rivebise n'en est pas sûr, il dit qu'il ne l'a suivie qu'en partie, mais qu'elle passe par les montagnes.

Tanis aspira l'air de la nuit. Tout semblait paisible. Ils n'avaient rencontré ni draconiens ni gobelins en fuyant Que-Shu. Selon toute vraisemblance, comme l'avait dit Raistlin, les draconiens avaient attaqué Que-Shu pour s'emparer du bâton et non pour envahir le pays.

— Rivebise, as-tu une idée de la direction à suivre et du temps que nous mettrons ? interrogea Tanis.

— Oui, il faut prendre par le nord-est, vers le Nouvel Océan. D'après ce que je sais, la cité doit se trouver par là-bas. Je n'y suis jamais allé..., dit-il en fronçant les sourcils. Non, je n'y suis jamais allé.

— Crois-tu que nous y serons avant demain ?

— Si Xak Tsaroth existe encore, nous devrions y être en une journée, mais à ce qu'on raconte, la région du Nouvel Océan est d'accès difficile. Il y a des marécages...

Au petit matin, les compagnons, d'humeur morose, déjeunèrent sans appétit. Tandis qu'il préparait son infâme mixture sur le feu de camp, Raistlin gardait les yeux rivés sur le bâton de Lunedor.

— Quelle valeur il a prise, commenta-t-il d'une voix douce. Il a coûté la vie de tant d'innocents !

— En valait-il la peine ? Vaut-il la vie d'un seul de mes compatriotes ? demanda Lunedor.

Elle regarda le bâton d'un air hostile. Personne ne

répondit, chacun s'enfermant dans un silence gêné. Rivebise se leva et s'éloigna sous les arbres. Lunedor le suivit du regard. Puis elle laissa tomber sa tête entre ses mains et sanglota sans bruit.

— Il se fait des reproches, et je suis incapable de l'aider. Ce qui est arrivé n'est pas sa faute.

— Ce n'est la faute de personne, dit Tanis en allant vers elle. Nous ne pouvons pas comprendre. Nous devons continuer et espérer trouver une explication à Xak Tsaroth.

Essuyant ses larmes, elle acquiesça.

— Tu as raison, dit-elle. Mon père aurait honte de moi. J'oublie que suis fille de chef, et je dois m'en souvenir.

— Non ! Tu es reine !

C'était la voix de Rivebise, qui sortait du bois.

Lunedor tressaillit. Elle se retourna et le dévisagea.

— C'est possible, dit-elle, mais cela n'a plus aucun sens. Mon peuple a été massacré.

— J'ai trouvé des traces qui indiquent que certains ont pu se sauver. Ils se seront réfugiés dans les montagnes et ils reviendront. Tu seras leur chef.

— Les nôtres... Notre peuple a survécu !

Le visage de Lunedor s'illumina.

— Ils doivent être peu nombreux, s'ils sont encore vivants. Car les draconiens les ont peut-être suivis dans la montagne. (Il haussa les épaules.) De toute façon, tu es désormais leur reine. Moi, je ne suis que l'époux de la reine.

Lunedor sursauta comme s'il l'avait frappée.

— Non, Rivebise, dit-elle doucement en secouant la tête, de cela, nous avons déjà parlé.

— Vraiment ? J'y pensais cette nuit. Je suis resté parti si longtemps. Tu occupais mes pensées, tu étais la femme aimée. Je n'avais jamais imaginé que... J'ai quitté Lunedor, je retrouve une princesse.

— Avais-je le choix ? cria Lunedor. Mon père était malade. Il fallait bien gouverner pour empêcher

Loreman de mettre la main sur la tribu. Peux-tu t'imaginer ce que cela représente d'être la fille du chef ? Se demander à chaque repas dans quel plat est caché le poison ; se battre tous les jours pour trouver de l'argent et payer les soldats. Se comporter en princesse pendant que mon père grabataire divaguait.

Le visage fermé, Rivebise écouta sans mot dire. Il fixait un point au-dessus de la tête de Lunedor.

— Nous devrions partir, dit-il froidement. L'aube se lève.

A peine avaient-ils parcouru quelques lieues sur la vieille piste qu'ils débouchèrent sur un marais. Le sol devint spongieux et les arbres se firent rares. Des émanations montaient de la terre, nuages de vapeur qui voilaient le soleil. L'air devint difficilement respirable. Pris d'une quinte de toux, Raistlin se masqua le visage avec un mouchoir.

Flint, accompagné de Tass, ouvrait la marche.

Soudain le nain poussa un cri et disparut jusqu'au cou dans la fange.

— Au secours ! Le nain ! cria Tass.

Les autres accoururent.

— Je suis aspiré vers le fond ! gémit Flint en se débattant.

— Ne bouge pas ! s'écria Rivebise. Tu es tombé dans un tourbillon de boue. Reste tranquille si tu ne veux pas t'enfoncer !

Il retint Caramon, qui se penchait pour attraper le nain par la main.

— N'avance surtout pas ! Vous seriez engloutis tous deux par la tourbe. Tends-lui une perche.

Caramon tira sur la branche où s'était agrippé Flint. Lentement, le nain émergea de la boue visqueuse.

— Tanis ! Regarde ! glapit le kender.

Un serpent de la taille du bras de Caramon ondulait dans la vase à l'endroit où Flint était tombé.

— Nous ne pouvons pas traverser un enfer pareil !

dit Tanis en faisant un geste vers le marécage. Il faut rebrousser chemin !

— Il n'y a pas d'autre voie, constata Rivebise sur un ton étrange. Nous pouvons passer, je connais un sentier.

— Quoi ? s'étonna Tanis. Tu disais que...

— Je suis déjà venu ici, dit le barbare d'une voix changée. Je ne me souviens pas à quel moment, mais j'y étais. Je connais le chemin qui conduit à travers le marécage. Il mène...

— A une cité maléfique ? acheva Tanis à la place de Rivebise.

— Xak Tsaroth ! siffla Raistlin.

— Evidemment, tout s'explique, dit doucement Tanis. Où pourrions-nous apprendre quelque chose sur ce bâton, sinon là où on te l'a donné ?

— Il faut partir de suite ! insista Raistlin. Nous devons être là-bas à minuit !

Cette fois, Rivebise prit la tête de la colonne. Malgré une brume de plus en plus dense, il sut où diriger ses pas pour trouver la terre ferme. Bientôt, ils virent à peine où ils posaient les pieds, et ils durent ralentir. Au moindre faux mouvement, ils risquaient de tomber dans les mares de fange visqueuse qui stagnaient autour d'eux.

Brusquement le chemin s'arrêta. Devant eux, il n'y avait plus que de l'eau noirâtre.

— Par là !

Rivebise pointa le doigt sur une passerelle de lianes tressées reliée à deux arbres, tendue au-dessus de l'eau comme une toile d'araignée.

— Qui a bien pu la construire ? demanda Tanis.

— Je n'en sais rien, dit Rivebise, mais il y en aura de semblables tout au long du chemin.

— Je t'avais bien dit que Xak Tsaroth ne resterait pas longtemps abandonnée, fit remarquer Raistlin.

— Très bien, dit Tanis, nous n'allons pas cracher sur un cadeau des dieux. Au moins, cela nous évitera de faire le chemin à la nage.

La traversée de la passerelle était une gageure, car la construction était fragile. Elle se balançait à chaque pas qu'ils hasardaient en tremblant sur l'entrelacs de lianes gluantes. Après l'avoir franchi, ils parcoururent une bande de terre ferme au bout de laquelle se profilait une autre passerelle. Dans l'eau noire qui les cernait, miroitaient des œilletons étranges qui semblaient prêts à les happer. Ils arrivèrent au point où s'arrêtait la terre ferme. Plus de passerelle, mais une vaste étendue d'eau trouble qu'il fallait franchir.

— L'eau n'est pas profonde, dit Rivebise, vous n'avez qu'à me suivre en marchant dans mes traces.

Sentant des créatures invisibles grouiller entre leurs jambes, les compagnons sondèrent la surface du marécage en roulant des yeux effarés. Quand ils arrivèrent sur la terre ferme, le limon collé à leurs jambes dégagea une odeur à soulever le cœur.

Plus ils progressaient vers le nord, plus le sol se raffermissait. La végétation se fit moins dense et le soleil parvint à traverser la voûte de verdure qui les séparait du ciel. Tanis décida de faire halte au pied d'un chêne. Heureux d'être sortis du marais, les compagnons se restaurèrent en devisant gaiement, à l'exception de Lunedor et Rivebise, qui ne parlaient pas.

Les vêtements de Flint étaient trempés et il grelottait. Il se plaignit de douleurs aux articulations. Tanis se souvint que le nain craignait de devenir une charge pour les autres, et s'inquiéta de ses rhumatismes. Le demi-elfe fit signe au kender et l'attira un peu à l'écart.

— Je crois savoir que, dans tes sacs, tu caches de quoi réchauffer la carcasse du nain, si tu vois ce que je veux dire...

— Oh oui, bien sûr ! répondit le kender, rayonnant.

Il fouilla dans un de ses sacs et en extirpa une flasque d'argent.

— De l'eau-de-vie, cuvée personnelle d'Otik.

— Je suppose que tu ne l'as pas achetée ?

— Dès notre retour, je m'acquitterai...

— Mais bien sûr..., dit Tanis en lui tapant sur l'épaule. Tu vas partager ça avec Flint, mais ne lui en donne pas trop. Juste de quoi réchauffer ses vieux os.

— D'accord. Puis nous conduirons la colonne, comme de valeureux guerriers.

Les compagnons s'apprêtèrent à reprendre la route. Ils auraient eu bien besoin de la cuvée spéciale d'Otik... Lunedor et Rivebise ne s'étaient pas adressé la parole, et leur morosité rejaillissait sur la petite troupe. Tanis ne savait que faire pour mettre un terme à la douleur qui les unissait et les déchirait. Seul le temps refermerait les plaies.

Brusquement, les compagnons se remirent à patauger dans la glaise.

Flint et Tass s'accommodèrent fort bien du terrain marécageux. Ils avaient pris de l'avance sur les autres ; Tass semblait avoir oublié les recommandations de Tanis. L'eau-de-vie les avait si bien réchauffés qu'elle avait dissipé l'atmosphère pesante. Le nain et le kender, à force de se repasser la flasque, l'avait vidée. Ils se *promenaient* et plaisantaient avec force ricanements sur ce qu'ils feraient s'ils rencontraient un draconien.

— Je le pétrifierai d'un seul coup de hache, dit Flint en faisant des moulinets avec son bras. Et pan ! En plein dans le lard du lézard ! s'esclaffa-t-il.

— Raistlin ferait ça rien qu'en le regardant, dit Tass en singeant la mimique singulière du mage.

Ils se tordirent de rire en se poussant du coude, espérant que Tanis ne les avait pas entendus.

— Je parierai que Caramon est capable d'en embrocher un rien que pour l'avaler tout cru !

Tass faillit tomber de rire. Parvenus au bout de la terre ferme, il retint *in extremis* Flint, qui se précipitait tête baissée dans une étendue d'eau saumâtre, trop vaste pour être reliée à la terre par une passerelle. Un gigantesque tronc d'arbre aux « griffes d'acier », comme les nommait Rivebise, affleurait à la surface de l'eau. Il était assez large pour que deux personnes passent de front.

— Ah ! voilà enfin un pont ! s'exclama Flint en sautant d'un pied sur l'autre pour ne pas perdre l'équilibre. Je n'aurai plus à m'accrocher comme une araignée à ces maudites passerelles ! Allons-y !

— Si on attendait les autres ? suggéra Tass. Tanis n'aime pas que nous nous séparions.

— Tanis ? Il va voir ce qu'il va voir...

— D'accord ! s'exclama joyeusement le kender.

Il monta sur le tronc d'arbre et fit un pas en avant.

— Attention ! Ça glisse ! fit-il en manquant déraper.

Le nain se risqua sur le tronc à la suite de Tass. Une petite voix lui soufflait qu'il n'aurait jamais osé le faire s'il n'avait pas bu ; elle lui disait aussi qu'il était fou de ne pas attendre les autres, mais il la fit taire. Il se sentait rajeunir.

Enchanté, Tass se prenait pour un funambule. Il constata qu'il avait même un public, en la personne de deux créatures draconiennes qui avaient sauté à l'autre bout du tronc d'arbre. Cette apparition le dégrisa rapidement. Il n'était nullement effrayé, mais stupéfait. Avec une belle présence d'esprit, il se mit à crier :

— Tanis ! Une embuscade !

Il se saisit aussitôt de son bâton à clochettes et le fit tournoyer.

L'un des draconiens, pris de court, retomba sur la berge.

— Que se passe-t-il ? cria Flint.

— Des draco-machins-trucs ! répondit Tass en jouant de son bâton contre la deuxième créature. Deux devant, qui arrivent droit sur nous !

— Par les dieux, ôte-toi de mon chemin, grogna Flint en prenant sa hache.

— Et où vais-je me mettre, moi ? rétorqua Tass.

— Baisse-toi !

Le kender plongea sur le tronc d'arbre tandis qu'un draconien avançait, toutes griffes dehors. Flint abaissa sa hache, mais il avait mal calculé son coup. La lame frôla la tête du reptiloïde, qui se mit à agiter les bras en chantant d'étranges couplets.

Emporté par son élan, Flint glissa sur le bois visqueux et fut précipité dans l'eau. On entendit un hurlement.

Tass, qui côtoyait Raistlin depuis des années, s'aperçut immédiatement que le draconien lançait un sort. A plat ventre sur le tronc, son bâton à la main, il avait une demi-seconde pour réagir. Le nain suffoquait, gigotant un pied au-dessous de lui. Le draconien n'allait pas tarder à conclure son incantation. Entre la noyade et l'envoûtement, Tass choisit de retenir sa respiration, et se laissa tomber du tronc.

* * *

— Tanis ! Une embuscade !

Les compagnons se précipitèrent en direction de l'appel et arrivèrent bientôt au tronc d'arbre. Quatre draconiens jaillis des fourrés leur barrèrent la route.

Aussitôt, les compagnons furent plongés dans les ténèbres. Ils ne voyaient même plus leurs mains.

La voix de Raistlin se fit entendre :

— Ce sont des magiciens ! Ecartez-vous ! Vous ne pouvez rien contre eux !

Le jeune mage poussa un cri atroce.

— Raist ! cria Caramon. Où es-tu...

On entendit un grognement et le bruit d'une chute.

Tanis ressentit l'effet de l'incantation des draconiens. Il essaya de dégainer son épée, mais une épaisse substance gélatineuse le couvrit des pieds à la tête, s'insinuant dans sa bouche et ses narines. Plus il se débattait, plus il s'empêtrait. Il entendit les jurons de Sturm tout près de lui, les cris de Lunedor et un appel étouffé de Rivebise. Alors une torpeur insidieuse envahit son corps. Il continua de se battre contre la toile d'araignée gluante qui l'emprisonnait, puis tomba la tête la première, face contre terre, et sombra dans un sommeil surnaturel.

14

PRISONNIERS DES DRACONIENS.

Haletant, Tass se laissa tomber dans l'herbe et observa les draconiens qui s'affairaient autour de ses compagnons pétrifiés. Il s'était mis à l'abri des regards dans les buissons bordant le marécage. Le nain, assommé, gisait à côté de lui. Tass fut pris de remords. Paniqué, Flint avait entraîné le kender avec lui au fond de l'eau. Si Tass ne l'avait pas frappé, ils se seraient noyés tous les deux.

Le kender n'avait rien pu faire pour venir en aide à ses amis pris au piège par ce qui semblait de lourdes toiles d'araignée. Manifestement, ils avaient sombré dans l'inconscience, ou ils étaient morts.

Tass s'amusa beaucoup en voyant un draconien essayer de prendre le bâton de Lunedor. La décharge de lumière bleue fit lâcher prise à la créature, qui sauta en l'air en rugissant une kyrielle de mots que le kender jugea impolis.

Echaudé, le draconien finit par trouver une idée ingénieuse. Il tira la couverture de fourrure du sac de Lunedor et l'étendit sur le sol. Au moyen d'une branche, il poussa le bâton dessus et l'enroula dedans.

Puis les draconiens emmenèrent les prisonniers et leurs affaires.

Tapi dans son fourré, Tass les vit passer ; il lui sembla même entendre ronfler Caramon. Le sort d'endormissement qu'avait lancé Raistlin lui revint à la mémoire. Les draconiens avaient dû en jeter un semblable...

Flint reprit conscience. Il promena de grands yeux autour de lui.

— Que s'est-il passé ? demanda-t-il d'un air hébété, en se frottant le crâne.

— Tu es tombé du tronc d'arbre et tu t'es cogné la tête, répondit Tass sans broncher.

— Ah bon ? dit le nain en fronçant le nez. Je ne m'en souviens pas. Je revois encore les draconiens se ruer vers moi et je me rappelle être tombé à l'eau, mais...

— C'est comme ça, ne discute pas, se hâta de conclure le kender. Peux-tu marcher ?

— Evidemment, je peux marcher ! Où sont passés les autres ?

— Capturés par les draconiens, qui les ont emmenés avec eux.

— Aussi facilement ?

— Ces draconiens-là étaient des magiciens, répondit Tass avec impatience. Ils leur ont jeté un sort, mais ils n'ont blessé personne, sauf Raistlin. Il avait l'air mal en point quand je les ai vus passer ; ils ont dû lui faire subir quelque chose de terrible.

Il tira le nain par la manche.

— Allez, allez ! Il faut les suivre.

— Oui, oui, bien sûr, Tass. Où est mon heaume ?

— Au fond du marécage ! répondit Tass, exaspéré. Veux-tu vraiment aller le chercher ?

Le nain se tourna vers l'eau stagnante et frissonna de dégoût. Il passa et repassa la main sur le gros hématome qui ornait son crâne.

— Je ne me souviens pas de m'être cogné la tête... Ma hache ! s'écria-t-il subitement.

— Chut ! Tu es vivant, c'est le principal. Maintenant, il va falloir délivrer les autres.

— Comment comptes-tu t'y prendre, sans armes, mis à part ta fronde ?

— Nous aviserons, dit Tass rayonnant de confiance, bien qu'il n'eût pas la moindre idée de ce qu'il était possible de faire.

Le kender trouva facilement la trace des draconiens sur une ancienne voie, apparemment très fréquentée, vu la quantité d'empreintes qu'elle comportait. Elle les mènerait probablement au camp ennemi.

Ils cheminèrent pendant une heure ; le soleil commençait à décliner. A la nuit tombée, ils gagnèrent les taillis. Le kender se déplaçait sans faire plus de bruit qu'une souris, tandis que le nain se cognait aux branches et percutait les troncs d'arbres. Heureusement, les draconiens, en liesse, n'auraient pas entendu approcher une armée.

Flint et Tass s'assirent à distance de la lumière du feu de camp et observèrent. Soudain, Flint flanqua au kender une bourrade qui l'envoya presque au sol.

— Par Reorx ! jura-t-il. Un dragon !

Médusés, ils virent les draconiens se trémousser et se prosterner devant un gigantesque dragon noir trônant sous la voûte à moitié effondrée d'une coupole. Sa tête s'élevait au-dessus de la cime des arbres et des ailes immenses s'étendaient sur ses flancs. Un draconien en tunique s'inclina devant lui en indiquant du geste le bâton gisant à ses pieds parmi les armes.

— Ce dragon a un air bizarre, conclut Tass après l'avoir attentivement observé.

— Par définition, un dragon est bizarre..., fit remarquer Flint.

— Justement, regarde-le bien. Il ne bouge pas, on dirait qu'il n'a aucune réaction. Il est juste posté là, c'est tout. J'ai toujours pensé que les dragons étaient plus actifs que ça, pas toi ?

— Va donc lui chatouiller les pieds ! grogna le nain. Tu verras bien s'il réagit.

— C'est ce que je vais faire, dit le kender d'un air ravi.

Avant que le nain ait pu faire un geste, le kender

avait sautillé dans les fourrés et, à la faveur de l'obscurité, il approchait du camp. De fureur, Flint se serait arraché la barbe, mais il était trop tard pour arrêter Tass. Il ne pouvait que le suivre.

* * *

— Tanis !

L'appel semblait sortir des profondeurs d'un gouffre. Le demi-elfe essaya de répondre, mais sa bouche était remplie d'une substance gluante. Une main l'aida à se mettre sur son séant, et il parvint à ouvrir les yeux. La nuit était tombée. La lueur diffuse qu'il voyait devait provenir d'un grand feu. Sturm était près de lui.

— Ça va à peu près, répondit Tanis au bout d'un moment. Où sommes-nous ? Personne n'est blessé ?

— Nous sommes dans un camp draconien. Raistlin est gravement malade. Tass et Flint ont disparu.

— Raistlin..., que lui est-il arrivé ?

— Il a reçu une flèche empoisonnée, dit Rivebise.

Tanis et ses compagnons étaient enfermés dans une cage de bambou, gardée par des draconiens armés d'épées courbes. Des centaines de soldats grouillaient autour du feu, face auquel se dressait un gigantesque dragon.

— Eh oui, dit Sturm devant l'expression de surprise de Tanis. C'est un dragon. Balivernes..., prétendait Flint ! Raistlin jubilerait d'avoir eu raison.

Tanis s'approcha du mage, allongé sous un manteau au fond de la cage. Encore inconscient, il grelottait et transpirait de fièvre. Lunedor lui caressait doucement le front.

— Lunedor a retiré ça de son dos, dit Rivebise en tendant une flèche à Tanis. Qui sait quel poison coule maintenant dans ses veines...

— Si nous avions le bâton..., dit Lunedor.

— C'est vrai ! Où est-il ? demanda Tanis.

— Là-bas ! s'exclama Sturm, pointant la main vers le dragon avec une grimace de dégoût.

Tanis vit le bâton, posé sur la fourrure aux pieds du monstre noir.

— Nous pourrions facilement briser cette cage, dit Tanis, agrippé aux barreaux. A lui seul, Caramon en ferait du petit bois.

— Même Tass en serait capable, dit Sturm. Ensuite il ne resterait plus qu'à nous occuper de quelques centaines de ces créatures, sans oublier le dragon.

— D'accord, d'accord, ne remuons pas le couteau dans la plaie.

L'état du mage empirait. Lunedor lui prit le pouls et secoua la tête d'un air navré. A son côté, Caramon poussa un soupir d'impuissance. Son regard se posa sur les deux gardes qui ricanaient bruyamment devant la cage.

— Caramon ! Arrête ! cria Tanis.

Trop tard. Avec un feulement de fauve blessé, le grand guerrier se rua vers les draconiens. Les tiges de bambou cédèrent sous l'impact, des échardes lui déchirèrent la peau. Enragé, Caramon ne s'en rendit même pas compte.

— Tu es complètement fou, dit Sturm en s'agrippant au guerrier pour le retenir.

Mais rien ne pouvait endiguer la furie meurtrière de Caramon. Un des draconiens se retourna, l'épée brandie. D'un geste, Caramon envoya voler dans les airs l'arme et la créature. En quelques secondes, il fut encerclé par six draconiens, arc au poing. Sturm et Rivebise le plaquèrent au sol et s'arc-boutèrent sur ses épaules pour qu'il reste par terre.

Une voix aiguë s'éleva au-dessus du brouhaha du camp.

— Amenez-moi ce guerrier ! ordonna le dragon.

Tanis sentit ses cheveux se dresser sur sa tête. Les draconiens laissèrent retomber leurs armes et se tournèrent avec stupeur vers le dragon. Des murmures s'élevèrent parmi les soldats, qui se mirent en cercle autour de leur idole.

Une des créatures, qui portait un insigne sur son armure, se dirigea vers le draconien en tunique, resté bouche bée depuis que le dragon avait parlé.

— Que se passe-t-il au juste ? demanda-t-il.

Tanis comprit qu'il y avait deux sortes de draconiens : ceux en tunique, des magiciens et des prêtres, et ceux en armure, qui ne devaient pas parler la même langue. Le soldat était visiblement hors de lui.

— Où est votre fichu prêtre ? C'est à lui de nous dire ce qu'il faut faire ! clama-t-il.

— Notre supérieur est absent, répondit le draconien en tunique, qui avait vite repris ses esprits. L'un des *« leurs »* a volé jusqu'ici et l'a conduit auprès du seigneur Verminaar qui voulait lui parler du bâton.

— Mais le dragon ne prend jamais la parole quand le prêtre n'est pas là ! (Il baissa la voix.) Mes hommes n'aiment pas ça. Tu ferais bien d'agir.

La voix du dragon s'éleva de nouveau, pleine de reproches :

— On me fait attendre ! Amenez-moi ce guerrier !

— Faites ce que dit le dragon ! ordonna le draconien en tunique aux soldats.

Ils se ruèrent sur la cage et écartèrent Sturm et Rivebise de Caramon. Ils le prirent par les bras et le tirèrent devant le feu, face au dragon. A ses pieds, gisaient les armes et les bagages des compagnons, et le bâton de Lunedor.

Prêt à affronter le monstre auréolé de nuages de fumée, Caramon s'avança pour prendre son épée.

— Justice sera vite rendue, vermine humaine ! siffla le dragon en agitant ses ailes.

Les draconiens reculèrent si vite que certains d'entre eux furent piétinés dans la bousculade.

Caramon toisa le dragon de toute sa hauteur.

— Mon frère se meurt ! Fais de moi ce que tu voudras ! Je ne demande qu'une chose : mon épée pour mourir dignement au combat !

Le dragon éclata d'un rire effroyable, imité aussitôt

par les draconiens. Dans cet horrible gargouillis, il se mit à agiter frénétiquement la tête et les ailes, prêt à sauter sur le guerrier pour le dévorer.

— Ce sera très amusant. Donnez-lui son arme.

Caramon alla chercher lui-même son épée et la brandit devant le monstre.

— Nous ne pouvons pas le laisser tout seul, il court à sa perte ! gronda Sturm en avançant.

Derrière eux, ils entendirent un vague murmure :

— Psitt ! Tanis !

Le demi-elfe se retourna brusquement.

— Flint ! s'exclama-t-il.

Absorbés par le spectacle, les gardes leur tournaient le dos.

— Fiche le camp, Flint ! Tu ne peux rien faire pour nous. Raistlin est mourant, et le dragon...

— ... Est Tass le kender, lâcha le nain, laconique.

— Qu'est-ce que tu dis ? Explique-toi.

— Le dragon, c'est Tass Racle-Pieds, répéta Flint avec irritation.

Tanis resta sans voix.

— La bestiole est en osier, chuchota le nain à toute vitesse. Tass s'est introduit à l'intérieur. Les membres sont articulés. On peut actionner les ailes et le faire parler par un tuyau relié à la gueule. Ça doit être de cette manière que les prêtres s'en servent pour se faire obéir. Quoi qu'il en soit, c'est Tass qui bat des ailes et menace de dévorer Caramon.

— Mais que pouvons-nous faire ? Il y a des draconiens partout. Ils vont finir par s'apercevoir de la supercherie !

— Va rejoindre Caramon, emmène Rivebise et Sturm avec toi. Ramassez nos armes et nos bagages, sans oublier le bâton. Je vais aider Lunedor à transporter Raistlin dans les bois. Tass a son idée. Tiens-toi prêt.

Tanis ronchonna un grognement.

— Si tu crois que cela m'amuse ! grommela le

nain. Nos vies sont entre les mains d'un kender débile... Mais après tout, *il* est le dragon...

— Ça ne peut être que lui, dit Tanis en avisant le *dragon* qui s'agitait dans tous les sens et glapissait devant les draconiens, béats d'admiration.

Tanis attira Rivebise et Sturm près de Lunedor, qui n'avait pas quitté le chevet de Raistlin, et leur explique le stratagème du kender. Ils le regardèrent comme s'il était devenu fou.

— Avez-vous un autre plan à proposer ? Alors, allons-y !

Les trois compagnons se dirigèrent vers la garde draconienne.

Caramon brandissait son épée. La lame brilla à la lumière des flammes, déclenchant la frénésie du dragon. Ses ailes firent jaillir des gerbes d'étincelles, qui mirent le feu aux huttes. Hypnotisés par le spectacle dont ils attendaient le moment crucial, les draconiens n'y prêtèrent aucune attention. Le dragon poussa des cris de plus en plus stridents. Caramon attendait, la gorge sèche, l'estomac noué. Il allait passer à l'attaque quand il constata que Tanis, Sturm et Rivebise, tombés du ciel, étaient à ses côtés.

— Notre ami ne mourra pas seul ! cria le demi-elfe au dragon.

— Va-t'en, Tanis ! lança Caramon. C'est mon affaire !

— Silence ! ordonna le demi-elfe. Sturm, ramasse mon épée et la tienne. Rivebise, prends ton arme, les bagages et toutes les armes des draconiens que tu pourras porter. Caramon, tu te chargeras des deux bâtons.

Ahuri, Caramon le regardait sans comprendre.

— Le dragon, c'est Tass Racle-Pieds. Fais ce que je te dis ! Prends les bâtons et cours dans le bois. Lunedor t'y attend. Dépêche-toi ! Raistlin est sur le point de mourir ! Tu es sa dernière chance.

Pour Caramon, ce fut le déclic. Il se jeta sur les

bâtons, tandis que Rivebise et Sturm ramassaient les armes.

— Préparez-vous à mourir, créatures humaines ! vociféra le dragon en s'envolant au-dessus de leurs têtes où il continua de planer.

Des draconiens s'enfuirent en hurlant de terreur, d'autres s'aplatirent sur le sol.

— C'est le moment ! cria Tanis. Cours, Caramon !

Le grand guerrier fila vers le bois, laissant derrière lui un tumulte indescriptible. Sturm avait entonné un chant de guerre solamnique et les draconiens braillaient à qui mieux mieux. Se servant du bâton comme il avait vu faire Lunedor, le chevalier se fraya rapidement un chemin parmi les draconiens, qui reculaient devant lui.

Caramon arriva devant Raistlin, étendu aux pieds de Lunedor. Elle lui arracha le bâton des mains. Flint secoua la tête d'un air pessimiste.

— Ça ne marchera pas, il est à bout...

— Il faut que ça marche ! déclara Lunedor avec conviction. Je t'en prie, qui que tu sois, maître du bâton au cristal bleu, guéris cet homme.

Sans relâche, elle répéta sa litanie.

Ebloui par la lumière, Caramon cligna des yeux. Autour d'eux, les bois étaient en feu.

— Par les Abysses, souffla Flint, regarde !

Le grand dragon d'osier s'était écrasé sur le brasier. Des étincelles et des braises s'éparpillèrent dans le camp, mettant le feu aux huttes de roseaux. Le dragon poussa un rugissement horrible et s'embrasa à son tour.

— Tass ! jura Flint. Ce satané kender est encore à l'intérieur de la carcasse !

Avant que Caramon ait pu l'arrêter, le nain avait rejoint le camp des draconiens.

— Caramon..., murmura Raistlin.

Le grand guerrier s'agenouilla près de son frère. Le mage était livide, mais son regard avait repris vie. Il se redressa, et vit l'incendie.

— Qu'est-il arrivé ? demanda le sorcier.

— Je n'en sais trop rien, répondit Caramon. Tass s'est transformé en dragon, tout le reste est confus. Repose-toi.

Dans la cohue, Sturm vit passer le nain au pas de course. Il le rattrapa.

— Tass ! Il est dans le dragon ! lui cria le nain sans s'arrêter.

— Flint, c'est inutile ! Personne ne peut survivre dans cette fournaise.

— Fiche-moi la paix ! hurla le nain.

Stupéfait, Sturm le laissa partir vers le dragon en flammes.

— Tasslehoff Racle-Pieds ! cria Flint. Où es-tu, stupide kender ? ... Tass ! Si tu ne sors pas de là, je te tuerai ! Aide-moi un peu...

Des larmes de chagrin et de désespoir coulèrent sur les joues de Flint.

La chaleur devenait insoutenable. Sturm se décida à empoigner le nain et à l'assommer si nécessaire, quand il remarqua le mouvement bizarre de la tête du dragon, dont le long cou n'avait pas encore été consumé par les flammes.

— Flint ! Regarde !

Les petites jambes d'un pantalon bleu vif se débattaient faiblement dans la gorge du monstre d'osier.

— Tass ! Sors de là ! La tête est sur le point de prendre feu !

— Je ne peux pas ! Je suis coincé ! dit unc voix étouffée.

Flint se mit à tirer sur les jambes de Tass, tandis que Sturm cherchait un moyen d'extraire le kender par la gueule.

— Aïe ! Arrête ! hurla Tass.

— Pas facile ! dit le nain. Il est vraiment coincé.

Les flammes commençaient à lécher le cou du dragon. Il fallait retirer la tête du brasier et, pour ce faire, la séparer du reste. Sturm leva son épée.

— Je risque de le décapiter, murmura-t-il à Flint, mais c'est sa seule chance d'en sortir.

Flint frémit et ferma les yeux. Caramon abattit son épée. Le kender poussa un cri, de douleur ou de surprise.

— Tire ! dit Sturm à Flint.

Sturm attrapa la tête d'un côté, Flint de l'autre, et ils la sortirent du brasier. Les rares draconiens qu'ils trouvèrent sur leur passage prirent la fuite devant l'effroyable apparition d'une tête de dragon décapitée.

— Allons, Raist, essaye de te lever, dit Caramon, plein de sollicitude. Il faut que nous quittions cet endroit. Comment te sens-tu à présent ?

— Comment veux-tu que je me sente ? Aide-moi à me mettre debout et laisse-moi tranquille !

— Mais oui, Raist, répondit Caramon en s'éloignant, peiné par l'attitude de son frère.

Lunedor, qui se souvenait du chagrin de Caramon quand le mage était à l'agonie, toisa celui-ci d'un air écœuré.

Emergeant des nuages de fumée, Tanis se cogna à Caramon.

— Où sont les autres ? demanda le demi-elfe.

— Ils ne sont pas avec toi ? s'étonna Caramon.

— Nous nous sommes séparés...

— *Su torakh !* s'exclama Lunedor avec effroi.

Tanis et Caramon se retournèrent. Une tête de dragon à la langue fourchue fondait sur eux. Là-dessus, Tanis eut un coup au cœur en entendant un bruit étrange derrière lui. Il fit volte-face, l'épée brandie.

C'était le rire de Raistlin.

Tanis n'avait jamais entendu rire le mage, même quand il était enfant. Il se prit à souhaiter de ne plus jamais l'entendre. Sournois, grinçant, méprisant, ce rire était atroce. Caramon regarda son frère avec stupéfaction.

Tanis haussa les épaules et se retourna vers la tête de dragon, que portaient Flint et Sturm. Ils la déposèrent sur le sol.

— Au nom des dieux, mais qu'est-ce que vous faites avec ce..., demanda Tanis.

— Le kender est coincé ! Il faut le sortir !

— Tass ! Ça va, là-dedans ? dit Tanis en ouvrant la gueule du dragon.

— Je crois que Sturm a coupé ma natte ! se lamenta le kender.

— Heureusement que ce n'est pas ta tête, dit le nain.

— Qu'est-ce qui bloque ? demanda Rivebise en se penchant à son tour sur la gueule du dragon. Il faut le dégager tout de suite. Les draconiens ne vont pas tarder à reprendre leurs esprits.

Caramon se plaça devant la tête d'osier, empoigna des deux mains les orbites et tira de toutes ses forces en ahanant. On entendit un craquement ; Caramon tituba en arrière, un morceau de la tête entre les mains. Tanis dégagea le kender de sa coque. Il en sortit en souriant de toutes ses dents.

— Je me sens mieux, dit-il, titubant légèrement. Dis-moi, Tanis..., mes cheveux ?

— Il n'en manque pas un seul, répondit le demi-elfe en lui tapotant affectueusement le crâne.

— Tanis, c'était une envolée magnifique, extraordinaire ! La tête que faisait Caramon..., dit-il en gloussant de rire.

— Bon, nous en reparlerons plus tard..., dit Tanis avec autorité. Il faut partir d'ici. Caramon ? Ton frère et toi êtes prêts ?

— Oui, nous pouvons y aller.

Raistlin se mit en route, clopinant au bras de son frère. Il se retourna pour jeter un dernier regard sur la dépouille du dragon, ricanant de façon macabre.

15

LA FUITE. LE PUITS. LES AILES NOIRES DE LA MORT.

Les nuages de fumée qui se dégageaient du camp des draconiens enveloppaient le marécage et protégeaient ainsi la fuite des compagnons.

Après une heure passée à patauger dans l'eau boueuse, ils grelottaient de froid.

Les arbres se mirent à craquer ; le vent du nord s'était levé, balayant le voile de fumée qui cachait la lune.

Les compagnons levèrent la tête. Au nord, l'horizon s'obscurcissait. Tanis eut le sentiment qu'une menace pesait dans l'air.

— Ces nuages annoncent un orage ! s'exclama le mage. Ils viennent du nord ! Ne perdons pas de temps, il faut rejoindre Xak Tsaroth avant la fin de la nuit.

Rivebise, qui marchait en tête, repéra une bande de terre ferme. Il guida le groupe jusqu'à la berge du marécage. Là, parmi d'autres ruines immergées, gisait un obélisque. Il était tombé tout seul, ou il avait été placé ainsi pour servir de pont entre les deux rives du marais.

— Je passe le premier ! dit Tass en bondissant. Eh ! venez voir ! Il y a des inscriptions sur ce truc ! Ce sont des runes.

— Laisse-moi voir ! dit vivement Raistlin.

Il prononça un mot incantatoire, et le cristal de son bâton s'illumina.

— Fais vite ! pressa Sturm. Avec cette lumière, nous serons repérés à vingt lieues à la ronde.

Mais Raistlin ne se pressa pas. Promenant son bâton sur les runes, il les étudia attentivement. Les autres se groupèrent autour de lui.

— Qu'est-ce que ça veut dire, Raistlin ? demanda Tass en passant son doigt sur les symboles. Comprends-tu quelque chose ? Cela doit être très ancien...

— C'est effectivement très ancien, murmura le mage. Ces runes datent d'avant le Cataclysme. Il est écrit : « La grandiose cité de Xak Tsaroth, dont les merveilles vous entourent, est le témoignage de la bonté et de la générosité de son peuple. Les dieux nous récompensent en bénissant nos foyers. »

— C'est un endroit horrible !

Face à ces ruines, Lunedor eut un frisson.

— On peut dirc que les dieux les ont bizarrement bénis ! ironisa Raistlin.

Il prononça une autre incantation et le cristal de son bâton s'éteignit. Il faisait nuit noire.

— Continuons à marcher, reprit Raistlin. Il y a sûrement d'autres vestiges témoignant de ce qu'était cet endroit.

Ils franchirent le marécage et arrivèrent dans une forêt luxuriante. Rivebise se pencha sur le sentier pour examiner le sol, et se releva bientôt, la mine sombre.

— Des draconiens ? demanda Tanis.

— Oui. De multiples empreintes de griffes qui vont vers le nord. Droit sur la cité.

— Est-ce la ville détruite où on t'a donné le bâton ? dit Tanis en baissant la voix.

— ... Et où la mort avait de grandes ailes noires, ajouta Rivebise.

Les yeux fermés, il se passa la main sur le visage, comme pour chasser des pensées indésirables, et prit une grande bouffée d'air.

— Je ne sais pas, reprit-il, je ne me souviens pas... J'ai peur, mais je ne sais pas de quoi.

Tanis le prit par le bras.

— Les elfes ont coutume de dire : « Seuls les morts ignorent la peur ».

Rivebise eut un geste qui surprit le demi-elfe : il posa sa main sur la sienne.

— Je n'avais jamais rencontré d'elfe, dit le barbare. Mon peuple s'en méfie, et prétend qu'ils ne s'intéressent ni à Krynn ni aux humains. Je crois que les miens se trompent. Je suis heureux de t'avoir rencontré, Tanis de Qualinesti. Tu es mon ami.

Tanis connaissait assez les gens des plaines pour savoir qu'après cette déclaration, Rivebise était prêt à donner sa vie pour lui. Chez les barbares, un serment liait les amis à la vie à la mort.

— Toi aussi, tu es mon ami, répondit Tanis. Lunedor et toi, *vous* êtes mes amis.

Le visage de Rivebise, qui s'était adouci en regardant Lunedor, reprit son expression farouche et impénétrable.

— Xak Tsaroth n'est plus très loin, dit-il froidement. Ces empreintes ne sont pas récentes.

Ils continuèrent leur chemin dans la forêt. Bientôt, la piste s'arrêta, cédant la place à une allée dallée.

— Une vraie rue ! s'exclama Tass.

— Les faubourgs de Xak Tsaroth ! souffla Raistlin.

— Il était temps, dit Flint. Quel désastre ! Si le plus beau cadeau jamais donné au monde se trouve ici, il doit être bien caché !

Tanis hocha la tête ; il n'avait jamais vu un lieu aussi sinistre.

L'allée menait à une grande place dallée. A l'est, s'élevaient quatre colonnes qui avaient dû soutenir les amas de ruines éparpillées autour d'elles. Un épais mur circulaire de quatre pieds de haut occupait le centre de la place. Caramon s'en approcha et annonça aux compagnons qu'il s'agissait d'un puits.

— Profond, en plus ! remarqua-t-il en se penchant. Quelle horrible odeur !

Au nord, se dressait le seul édifice qui avait échappé au Cataclysme. La blancheur de ses fines colonnes de pierre était rehaussée par l'or de ses portes qui brillaient sous la lumière lunaire.

— C'est un temple élevé à la gloire des anciens dieux, dit Raistlin.

— C'est un temple ? répéta Lunedor en contemplant l'édifice. Comme il est beau !

Fascinée, elle se dirigea vers le bâtiment.

Les autres inspectèrent les environs, mais ils ne trouvèrent rien qui tienne encore debout. Tout était si ancien que même le nain se sentait jeune en comparaison.

— Un draconien !

Tass avait crié ; les compagnons se saisirent de leurs armes. La tête d'une créature émergea de la margelle du puits et les observa.

— Arrêtez-le ! cria Tanis. Il va donner l'alerte !

Le draconien battit des ailes et s'enfonça dans le puits. Raistlin se précipita et regarda à l'intérieur. Il leva les mains vers le ciel, hésita, puis les laissa retomber.

— Je ne peux pas. Je n'arrive plus à penser. Je suis incapable de me concentrer. Il faut que je dorme.

— Nous sommes tous fatigués, dit Tanis d'un ton las. S'il y quelqu'un au fond du puits, il est maintenant prévenu. Nous n'y pouvons plus rien. Allons nous reposer.

— Le draconien a donné l'alerte, affirma Raistlin en regardant autour de lui d'un air hagard. Ne sentez-vous rien ? Aucun de vous ? Demi-Elfe ? Le Mal s'est réveillé, il va arriver...

Il y eut un silence.

Tass se pencha par-dessus la murette et scruta le fond du puits.

— Regardez ! Il y a là-dedans un draconien qui

flotte comme une feuille emportée par le vent ! Il ne bat même pas des ailes !

— Tais-toi ! cria Tanis.

Tass regarda le demi-elfe avec surprise. Sa voix tendue ne lui sembla pas naturelle. Il se tordait les mains en fixant le puits. Tout était calme..., trop calme. Au nord les nuages annonçaient la tempête, mais il n'y avait pas de vent. Pas une feuille ne bougeait. La lune rouge et sa sœur argentée projetaient des ombres qui distordaient les contours, rendant les choses irréelles.

Comme pour se garantir d'un danger, Raistlin s'éloigna lentement du puits.

— Moi aussi, je sens quelque chose, dit Tanis. Qu'est-ce que c'est ?

— Oui, qu'est-ce que c'est ? répéta Tass en se penchant.

— Sortez-le de là ! cria Raistlin.

Gagné par la peur du mage, Tanis sentit qu'il se passait quelque chose de terrible. Il bondit vers le kender. A cet instant, le sol se mit à trembler. Tass poussa un cri ; la murette du puits s'était lézardée, et elle avait cédé sous lui. Il glissait vers le trou noir, s'accrochant aux pierres qui s'éboulaient.

Alerté par l'injonction de Raistlin, Rivebise gagna le puits pour venir en aide au kender. Il attrapa Tass par le collet et le tira de la margelle qui continuait de s'effriter.

Le sol trembla de nouveau. Soulevant la poussière et les feuilles sur toute la place, un grand courant d'air froid sortit du puits. Pris dans ce souffle, Tanis réagit promptement.

— Filez ! cria-t-il à ses compagnons.

Les colonnes tremblèrent. Cloués sur place, les compagnons avaient les yeux rivés sur le puits. Rivebise fut le premier à s'en arracher.

— Lunedor ! appela-t-il en cherchant du regard autour de lui. Lunedor !

Sa voix fut couverte par un hurlement strident qui

s'éleva des profondeurs du puits. Il était si aigu qu'il leur vrilla les tympans.

Paralysé, Tanis regarda Sturm s'éloigner de la margelle à reculons. Il entendit Raistlin, le visage luisant d'un jaune métallique, les yeux dorés teintés du rouge de la lune, crier quelque chose qu'il ne comprit pas. Il vit l'œil de Tass s'agrandir face au trou béant. Sturm prit le kender sous son bras et le porta jusqu'à la lisière des arbres. Caramon courut vers son frère et le traîna à l'abri. Tanis savait que quelque chose de monstrueux allait sortir du puits, mais il était incapable d'agir.

Rivebise n'avait pas bougé non plus. Il se battait avec l'angoisse qui l'envahissait : il ne savait pas où était Lunedor. Occupé avec le kender, il ne l'avait pas vue partir vers le temple aux colonnes blanches. Le tremblement du sol et le terrifiant hurlement lui rappelaient un cauchemar de sinistre mémoire.

« La mort aux ailes noires. »

A force de se concentrer sur Lunedor, il était couvert de sueur. Lui seul savait à quel point elle avait besoin de sa présence. La force apparente de la jeune femme masquait la peur, les doutes et l'incertitude qui l'habitaient. Elle devait être désemparée ; il fallait qu'il la retrouve.

Le barbare aperçut Tanis qui faisait de grands signes en direction du temple. Rivebise n'entendit pas ce qu'il disait. Lunedor ! Il avait compris. Il se dirigea vers le temple. Brusquement il perdit l'équilibre et tomba à genoux. Il vit Tanis foncer vers lui.

Puis l'horrible objet de ses cauchemars sortit du puits. Rivebise ferma les yeux pour ne plus rien voir.

C'était un dragon.

Dans un état quasi léthargique, Tanis regarda le monstre émerger du puits. *Comme c'est beau...*, songea-t-il.

Dans un formidable battement d'ailes, le dragon noir se dressa de toute sa hauteur, les mille écailles de son corps monstrueux miroitant sous la lumière lunaire. Ses yeux avaient la couleur mordorée de la roche en fusion. Sa gueule hérissée de crocs blancs comme neige exhala un rugissement. Ses ailes s'étendirent au-dessus du puits, éclipsant le clair de lune et les étoiles. Chacune se terminait par une serre rouge sang qui luisait à la lueur de Lunitari.

Jamais Tanis n'avait ressenti pareil effroi. Son cœur battait à tout rompre, il arrivait à peine à respirer. Horrifié et fasciné à la fois, il s'abîmait dans la contemplation de la sinistre beauté de la créature.

Le dragon prit son envol, et la peur qui paralysait Tanis s'estompa. Il eut le réflexe de saisir son arc ; il allait sortir une flèche de son carquois quand le dragon parla.

Au premier mot qu'il prononça, des ténèbres aveuglantes descendirent du ciel. Tanis perdit conscience de l'endroit où il se trouvait. Il ne savait qu'une chose : le dragon allait fondre sur eux. Sans défense, il pouvait seulement se plaquer au sol et ramper parmi les ruines pour se cacher.

Comme on ne voyait rien, le demi-elfe fit appel à son ouïe et guetta les bruits. Le battement d'ailes de la créature avait cessé. Le demi-elfe se représenta un grand oiseau de proie planant au-dessus de lui.

Il entendit comme un bruissement de feuillage dans la brise, qui se transforma en un souffle violent, comme avant l'orage. Puis retentirent les rafales hurlantes d'un typhon. Tanis se réfugia contre le mur en se couvrant la tête de ses bras.

Le dragon était passé à l'attaque.

Il ne pouvait percer les ténèbres qu'il avait créées, mais il savait où se trouvaient les intrus. Ses serviteurs draconiens l'avaient averti qu'un groupe de voyageurs avait pénétré dans le pays, et que le bâton au cristal bleu était parmi eux. Le seigneur Verminaar désirait mettre la relique sous la garde de Khisanth le dragon, pour qu'il reste à jamais hors des contrées humaines. Mais Khisanth avait égaré le bâton, et le seigneur Verminaar n'était pas content. Il fallait le récupérer. Khisanth avait soigneusement repéré les intrus avant d'envoyer les ténèbres sur la place. Cependant, il n'avait pas remarqué que le bâton était hors champ. Sûr de lui, il ne songeait plus qu'à anéantir les compagnons.

Le dragon fondit du ciel, ses ailes incurvées comme deux cimeterres noirs. Il plongea sur le puits, où il avait vu aller et venir ses ennemis. Sachant qu'une terreur paralysante les clouait sur place, Khisanth était certain de tous les tuer d'un coup. Il ouvrit la gueule et darda sa langue fourchue.

Tanis entendit le dragon approcher. Il sentit le souffle d'air que déplaçaient ses ailes immenses, suivi d'une gigantesque aspiration de sa gueule béante. Il y eut alors un bruit de marmite d'eau bouillante renversée sur le feu. Une substance liquide et des éclats de roche en fusion lui éclaboussèrent les mains, provoquant une douleur cuisante.

Il entendit crier. La voix d'un humain avait poussé un hurlement douloureux, un cri si atroce que Tanis eut du mal à se retenir pour ne pas crier aussi. Rivebise. Le cri se mua en gémissement plaintif.

Une masse énorme passa en frôlant Tanis, qui fut aplati contre le mur. Puis les remous s'apaisèrent. Le dragon avait regagné les profondeurs du puits.

Ce fut le silence.

Tanis ouvrit les yeux. Les ténèbres s'étaient dissipées. Les deux lunes brillaient dans une mer d'étoiles scintillantes. Lentement, le demi-elfe reprit son souffle. Il se remit debout et courut vers la silhouette qui gisait sur les dalles de la place.

Au premier regard, il se détourna. La vision était insoutenable. Ce qui restait de Rivebise n'avait plus rien d'humain. Les chairs arrachées laissaient apparaître les os. Ses yeux pendaient sur ses joues décharnées. Sa bouche ouverte était figée en un rictus horrifié. De son torse défoncé saillaient les côtes, hérissées de lambeaux de vêtements carbonisés. Ses entrailles dégoulinaient en grappes sanguinolentes que la lune baignait d'une lumière rougeâtre.

Tanis s'effondra en vomissant. Il avait vu des hommes mourir sous son épée, d'autres taillés en pièces par les trolls. Mais ça... Le demi-elfe savait qu'il serait hanté pour toujours par ce qu'il voyait.

Une main solide agrippa son bras, faisant passer un courant de chaleur et de compréhension. Il se redressa et essaya de bredouiller une parole.

— Tu vas mieux ? demanda Caramon avec inquiétude.

Tanis opina du chef, incapable d'articuler un mot. Entendant la voix de Sturm, il se retourna.

— Remercions les vrais dieux, Tanis ! dit Sturm. Il est encore vivant. J'ai vu bouger sa main.

— Achève-le ! dit Tanis d'une voix qui s'étranglait. Achève-le, Sturm !

Le chevalier dégaina son épée, dont il embrassa la garde. Il la leva face à Rivebise en prononçant mentalement les paroles destinées aux héros morts à la guerre. Puis il entonna le vieux chant funéraire solamnique, la lame de son épée au-dessus de la poitrine de Rivebise.

Mais le chant mourut sur les lèvres du chevalier.

En entendant célébrer les anciens dieux, Tanis se sentit envahi d'une bienfaisante paix. A côté de lui, Caramon pleurait en silence.

Puis une voix claire s'éleva dans la nuit :

— Arrêtez. Amenez-le-moi.

Aussitôt, Tanis et Caramon se placèrent devant le corps de Rivebise pour le soustraire à la vue de Lunedor. Arraché à la célébration d'un passé ancestral, Sturm revint vite à la réalité et baissa son épée. La fragile petite silhouette de Lunedor se détachait sur les portes d'or du temple. Tanis voulut lui parler, mais l'emprise d'une main froide sur son bras l'en retint. Il se dégagea vivement de Raistlin.

— Fais ce qu'elle dit, siffla le mage. Amène-lui Rivebise.

Face au regard vide et au visage sans expression de Raistlin, Tanis se raidit de colère.

— Emmenez-le, dit calmement le mage. Ce n'est pas à nous de décider de la mort de cet homme. C'est l'affaire des dieux.

16

UN CHOIX ÉPINEUX. LE PLUS BEAU DES CADEAUX.

Tanis regarda Raistlin. Pas un battement de paupière ne trahissait ses sentiments. Si toutefois il en avait... Leurs regards se croisèrent. Comme toujours, Tanis sentit que le mage voyait *au-delà* de lui, beaucoup plus loin qu'un simple regard pouvait le faire. Il le haït soudain avec une violence qui le surprit, le détestant et l'enviant en même temps.

— Il faut faire quelque chose ! pressa Sturm. Il n'est pas mort, mais le dragon peut revenir d'une minute à l'autre.

— D'accord, dit Tanis d'une voix nouée. Enveloppez-le dans une couverture... Avant, laissez-moi parler à Lunedor seul à seul.

Le demi-elfe traversa la cour dallée et gravit les marches du temple. Lunedor attendait, debout devant les portes d'or.

— Amenez-le-moi, Tanis, répéta-t-elle.

Le demi-elfe prit sa main.

— Lunedor, Rivebise est dans un état désespéré. Il va mourir. Nous ne pouvons plus rien pour lui, le bâton non plus.

— Ne dis plus un mot, Tanis, répondit-elle doucement.

Tanis n'insista pas. Pour la première fois, il la vit telle qu'elle était. Apaisée et tranquille. Son visage était empreint de la plénitude qu'apporte le calme après la tempête.

— Entrons dans le temple, ami, dit-elle en plongeant ses yeux intenses dans ceux de Tanis. Entrons dans le temple avec Rivebise.

* * *

Lunedor n'avait pas entendu approcher le dragon. Elle n'avait pas vu qu'il attaquait Rivebise. Quand les compagnons étaient arrivés sur la place en ruine de Xak Tsaroth, une force étrange l'avait attirée vers le temple. Elle avait gravi les marches jusqu'aux portes d'or. Là, elle avait entendu Rivebise l'appeler. « Lunedor... » Ne voulant pas laisser son bien-aimé et ses amis face au malheur qui sourdait du puits, elle avait hésité.

— Entre, mon enfant !

L'appel venait d'on ne sait où.

Lunedor s'était retournée vers les portes, les larmes aux yeux. C'était la voix de sa mère. Chantepleur, prêtresse de Que-Shu, était morte depuis bien longtemps, quand Lunedor était encore une enfant.

— Chantepleur ? s'exclama Lunedor d'une voix étranglée. Mère ?

— Tu as vécu des années difficiles, ma fille, et je crains que ton fardeau à venir ne soit encore plus lourd à porter. Si tu poursuis cette voie, tu entreras dans des ténèbres encore plus denses. C'est la vérité qui éclairera ton chemin, et tu trouveras que c'est une bien faible lumière dans la nuit qui t'attend. Mais sans la vérité, tout sera anéanti par la mort. Entre avec moi dans le temple, ma fille, tu trouveras ce que tu cherches.

— Mais mes amis, et Rivebise ? dit Lunedor en se retournant vers la place où son bien-aimé était tombé à genoux pendant que le sol tremblait. Ils ne peuvent pas se défendre. Ils mourront sans moi. Le bâton peut les aider ! Je ne dois pas les abandonner !

A cet instant les ténèbres obscurcirent tout.

— Je ne les vois plus ! ... Rivebise ! Mère, aide-moi !

Il n'y eut pas de réponse.

C'est injuste ! cria Lunedor dans sa tête. *Ce n'est pas ce que nous voulions ! Nous désirions simplement nous aimer, et cela nous perdra peut-être ! Nous avons fait tant de sacrifices qui n'ont servi à rien. J'ai trente ans, mère ! Trente ans et pas d'enfant ! On m'a pris ma jeunesse, on m'a pris mon peuple. Il ne m'est rien resté. Rien, excepté ce bâton. Et une fois encore, on me demande plus.*

Sa colère tomba. *Rivebise s'est-il insurgé contre les années passées à chercher des solutions aux problèmes que d'autres lui posaient ? La seule chose qu'il eût trouvée était ce bâton, qui reste une énigme. Non, il ne s'est jamais emporté. En lui, la foi fut la plus forte. Moi, je suis faible. Rivebise a toujours été prêt à sacrifier son existence à sa quête. Il faut que j'aie la volonté de vivre, même sans lui.*

Lunedor appuya la tête contre le métal froid des portes. Elle s'était décidée.

— Je ferai le pas en avant, mère, et j'entrerai dans le temple. Si Rivebise meurt, mon âme partira avec lui. Je demande une chose : s'il doit mourrir, qu'il sache que je suivrai la voie qu'il a ouverte.

Appuyée sur le bâton, la princesse des Que-Shus poussa les portes d'or, qui se refermèrent sur elle au moment précis où le dragon sortait du puits.

Sous le dôme du sanctuaire, au milieu des dalles en mosaïque, s'élevait une statue de marbre d'une singulière beauté. Elle irradiait de lumière. Fascinée, Lunedor approcha. La statue figurait une femme, vêtue d'une robe flottant autour d'elle, dont le visage exprimait l'espoir et une sorte d'abnégation. Elle portait une étrange amulette suspendue à son cou.

— Voici Mishakal, déesse de la guérison, dont je suis la prêtresses, dit la voix de sa mère. Ecoute ce qu'elle te dira, ma fille.

La statue était merveilleusement belle. Mais il lui manquait quelque chose. Lunedor réalisa que ses doigts étaient refermés sur un objet absent. Sans réfléchir, simplement pour parachever la perfection de l'œuvre, Lunedor glissa le bâton entre les mains de marbre.

Il s'irisa d'une douce lumière bleutée. Surprise, Lunedor recula. Le bâton s'illumina d'une clarté éblouissante. La jeune femme tomba à genoux. Un sentiment d'amour intense gonfla son cœur. Elle regretta amèrement de s'être emportée.

— *N'aie pas honte des questions qui te tourmentent, chère disciple. Ce sont elles qui t'ont menée à nous, et c'est ta colère qui te soutiendra dans les épreuves qui t'attendent. Tu es venue chercher la vérité, et tu la trouveras.*

« Les dieux ne se sont pas détournés des hommes, mais les hommes ont oublié les vrais dieux. Krynn va subir la plus grande épreuve de son existence. Plus que jamais, les hommes auront besoin de la vérité. C'est à toi, ma disciple, de les ramener au pouvoir des vrais dieux. Le temps est venu de rétablir l'équilibre de l'Univers. Le Démon a pris le dessus. Car les dieux du Bien se sont tournés vers les hommes, mais les dieux du Mal aussi, et ils œuvrent à asservir leurs âmes. La Déesse des Ténèbres est revenue ; elle cherche un moyen de prendre possession du pays. Les dragons, qui avaient été bannis dans le néant, sont de retour. »

Les dragons, pensa Lunedor. Elle ne parvenait pas à analyser les paroles qui pénétraient en elle, mais elle en comprendrait le sens plus tard. Jamais, elle ne les oublierait.

— *Pour avoir la force de les vaincre, tu auras besoin de la vérité des dieux. C'est le cadeau le plus beau qu'on ait fait au monde. Sous ce temple, dans ces ruines hantées par les années de gloire révolue, reposent les Anneaux de Mishakal. Ce sont des disques de platine brillant. Si tu les trouves, tu pourras faire appel à mes pouvoirs, car je suis Mishakal, déesse de la guérison.*

« Ton chemin sera semé d'embûches. Les dieux du Mal connaissent le pouvoir de la vérité et le redoutent. Un puissant dragon séculaire, Khisanth, connu chez les hommes sous le nom d'Onyx, est le gardien des Anneaux. Son repaire se trouve sous la cité détruite de Xak Tsaroth. Si tu choisis de retrouver les reliques, sache que le danger te guettera à tout instant. C'est pourquoi je bénis ce bâton. Sers-t'en avec hardiesse et sans faillir, et tu l'emporteras sur le Mal. »

La voix s'était éteinte. Lunedor entendit le hurlement de Rivebise.

* * *

Quand Tanis pénétra dans le temple, une scène de sa vie passée lui revint en mémoire. Laurana, son frère, Gilthanas, et lui étaient assis au bord de la rivière, se partageant entre les jeux d'enfants et les rêves d'avenir. Ces jours heureux n'avaient pas duré longtemps. Tanis s'était vite aperçu qu'il était différent des autres. Le souvenir de ce moment ensoleillé d'amitié enfantine adoucit ses peines.

Il se tourna vers Lunedor, qui se tenait près de lui sans rien dire.

— Quel est cet endroit ?

— Je t'en parlerai plus tard, répondit la barbare.

Ils avancèrent au centre du sanctuaire et s'arrêtèrent devant la statue. Tanis la contempla, bouche bée.

Caramon et Sturm étaient entrés, portant Rivebise sur une civière de fortune. Tass, étonnamment déprimé, et le nain, plus vieux que jamais, montaient la garde de chaque côté. Le capuchon rabattu sur la tête, les mains enfouies dans ses manches, Raistlin fermait la marche. On aurait dit des funérailles.

Ils déposèrent le blessé devant Lunedor.

— Découvrez-le, dit-elle.

Personne n'osa faire un geste.

Brusquement, Raistlin se pencha sur le corps et, d'un coup sec, enleva le manteau étendu sur le barbare.

Lunedor tressaillit en découvrant le corps torturé de Rivebise. Mais en digne représentante de son peuple, elle se ressaisit aussitôt. Elle prit le bâton des mains de la déesse et vint s'agenouiller auprès de Rivebise.

— *Kan-tokah !* dit-elle doucement. Mon bien-aimé !

D'une main tremblante, elle caressa le front du mourant. Comme s'il voulait la toucher, il leva une main noirâtre, qui retomba aussitôt, sans vie. Il poussa un soupir et resta inerte. En larmes, Lunedor tendit le bâton au-dessus de son corps. Une douce lumière bleue envahit le sanctuaire. Tous se sentirent renaître. Leurs chairs étaient comme lavées des tourments qui les avaient si durement éprouvés. Les images de l'attaque du dragon s'évanouirent de leur esprit. Puis la lumière du bâton s'estompa. L'obscurité gagna le temple, que seule la statue de la déesse éclairait.

Une voix grave s'éleva dans la pénombre du sanctuaire :

— *Kan-tokah neh sikaram.*

Lunedor poussa un cri d'allégresse. Son bien-aimé tendit les bras vers elle. Elle referma les siens sur lui et l'étreignit, pleurant et riant de joie.

— ... Donc, dit Lunedor pour conclure son récit, il faut trouver un moyen de pénétrer dans la cité détruite, sous le temple, pour reprendre les Anneaux que le dragon garde dans son repaire.

Les compagnons s'assirent sur les dalles du sanctuaire pour prendre un peu de nourriture. Ils avaient fait le tour des lieux sans repérer personne. Caramon disait avoir découvert un escalier qui menait à la cité détruite. Le bruit étouffé du ressac leur rappela qu'ils se trouvaient au sommet d'une falaise surplombant le Nouvel Océan.

Les compagnons s'étaient tus. Chacun s'abandonnait à ses pensées.

— Nous devrions dormir, suggéra Sturm. Je prendrai le premier tour de garde.

— Inutile de monter la garde cette nuit, dit doucement Lunedor, assise près de Rivebisc, en regardant la statue.

Le barbare avait à peine ouvert la bouche depuis qu'il était revenu à la vie. Il avait longuement contemplé la statue de Mishakal, reconnaissant en elle la femme qui lui avait donné le bâton. Mais il n'avait pas répondu aux questions de ses compagnons.

— Je crois que Lunedor a raison, dit Tass. Faisons confiance aux anciens dieux, maintenant que nous les avons retrouvés.

— Les elfes ne les ont jamais perdus, les nains non plus, protesta Flint. Je ne comprends rien à tout ça ! Reorx est un ancien dieu. Nous l'adorions bien avant le Cataclysme !

— L'adorer ? Dis plutôt se plaindre à lui que ton peuple soit terré dans le Royaume sous la Montagne ! Ne raconte pas de bêtises, Flint !

Voyant le nain virer à l'écarlate, Tanis leva une main pour l'apaiser.

— Les elfes ne valent pas mieux, reprit-il. Nous avons imploré les dieux dès que nos terres ont été dévastées. Nous reconnaissons les dieux et nous honorons leur mémoire, comme on honorerait un mort. Chez les elfes comme chez les nains, les prêtres ont disparu depuis longtemps. Je me souviens de Mishakal la Guérisseuse et des légendes qu'on racontait sur elle lorsque j'étais petit. Notre enfance revient nous hanter... ou nous sauver. Cette nuit, j'ai assisté à deux prodiges : un maléfice et une renaissance. Je dois admettre les deux, si j'en crois ce que j'ai vu. Encore que... Nous monterons la garde cette nuit. Désolé, ma dame, j'aimerais avoir une foi aussi forte que la tienne.

Sturm prit le premier tour de veille. Les compagnons s'enveloppèrent dans des couvertures et s'allongèrent sur le sol. Le chevalier fit une dernière inspection, plus par habitude que par prudence. Le vent soufflait en rafales, mais à l'intérieur du sanctuaire régnait une atmosphère paisible. Trop paisible.

Assis au pied de la statue, Sturm sentit une douce torpeur l'envahir. Il en sortit brusquement, conscient de s'être assoupi malgré lui. S'endormir pendant qu'il montait la garde était proprement inexcusable ! Il décida qu'il marcherait de long en large pendant deux heures.

Il allait et venait quand un chant s'éleva sous la coupole ; c'était une voix de femme. Stupéfait, le chevalier porta la main à son épée en regardant autour de lui. Puis sa main quitta doucement la garde ouvragée. Il avait reconnu la voix de sa mère. Soudain, il sentit sa présence, comme si elle était là, tout près de lui. Il se revoyait avec elle sur le chemin de l'exil, fuyant la Solamnie.

La chanson était une berceuse sans paroles, plus ancienne que les dragons eux-mêmes. Sa mère le tenait contre lui et tentait de le rassurer en chantant.

Il ferma les yeux. Le sommeil l'envahit comme une vague bienfaisante...

Le bâton de Raistlin jeta une vive clarté qui illumina les ténèbres.

17

LES CHEMINS DE LA MORT. LES NOUVEAUX AMIS DE RAISTLIN.

Le tintamarre d'une batterie de marmites tombant sur le dallage tira brutalement Tanis de son sommeil. Cherchant son épée de la main, il se dressa sur son séant.

— Désolé, Tanis, dit Caramon avec un sourire confus. Mes pièces d'armure m'ont échappé des mains.

Tass l'aida à se vêtir tandis que Rivebise affûtait l'épée qu'il avait récupérée. A la vue de ces préparatifs, Tanis reprit ses esprits ; ils avaient une épreuve à affronter.

La tâche serait rude, surtout pour lui. Les elfes vénéraient la vie. La mort n'était pour eux que le passage à un niveau supérieur de conscience ; tuer compromettait chaque fois cette autre existence.

Tanis s'efforçait de faire la part belle à sa moitié humaine. Aujourd'hui, il serait obligé de donner la mort, et d'accepter celle d'êtres aimés. Il se souvint de ce qu'il avait ressenti quand il avait failli perdre Rivebise.

— Tout le monde est debout ? demanda-t-il à la cantonade.

— Le petit déjeuner est presque terminé, grommela Flint en lui tendant de la viande séchée. Même le Cataclysme ne t'aurait pas réveillé !

— D'où vient cette odeur bizarre ? demanda Tanis en fronçant le nez.

— Le mage se mijote une de ces mixtures dont il a le secret, répondit le nain. Il a versé une poudre dans une marmite, a ajouté de l'eau et l'a fait bouillir. Quand cette infection a commencé à puer, il l'a bue. Je préfère ne pas savoir ce qu'il y a dedans.

Inlassablement, Raistlin répétait ses formules magiques pour les graver dans sa mémoire. D'après ce que Tanis avait appris, de la bouche même du barde elfe Quivalen Soth, seuls des mages extrêmement puissants avaient une chance de tenir en échec les dragons, qui employaient des tours de magie de leur cru, comme les compagnons avaient pu en faire l'amère expérience.

Raistlin possédait de très grands pouvoirs pour son âge. Il était intelligent et retors. Mais les dragons existaient depuis la nuit des temps. Ils habitaient Krynn bien avant que les elfes, la plus ancienne des races, y fassent leur apparition.

D'ailleurs, si leur plan se déroulait comme prévu, ils n'auraient pas à affronter le dragon. Ils espéraient repérer son antre et lui ravir les Anneaux. *Le plan est parfait*, pensa Tanis, *et probablement aussi solide qu'un filet de fumée dans un ouragan.*

— Je suis prêt ! annonça joyeusement Caramon.

A l'écart de ses compagnons, Sturm, habillé de pied en cap, se livrait à un rituel traditionnel pour se préparer mentalement au combat.

Les elfes ne faisaient rien avant une bataille, si ce n'est demander pardon pour les vies qu'ils allaient sacrifier.

— Nous aussi, nous sommes prêts, annonça Lunedor.

— Alors, allons-y.

Le demi-elfe prit son arc et son carquois. Sturm avait son épée à deux mains, Caramon son bouclier, une épée longue et deux poignards récupérés par Rivebise. Flint était armé d'une hache trouvée chez les draconiens. Outre sa fronde, Tass portait un petit poignard qu'il avait ramassé, et dont il était très fier. Il fut profondément peiné quand Caramon lui déclara que la lame serait très utile au cas où ils tomberaient sur une bande de lapins féroces. Rivebise portait son épée longue suspendue dans le dos, et conservait le couteau de Tanis. Lunedor n'avait que son bâton.

Nous sommes bien armés, se dit le demi-elfe, *mais à quoi cela va-t-il nous servir...*

Les compagnons quittèrent le sanctuaire de Mishakal.

Tass ouvrait la marche, tout guilleret à l'idée de ce qui l'attendait. Il allait voir un dragon, un vrai !

Suivant les indications de Caramon, ils franchirent d'autres portes d'or qui débouchaient sur une vaste salle ronde. Tanis avisa un escalier en colimaçon, rongé par la mousse et les champignons.

— « Les Chemins de la Mort », dit brusquement Raistlin.

— Qu'est-ce que tu racontes ? interrogea Tanis, surpris.

— Je te parle des Chemins de la Mort, Tanis, répéta le mage. C'est ainsi qu'on appelle cet escalier.

— Par Reorx, comment le sais-tu ? grogna Flint.

— J'ai lu quelque chose là-dessus...

— C'est la première fois que nous en entendons parler. Y a-t-il autre chose que tu te serais gardé de nous dire ? demanda Sturm d'un ton rogue.

— Une quantité de choses, chevalier. Tu jouais encore avec une épée de bois que je passais le plus clair de mon temps dans les livres.

— Des grimoires mystérieux et porteurs de maléfices ! siffla Sturm. Que s'est-il vraiment passé dans la Tour des Sorciers, Raistlin ? Tu n'as pas acquis tous ces pouvoirs sans rien donner en échange. Qu'as-tu donc sacrifié ? Ta santé, ou ton âme ?

— J'étais avec mon frère dans la tour, intervint Caramon, le visage décomposé. Je l'ai vu se battre avec de simples sorts contre des magiciens chevronnés. Ils ont réussi à abîmer son corps, mais il les a vaincus. C'est moi qui l'ai sorti de cet horrible endroit. Et je...

— Fais attention à ce que tu vas dire, siffla Raistlin.

— Je sais quel sacrifice il a dû faire, dit Caramon d'une voix altérée. Nous n'avons pas le droit d'en parler. Mais tu me connais depuis des années, Sturm Clairelame, et je te donne ma parole d'honneur que tu peux te fier à mon frère autant qu'à moi. Si jamais l'avenir me donnait tort, que je sois puni de mort, et lui aussi !

Raistlin considéra son jumeau d'un air grave et attentif. La courbe de ses lèvres s'adoucit, balayant son habituel rictus cynique. Le changement était saisissant. Un instant, les deux hommes se ressemblèrent vraiment ; très vite, ils redevinrent aussi différents que les deux faces d'une pièce de monnaie.

Sturm s'avança vers Caramon et lui serra la main avec chaleur. Puis il se tourna vers le mage d'un air écœuré.

— Raistlin, je te prie de m'excuser, dit-il en faisant un effort sur lui-même. Tu peux être fier d'avoir un frère aussi loyal.

— Oh, je le suis, murmura le mage.

— Raistlin, es-tu capable de nous guider dans ces lieux ? intervint Tanis.

— Avant le Cataclysme, j'aurais pu. Mais les livres que j'ai étudiés dataient de plusieurs siècles. Pendant le Cataclysme, quand la montagne en éruption s'est déversée sur Krynn, la cité de Xak Tsaroth s'est effondrée au bas de la falaise. J'ai reconnu l'escalier parce qu'il est resté intact. Pour le reste..., conclut-il en haussant les épaules.

— Où mène cet escalier ?

— A la crypte des Anciens. Les prêtres et les rois de Xak Tsaroth y sont ensevelis.

— Inutile de s'éterniser ici pour nous y angoisser davantage, dit Caramon.

— C'est vrai, répondit Raistlin, il faut agir rapidement. Nous avons jusqu'à la tombée de la nuit. Demain, les armées venues du nord envahiront la ville.

Sturm fronça les sourcils.

— Ecoute, mage, tu es sans doute très savant, mais il y a des choses que tu ne peux pas savoir ! Caramon a raison, nous avons perdu assez de temps... Je passe devant.

Il descendit prudemment les premières marches de l'escalier couvertes de lichen.

— Raistlin, accompagne-le et éclaire le chemin, ordonna Tanis, ignorant le regard furieux que lui lança le chevalier. Caramon, tu iras avec Lunedor. Rivebise et moi fermerons la marche.

— Et nous ? grommela Flint au kender. N'importe où, comme d'habitude. On nous prend pour la cinquième roue du carrosse !

Quand les deux compères eurent disparu dans l'escalier, Tanis se tourna vers le barbare.

— As-tu le souvenir d'avoir été ici, Rivebise ? Où la déesse t'a-t-elle remis le bâton ? Es-tu déjà passé par là ?

— Je ne sais pas, répondit Rivebise, le visage anxieux. Je ne me souviens de rien. Sauf du dragon...

Le dragon, songea Tanis. Tout tournait autour du dragon. Il hantait les esprits. Comme leur petit groupe était fragile face à ce monstre, ancestrale figure des légendes les plus sombres de Krynn !

Pourquoi cela nous arrive-t-il, à nous ? se demanda Tanis avec amertume. A-t-on jamais vu une troupe aussi hétéroclite, composée de « héros » râleurs, susceptibles, querelleurs, dont la moitié ne fait même pas confiance à l'autre ? « Nous avons été choisis », paraît-il. Maigre consolation ! « Qui nous a choisis, et pourquoi ? » avait déclaré Raistlin. Le demi-elfe commençait vraiment à se le demander.

En silence, ils atteignirent le bas de l'escalier. Ils se trouvaient face à un petit couloir qui donnait sur une vaste salle rongée d'humidité. Ils tendirent l'oreille. Le grondement d'une cascade escamotait les autres bruits. Tanis crut percevoir un grincement et des martèlements sur le sol. Puis, plus rien. Un bizarre raclement se fit entendre, ponctué de petits cris perçants. Tanis interrogea Tass du regard. Le kender haussa les épaules.

— Pas la moindre idée de que ça peut être ! Tu veux que j'aille voir ?

— Vas-y !

Plus silencieux qu'une souris sur un tapis mœlleux, Tass se glissa jusqu'à la porte en ogive. La grande salle était sûrement un lieu de cérémonie ; ce devait être la crypte des Anciens, selon Raistlin, mais ce n'était plus qu'une ruine... Tass remarqua d'énormes trous entre les dalles dressées comme des pierres tombales. Le mur situé au levant s'était écroulé, laissant libre cours à des nuages de vapeur blanchâtre qui dégageaient une odeur de pourriture. Il distingua une ouverture vers le sud et une autre au nord. Le grincement bizarre venait du côté sud.

Brusquement, le kender sentit le sol vibrer sous ses pieds, et il entendit un martèlement. Il retourna en toute hâte vers l'escalier. Les compagnons, sur le qui-vive, se plaquèrent contre le mur, les armes à la main. Il y eut une grand aspiration d'air et une douzaine de silhouettes passèrent devant la porte en faisant trembler le sol. Ils entendirent quelques râles et des respirations bruyantes, puis les silhouettes disparurent dans la vapeur des buées. Après un dernier grincement, ce fut le silence.

— Par les Abysses ! Qu'est-ce que ça peut bien être ? s'exclama Caramon. Ce n'était pas des draconiens, ou alors une espèce miniature. D'où sont-ils sortis ?

— Du côté nord de la grande salle, répondit Tass. Ils allaient vers le méli-mélo de voix bizarres qui vient du côté sud.

— Qu'y a-t-il à l'est ? demanda Tanis.

— D'après le bruit que j'ai entendu, une chute d'eau qui doit se déverser quarante pieds plus bas. Le sol est plein de trous. Il ne vaut mieux s'aventurer par là...

— Je renifle une odeur... bien particulière. Une odeur que je connais, mais que je ne situe pas...

— Ça sent la mort, dit Lunedor, tremblante.

— Bien pire que ça, murmura Flint.

Soudain, il roula de grands yeux et le sang lui monta au visage.

— J'ai trouvé ! Des nains des ravins ! s'exclama-t-il en saisissant sa hache. Ces misérables apparitions, c'était donc ça ! Eh bien ! ils n'en ont plus pour longtemps !

Il se précipita dans le couloir. Tanis, Sturm et Caramon le rattrapèrent par le collet.

— Du calme ! ordonna Tanis. Es-tu bien sûr que ce soit des nains des ravins ?

— Evidemment ! Ils m'ont retenu trois ans prisonnier. C'est pourquoi je ne vous ai pas parlé de ce que j'avais fait pendant ces cinq dernières années. Mais je vais me venger ! Je tuerai chaque nain que je trouverai sur ma route !

— Attends un peu, coupa Sturm. Les nains des ravins ne sont pas méchants, en tout cas, rien de comparable avec les gobelins. Pourquoi vivent-ils ici avec les draconiens ?

— Ils sont esclaves, dit Raistlin. Ils doivent l'être depuis que la cité a été détruite. Il est possible que les draconiens, venus pour défendre les Anneaux, les aient gardés comme main-d'oeuvre.

— Ils peuvent nous être utiles..., murmura Tanis.

— Utiles ? Des nains des ravins ? explosa Flint. Tu serais capable de te fier à cette engeance ?

— Non, nous ne pouvons pas nous fier à eux, bien entendu. Mais tout esclave est prêt à trahir son maître, et les nains des ravins, comme les autres nains d'ailleurs, ne sont fidèles qu'à leur chef de clan. Si nous ne leur demandons pas d'exposer leurs vies, ils consentiront peut-être à monnayer leurs services.

— Je préférerais encore m'acoquiner avec un ogre ! dit Flint d'un air dégoûté. Allez-y ! Allez quémander l'assistance de vos nouveaux amis ! Ah ! ils vous aideront, c'est sûr ! Ils vous amèneront directement dans la gueule du dragon !

Tanis et Sturm échangèrent un regard ; le nain pouvait se révéler incroyablement têtu.

— Je ne sais que penser..., soupira Caramon. Si Flint reste ici, qui de nous saura parlementer avec cette racaille ?

Tanis, surpris de la subtile démarche de Caramon, entra dans son jeu :

— Sturm, peut-être...?

— Sturm ! s'écria Flint. Un chevalier incapable de frapper un ennemi dans le dos ? Il vous faut quelqu'un qui connaisse ces perfides créatures...

— Tu as raison, dit gravement Tanis. Il vaut peut-être mieux que tu nous accompagnes.

— Cela tombe sous le sens ! dit le nain en empoignant son sac. (Arrivé au milieu du couloir, il se retourna.) Alors, vous venez ?

Réprimant leurs sourires, les compagnons suivirent leur guide dans la crypte des Anciens, jusqu'à un couloir, côté sud. Au bout d'une centaine de pas, le grincement métallique s'arrêta. Ils entendirent des bruits derrière eux.

— Cachez-vous ! ordonna Tanis. Préparez-vous à les stopper. Il ne faut pas qu'ils donnent l'alerte.

Un nouveau groupe de petites silhouettes trapues courut à leur rencontre.

Le chef de la troupe les avait vus. Caramon se campa devant lui, le geste menaçant.

— Halte ! cria-t-il.

Les nains le contournèrent et disparurent à l'angle du couloir. Décontenancé, Caramon se retourna sur eux.

— Halte ! cria-t-il plus fort.

Le nain en chef réapparut, un doigt sur les lèvres.

— Chut...!

La petite silhouette disparut, les grincements reprirent.

— Ils sont tous comme ça ? interrogea Lunedor d'un air effaré. Vous avez vu leurs vêtements en loques et les plaies sur leurs corps ?

— Sans compter qu'ils ont autant de cervelle qu'une mouche, ajouta Flint.

Les compagnons passèrent l'angle du corridor, enfumé par les torches, qui s'ouvrait sur toute sa longueur sur des portes en ogives.

— Des cryptes, murmura Raistlin.

Le couloir se terminait sur une ogive, sous laquelle étaient massés les nains des ravins.

— C'est le moment de savoir ce qu'ils font là, dit résolument Tanis en marchant vers eux.

Raistlin l'arrêta.

— Laisse-moi faire ! lança-t-il en se tournant vers les autres. Surtout, ne me dérangez pas. Restez en arrière !

Raistlin avança au bout du couloir. Les nains le considérèrent avec curiosité, sans se préoccuper de la présence des compagnons. Le mage fouilla dans sa bourse et sortit quelques pièces d'or. Leurs yeux brillèrent. Certains s'approchèrent pour être au premier rang.

Le mage prit une pièce entre les doigts et la leva bien haut pour que tous les nains la voient, puis la jeta en l'air... où elle disparut.

Il y eut de vives exclamations de surprise. Dans un

geste théâtral, Raistlin ouvrit les doigts : la pièce avait réapparu. Les nains applaudirent et se pressèrent autour de lui, émerveillés.

Ils appartenaient à la race des Aghars, et subissaient un sort peu enviable. Au bas de l'échelle des castes de nains de Krynn, ils vivaient de manière sordide, dans des endroits délaissés par les hommes et les bêtes. Comme tous les nains, ils se regroupaient en clans, qui vivaient ensemble sous le commandement d'un chef suprême. Trois clans habitaient Xak Tsaroth : les Sluds, les Bulps et les Glups. Les nains qui entouraient Raistlin appartenaient aux trois. Hommes et femmes ne se distinguaient guère. On reconnaissait celles-ci à leurs joues poilues et à leurs jupes rapiécées, mais elles étaient aussi laides que les mâles. Ce petit peuple menait malgré tout une existence pleine d'entrain.

Avec une étonnante dextérité, Raistlin fit aller et venir la pièce autour de son poignet. Après l'avoir escamotée, il vint la cueillir dans l'oreille d'un nain. Ce dernier tour de passe-passe fut interrompu par les amis du bienheureux, qui se précipitèrent sur son oreille pour tenter d'en extraire d'autres pièces. Raistlin mit fin à l'intermède en déroulant un parchemin qu'il commença à lire.

— *Suh tangu moipar, ast akular kalipar.*

Les nains prirent une expression extasiée. Quand Raistlin eut terminé sa lecture, les hiéroglyphes du parchemin s'enflammèrent, puis s'évanouirent en fumée.

— Que veut dire ce cirque ? demanda Sturm, l'air soupçonneux.

— Ils sont sous un charme qui leur inspire une totale amitié envers moi.

Ensorcelés, les nains tendaient leurs mains crasseuses pour toucher le mage en babillant dans leur langage sommaire. Sturm regarda Tanis d'un air consterné. Le demi-elfe devina ce qui troublait le chevalier :

Raistlin pouvait *les* lier par le même sort quand il voudrait.

Au fond du couloir, dix autres Aghars passèrent devant Rivebise sans lui accorder un regard. Voyant l'attroupement autour de Raistlin, ils s'arrêtèrent.

— Que se passe-t-il ? s'enquit l'un des nouveaux venus en posant son regard sur le mage.

— Ami ! Lui, notre ami ! s'écrièrent-ils dans une forme archaïque de la langue commune.

— Oui, vous êtes tous mes amis, acquiesça Raistlin d'une voix si douce que Tanis en fut déconcerté. Dites-moi, mes amis, où mène ce couloir ? demanda-t-il en montrant l'est.

Une bagarre en règle s'ensuivit. Les nains se bousculaient pour donner la meilleure réponse. Les coups pleuvaient.

— C'est insensé ! Ils vont ameuter tous les draconiens à la ronde. Je ne sais ce qu'a manigancé ce magicien de malheur, mais il faut l'arrêter !

Avant que Tanis puisse faire un geste, une naine se jeta dans la mêlée et agrippa deux combattants. Après avoir violemment cogné leurs têtes l'une contre l'autre, elle les laissa choir sur le sol. Les autres nains se turent immédiatement. La nouvelle venue se tourna vers Raistlin.

Elle portait une robe sale et rapiécée et de grosses galoches sur lesquelles retombaient ses chaussettes. Elle avait un gros nez boursouflé et les cheveux en bataille. Mais elle devait exercer un ascendant sur ses congénères, qui la considéraient avec respect. Elle traînait un sac encombrant, auquel elle semblait tenir énormément. Chaque fois qu'un nain essayait de le toucher, il recevait une gifle retentissante.

— Le couloir conduit chez les patrons, dit-elle en pointant du menton en direction de l'est.

— Merci, ma chère, dit Raistlin en lui tapotant la joue. *Tan-tago, musalah.*

La naine, fascinée, exhala un grand soupir et leva sur Raistlin un regard d'adoration.

— Dis-moi, petite, combien y a-t-il de patrons ?

La naine des ravins prit un air grave et se concentra. Elle finit par lever un doigt.

— Un ! Et un, et un et un. Deux ! dit-elle en regardant Raistlin d'un air triomphant.

— Je sens que je vais finir par être d'accord avec Flint, grommela Sturm.

— Chut ! coupa Tanis.

Le grincement s'était arrêté. Les nains tournèrent des regards inquiets vers le fond du couloir. Un claquement sec brisa le silence.

— Quel est ce bruit ? demanda Raistlin à sa nouvelle adoratrice.

— Le fouet, répondit-elle sans s'émouvoir. (Elle agrippa la tunique du mage et le tira de l'autre côté du couloir.) Les patrons sont en colère. Il faut y aller.

— Que faites-vous pour les servir ?

— Viens, tu verras. Nous descendre. Nous monter. En haut, en bas. Viens, descendre. En bas.

Emporté par une marée d'Aghars accrochés à ses basques, Raistlin se retourna pour faire signe à Tanis de le suivre.

Le claquement retentit de nouveau, plus fort. Soudain, le visage de la naine s'éclaira. Les nains s'étaient arrêtés. Certains s'assirent par terre.

— Pourquoi vous arrêtez-vous ? demanda Raistlin.

— Nous attendons, car ce n'est pas notre tour.

— Et que ferons-nous quand ce sera notre tour ? demanda patiemment le mage.

— Descendre, répondit la naine en levant sur lui des yeux idolâtres.

Raistlin échangea un regard avec Tanis et hocha la tête en signe d'impuissance. Il tenta une nouvelle tactique d'approche :

— Comment t'appelles-tu, petite ?

— Boupou.

Caramon faillit s'étouffer de rire.

— Dis-moi, Boupou, demanda Raistlin d'un ton angélique, sais-tu où se trouve l'antre du dragon ?

— Dragon ? Tu veux dragon ? répéta-t-elle stupéfaite.

— Non, nous voulons juste apprendre où il habite.

— Oh, moi pas savoir, dit-elle en secouant la tête. (Remarquant la déception de Raistlin, elle lui prit la main.) Moi conduire toi au Grand Bulp. Lui sait tout.

— Comment trouver le Grand Bulp ?

— Descendre ! dit-elle avec un large sourire.

Le grincement cessa, et on entendit le claquement du fouet.

— C'est notre tour ! Viens ! Viens voir le Grand Bulp !

Raistlin se dégagea de l'étreinte de la naine et rejoignit Tanis et Sturm.

— Le Grand Bulp est sans doute un chef de clan, ou des trois clans, dit le mage.

— S'il est aussi malin que ses congénères, grommela Sturm, il ne doit pas être capable de trouver sa propre écuelle, alors un dragon...

— Il est possible qu'il le puisse, reconnut Flint malgré lui. Les nains des ravins ne sont pas des lumières, mais ils se souviennent de tout ce qu'ils ont vu et entendu. Le problème est d'arriver à en tirer plus d'une ou deux syllabes...

— Alors allons voir ce Grand Bulp, décida Tanis. Mais avant, il faudrait savoir comment on monte et on descend, et connaître la cause de ce grincement.

— Je le sais ! glapit une voix.

Tanis avait complètement oublié le kender. Tout joyeux, il arrivait en courant de l'autre bout du couloir.

— C'est le grincement d'un treuil ! annonça-t-il. Les nains utilisent ces monte-charge pour transporter les cailloux dans les mines. Ici, c'est pareil, enfin, presque pareil ! conclut-il dans un fou rire inextinguible.

Les compagnons le considérèrent d'un air glacial. Tass fit un violent effort pour se contrôler.

— Ils se servent d'une gigantesque marmite ! Les nains attendent leur tour, et au claquement du fouet d'un dracomachin, ils sautent dans la marmite. C'est la chaîne qui tourne autour du treuil qui produit ce grincement. Une marmite descend, la roue tourne, et une autre marmite monte.

— Pleine de patrons, ajouta Boupou.

— Remplie de draconiens ! traduisit Tanis.

— Pas venir ici, dit Boupou, aller par là, indiqua-t-elle de la main, de façon imprécise, ce qui ne rassura nullement Tanis.

— Combien y a-t-il de patrons autour de la marmite ?

— Deux, répondit Boupou.

— Pour l'instant, ils sont quatre, dit Tass, navré de devoir la contredire. Ce sont les petits dracomachins, pas ceux qui jettent des sorts...

— S'ils sont quatre, nous pouvons leur tenir tête, avança Caramon en croisant démonstrativement les bras sur la poitrine.

— Sans doute, mais il faut se dépêcher, sinon ils seront bientôt une quinzaine, fit remarquer Tanis.

— Je dirais que maintenant ou plus tard, c'est pareil, dit Sturm en haussant les épaules. Laissons les nains partir devant. Nous les suivrons et nous attaquerons les patrons par surprise. La marmite d'en haut attend son chargement, ce qui signifie que l'autre est en bas.

— Je suppose que cela fonctionne ainsi, dit Tanis.

Il s'adressa aux nains :

— Quand vous irez à la marmite, ne sautez pas dedans. Poussez-la de côté et restez à l'écart. C'est compris ?

Les nains regardèrent Tanis d'un air soupçonneux. Avec un sourire en coin, Raistlin répéta les instructions ; ils acquiescèrent, enthousiastes.

On entendit le fouet, puis une voix hargneuse :

— Plus vite que ça, espèce de vermine, ou je vous

couperai les pieds ! Cela vous donnera de bonnes raisons de ralentir !

— On verra qui coupera le pied de qui ! commenta sobrement Caramon.

— On va bien s'amuser, dit l'un des nains, solennel.

Les Aghars foncèrent dans le couloir.

18

COMBAT AUTOUR DU TREUIL.
LE REMÈDE DE BOUPOU
CONTRE LA TOUX.

Une vapeur chaude s'élevait des deux puits où les marmites montaient et descendaient en alternance. Le brouillard, quatre draconiens en armure, armés d'épées courbes, surveillaient la marmite en partance.

— Sale engeance de nains ! Qu'attendez-vous pour monter ? Grimpez là-dedans ou je vais allez vous chercher...

Le draconien n'acheva pas sa phrase. Caramon avait jailli en poussant son cri de guerre. La créature, prise à la nuque, voltigea contre le mur. Au moment où les nains s'égaillaient dans tous les sens, le draconien se fracassa contre la pierre.

Pendant ce temps, Sturm abattit son épée à deux mains sur le cou d'un autre draconien, décapité avant d'avoir compris ce qu'il lui arrivait. Pétrifiée, sa tête roula sur le sol comme un boulet.

Contrairement aux gobelins, qui attaquent sans stratégie tout ce qui bouge, les draconiens étaient malins ; les deux qui restaient eurent vite fait de réagir. Ils n'avaient aucune envie d'affronter cinq guerriers en armes. L'un sauta dans la marmite en vociférant des ordres dans son langage guttural.

L'autre se rua sur la roue et la mit en marche. La marmite descendit aussitôt dans le puits vide.

— Arrêtez-le ! Il va chercher des renforts ! cria Tanis.

— Les renforts sont déjà là, regarde l'autre marmite ! cria Tass en se penchant sur le trou. Ils sont une vingtaine !

Caramon se précipita sur le draconien qui actionnait le treuil, mais il était trop tard. Le guerrier, ayant pour principe de ne jamais laisser échapper un ennemi, plongea à son tour dans le trou.

— Quel imbécile ! s'exclama Sturm. (Le poids de Caramon accéléra la descente de la marmite.) Je vais à son secours !

Il se jeta dans le vide et agrippa la chaîne, puis se laissa glisser dans la marmite.

— Maintenant, nous les avons perdus tous les deux ! grogna Tanis. Flint, viens avec moi. Rivebise, veille sur Lunedor et Raistlin. Vois si tu peux faire tourner la roue dans l'autre sens ! Non, Tass, pas toi !

Trop tard ! Avec un cri de joie, le kender s'était jeté sur la chaîne. Tanis et Flint le suivirent sans hésiter. Le demi-elfe parvint à attraper la chaîne et à s'arrêter juste au-dessus du kender, mais Flint rata son coup. Il atterrit tête la première dans la marmite, où il fut écrasé par les grands pieds de Caramon.

Acculé contre le bord du récipient géant, le guerrier tentait de repousser à bout de bras un draconien qui ne cédait pas d'un pouce. L'humain et le draconien jouaient leur vie au-dessus du vide.

L'autre draconien reçut en pleine figure le pied de Sturm, qui arrivait en glissant le long de la chaîne.

— Tire-toi de là, hurla Flint du fond de la marmite, aveuglé par son casque, et à demi écrasé par Caramon.

Le nain se redressa d'un coup sec ; le grand guerrier perdit l'équilibre, et le draconien en profita pour lui porter un coup d'épée. Flint se jeta tête baissée, et casquée, dans l'estomac du draconien, que cette manoeuvre terrassa sur-le-champ.

La marmite, environnée d'une odeur fétide, tanguait dangereusement.

Sans perdre une miette de ce qui passait au-dessous de lui, Tanis se laissa glisser le long de la chaîne.

— Cramponne-toi et ne bouge pas de là ! recommanda-t-il à Tass.

Il atterrit au beau milieu de la mêlée.

Entouré des nains des ravins, Rivebise était penché sur le trou, d'où lui parvenaient les échos du combat à travers les nuages de vapeur. De temps à autre, il réussissait à entrevoir ses amis. Soudain, ce fut une deuxième marmite qu'il vit apparaître. Elle était remplie d'une vingtaine de draconiens en armes qui fixaient Rivebise, Lunedor et Raistlin, leur langue fourchue dardée vers eux.

Bousculant les nains sur son passage, le barbare bondit vers le treuil. Il fallait à tout prix empêcher cette marmite de monter jusqu'à eux. L'idée lui vint de prendre la chaîne à pleines mains pour l'immobiliser. De son côté, Raistlin considéra un instant le système de rotation du treuil, puis il cala son bâton entre la roue et le sol. Le bois vibra. Rivebise retint son souffle, s'attendant à ce qu'il rompe. Le mécanisme se bloqua ; le bâton avait tenu bon.

— Rivebise ! appela Lunedor, qui était restée penchée sur le trou et observait les événements.

Le barbare et Raistlin coururent la rejoindre. Les nains des ravins étaient à la fête. Ils vivaient un des moments les plus excitants de leur existence. Seule Boupou, pendue aux basques de Raistlin, ne prenait pas part à la liesse.

— *Khark-umat !* souffla Rivebise en se penchant sur le bouillonnement de vapeur.

Caramon avait fini par jeter par-dessus bord le draconien avec lequel il était aux prises. Le visage du grand guerrier était lacéré de griffures et son bras droit saignait d'abondance.

Sturm, Tanis et Flint se débattaient avec l'autre draconien, devenu enragé. Tanis comprit que les coups n'en viendraient pas à bout. Il poignarda la créature au cœur. Elle s'effondra aussitôt, enfermant l'arme du demi-elfe dans son cadavre pétrifié.

Stoppée net, la marmite fit une grande embardée, provoquant de la bousculade parmi les passagers.

— Attention ! Nous avons des voisins ! glapit le kender en se laissant tomber de la chaîne.

Tanis vit que la seconde marmite était à une vingtaine de pas de la leur. Les draconiens attendaient avec impatience de passer à l'abordage. Deux d'entre eux se tenaient sur le bord de leur *véhicule*, prêts à sauter. Caramon se pencha pour leur flanquer un coup d'épée, mais il manqua son coup, et dans son élan, il ne réussit qu'à faire tournoyer la marmite sur elle-même.

Il perdit l'équilibre et tomba en avant. Son poids fit tanguer dangereusement la marmite. Tanis glissa et atterrit à quatre pattes dans le fond, où il récupéra son poignard : le cadavre pétrifié du draconien, devenu poussière, le lui avait rendu.

— Ils attaquent ! hurla Flint.

Un draconien avait sauté sur le bord de la marmite, qui bascula. Tanis poussa Caramon pour la rééquilibrer, pendant que Sturm tailladait les mains du draconien pour le faire lâcher prise.

Fort de l'expérience de son congénère, un deuxième monstre prit son envol et s'arrangea pour atterrir directement dans la marmite.

Tanis fit volte-face en direction de ce nouvel adversaire, mais il trébucha sur Flint. Il eut le temps de voir Tass, juché sur le dos de la créature, lui flanquer des coups de pierre sur la tête.

Flint ramassa le poignard que Caramon avait fait tomber et frappa les jambes du draconien, qui hurla de douleur. Tanis commençait à désespérer ; leurs assaillants étaient trop nombreux. Il tourna ses regards vers le haut du trou. Par bonheur, Rivebise et Lunedor observaient la bataille à travers le brouillard.

— Fais-nous remonter ! brailla Tanis avec l'énergie du désespoir.

Il reçut à la tête un coup d'une violence inouïe. La douleur était telle qu'il crut s'évanouir.

Raistlin, qui était passé à l'action, n'avait pas entendu le cri de Tanis.

— Venez ici, mes amis, dit le mage aux nains, qui se pressèrent autour de lui. Les patrons d'en bas me veulent du mal, mais vous pouvez m'aider. Vous êtes capables de les arrêter.

Les nains considérèrent Raistlin comme s'il avait dit quelque chose de saugrenu. Après tout, l'amitié avait des limites.

— Il suffirait de vous pendre à cette chaîne, reprit-il d'un ton patient, indiquant le trou où elle se trouvait.

Les visages des nains s'éclairèrent. La proposition n'était pas rébarbative. C'était ce qu'ils devaient faire presque tous les jours quand ils manquaient la marmite.

Raistlin fit un geste impératif.

— Allez !

Les nains se regardèrent, sauf Boupou, et foncèrent vers le trou. Avec une agilité étonnante, ils se jetèrent en braillant sur la chaîne.

Le mage courut vers le treuil, Boupou à ses trousses, et libéra la roue de son bâton, qui la bloquait. Elle se mit à tourner de plus en plus vite. La marmite des draconiens retourna vers le fond.

Surpris, les monstres perchés sur le bord de la marmite perdirent l'équilibre et tombèrent dans le vide avec des hurlements de rage qui déchaînèrent de joyeuses clameurs chez les nains.

Rivebise et Lunedor aidèrent les compagnons à sortir de l'autre marmite.

— Tanis est blessé, dit Caramon, qui soutenait le demi-elfe encore groggy.

— Impossible de partir par là ! dit Sturm en enjambant la marmite. Nous ne pouvons pas non plus rester ici. Ils auront tôt fait de remettre le treuil en service et nous les aurons sur le dos. Il faut retourner sur nos pas.

— Non, pas partir ! cria Boupou en s'agrippant à Raistlin. Je connais un chemin pour aller chez le Grand Bulp ! dit-elle en montrant le nord. Bon chemin ! Secret chemin ! Sans patrons, dit-elle d'une voix douce en caressant la main du mage. Je ne laisserai pas les patrons t'attraper. Tu es mignon.

— Nous n'avons guère le choix, dit Tanis. Il faudra bien descendre.

Tout son corps tressaillit quand Lunedor le toucha avec son bâton. Puis il sentit la douleur disparaître et une énergie nouvelle le gagner.

— Après tout, les nains vivent ici depuis des années, ils doivent connaître l'endroit, ajouta-t-il.

Flint hocha la tête en grommelant ! Boupou se dirigeait vers le couloir nord.

— Arrêtez ! appela Tass. Vous n'entendez pas ?

Le bruit de pas griffus se rapprochait.

— Les draconiens ! s'exclama Sturm. Filons par l'ouest !

— Je le savais, grogna Flint. Cette naine des ravins devait nous jeter dans la gueule du loup !

— Attendez ! dit Lunedor en s'agrippant au bras de Tanis. Regardez-la !

Boupou avait sorti un objet indéfinissable du sac qu'elle portait par-dessus son épaule. Elle alla devant le mur et agita la chose en murmurant quelques syllabes confuses. La cloison s'ébranla ; en quelques secondes, elle s'ouvrit sur un passage d'un noir d'encre.

Les compagnons échangèrent des regards inquiets.

— Nous n'avons pas le choix, dit Tanis. Raistlin, active ton bâton.

Ils se trouvèrent dans une petite salle dont les murs

sculptés étaient couverts de lichens moisis. Figés sur place dans un silence anxieux, ils écoutèrent les draconiens passer dans le couloir.

— Moi connais le chemin en bas, dit Boupou. Aucun souci !

— Comment as-tu ouvert cette porte, petite ? demanda Raistlin, à genoux à côté d'elle.

— Magie ! répondit-elle timidement.

Dans sa main sale, elle tenait un rat mort au rictus grimaçant. Raistlin ouvrit de grands yeux. Tass lui tapota le bras.

— Ce n'est pas de la magie, Raistlin, chuchota le kender. Il s'agit d'un simple mécanisme. Je l'ai vu, quand elle a commencé son cérémonial et proféré son galimatias. Elle a juste marché dessus. Elle a dû le trouver par hasard, en attrapant ce rat.

Boupou foudroya le kender du regard.

— Magie ! déclara-t-elle en caressant amoureusement le rat, qu'elle remit dans son sac. Venez, faut aller.

Boupou les conduisit à travers des pièces remplies de gravats et de moisissure, et s'arrêta dans une salle dont le plafond était effondré. Elle désigna l'angle nord-est de la pièce.

— Descendre !

Tanis et Raistlin inspectèrent les lieux. Une canalisation large de quatre pieds émergeait du sol. Raistlin approcha son bâton lumineux pour regarder à l'intérieur.

— Venir ! dit Boupou en tirant le mage par la manche. Les patrons ne suivent pas nous.

— C'est vrai qu'avec leurs ailes..., concéda Tanis.

— Ce passage est trop étroit pour tirer l'épée, dit Sturm, je n'aime pas cela...

Soudain, tout le monde se tut. Le grincement de la chaîne avait recommencé.

Les compagnons se regardèrent.

— J'y vais le premier ! dit Tass, souriant d'une oreille à l'autre.

Il engouffra la tête dans le tuyau et commença à ramper sur les mains et les genoux.

— Es-tu sûr que je vais tenir là-dedans ? demanda Caramon avec inquiétude.

— Aucun problème ! répondit la voix de Tass en écho. C'est si gluant que tu y glisseras comme un morceau de lard !

Mais Caramon ne se dérida pas, et continua de scruter l'intérieur du tuyau d'un air sombre. Raistlin rassembla les pans de sa tunique et activa son bâton avant d'entrer. Boupou le suivit.

Au contact du limon verdâtre, Lunedor fit une grimace de dégoût. Rivebise partit derrière elle.

— C'est de la folie, j'espère que tu t'en rends compte ! marmonna Sturm, écœuré.

Tanis ne répondit pas. Il flanqua une grande claque dans le dos de Caramon.

— A ton tour ! dit-il en entendant le bruit de la chaîne, qui tournait de plus en plus vite.

Caramon s'agenouilla en grognant et pénétra dans l'ouverture. Son épée resta coincée. Il ressortit, et fit une deuxième tentative. Son dos racla le haut du tuyau. Tanis mit le pied sur le postérieur du guerrier et poussa énergiquement.

— Mets-toi à plat ventre ! ordonna le demi-elfe.

Caramon s'effondra comme un sac de son, le bouclier devant la figure, et descendit le long du tuyau, son armure grinçant de façon effroyable.

Le demi-elfe s'allongea, introduisit les jambes dans l'ouverture, puis tourna la tête vers Sturm.

— Nous avons abandonné toute notre sagesse à l'*Auberge du Dernier Refuge*, quand nous avons suivi Tika sur le chemin de la cuisine.

— A qui le dis-tu ! soupira le chevalier.

Exalté par ce nouveau mode de locomotion, Tass fut surpris d'apercevoir des silhouettes au bout de son voyage. Il s'accrocha au tuyau pour freiner, et fit un tête-à-queue.

— Raistlin ! chuchota-t-il. Un comité d'accueil !

— Qu'est-ce que tu...

Etouffé par l'air vicié, le mage fut pris d'une quinte de toux. Il approcha son bâton pour voir ce qui se passait. Boupou jeta un coup d'œil par-dessus son épaule et huma l'air.

— Des Gulps !

Elle agita les mains et cria :

— Arrière ! Arrière !

— Nous montons. Par la marmite ! Grands patrons énervés ! brailla un Gulp.

— Nous descendre. Voir Grand Bulp ! déclara Boupou d'un air condescendant.

A ces mots, les nains reculèrent en marmonnant des jurons.

Raistlin était incapable de faire un mouvement. Il haletait si fort que sa respiration résonnait dans le tuyau. Boupou le considéra avec inquiétude, et fouilla dans son sac. Elle en sortit un objet qu'elle présenta à la lumière, puis soupira en hochant la tête.

— Ce n'est pas ça que je veux, marmonna-t-elle.

— Qu'est-ce que c'est ? demanda Tass, qui le savait fort bien.

— Joli caillou, dit-elle d'un air distrait, fourrageant dans son sac.

— Une émeraude ! s'exclama Raistlin.

Boupou leva la tête.

— Tu aimes ?

— Beaucoup ! répondit le mage dans un souffle.

— Tu gardes ! dit Boupou en déposant la pierre dans la main de son idole.

Puis, avec un cri triomphal, elle exhiba ce qu'elle cherchait. Tass se pencha pour découvrir la nouvelle merveille. Il se détourna aussitôt, l'air dégoûté. C'était un lézard mort. Un cordon de cuir était attaché à sa tête. Boupou le tendit à Raistlin.

— Toi porter autour du cou, dit-elle. Pour soigner la toux !

Habitué à manipuler des objets beaucoup plus répugnants que celui-ci, le mage remercia d'un sourire, déclarant que sa toux allait déjà mieux. Elle le regarda, dubitative, mais il ne toussait plus. La quinte était terminée. Haussant les épaules, elle remit le lézard dans son sac.

Raistlin examina l'émeraude d'un œil expert, et toisa Tass d'un regard glacial. Le kender soupira bruyamment, tandis que le mage rangeait la pierre dans une poche secrète de sa tunique.

Tass interrompit sa progression dans le tuyau pour consulter Boupou ; le chemin se divisait en deux. Elle indiqua le tuyau qui allait vers le sud. Tass y entra avec précaution.

— C'est pentu ! s'exclama-t-il en prenant de la vitesse.

Il tenta de freiner, mais le dépôt gluant couvrant les parois l'en empêchait. Un juron retentissant de Caramon lui rappela que ses compagnons n'étaient pas mieux lotis. Soudain, Tass aperçut une lueur. Il ne devait pas être loin du bout... mais où allait-il atterrir ? Il eut l'impression de rester en suspension dans le vide. Mais il n'y avait rien à quoi se raccrocher. Propulsé hors du tuyau comme une bombe, Tass poussa un cri.

A son tour, Raistlin fut éjecté dans le vide et faillit écraser Boupou en retombant. Un instant, il crut être tombé dans d'épais nuages de fumée. L'endroit bouillonnait de cataractes blanches.

Boupou tira le mage par la manche et l'entraîna vers une porte. Les compagnons arrivèrent les uns derrière les autres, le souffle coupé. Caramon s'écrasa de tout son poids sur son bouclier. Il était couvert du lichen gluant qu'il avait ratissé sur son passage.

Quand Tanis arriva, tous étaient à moitié asphyxiés dans cette atmosphère poussiéreuse.

— Par les Abysses, qu'est-ce que nous respirons ? Sortons de là ! maugréa-t-il. Où est la naine ?

Boupou apparut dans l'encadrement de la porte. Elle avait emmené Raistlin, et venait chercher les autres.

De retour à l'air libre, ils s'écroulèrent, épuisés, dans une rue désolée. Brusquement, Tanis leva la tête, et regarda autour de lui.

— Où est Tass ?

— Je suis là, dit une petite voix misérable.

Tasslehoff, du moins si c'était lui, se tenait devant le demi-elfe, couvert des pieds à la tête d'une épaisse pâte blanche d'où n'émergeaient que ses yeux.

— Que t'est-il arrivé ? demanda Tanis, qui n'avait jamais vu le kender en si mauvaise posture.

Tass ne répondit pas. Il se contenta de pointer un doigt vers les ruines qu'ils venaient de quitter.

Tanis, redoutant un désastre, courut vers l'édifice et passa prudemment la tête par l'embrasure de la porte. Le nuage blanc s'était dissipé, et les contours de la pièce apparaissaient clairement. Dans un angle, juste en face de l'arrivée du tuyau, gisaient deux sacs complètement éventrés, dont le contenu s'était répandu dans toute la pièce comme une mer poudreuse.

Tanis ne put retenir un sourire.

— De la farine...

19

LA CITÉ DÉTRUITE. PHULGE Ier, dit LE GRAND.

Le Cataclysme avait signifié l'horreur pour la cité de Xak Tsaroth. La montagne en éruption s'était déversée sur Krynn, la terre s'était entrouverte, la splendide cité s'effondrant au pied de la falaise pour disparaître du paysage. On la crut engloutie par le Nouvel Océan. Mais Xak Tsaroth subsistait encore, en ruines éparpillées sur plusieurs niveaux dans une excavation de la falaise.

Les bâtiments que les compagnons avaient traversés s'étaient affaissés à un étage intermédiaire, retenus par d'énormes rochers entre le sommet et le pied de la falaise. L'eau sourdait de terre et dévalait les rues en tourbillonnant dans les ruines.

L'atmosphère était lourde, l'air chargé d'une entêtante odeur de décomposition. Personne ne parlait.

Après force tergiversations, les compagnons s'étaient résignés, faute de pouvoir faire autrement, à suivre Boupou. La naine des ravins leur fit emprunter une rue allant vers le sud. Ils parvinrent à une place où les eaux convergeaient pour s'écouler vers l'ouest.

— Suivre la rivière, indiqua Boupou d'un geste.

Tanis était sceptique ; il entendait le mugissement d'une chute d'eau. Mais Boupou insista. Dans l'eau jusqu'aux chevilles, ils contournèrent la place. Au bout de la rue, ils découvrirent la chute d'eau, qui atterrissait cinq cents pieds plus bas dans ce qui restait de Xak Tsaroth.

Les compagnons repérèrent quelques bâtiments encore debout, mais la plupart n'étaient que des amas d'éboulis. Une énorme chaîne pendait dans le fond de l'excavation. Ils comprirent que le monte-charge servait à transporter des passagers sur une hauteur de cent pieds.

— Où habite le Grand Bulp ? demanda Tanis, qui scrutait les ruines de la ville effondrée.

Raistlin pointa le doigt vers des bâtiments, à l'ouest de la caverne.

— Et qui vit dans ces constructions neuves, en contrebas, à notre droite ?

— Les patrons, répondit Boupou.

Raistlin réfléchit en regardant le monte-charge.

— Les draconiens croient que nous sommes pris au piège en haut de la falaise, parce que nous ne pouvons pas descendre en ville. Donc, ils doivent tous se trouver en haut, et nous pouvons descendre en toute sécurité.

— Soit ! dit Sturm. Mais, par Istar, comment faire ? En volant, peut-être ?

— Le lierre ! s'écria la naine.

Devant l'air ahuri des compagnons, elle s'approcha du bord de la chute d'eau et fit un geste vers le gouffre. Un entrelacs de grosses lianes feuillues serpentait le long de la paroi rocheuse.

Lunedor se pencha pour examiner le lierre et recula aussitôt. La falaise était un à-pic de cinq cents pieds de haut se terminant sur une rue pavée jonchée de gravats. Rivebise lui passa un bras autour du cou pour la réconforter.

— J'ai déjà eu affaire à des pentes plus abruptes, assura Caramon pour la consoler.

— Je déteste ça, dit Flint, mais cela vaut mieux qu'un égout.

Il saisit une grosse liane et commença à descendre. Tass le suivit de près. Il progressait avec une telle rapidité que Boupou lui adressa un grognement d'approbation.

La naine se tourna vers Raistlin, montrant la large tunique qui risquait de l'entraver. Le mage la rassura d'un sourire. Il s'approcha du précipice et prononça doucement :

— *Pveathrfal...*

Son bâton s'illumina, et il sauta dans le vide. Boupou se mit à hurler. De peur qu'elle ne s'y jette aussi, Tanis la retint.

— Il est très bien où il est, dit-il, ému par l'inquiétude de la naine. C'est un mage. La magie, tu connais ?

Elle lui lança un regard obtus, mit son sac autour de son cou et plaça ses petites mains sur une grosse liane. Les autres allaient prendre sa suite quand Lunedor murmura :

— Je ne peux pas.

Rivebise lui prit la main.

— *Kan-toka*, lui dit-il tendrement. Tout ira bien. Les autres n'ont pas rencontré de difficultés. Il suffit que tu ne regardes pas en bas.

Lunedor secoua la tête, les lèvres tremblantes.

— Il y a sûrement un autre chemin, dit-elle d'un ton buté. Nous n'avons qu'à le chercher !

— Où est le problème ? demanda Tanis. Nous n'avons pas de temps à perdre...

— Elle a le vertige, dit Rivebise.

Lunedor le repoussa vivement.

— Comment oses-tu lui révéler ça ? cria-t-elle, en colère.

— Pourquoi pas ? répondit calmement Rivebise. Il n'est pas un de tes sujets. Tu peux avouer devant lui que tu es un être humain, avec des faiblesses humaines. Le seul sujet devant qui tu doives encore tenir ton rôle, princesse, c'est moi !

S'il l'avait battue, elle aurait moins souffert. Elle devint livide, et ses yeux prirent une expression cadavérique.

— Accroche le bâton sur mon dos, s'il te plaît, ordonna-t-elle à Tanis.

— Ecoute, Lunedor, il n'a jamais voulu...

— Fais ce que je te dis.

Sans un regard pour Rivebise, elle saisit une liane dont elle testa la solidité et se laissa glisser.

Ses mains moites la trahirent. Elle se rattrapa aussitôt à une autre liane. La respiration bloquée, elle enfouit son visage dans le feuillage pour ne pas voir ce qui l'attendait en contrebas.

Tanis, Sturm et Rivebise, descendus à court intervalle l'un après l'autre, la virent s'arrêter. Sturm, qui était le plus proche d'elle, voulut l'aider.

— Laisse-moi tranquille, dit-elle entre ses dents serrées.

Décochant un regard meurtrier à Rivebise, elle reprit sa descente.

Quand tout le monde fut en bas de la falaise, Tanis remarqua Lunedor, exsangue, adossée seule contre le rocher. Elle n'accorda pas un regard à Rivebise, qui s'éloignait d'elle, le visage impénétrable..

Sous la conduite de Boupou, ils se remirent en route. Après avoir contourné nombres de ruines plus ou moins grandioses, ils arrivèrent sur une grande place dallée où se dressaient des colonnes de marbre surmontées d'un toit de pierre.

— Regarde ! dit Lunedor en s'approchant de Tanis.

La brume se déchira, et le demi-elfe aperçut derrière les colonnes les contours sombres de hautes coupoles. Bien que décati, ce bâtiment d'une noble architecture avait dû être en son temps le plus beau monument de Xak Tsaroth.

— Le palais royal, commenta Raistlin, pris d'une nouvelle quinte de toux.

— Chut ! dit Lunedor en posant sa main sur le bras de Tanis. Tu ne vois rien ?... Attends, tu vas voir.

La brume envahit les colonnes, et on ne vit plus rien. Puis la brise déplaça la brume ; les nains reculèrent précipitamment et se cachèrent derrière Raistlin.

Par-dessous la manche du mage, Boupou leva le yeux vers Tanis.

— C'est le dragon. Tu le veux ?

C'était vraiment le dragon.

Noir et luisant, Khisanth émergea, les ailes repliées, tête baissée pour ne pas se cogner contre le toit. Ses pattes griffues crissèrent sur le marbre de l'escalier, puis il s'arrêta, scrutant la brume de ses yeux rouges phosphorescents. Il occupait la place sur trente bons pieds et on ne voyait pas encore ses pattes de derrière ni sa longue queue de reptile.

Le dragon semblait en grande conversation avec un draconien qui marchait craintivement à son côté.

Khisanth était en colère. Le draconien lui apportait de fâcheuses nouvelles. Il était impossible qu'un seul de ces étrangers ait pu survivre à son attaque ! Mais le capitaine de la garde rapportait que des intrus erraient dans la ville ! Qu'ils avaient eu l'audace d'attaquer ses troupes, et qu'ils possédaient un bâton dont tous les draconiens d'Ansalonie connaissaient le signalement !

— Je ne peux croire à ce que tu rapportes ! Aucun d'eux n'a pu m'échapper ! dit le dragon d'une voix douce, presque susurrante, qui fit trembler le draconien. Le bâton n'est pas en leur possession, je l'aurais senti... Tu dis qu'ils seraient encore dans les bâtiments du haut ? En es-tu bien sûr ?

— Il n'y a pas de chemin qui mène en bas, mon roi, sauf le monte-charge.

— Il y a d'autre voies, espèce de batracien, siffla Khisanth. Ces misérables nains des ravins pullulent partout comme des parasites. Les intrus ont le bâton, et tentent de gagner la ville basse. A cela il n'y a qu'une explication : ils sont à la recherche des Anneaux ! Comment ont-ils appris leur existence ?

« Ce fichu bâton ! Verminaar aurait pu prévoir ce qui arrive, avec tous les pouvoirs dont il se vante ! Nous aurions alors pu le détruire. Mais non, le seigneur est trop occupé avec sa guerre, et pendant ce temps, je moisis dans un tombeau rongé d'humidité. »

— Tu pourrais détruire les Anneaux, suggéra le draconien avec témérité.

— Imbécile, tu crois que je n'ai pas essayé ? marmonna Khisanth. Non, rester ici plus longtemps devient trop dangereux. Si les intrus connaissent ce secret, d'autres doivent le connaître aussi. Il faut mettre les Anneaux en lieu sûr. Tu vas informer Verminaar que je quitte Xak Tsaroth. Je vais le rejoindre à Pax Tharkas et j'emmènerai les étrangers avec moi pour les interroger.

— *Informer* le seigneur Verminaar ? demanda le draconien, outré.

— Très bien, répondit Khisanth sur un ton sarcastique, puisque tu tiens aux formes, c'est toi qui demandera la permission pour moi à mon seigneur... J'ose espérer que tu as envoyé le gros des troupes là-haut ?

— Oui, mon roi, dit le draconien en s'inclinant.

— Tu n'es peut-être pas si bête que ça, concéda le dragon. Je m'occupe de ce qui se passe en bas. Toi, concentre-toi sur le haut de la ville. Dès que tu auras mis la main sur nos visiteurs, amène-les-moi. Maîtrisez-les sans leur faire trop de mal, et prenez soin du bâton !

Le draconien mit un genou en terre devant le dragon, qui fronça dédaigneusement les narines et s'en retourna d'où il était venu.

Boupou insista pour que la troupe se remette en route. Ils laissèrent la rivière derrière eux et pénétrèrent dans un nouveau quartier en ruine. Cette partie de la ville avait sans doute toujours été la plus pauvre ; ses bâtiments en étaient au dernier stade de la décrépitude. Là, saisis d'une soudaine allégresse, les nains des ravins dévalèrent la rue en braillant à tue-tête.

Trouvant ce tapage alarmant, Sturm fit part de ses craintes à Tanis.

— Ne crois-tu pas qu'ils devraient faire moins de bruit ? demanda le demi-elfe à Boupou. Les draconiens..., les patrons risquent de nous repérer...

Boupou haussa les épaules.

— Les patrons viennent jamais... Peur du Grand Bulp.

Dans les rues jonchées de détritus, des Aghars de tous âges sortaient des maisons délabrées pour observer avec curiosité les nouveaux venus. Visiblement, les draconiens ne s'aventuraient pas dans ces quartiers où vivaient les nains, beaucoup plus nombreux qu'eux.

Les draconiens ont subtilement raisonné, en laissant leurs esclaves vivre tranquillement dans leurs taudis... tant qu'ils ne font pas d'histoires, songea Tanis.

Mais les nains des ravins, bien que couards, devenaient de redoutables combattants quand on les poussait dans leurs derniers retranchements.

Boupou fit arrêter le groupe devant la ruelle la plus sordide que Tanis eût jamais vue. Soudain, des petites bêtes noirâtres s'égaillèrent dans la ruelle, poursuivies par des enfants.

— Miam-miam ! cria un gosse, les yeux brillants de convoitise.

— Mais ce sont des rats ! s'exclama Lunedor, horrifiée.

— Faut-il vraiment que nous entrions dans ce cloaque ? interrogea Sturm.

— L'odeur seule suffirait à tuer un troll, ajouta Caramon. Plutôt mourir entre les griffes du dragon que recevoir ces baraques sur la tête.

— Le Grand Bulp, dit Boupou en montrant la maison la plus délabrée de la rue.

La ruelle faisait un coude et se terminait en cul-de-sac. Ils se trouvèrent devant un mur de briques, cernés par les nains des ravins qui sautillaient autour d'eux.

— C'est un traquenard ! cria Sturm en brandissant son épée.

Caramon manifesta sa désapprobation par des grognements rauques. Les nains des ravins, terrifiés par la lame qui étincelait devant eux, reculèrent en se bousculant et prirent la fuite.

Boupou toisa Caramon et Sturm d'un air écœuré, puis s'adressa à Raistlin.

— Dis-leur d'arrêter, dit-elle en désignant les guerriers, sinon je ne vous présenterai pas au Grand Bulp !

— Rengaine ton épée, chevalier, siffla Raistlin, à moins que tu aies trouvé un ennemi à ta hauteur ?

Sturm fusilla le mage du regard, mais rangea son arme.

— J'aimerais savoir quel jeu tu joues, magicien, dit-il froidement. Tu étais bien pressé de venir dans cette ville, alors que nous ignorions encore l'existence des Anneaux. Pour quelle raison ? Que cherches-tu, au juste ?

Raistlin s'abstint de répondre, se contentant de darder avec hostilité ses étranges yeux dorés sur le chevalier.

— Ils ne t'embêteront plus, petite, dit-il à Boupou.

La naine s'assura qu'ils étaient bien calmés, et se tourna vers le mur, où elle frappa deux fois du poing.

— Entrée secrète, dit-elle, gonflée d'importance.

Deux coups lui répondirent.

— C'est le signal. Trois coups. Ils vont ouvrir.

— Mais elle n'a frappé que deux fois, dit Tass en gloussant de rire.

Boupou lui jeta un regard noir.

— Chut ! ordonna Tanis au kender.

Il ne se passa rien. Boupou, perplexe, frappa de nouveau deux fois. Deux coups lui répondirent. Caramon, les yeux fixés sur le bout de la ruelle, commençait à danser d'un pied sur l'autre.

Finalement, Boupou se mit à crier :

— J'ai frappé le code secret ! Ouvrez !

— Code secret, cinq coups ! grogna une voix.

— J'ai frappé quatre coups ! vociféra Boupou. Ouvrez !

— Tu as frappé six coups ! dit la voix.

— Elle a frappé huit coups ! dit une autre voix.

Sans crier gare, Boupou poussa la porte à deux mains. Elle s'ouvrit sans résistance.

— J'ai frappé quatre coups, tu nous laisses entrer ! dit-elle en brandissant le poing.

— D'accord.

Pour éviter un nouvel incident et une inutile perte de temps, Tanis tenait le kender à l'œil. Tass étouffait de rires contenus.

— Nous venons voir le Grand Bulp ! annonça Boupou d'un air hautain.

Avisant le géant Caramon et le très grand Rivebise, le garde sursauta. Il considéra cet ensemble de créatures aux dimensions fantastiques et recula, puis partit en courant.

— Une armée ! C'est une armée qui arrive !

— Peuh ! Ce sont des Truds, laissa tomber Boupou. Allez ! Voir le Grand Bulp !

Les compagnons entendirent l'écho des cris du garde :

— Une armée de géants ! Sauvez le Grand Bulp !

Le Grand Bulp, Phulge Ier, était un nain des ravins comme les autres. Il passait pour presque intelligent, fabuleusement riche, et particulièrement poltron. Les Bulps étaient le clan d'élite de Xak Tsaroth, depuis que Nulph Bulp, il y a fort longtemps, était tombé dans un puits un soir de beuverie, et avait ainsi découvert par hasard la cité. Les Bulps s'y étaient promptement installés, et au bout de quelques années, avaient gracieusement autorisé les clans Sluds et Truds à venir les rejoindre.

Les nains menaient une paisible existence dans la

cité en ruine. Le monde extérieur ne se souciait pas d'eux. Les Bulps n'eurent aucun problème à maintenir leur domination sur les autres clans. Un autre Bulp, du nom de Glungou, doté d'une riche imagination scientifique (des mauvaises langues du clan Slud murmuraient que sa mère était une gnome), inventa le monte-charge à partir de deux grosses marmites servant à faire fondre le saindoux. Glungou Bulp devint un héros, et fut proclamé Grand Bulp à l'unanimité. Depuis lors, la souveraineté sur les clans demeura le privilège des Bulps.

Les années passèrent. Soudain, le monde extérieur s'intéressa à Xak Tsaroth. L'arrivée du dragon et de ses draconiens mit fin à la paisible existence des nains des ravins. Les nouveaux venus voulurent se débarrasser de cette engeance pouilleuse, mais le grand Phulge se traîna à leurs pieds, se prosternant de façon si servile que les draconiens se laissèrent fléchir et se contentèrent de les réduire en esclavage. Pour la première fois, les nains durent travailler.

Le grand Phulge, cela va sans dire, ne se satisfaisait pas de cette situation. Il passait de longues heures à se demander comment se débarrasser du dragon. En son absence, il s'était introduit dans son antre. L'abondance de jolis cailloux et de pièces brillantes qu'il y avait découverts l'avait fortement impressionné.

Le Grand Bulp, qui dans sa folle jeunesse avait voyagé, savait que les gens du monde extérieur convoitaient ces gemmes et les lui échangeraient facilement contre des vêtements chatoyants. Phulge avait un faible pour les beaux atours. Pour ne pas oublier le chemin secret de l'antre, il dessina une carte des lieux.

Phulge passa des mois à rêver de son trésor, mais l'occasion d'y retourner ne se présenta pas. Ceci pour deux raisons : primo, parce que le dragon ne s'était plus absenté ; secundo, Phulge ne comprenait plus rien à son croquis cartographique, qui n'avait ni queue ni tête.

Si seulement le dragon voulait bien partir définitivement ! Ou si un preux passait par là, et profitait de l'occasion pour lui enfoncer son épée dans le cœur ! C'était là les rêves les plus doux que caressait le Grand Bulp. Il y pensait justement quand son garde vint l'avertir de l'attaque d'une armée.

Lorsque Boupou réussit à l'extirper de sous son lit pour le convaincre qu'il n'était nullement assiégé par une armée de géants, Bulp Phulge Ier se reprit à croire que ses rêves pouvaient se réaliser.

— Alors, vous êtes venus pour tuer le dragon ? demanda le Grand Bulp à Tanis.

— Non, nous n'en avons pas l'intention.

Depuis qu'elle les avait fait entrer dans la salle du trône des Aghars, Boupou n'avait pas quitté des yeux les compagnons, guettant avec fièvre leurs réactions admiratives. Elle ne fut pas déçue. Ses nouveaux amis, en effet, furent renversés.

La cité de Xak Tsaroth avait été littéralement dépouillée de ses ornements par les premiers Bulps, soucieux de décorer dignement la salle du trône. Suivant le principe qu'une toise de brocart étant d'une grande beauté, cinquante devenaient magnifiques, les nains avaient transformé la salle en un *chef-d'œuvre* libéré des impératifs du bon goût. De délicates tapisseries représentant de grands personnages et des scènes retraçant le passé de la ville avaient été accrochées partout. Les nains, désireux de les égayer, les avaient repeintes de couleurs criardes. Sturm eut le choc de sa vie en découvrant un Huma rouge vif occupé à combattre un dragon à pois violets sur fond de ciel vert pomme.

Des statues de nus décoraient l'espace aux endroits les plus saugrenus. Considérant le marbre blanc comme terne et déprimant, les nains les avaient peintes avec un réalisme et une précision dans les détails tels que Caramon jeta un coup d'œil à Lunedor en rougissant.

Face à cette débauche artistique, les compagnons eurent beaucoup de mal à garder leur sérieux. Tass n'y résista pas. Tanis dut l'envoyer dans le hall pour tempérer son humeur. Seul Flint ne se départit ni de sa mine farouche, ni de sa hache prête à l'emploi.

Entre deux quintes de toux, Raistlin expliqua au Grand Bulp qu'ils voulaient récupérer une relique dans l'antre du dragon sans pour autant le déranger. Bulp fut rassuré, mais déçu.

Tout cela n'arrangeait pas ses projets. Peut-être n'avait-il pas bien entendu. Enrobé dans plusieurs couches de brocart et calé sur son trône, il prit la parole :

— Vous, ici. Avec des épées. Tuez le dragon.

— Non, répéta Tanis, comme l'a dit notre ami, le dragon détient une relique de nos dieux. Nous voulons la reprendre et fuir avant que le monstre ne s'aperçoive de sa disparition.

— Comment moi être sûr que vous n'emmenez pas le trésor, et vous me laissez seul avec dragon fâché ? Un gros trésor, jolis cailloux !

Les yeux de Raistlin étincelèrent. Sturm le regarda avec dégoût.

— Nous t'apporterons les jolis cailloux, assura Tanis, si nous pouvons compter sur ton aide. Nous voulons la relique de nos dieux, c'est tout.

Le Grand Bulp fut certain d'avoir affaire à des bandits menteurs, et non aux héros auxquels il s'attendait.

Cependant les nouveaux venus semblaient avoir aussi peur du dragon que lui, et cela lui donna une idée.

— Qu'attendez-vous du Grand Bulp ? demanda-t-il sur un ton qui se voulait subtil.

Tanis poussa un soupir de soulagement. On allait peut-être aboutir à un résultat.

— Boupou nous a dit que tu étais le seul ici à pouvoir nous conduire dans l'antre du dragon.

— Vous conduire ! (Le Grand Bulp perdit contenance.) Pas conduire ! Grand Bulp pas disponible. Le peuple a besoin de moi.

— Non, non, je n'ai pas voulu parler de *guider*, dit vivement Tanis. Il s'agirait seulement de nous montrer une carte ou de nous indiquer le chemin.

— Une carte ! dit le Grand Bulp en s'épongeant le front. Il fallait le dire tout de suite ! Une carte. Oui. Je vais en faire venir une. Pendant ce temps-là, mangez. Hôtes du Grand Bulp. Les gardes vous emmènent dans la salle des banquets.

— Non, merci, répondit Tanis sans regarder ses compagnons. (Ils avaient traversé la salle en question, et l'odeur avait suffi à leur couper l'appétit, même à Caramon.) Nous aimerions nous reposer un peu et discuter de nos projets.

— Certainement. Allez dans le hall, mangez, parlez. J'envoie la carte. Vous direz peut-être vos plans à Phulge ?

Tanis remarqua une petite lueur rusée au fond des yeux du Grand Bulp. A la pensée que le nain n'était peut-être pas qu'un simple bouffon, il eut froid dans le dos. Il regretta de n'avoir pas discuté avant avec Flint.

— Nos projets sont loin d'être fixés, Majesté, répondit le demi-elfe.

Le Grand Bulp avait d'autres moyens de les connaître. Un trou dans la cloison du hall lui permettait de surprendre les conversations. Mais pour l'instant, il avait d'autres soucis, et décida qu'il ne les espionnerait pas. S'entendre appeler « Majesté » entrait sans doute pour beaucoup dans cette décision. Le Grand Bulp n'avait jamais ouï de titre qui lui convînt si bien.

D'un geste affable, il prit congé de ses visiteurs avec un sourire qu'il voulait charmant. Puis son expression changea, le sourire devint sournois.

Il lui fallait des héros. Eh bien ! la racaille qui se

présentait ferait l'affaire ! Si ce ramassis d'étrangers était tué, ce ne serait pas une grande perte. S'ils parvenaient à trucider le dragon, tant mieux. Les nains des ravins récupéreraient ce qu'il y avait de plus précieux à leurs yeux : le retour aux jours bénis de la liberté ! C'en serait fini de cette stupide condition d'esclaves.

Phulge se pencha à l'oreille du garde.

— Va trouver le dragon. Présente lui les hommages de Sa Majesté Bulp Phulge Ier, dit le Grand, et dis-lui...

20

LA CARTE DU GRAND BULP.
LE GRIMOIRE DE FISTANDANTIBUS.

— Je ne fais pas confiance à ce bâtard court sur pattes, et je ne peux pas le sentir, grogna Caramon.

— Je ne pense pas autrement, répondit calmement Tanis, mais que veux-tu faire d'autre ? Nous lui avons promis le trésor. Il n'a rien à gagner, et tout à perdre s'il nous trahit.

Assis sur le sol du hall contigu à la salle du trône, les compagnons étaient tendus. Raistlin, retiré dans un coin, concoctait sa mixture contre la toux. Rivebise se tenait lui aussi à l'écart. Les yeux dans le vague, il ne leva même pas la tête lorsque Lunedor s'approcha de lui. Elle voulut dire quelque chose, mais les mots ne vinrent pas. Elle s'éclaircit la voix.

— Il faut que nous parlions, dit-elle d'un ton ferme.

— C'est un ordre ? répondit Rivebise.

— Oui.

Rivebise se leva, le visage douloureusement contracté, et sans accorder un regard à sa belle, se dirigea vers un coin de la salle. Lunedor mesura à quel point il souffrait.

— Je te demande pardon, dit-elle avec douceur.

Surpris, Rivebise releva la tête. Elle était debout devant lui, les yeux baissés comme une enfant prise en faute. Il tendit la main et caressa les cheveux d'or et d'argent de l'être qu'il aimait plus que lui-même. Il la sentit tressaillir ; son cœur fondit. Il l'attira contre lui et pressa tendrement son visage contre sa poitrine.

— Je ne t'ai jamais entendu parler ainsi, dit-il en souriant, sachant qu'elle ne voyait pas son visage.

— Je n'ai jamais parlé ainsi, Rivebise. O mon bien-aimé, je regrette tant que ce soit la fille de chef qui t'ai accueilli à ton retour, et non Lunedor. Mais j'avais si peur !

— Non, c'est moi qui devrais te demander pardon. Je n'avais pas réalisé ce que tu avais enduré. J'étais habité par les terribles épreuves que *moi*, j'avais affrontées. J'aurais aimé que tu me parles des tiennes, mon adorée...

— J'aurais aimé que tu me le demandes, répliqua-t-elle en cherchant son regard. J'ai été si longtemps fille de chef que je ne puis plus être autrement. C'est là que réside ma force. Cela me donne du courage face à la peur. Je crois que je ne peux plus me comporter autrement.

— Ce n'est pas non plus ce que je désire, dit-il en lui souriant. Je suis tombé amoureux de la fille du chef dès l'instant où je t'ai vue. Te souviens-tu ? On donnait des jeux en ton honneur.

— Et tu as refusé de t'agenouiller pour recevoir ma bénédiction, acheva-t-elle. Tu t'es soumis à l'autorité de mon père, mais tu n'as pas daigné me révérer comme une déesse. Tu disais que les hommes n'ont pas le pouvoir de déifier les hommes. Comme tu étais beau et fier quand tu parlais des anciens dieux que tout le monde avait oubliés !

— Et comme tu étais belle dans ta fureur, rappela-t-il. Ta beauté était un cadeau du ciel. Je ne désirais plus rien d'autre que toi. Et toi, tu as voulu m'exclure des jeux.

Lunedor eut un sourire mélancolique.

— Tu me croyais fâchée parce que tu m'avais humiliée devant le peuple, mais ce n'était pas cela.

— Alors pour quelle raison, fille de chef ?

Elle rougit et leva sur lui ses yeux immenses.

— J'étais en colère parce que je compris, quand tu refusas de t'agenouiller devant moi, que j'avais perdu une part de mon être, et que, jusqu'à ce que tu la réclames, je ne serais plus que la moitié de moi-même.

Rivebise la serra dans ses bras.

— Rivebise, je suis fille de chef, et princesse je resterai. Mais n'oublie pas que Lunedor se cache derrière. Si ce voyage finit un jour, nous apportant la paix, Lunedor sera tienne à jamais, et la princesse s'envolera, emportée par l'oubli.

Un coup dans la porte fit sursauter les compagnons. Un nain apportait la carte de la part du Grand Bulp.

Tanis l'étendit par terre, et se mit à rire.

— Nous aurions dû nous y attendre. Je me demande si le Grand Bulp se souvient seulement de l'emplacement de la « grande chambre secrète » ?

— Bien sûr que non, répondit Raistlin. C'est pourquoi il n'y est jamais retourné. En tout cas, il y en a un parmi nous qui sait où est l'antre du dragon.

Les compagnons suivirent le regard du mage.

Boupou, méfiante, fit une moue.

— C'est vrai, je connais l'endroit secret. J'ai vu les jolis cailloux. Mais rien dire au Grand Bulp !

— Tu nous le diras, à nous ? demanda Tanis.

Boupou consulta des yeux Raistlin. Il opina du chef.

— Je dirai, marmonna-t-elle. Donne la carte.

Voyant que les autres étaient tous penchés sur le croquis, Raistlin fit signe à son frère.

— Dis-moi, le plan n'a pas changé ? chuchota le mage.

— Non, mais il ne me plaît pas. Je devrais t'accompagner.

— C'est idiot, répliqua Raistlin, tu me gênerais ! Je t'assure que je ne cours aucun risque, ajouta-t-il affectueusement.

Il prit son frère par le cou et murmura :

— Je voudrais que là-bas tu fasses quelque chose pour moi.

Raistlin était brûlant, ses yeux luisaient comme la braise. Caramon essaya de se dégager de son étreinte, mais son jumeau le retint fermement.

— De quoi s'agit-il ? demanda Caramon à contrecœur.

— D'un grimoire de magie.

— Ah ! voilà pourquoi tu voulais venir à Xak Tsaroth ! dit Caramon. Tu savais que ce grimoire s'y trouvait.

— J'ai lu quelque chose à ce sujet, il y a des années. Tous ceux de mon ordre savaient qu'il était à Xak Tsaroth, mais nous le supposions perdu en même temps que la cité. Quand j'ai appris que la ville avait échappé à la destruction, j'ai pensé qu'il subsistait une chance de le retrouver. Pour un magicien, ce grimoire est un trésor fabuleux. Tu peux être sûr que si le dragon l'a trouvé, il s'en est servi !

— Et tu veux que je te le rapporte... A quoi ressemble-t-il ?

— A n'importe quel grimoire, si ce n'est que son parchemin blanc comme neige est relié de cuir bleu nuit et gravé de runes d'argent. Au toucher, il est glacial comme la mort...

— Que dit l'inscription ?

— Inutile que tu le saches...

— A qui appartenait-il ?

Raistlin ne répondit pas. Il était ailleurs.

— Tu n'as jamais entendu parler de lui, murmura-t-il comme dans un rêve. Il s'appelait Fistandantibus, et c'était l'un des hommes les plus remarquables de notre ordre.

— D'après ce que tu décris..., articula lentement Caramon, qui redoutait la réponse de son frère, Fistandantibus... portait-il la Tunique Noire ?

— Tu en demandes trop ! Tu es comme tous les

autres ! Il n'y en a pas un parmi vous qui me comprenne ! (Voyant que le visage de son frère se crispait douloureusement, il soupira.) Aie confiance en moi, Caramon. Ce n'est pas un grimoire particulièrement redoutable, c'est surtout celui d'un ancien, qui lui a appartenu alors qu'il était encore très jeune, vraiment très jeune... Mais il représente beaucoup pour moi. Trouve-le ! Tu dois...

Il se remit à tousser.

— D'accord, Raist ! promit Caramon pour apaiser son frère. Ne te mets pas dans cet état. Je le trouverai.

— Mon bon Caramon, mon excellent Caramon, dit faiblement le mage lorsqu'il eut repris on souffle. Maintenant, laisse-moi, j'ai besoin de repos. Je dois me préparer.

Caramon se retourna et faillit trébucher sur Boupou, qui le considéra d'un air soupçonneux.

— Que se passe-t-il, Caramon ? demanda Tanis quand il eut rejoint le groupe. Des problèmes ?

— Non... non, rien, rien du tout. Je voulais accompagner Raistlin, mais il prétend que je le gênerais.

Tanis sentit que le guerrier ne disait pas toute la vérité. Caramon était prêt à verser jusqu'à la dernière goutte de son sang pour chacun d'eux, mais le demi-elfe se demandait parfois s'il ne les trahirait pas par fidélité à Raistlin.

— Raistlin a raison, dit finalement Tanis en tapotant l'épaule de Caramon. Il ne court aucun risque. Boupou sera avec lui, et elle le ramènera ici pour qu'ils se cachent. Il lui suffira de créer l'illusion d'un incendie pour faire diversion. Cela fera sortir le dragon de son antre, mais Raistlin sera parti bien avant. (Il parla à la cantonade :) Maintenant, tout le monde est prêt ?

Les compagnons se levèrent en silence. Raistlin s'avança, le capuchon rabattu sur la tête, les mains dans ses manches. Il se dégageait de lui une aura indéfinissable qui venait d'ailleurs.

— Nous compterons jusqu'à cinq cents, lui dit Tanis. Ensuite, nous nous mettrons en route. Selon Boupou, l'endroit marqué « secret » est une trappe située dans un bâtiment non loin d'ici. Elle mène à un tunnel qui débouche sous l'antre du dragon, près du palais où nous l'avons vu aujourd'hui. Fais ta diversion sur la place dallée, et reviens tout de suite ici, où nous nous retrouverons. Nous donnerons le trésor au Grand Bulp et nous nous cacherons jusqu'à la tombée du jour. Dès qu'il fera nuit, nous prendrons la fuite...

— J'ai compris, répondit Raistlin.

Moi aussi, j'aimerais comprendre ce qui se passe dans ta tête, Raistlin..., pensa amèrement Tanis.

Boupou et le mage se glissèrent hors de la ruelle et gagnèrent rapidement l'allée orientée vers le sud. Là, deux silhouettes en armure sortirent d'un recoin et leur emboîtèrent le pas en silence...

— C'est ici, dit Tanis à voix basse. Il fait diablement noir. Il nous faut de la lumière.

Caramon alluma les torches empruntées au Grand Bulp et Tanis pénétra dans la bâtisse. Il se trouva dans l'eau jusqu'aux chevilles. Suintant des murs de la pièce, des torrents tourbillonnaient sur le sol avant de disparaître dans des fissures.

— La voilà, je la vois ! dit le demi-elfe en montrant aux autres une plaque munie d'un anneau. Caramon, s'il te plaît ?

— Bah ! grogna Flint. Si une naine des ravins est capable de l'ouvrir, je peux le faire aussi. Poussez-vous.

Le nain plongea la main dans l'eau et tira. Il y eut un moment de silence. Flint ahana et vira au pourpre. Avec un grand soupir, il lâcha l'anneau, puis il fit une nouvelle tentative. La trappe ne bougea pas d'un millimètre.

— Flint, dit Tanis d'une voix douce, Boupou a dit qu'elle venait ici pendant la seule saison sèche. En fait, tu es en train d'essayer de soulever la moitié du Nouvel Océan en tirant sur cette trappe.

— Fallait le dire plus tôt ! maugréa Flint, haletant. Laissons ce grand veau tenter sa chance !

Caramon se mit en position, remplit d'air ses poumons et tira. Les veines saillirent sur son cou et ses bras doublèrent de volume. On entendit un bruit de succion. Soudain l'eau fut drainée de la pièce, et s'engouffra dans un conduit de quatre pieds de côté, pourvu d'une échelle de métal.

— Sturm, tu en es à combien ?

— Quatre cent trois ! Quatre cent quatre...

Tanis se gratta la barbe. Chacun meublait l'attente, qui lui semblait interminable. Rien ne leur paraissait pire que ce compte à rebours.

— Cinq cents ! acheva Sturm.

— Il était temps ! jubila Tass.

Il sauta sur l'échelle et descendit les échelons. Tanis passa derrière lui, éclairant Lunedor de sa torche. Les autres suivirent. Le conduit menait aux égouts, et aboutissait à un tunnel large de cinq pieds orienté du nord au sud.

— Tass, vérifie la profondeur ! dit Tanis.

Perché sur le dernier barreau de l'échelle, le kender plongea son bâton dans les eaux noires.

— Deux pieds et demi ! annonça-t-il gaiement.

Il se laissa tomber, faisant jaillir des gerbes d'éclaboussures. L'eau lui arrivait aux cuisses.

— Par là ! indiqua le demi-elfe d'un geste. La direction du sud !

La voix de Sturm résonna en écho :

— Et la diversion de Raistlin, où en est-elle ?

Tanis, qui s'était déjà posé la question, se le demandait encore.

— Nous ne pouvons pas l'entendre d'ici, répondit-il, espérant qu'il disait vrai.

— Raist s'en sortira, ne vous inquiétez pas, dit Caramon sur un ton lugubre.

— Tanis ! (Le kender fit un écart et trébucha contre le demi-elfe.) Il y a de drôles de trucs là-dedans ! Quelque chose m'est passé entre les jambes !

— Avance, et prie pour que ce *quelque chose* ne soit pas carnivore...

Le tunnel continua sur deux cents pieds, puis fit un coude vers l'est. Tout au bout filtrait un rai de lumière qui provenait du plafond. Selon Boupou, c'était là que se trouvait l'antre du dragon.

— Eteignez les torches ! dit Tanis entre ses dents.

Les mains sur la paroi, il suivit le kender, dont il voyait nettement l'aura. Derrière lui, Flint se plaignait de ses rhumatismes.

— Chut ! recommanda Tanis quand ils furent tout près du rai de lumière, au-dessus de leurs têtes.

Silencieux comme des chats, ils arrivèrent devant une petite échelle qui menait à une grille. Doucement, Tass l'ouvrit. Les ténèbres lui tombèrent dessus, pesant comme une chape dc plomb. Il faillit en perdre l'équilibre. Précipitamment, il referma la grille et redescendit l'échelle comme s'il était poursuivi.

— Tass ? C'est toi ? dit Tanis en palpant le kender. Je ne vois rien. Que se passe-t-il ?

— Je n'en sais rien, d'un seul coup, tout est devenu noir comme de l'encre.

— Comment, tu ne vois plus rien ? demanda Sturm à Tanis. Mais ta super-vision de demi-elfe ?

— Envolée, répondit Tanis d'une voix sombre. Comme dans le Bois des Ombres... Comme près du puits...

Blottis les uns contre les autres, ils restèrent silencieux. Ils n'entendaient plus que leurs souffles et l'eau qui suintait des parois.

Le dragon était là-haut. Il les attendait.

21

LE SACRIFICE. LA CITÉ DEUX FOIS DÉTRUITE.

Tanis commençait à désespérer.

C'est moi qui ai proposé ce plan, se dit-il, *parce que c'était notre seule chance de nous en sortir. Il était bien conçu, il aurait dû réussir ! Où est la faille ? Raistlin nous aurait-il trahis ? Non, c'est impossible. Le mage est distant, désagréable, incompréhensible, mais il est loyal.*

Tanis l'aurait juré. Qu'était devenu Raistlin ? Mort ? Et puis à quoi bon ces questions, ils allaient tous mourir...

— Tanis, je sais ce que tu penses, dit Sturm, le visage empreint de gravité. Mais nous n'avons pas d'alternative, et le temps presse. C'est notre seule chance de récupérer les Anneaux. Il ne s'en présentera pas d'autre.

Tanis se caressa la barbe et réfléchit. Sturm avait raison : le temps pressait. Mais comment se fier au raisonnement du chevalier ? Il ne désirait qu'une chose : affronter le dragon !

— Allons-y, dit le demi-elfe.

Tout ce qu'il souhaitait à présent c'était d'en finir pour rentrer à la maison et retrouver Solace. Toujours enthousiaste, Tass se tourna aussitôt vers l'échelle.

— Pas toi, Tass, les guerriers d'abord, dit l'elfe en retenant fermement le kender.

— Flint et moi, on est toujours à la traîne ! Bon, j'espère qu'il ne se passera rien jusqu'à ce que nous arrivions auprès du bestiau. Je n'ai jamais parlé à un dragon...

— Le dragon n'a jamais parlé non plus à un kender, grommela Flint. Je me demande si tu réalises, tête de moineau, que nous courons à la mort. Tanis l'a compris, je l'ai senti dans sa voix.

— Tu sais, Flint, mon peuple ne redoute pas la mort. De fait, nous nous y exposons sans cesse, et elle représente la dernière grande aventure. Je ne crains pas de quitter cette vie, mais je regretterai mes objets, dit-il en tâtant ses poches, et puis Tanis et toi. De toute façon, après notre mort, nous nous retrouverons...

Flint imagina le kender insouciant et joyeux gisant raide et froid. Son cœur se serra.

— Si tu crois que je vais partager mon éternité avec un kender, dit-il d'une voix nouée par l'émotion, tu es plus fou que Raistlin ! Allez, viens !

— Oui, mais il nous faudrait de la lumière, fit remarquer Sturm.

— De la lumière ? dit une voix glaciale. Rien de plus simple !

Les ténèbres se dissipèrent instantanément. Les compagnons découvrirent qu'ils étaient dans une immense salle dont le dôme paraissait sans fin. Une fissure laissait passer une lumière froide, qui éclairait un grand autel autour duquel s'entassaient les joyaux et les pièces de monnaie de Xak Tsaroth. L'or ne scintillait pas, les pierreries étaient ternes. La lumière n'illuminait rien, sinon le dragon noir perché sur un piédestal comme un gigantesque oiseau de proie.

— Vous avez l'impression d'avoir étés trahis ? demanda le dragon d'un ton amène.

— Le mage nous a trahis ! Où est-il ? Sans doute

passé à ton service ! cria Sturm, qui avança d'un pas en dégainant son épée.

— Reste où tu es, pauvre Chevalier de Solamnie, sinon ton petit sorcier ne te fera plus jamais de tours de passe-passe !

Le dragon ondula de son long cou et, délicatement, souleva une patte. Raistlin était coincé dessous, pris entre ses griffes et le socle du piédestal.

— Raist ! rugit Caramon en bondissant.

— Arrête-toi, imbécile ! siffla le dragon.

Il posa la pointe de ses griffes sur le ventre du mage. Raistlin fit un geste vers son frère, qui s'immobilisa. Tanis vit bouger une ombre derrière l'autel ; c'était Boupou, tapie parmi les trésors, trop terrorisée pour émettre un son.

Le visage de Caramon s'empourpra de rage.

— Laisse-le tranquille ! cria-t-il au monstre ailé. C'est avec moi que tu dois te battre !

— Je ne me battrai contre aucun de vous, dit le dragon en secouant doucement ses ailes.

Raistlin grimaça de douleur. La bête s'amusait à lui enfoncer doucement ses griffes dans la chair. Le mage haletait, sa peau métallisée scintillant de sueur.

— Inutile de gigoter, mage. Nous parlons le même langage, ne l'oublie pas. Au premier mot d'une formule magique, les carcasses de tes amis seront jetées en pâture aux nains des ravins !

Raistlin, épuisé, gardait les yeux clos. Mais Tanis vit ses poings s'ouvrir et se fermer. Il comprit que le mage se concentrait sur un sort qu'il se préparait à lancer. Ce serait sans doute le dernier, mais cela donnerait une chance à Rivebise de prendre les Anneaux et de partir avec Lunedor.

— Comme je l'ai déjà dit, continua le dragon d'une voix égale, je ne me battrai pas contre vous. Je ne sais comment vous avez pu échapper à mon courroux, en tout cas vous êtes là. Et vous allez me rendre ce qui m'a été volé. Oui, dame de Que-Shu, je vois que le bâton de cristal est entre tes mains. Apporte-le-moi.

Tanis chuchota à Lunedor :

— Gagne du temps !

Son beau visage de statue resta impassible ; il se demanda si elle l'avait entendu. Elle semblait à l'écoute d'autre chose.

— Obéis ! menaça le dragon. Obéis ou le mage mourra. Puis viendra le tour du chevalier. Ensuite, le demi-elfe, et ainsi de suite jusqu'à ce qu'il ne reste plus que toi, dame de Que-Shu. Alors tu m'apporteras le bâton en implorant grâce.

Lunedor baissa les yeux. Repoussant doucement Rivebise de la main, elle se tourna vers Tanis et l'étreignit.

— Adieu, ami ! dit-elle, sa joue contre la sienne. Je sais ce qu'il faut que je fasse. Je porterai le bâton au dragon et...

— Non ! Maintenant ça n'a plus d'importancc. Il nous tuera tous.

— Ecoute-moi un instant ! Reste auprès de Rivebise, et empêche-le de me retenir.

— Et si, moi, je te retenais ? demanda Tanis, la prenant par les épaules.

— Tu n'y parviendrais pas, dit-elle avec un sourire mélancolique. Chacun doit suivre son destin, comme la Maîtresse de la Forêt nous l'a dit, et tu le sais. Rivebise va avoir besoin de toi. Bonne chance, ami.

Comme si elle voulait imprimer dans sa mémoire le visage de son aimé, Lunedor le fixa d'un regard intense. Comprenant qu'elle lui disait au revoir, il voulut la rejoindre. Tanis le retint.

— Rivebise, fais-lui confiance. Elle n'a pas perdu foi en toi pendant toutes les années où tu livrais tes batailles. Elle t'attendait. Ce combat-là est le sien. Ton tour est venu de l'attendre.

Rivebise serra les dents, mais ne bougea pas. La main chaleureuse de Tanis augmenta sa pression sur son bras. Mais le barbare ne le voyait pas. Il n'avait d'yeux que pour Lunedor.

— A quoi riment ces atermoiements ? fit le dragon. Tout cela est bien fastidieux ! Viens ici !

Lunedor passa devant le nain et le kender. Flint s'inclina. Tasslehoff lui adressa un regard solennel. L'aventure n'était pas aussi amusante qu'il l'avait imaginé. Pour la première fois de sa vie, le kender se sentit tout petit, seul et sans défense. C'était un sentiment extrêmement désagréable ; il pensa que la mort serait sans doute préférable.

Lunedor s'arrêta devant Caramon.

— N'aie aucune crainte, tout ira bien pour ton frère.

Puis elle s'approcha de Sturm.

— Accompagne moi, Sturm. Jure de m'obéir, quoi que je t'ordonne de faire. Jure sur ton honneur de Chevalier Solamnique.

Sturm hésita. Lunedor le regarda droit dans les yeux.

— Jure-le, ou j'irai seule.

— Je te donne ma parole de chevalier, ma dame, dit Sturm avec déférence. Je t'obéirai.

— Reste à mon côté, et, surtout, ne fais rien d'au tre.

Ensemble, la barbare et le chevalier marchèrent vers le dragon.

Emprisonné dans les griffes du monstre, Raistlin se préparait à jeter un sort, qui serait sans doute le dernier. Mais les pensées qui le tourmentaient l'empêchaient de se concentrer. Il tentait de reprendre le contrôle de lui-même.

Je suis en train de me sacrifier, et je me demande bien pourquoi, se disait-il avec amertume. *Pour sortir ces imbéciles du mauvais pas dans lequel ils se sont eux-mêmes fourrés. Ils n'attaqueront pas le dragon de peur de me faire du mal, mais ils me craignent et se méfient de moi. Cela n'a aucun sens, et me sacrifier pour eux serait absurde. Pourquoi devrais-je mourir en leur nom, alors que ma vie vaut plus que la leur ?*

« Ce n'est pas pour eux que tu le ferais », lui répondit une voix. Raistlin tenta de situer d'où elle venait ; il lui semblait l'avoir déjà entendue quelque part, mais où ? En tout cas, elle lui parlait dans les moments cruciaux. Devant l'imminence de l'inéluctable, elle insista :

« Ce n'est pas pour eux que tu te sacrifies. C'est parce que tu ne supportes pas l'échec ! Personne ne t'a jamais vaincu ; même la mort n'a pas eu raison de toi ! »

Raistlin sentit son corps se détendre. Les paroles de l'incantation lui vinrent tout naturellement sur les lèvres. *« Astol arakhkh um »*, murmura-t-il, sentant ses membres diffuser les ondes magiques. Une autre voix, bien vivante cette fois, frappa son oreille.

C'était celle d'une femme ; une princesse barbare d'une tribu défunte.

Raistlin vit Lunedor s'avancer au bras de Sturm. Sa déchéance physique avait tué en lui tout sentiment pour une créature vivante. Les yeux du mage ne percevaient pas la beauté qui enchantait Tanis et Caramon. Ses pupilles en forme de sablier voyaient Lunedor déchirée et mourante. Il ne ressentait pas de compassion pour elle, mais il savait qu'elle éprouvait de la pitié pour lui, et il la haïssait à cause de cela ; elle lui faisait peur. Pourquoi s'adressait-elle à lui ?

Elle lui dit d'attendre.

Raistlin comprit. La barbare savait qu'il se préparait à jeter un sort, et elle lui faisait comprendre que c'était inutile. C'est elle qui avait été choisie. Elle qui devait accomplir le sacrifice. Il la vit avancer, les yeux fixés sur le dragon, accompagnée de Sturm, aussi noble et solennel que Huma en personne. Sturm était l'objet rêvé pour le sacrifice de Lunedor. Mais comment Rivebise pouvait-il la laisser faire ? Ne pouvait-il prévoir ce qui allait arriver ? Le mage jeta un coup d'œil vers le barbare. Ah ! bien sûr, le demi-elfe occupait Rivebise, distillant ses paroles de sagesse comme d'autres font couler le sang. Le barbare était aussi influençable que Caramon.

Pâle et résolue, Lunedor se tenait face au dragon. A son côté, Sturm semblait agité par un conflit intérieur. Elle avait dû lui extorquer un serment qui entrait en contradiction avec ses préceptes de chevalerie, déduisit Raistlin avec une moue cynique.

Quand le dragon prit la parole, Raistlin rassembla ses forces, s'apprêtant à agir.

— Pose le bâton parmi les autres reliques, ordonna le dragon, dodelinant de la tête vers l'amoncellement de joyaux.

Incapable de faire un mouvement, Lunedor regardait fixement le monstre qui la tétanisait. Sturm cherchait des yeux, parmi les monceaux d'objets précieux, où se trouvaient les Anneaux de Mishakal. Il n'avait jamais imaginé pouvoir ressentir une peur pareille. Sans sa devise « Mon honneur est ma vie », qu'il se répétait mentalement, il aurait pris ses jambes à son cou.

Lunedor sentit que le chevalier tremblait, le front perlant de sueur. *Révérée déesse*, pria-t-elle intérieurement, *donne-moi le courage d'agir* !

Elle sentit Sturm la pousser du coude. Il fallait qu'elle dise quelque chose. Son silence n'avait que trop duré.

— Que nous donneras-tu en échange du bâton miraculeux ? demanda fermement Lunedor.

Le dragon éclata d'un rire atroce.

— Vous donner quoi ? Mais rien, rien du tout ! Je ne traite pas avec les voleurs. Encore que... (Sa patte glissa sur le ventre du mage, juste assez pour que les compagnons voient le sang couler.)... le seigneur Verminaar, Grand Maître des Dragons, puisse voir d'un œil favorable le fait que vous rendiez ce bâton. Il se peut qu'il fasse preuve de clémence ; les prêtres ont d'étranges principes. Mais sache une chose, dame de Que-Shu : le seigneur Verminaar n'a que faire de tes amis. Donne-moi le bâton, et ils seront épargnés. Si tu me forces à te le prendre, ils mourront. Le mage en premier !

A bout de nerfs, Lunedor était sur le point de flancher. Sturm la soutint, et tenta de la rassurer.

— J'ai repéré les Anneaux, chuchota-t-il à son oreille. Es-tu décidée à aller jusqu'au bout, ma dame ?

Elle inclina la tête. Sous les mèches cendrées qui ombrageaient son visage, brillaient ses grands yeux, calmes et sereins. Elle lui sourit. Son expression était un mélange d'inquiétude et de paix, comme celle des statues de divinités. Elle n'avait rien dit, mais Sturm comprit.

— Puissé-je avoir ton courage, ma dame. Je ne t'abandonnerai pas.

— Adieu, chevalier. Dis à Rivebise...

Ses yeux s'emplirent de larmes. Craignant de faiblir, elle se retourna vers le dragon. La voix de Mishakal s'éleva en elle, exauçant sa prière. *« Présente-lui le bâton avec hardiesse ! »* Mue par une force intérieure, Lunedor tendit le bâton au cristal bleu.

— Nous ne nous rendrons jamais ! cria-t-elle, d'une voix qui résonna dans la salle.

D'un geste rapide, elle brandit le bâton et l'abattit sur la serre qui emprisonnait Raistlin.

Le bâton rendit un long son cristallin..., puis éclata. Il libéra une gerbe de lumière qui tournoya en volutes autour du dragon.

Khisanth mugit de rage et de douleur. Il était blessé à mort. Sa tête hagarde oscilla dans tous les sens, et sa queue battit sauvagement ses flancs que les flammes bleues dévoraient. Il était mû par la frénésie de tuer ceux qui lui infligeaient cette horrible douleur, mais l'intense lumière bleue le consumait inexorablement, comme elle consumait Lunedor.

La fille de chef n'avait pas lâché le bâton quand il s'était brisé. Elle pointait fermement ce qui en restait contre le dragon. Quand la lumière du cristal bleu la toucha, elle sentit une brûlure intense. Eblouie, elle entendit le dragon rugir au-dessus d'elle ; puis la douleur devint si forte qu'elle sombra dans une sorte de demi-sommeil. *Je vais dormir,* pensa-t-elle. *Je vais dormir et quand je me réveillerai, je serais là où en vérité je dois être.*

Aveuglé par l'intensité de la lumière, assourdi par le tumulte, Sturm réalisa qu'il lui fallait rassembler tout son courage s'il voulait tenir parole, et s'emparer des Anneaux.

Il dut s'arracher à la vision de Lunedor recroquevillée dans l'agonie, et bientôt engloutie par les flammes. Il se dirigea d'un pas chancelant vers les Anneaux. Cent fins cercles de platine, liés par une bague unique. Leur légèreté le surprit quand il les souleva.

Soudain son cœur se figea dans sa poitrine ; une main ensanglantée émergeant de l'amas de trésors le prit par le poignet.

— Aide-moi !

D'un coup sec, il dégagea Raistlin, qui se remit debout. Le mage était maculé de sang mais il ne semblait pas sérieusement blessé. En un clin d'œil, Caramon fut auprès d'eux. Raistlin entraîna son frère à l'écart.

— Aide-moi à trouver le grimoire !

— Qui s'en soucie ! rugit Caramon. Il faut que je te sorte de là !

Les colonnes se mirent à trembler. Puis les murs se craquelèrent, et le toit de la salle s'effondra avec fracas.

Le tourbillon de lumière avait cessé. Le dragon était mort.

— La cité entière est en train de s'écrouler ! hurla Sturm. Comment allons-nous sortir d'ici ?

— Le seul chemin que je connaisse est celui que nous avons emprunté : le tunnel, cria Tanis, scrutant les volutes de poussière pour retrouver ses compagnons. Où sont les autres ?

Horrifié, il frémit de dégoût en voyant Raistlin fourrager dans le trésor. A côté de lui, une petite silhouette le tirait par la manche. Boupou !

— Cesse ce pillage et dis à ta naine de nous montrer un chemin pour sortir de là, ou je t'étrangle de mes mains ! cria Tanis en empoignant le mage, qu'il plaqua contre l'autel.

Boupou poussa des cris perçants.

— Venir ! Nous allons ! Moi connais le chemin !

— Raist, implora Caramon, tu n'arriveras plus à le trouver ! Tu ne t'en sortiras pas vivant si tu restes ici !

— D'accord, d'accord, siffla le mage, prenant son bâton sur l'autel. Boupou, conduis-nous !

— Et toi, active ton bâton pour que nous puissions te suivre ! ordonna Tanis. Je vais chercher les autres.

Les mains en visière pour se protéger des gravats, Tanis sauta au milieu des décombres. Il trouva Rivebise évanoui à l'endroit où Lunedor avait péri. Flint et Tass essayaient de le tirer loin de là.

— Je vais lui parler, leur dit Tanis. Allez avec les autres, nous arrivons tout de suite. Allez !

Il s'agenouillait devant le barbare quand Sturm apparut entre deux nuages de poussière.

— Vas-y, dit Tanis, prends le commandement !

Sturm hésita. Une colonne s'effondra à côté d'eux. Tanis se jeta sur Rivebise pour le protéger de son corps.

— Vas-y ! hurla le demi-elfe.

Sturm lui serra le bras en guise d'accord et se dirigea vers la lueur du bâton de Raistlin, réfugié avec les autres dans un petit couloir.

Dans un craquement sinistre, un torrent d'eau défonça la paroi et inonda le sol. Sturm allait faire sortir ses compagnons quand une haute silhouette se profila sur le seuil du couloir.

C'était Rivebise, qui portait Tanis dans ses bras. Sturm se précipita, la gorge serrée.

— Qu'est-il arrivé ? Il n'est pas...

— Il était auprès de moi, dit doucement Rivebise. Je lui ai dit de me laisser. Je voulais mourir, pour rester avec elle. Et puis il y a eu une chute de pierres derrière lui, il ne l'a pas vue venir...

— Je vais le porter, dit vivement Caramon.

— Non ! répliqua Rivebise en refermant ses bras sur le corps du demi-elfe. C'est moi qui le porterai. Allez ! Il faut partir !

Boupou les guida à travers la ville, qui périssait pour la deuxième fois. Les eaux du Nouvel Océan avaient envahi la grande place, et ils durent se tenir les uns aux autres pour ne pas être emportés par le courant. Les nains des ravins couraient dans tous les sens en poussant des cris. C'était la confusion totale.

— Direction le monte-charge ! cria Sturm. C'est notre dernière chance !

— Il faudra sans doute se battre, dit Caramon. Les draconiens...

Flint poussa du coude le chevalier.

— Comment allons-nous faire pour leur tenir tête ?

— Toi, tu resteras auprès de Rivebise et de Tanis, répondit Sturm. Caramon et moi, nous nous débrouillerons.

— Moi aussi, murmura Raistlin. Je maîtrise à nouveau mes pouvoirs, je me servirai de mes sorts.

Ils aperçurent enfin la marmite du monte-charge. Il fallait s'y attendre, il y avait des draconiens tout autour. Heureusement, comme l'avait espéré Sturm, ils se bagarraient entre eux pour monter dans le chaudron. Leur panique fut décuplée par l'irruption des geysers qui jaillirent sous leurs pieds. La cité de Xak Tsaroth reposerait bientôt dans le fond du Nouvel Océan.

Lorsque la marmite atteignit le sol, les nains en sortirent et s'enfuirent en courant. Les draconiens s'y entassèrent en se poussant à qui mieux mieux.

Sturm décida que le moment était venu d'attaquer les gardes.

— On y va ! cria-t-il.

— Otes-toi de mon chemin ! siffla le mage.

Il prit une poignée de sable dans sa poche et l'égrena en murmurant « *Ask taserak sinularan koinaw* ». Ses mains décrivirent un arc de cercle en direction des draconiens. Les uns après les autres, ils titubèrent et s'effondrèrent sur le sol, écrasés de sommeil.

— A l'assaut de ce damné chaudron ! cria Sturm. Nous reviendrons chercher Tanis après le combat.

Le cri de guerre du chevalier fit se retourner comme un seul homme les draconiens qui restaient.

Alors Rivebise se réveilla. Les bruits du combat l'avait tiré de la torpeur du désespoir. Son expression dénuée de vie fit place à une férocité de fauve aux abois. Boupou, terrifiée, alla se cacher dans un coin en hurlant. Rivebise chargea à main nue. Il se rua sur les draconiens comme une panthère assoiffée de sang, animé du seul désir de tuer. Il cassa, cogna, tordit, lacéra les draconiens, sans pouvoirs devant un homme devenu fou que rien n'arrêterait. Ils voyaient leur mort dans ses yeux, et leurs armes ne pouvaient rien contre lui.

Quand Sturm se retourna, les draconiens avaient disparu dans le brouillard. Rivebise, couvert de sang, s'affaissa sur le sol.

— Le monte-charge ! cria le mage en montrant du doigt la marmite, qui s'élevait à peine au-dessus du sol.

Celle qui descendait était remplie de nains des ravins.

— Retenez-la ! cria Sturm.

Tass bondit de sa cachette et s'accrocha au bord de l'ustensile pour interrompre son ascension.

— Caramon ! Pends-toi à cette maudite marmite ! Je vais chercher Tanis.

— Je peux la retenir, mais pas très longtemps, grommela le géant, tandis que le kender sautait dedans pour la lester.

Sturm et Flint ramenèrent le demi-elfe, encore

inconscient, et le déposèrent dans le chaudron. Puis ils retournèrent chercher Rivebise. Ils durent puiser dans leurs ultimes ressources pour hisser à bord le corps ensanglanté du barbare.

— Dépêchez-vous ! tonna Caramon, hors d'haleine. En dépit de ses efforts, le chaudron commençait à se soulever.

— Monte ! ordonna Sturm à Raistlin.

Le mage lui lança un regard dédaigneux et disparut dans l'ombre. Il réapparut aussitôt, portant Boupou dans ses bras. Le chevalier empoigna la naine terrorisée et la jeta au fond de la marmite, où elle resta terrée contre son sac en gémissant. Raistlin monta à son tour, mais malgré leur poids, le chaudron continua de s'élever, écartelant Caramon.

— A toi, maintenant ! ordonna Sturm.

Dès que Caramon fut monté à bord, la marmite s'éleva rapidement dans la brume.

Le chevalier s'agenouilla près de Tanis. Son visage refléta un profond soulagement quand il entendit le demi-elfe pousser un gémissement.

— Tu ne peux pas savoir comme je suis heureux que tu sois revenu à toi ! dit-il d'une voix enrouée.

— Rivebise..., murmura Tanis d'une voix éteinte.

— Il est là. Il t'a sauvé la vie. Il nous a sauvé la vie à tous. (Il annonça de façon saccadée :) Nous sommes dans le monte-charge. Nous montons mais la ville est détruite. Où as-tu mal ?

— Des côtes cassées, on dirait. (Grimaçant de douleur, il chercha des yeux Rivebise, encore conscient malgré ses blessures.) J'ai regardé mourir Lunedor sans rien pouvoir faire, Sturm.

— Nous avons les Anneaux, répondit Sturm d'un ton ferme. C'est ce qu'elle désirait, ce pour quoi elle s'est battue. Ils sont dans mon sac. Tu es sûr de pouvoir tenir debout ?

— Oui. Nous avons les Anneaux, les dieux seuls savent pour quel usage...

Des cris aigus les interrompirent. Les nains des ravins entassés dans le chaudron qui descendait leurs montrèrent le poing en les couvrant d'injures. Boupou éclata de rire.

Soudain il y eut une violente secousse. La marmite redescendit légèrement, puis s'arrêta, tremblant sur place. Elle repartit sans que les compagnons sachent pourquoi. Ils se regardèrent d'un air angoissé.

— Le mécanisme...

— ... Est en train de lâcher, ou bien les draconiens nous ont repérés et le sabotent, acheva Tanis.

— Là, on ne peut vraiment rien y faire, bougonna Sturm, rongé d'inquiétude. A part prier les dieux...

Le chaudron fit une embardée, et s'arrêta de nouveau. Chacun priait intérieurement pour que la chaîne résistât. Pendant un temps qui leur parut une éternité, la marmite balança de gauche à droite. Puis elle repartit dans les hauteurs.

Quelques instants plus tard, elle arriva à la surface.

22

LE CADEAU DE BOUPOU.
UNE PERSPECTIVE LOURDE DE MENACES.

Ils s'apprêtaient à descendre Rivebise du monte-charge, quand une violente secousse ébranla la Salle des Ancêtres. Les compagnons réintégrèrent le chaudron à toute vitesse. Le sol s'effondra, entraînant avec lui dans le vide la grande roue du treuil et les ustensiles géants.

— La place entière va disparaître ! cria Caramon, qui prit son frère dans ses bras.

— Vite ! Courons au temple de Mishakal, dit Tanis, que la douleur laissait à peine respirer.

— Compterais-tu à nouveau sur les dieux ? lança Flint.

Sturm voulut aider Rivebise, mais celui-ci secoua la tête et le repoussa fermement.

— Je ne suis pas gravement blessé. Je peux me débrouiller. Laisse-moi seul.

Perplexe, Tanis consulta Sturm du regard. Le chevalier haussa les épaules. Les Chevaliers Solamniques tenaient le suicide pour un acte noble. Les elfes le voyaient comme un blasphème.

Le demi-elfe se pencha sur le barbare. Il le saisit par sa longue crinière noire et lui releva la tête. Ils s'affrontèrent, les yeux dans les yeux.

— Vas-y ! Couche-toi par terre et meurs ! dit

Tanis, les dents serrées. Quelle honte pour Lunedor ! Elle, au moins, a eu le courage de se battre !

L'œil de Rivebise s'embrasa. Il attrapa Tanis par le bras et le jeta contre le mur. Puis il tourna les talons et disparut dans un corridor.

Sturm aida le demi-elfe à se relever ; ils allèrent retrouver les autres. Tanis, taraudé de douleur, crut s'évanouir. Au pied de l'escalier que le mage appelait Chemin de la Mort, le kender les attendait.

— Les autres sont partis pour le temple, annonça Tass. Caramon m'a demandé de vous attendre. Flint dit que le bâtiment est solide, parce qu'il a été construit par des nains. Raistlin a repris ses esprits. Il prétend que dans le temple on est en sécurité, « comme dans la main de la déesse », a-t-il marmonné, ou quelque chose comme ça. Rivebise est là-bas. Il m'a regardé d'un sale œil. J'ai cru qu'il allait me tuer ! Mais il a réussi à monter l'escalier...

— Assez ! C'est bon, Tass, dit Tanis pour couper court au babil du kender. Sturm, dépose-moi, s'il te plaît. Il faut que je m'arrête une minute ou je vais crever. Emmène Tass, je vous retrouverai en haut de l'escalier. Allez-y, grands dieux !

Sturm empoigna le kender par le collet et l'entraîna. Tanis, baigné de sueur, laissa retomber la tête et reprit son souffle. Chaque inspiration était une torture. Soudain, ce qui restait de la Salle des Ancêtres s'écroula avec fracas. Le temple de Mishakal trembla sur ses fondations. Derrière lui, Tanis entendit le grondement d'eaux torrentielles. Le Nouvel Océan avait pris possession de Xak Tsaroth. La cité morte était désormais engloutie.

Après le cauchemar qu'avait été la montée de l'escalier, Tanis arriva dans une grande salle ronde où régnait un calme bienfaisant.

La tête appuyée contre un mur, Sturm était assis sur le sac qui contenait les Anneaux. Raistlin, étendu les yeux fermés sur un banc, respirait lourdement. Bien entendu, Caramon, la mine défaite, était assis près de lui. Tass avait grimpé sur le piédestal et Flint, trop fatigué pour râler, était adossé contre les portes.

— Où est Rivebise ? demanda Tanis.

Caramon et Sturm échangèrent un regard et baissèrent les yeux. La colère empourpra le visage de Tanis.

— C'est à lui de décider de son sort, Tanis. Il agit selon les lois de son peuple, comme j'agis selon les miennes.

Tanis repoussa le chevalier qui tentait de le retenir, et marcha vers la porte de la salle. Flint ne bougea pas d'un pouce.

— Ote-toi de mon chemin, dit Tanis d'une voix qui tremblait de colère.

Le chagrin et le souci qui se lisaient sur le visage de Flint atténuaient la dureté de ses traits. Tanis lut dans ses yeux toute la sagesse des ans qui l'avait attiré dans cette étrange et solide amitié avec un nain.

— Assieds-toi, mon garçon, dit Flint d'une voix douce, comme si lui aussi pensait à leurs natures différentes. Si ta tête d'elfe n'arrive pas à comprendre, écoute pour une fois ton cœur d'homme.

Tanis ferma les yeux. Les larmes lui brûlaient les paupières.

Un grand cri monta à l'intérieur du temple. Rivebise. Tanis écarta le nain et poussa les lourdes portes d'or. Oubliant ses souffrances, il courut jusqu'aux deuxièmes portes et entra dans le sanctuaire de Mishakal. De nouveau, il sentit la paix et le calme descendre en lui, ce qui ajouta à sa colère au sujet de ce qui était arrivé.

— Déesse, je ne crois pas en toi ! cria Tanis. Quelle sorte de divinité es-tu, pour exiger le sacrifice d'un être humain ? Dieux, vous êtes de la même veine que ceux qui ont déclenché le Cataclysme sur Krynn ! D'accord, vous êtes puissants, vous avez le pouvoir ! Maintenant, laissez-nous tranquilles ! Nous n'avons pas besoin de vous !

Le demi-elfe pleurait. A travers un rideau de larmes, il vit le barbare agenouillé devant la statue. Tanis s'avança, prêt à empêcher le suicide de Rivebise. Il s'arrêta, cloué sur place par ce qu'il voyait, sans pouvoir y croire ; la douleur lui jouait peut-être des tours. Il ferma les yeux un instant, essayant de reprendre ses esprits.

Son regard se posa sur le beau visage calme de la statue.

Lunedor était étendue à ses pieds, endormie ; sa poitrine se soulevait et s'abaissait calmement. Ses cheveux or et argent voletaient dans la brise printanière qui traversait le sanctuaire. Le bâton avait repris sa place dans la main de la statue, mais Tanis remarqua que l'amulette qui l'ornait pendait au cou de Lunedor.

— Je suis devenue prêtresse, dit plus tard Lunedor d'une voix douce, une disciple de Mishakal. Même si j'ai encore beaucoup à apprendre, je possède la force de ma foi. Plus important que tout, j'ai le pouvoir de guérir. Ce don qui m'a été donné, je le transmettrai au monde.

Lunedor tendit la main, et toucha le front de Tanis en murmurant une prière à Mishakal. Le demi-elfe sentit son corps et son esprit, lavés de leurs tourments, vibrer d'une force nouvelle.

— Nous avons maintenant une prêtresse avec nous, et cela tombe bien, dit Flint. Mais d'après ce qu'on raconte, ce seigneur Verminaar est un prêtre, lui aussi, et puissant, par-dessus le marché. Nous avons peut-être retrouvé les anciens dieux du Bien, mais il y a longtemps qu'il a déniché les *anciens dieux du Mal*. Je ne vois pas à quoi ces Anneaux vont nous servir face à des hordes de dragons.

— Tu as raison, répondit Lunedor. Je ne suis pas une guerrière. Je suis là pour guérir. Je n'ai pas le pouvoir d'unir les peuples de notre monde pour qu'ils combattent le Mal et recréent un équilibre. Ma tâche est de *trouver* la personne qui possède la force et la sagesse nécessaires pour le faire. C'est à elle que je remettrai les Anneaux de Mishakal.

Il y eut un long silence. Au bout d'un moment, Raistlin prit la parole.

— Nous devons partir d'ici, Tanis, souffla-t-il en regardant dans la cour. Ecoute !

Le son du cor. Le vent du nord charriait de biens sinistres notes.

— Les armées sont en marche, dit doucement Tanis. La guerre a commencé.

Les compagnons quittèrent Xak Tsaroth au crépuscule. Ils se dirigèrent vers les montagnes de l'est. L'hiver allait arriver, et il commençait à geler. Un vent glacé faisait tourbillonner les feuilles, leur cinglant le visage. Avant de se mettre en quête de celui qui serait leur guide suprême, ils avaient décidé de retourner à Solace, pour prendre des provisions et glaner des informations.

Ils passèrent la nuit à marcher, échangeant leurs points de vue. La lune argentée se leva, puis la rouge. A la limite de leurs forces, ils établirent leur bivouac au sommet de la montagne. Après un frugal repas, ils s'endormirent.

Raistlin se réveilla peu avant l'aube. Un bruit l'avait tiré du sommeil. Peut-être avait-il rêvé ? Non, quelqu'un avait gémi. Sans doute Lunedor, pensa le mage avec irritation, prêt à se rendormir. C'est alors qu'il remarqua Boupou, roulée en boule, hoquetant dans sa couverture.

Les autres dormaient à poings fermés. Flint montait la garde de l'autre côté. Il n'avait apparemment rien entendu. Le mage se leva et approcha à pas de loup. Il s'agenouilla près de la naine des ravins et posa sa main sur son épaule.

— Que se passe-t-il, petite ?

Boupou se tourna vers lui, les yeux rouges et le visage gonflé. Des larmes coulaient sur ses joues sales. Elle renifla.

— Moi ne veux pas te quitter. Veux venir avec toi, dit-elle en hoquetant. Mais les miens me manquent !

Une expression d'infinie tendresse éclaira le visage de Raistlin. Personne de son monde ne verrait jamais ce sentiment-là sur son visage. Il caressa les cheveux embroussaillés de Boupou. Il savait ce que c'était de se sentir faible et misérable, d'être un objet de pitié et de raillerie.

— Boupou, tu as été une amie généreuse et fidèle. Tu m'as sauvé la vie, et celles des êtres qui me sont chers. Tu peux faire une dernière chose pour moi, petite. Retourne auprès des tiens. Je vais courir les routes et braver bien des dangers. Je ne peux pas te demander de venir avec moi.

Boupou releva la tête. Ses yeux brillaient. Puis une ombre passa sur son visage.

— Mais toi seras malheureux sans moi.

— Non, dit Raistlin en souriant. Je serai heureux si je te sais en sécurité parmi les gens de ton clan.

— Toi es bien sûr ? demanda Boupou avec anxiété.

— Sûr.

— Alors je vais, dit-elle en se levant. Mais d'abord, prends un cadeau.

Elle fourragea dans son gros sac.

— Non, dit Raistlin, se souvenant du lézard mort, ce n'est pas la peine...

Boupou sortit un livre de son sac. Raistlin ouvrit de grands yeux en voyant des runes d'argent briller sous la terne lumière de l'aube. Il tendit la main en tremblant.

— Le grimoire de Fistandantibus !

— Tu aimes ? demanda timidement Boupou.

— Oui, petite ! dit-il en caressant amoureusement le parchemin. Où as-tu...

— Moi pris au dragon, quand brillait la lumière bleue. Contente que tu aimes. Maintenant, je vais. Retrouver Grand Bulp Phulge Ier.

Elle prit son sac sur son épaule, et se retourna une dernière fois.

— La toux. Une bonne cure de lézards...

— Non merci, petite.

Boupou le regarda tristement, puis, comble de l'audace, elle prit une main du mage entre les siennes et y déposa un baiser furtif. Enfin elle se détourna, secouée de sanglots.

Raistlin lui caressa la tête. *Quels que soient les pouvoirs que je possède et que je posséderai, Être Suprême*, se dit-il intérieurement, *accorde à cette petite créature de passer sa vie dans la paix et le bonheur.*

— Adieu, Boupou.

Elle regarda le mage avec adoration, puis s'en fut en courant aussi vite que ses galoches le lui permettaient.

Le regard de Raistlin embrassa l'horizon. Il se tourna vers l'ouest, son pays natal. Le ciel y reflétait la chaude lumière du soleil levant. Il tressaillit. Reposant son sac et son précieux contenu, il se dirigea à grands pas vers le demi-elfe.

— Tanis ! Réveille-toi !

Raistlin pointa un doigt vers l'ouest.

Le demi-elfe se frotta les yeux. Le paysage était magnifique. Il vit les arbres qui bordaient les steppes verdoyantes. Et derrière les steppes, serpentant dans le ciel...

— Non ! Ce n'est pas possible ! s'écria Tanis.

— Si. Solace est en feu...

LIVRE SECOND

1

LA NUIT DES DRAGONS.

— Cette maudite suie s'est infiltrée partout ! gémit Tika. Elle a tout envahi ! Je passe mes journées à nettoyer, et le lendemain, c'est encore pire ! Ils sont en train de tout brûler !

— Ne te tourmente pas, Tika, répondit Otik en caressant ses boucles rousses. Réjouis-toi plutôt que l'auberge soit encore debout...

— Me réjouir ! dit Tika en le repoussant, le visage rouge de colère. J'aurais souhaité qu'ils aient tout brûlé à Solace, au moins ils ne reviendraient plus ici !

Elle s'assit à une table et éclata en sanglots.

— Je sais bien, ma chérie, je sais bien, répéta Otik, soufflant sur la suie qui collait à la blouse blanche de Tika.

* * *

L'attaque avait surpris tout le monde. Les malheureux réfugiés qui venaient du nord avaient bien rapportés d'horribles histoires de monstres ailés, mais Hederick, le Grand Théocrate, avait assuré à la population qu'elle était en sécurité, car la ville serait épargnée. Les gens l'avaient cru, parce qu'ils avaient envie de le croire.

La nuit, les dragons étaient arrivés.

L'auberge était bondée. Le feu brillait dans l'âtre, la bière coulait à flots et les pommes de terre aux herbes sentaient bon. Mais personne n'oubliait ce qui se passait à l'extérieur ; on parlait haut et fort de la guerre.

Hederick débitait des harangues lénifiantes pour calmer les esprits.

« — Nous ne sommes pas comme ces idiots du nord qui ont commis l'erreur de défier le pouvoir du seigneur des Dragons, déclarait-il, debout sur une chaise pour se faire entendre. Le seigneur Verminaar en personne a assuré au Conseil des Questeurs de Haven qu'il voulait la paix. Il a demandé l'autorisation de traverser notre ville pour aller conquérir au sud le pays des elfes. Je souhaite qu'il y prenne le pouvoir !

« Cela fait trop longtemps que nous tolérons les elfes au Qualinesti. Je vous le dis, laissons Verminaar les repousser jusqu'au Silvanesti ou ailleurs, d'où qu'ils viennent ! Je conseille à notre jeunesse de se joindre aux armées de ce seigneur. Je l'ai rencontré, et je peux vous dire qu'il est un grand chef et un vrai prêtre ! J'ai assisté à ses miracles ! Sous sa conduite, nous entrerons dans une ère nouvelle ! Nous chasserons les elfes, les nains et les autres étrangers de notre pays et... »

Les hôtes de la taverne entendirent un bruit sourd, rappelant le ronronnement d'un poêle géant. Tout le monde se tut, se demandant d'où le vacarme pouvait provenir. Le ronronnement se transforma en grondement de plus en plus proche. Les gens se précipitèrent aux fenêtres.

« — Il fait si noir que je ne vois même pas les escaliers », dit quelqu'un.

Cela ne dura pas longtemps.

L'auberge se trouva rapidement cernée par les flammes. La chaleur fit voler les fenêtres en éclats, les tables se renversèrent, les bancs se fracassèrent contre les murs. L'arbre géant qu'aucun orage n'avait réussi à mutiler trembla sous les déflagrations.

Un hurlement à donner la chair de poule domina le tumulte. Un grand remous d'air bourdonnant passa au-dessus de l'auberge, puis les ténèbres firent place à un rideau de flammes.

Autour de Tika, cramponnée au comptoir, les gens hurlaient de terreur.

Solace était en feu.

Une odeur de bois carbonisé mêlée à la puanteur de la chair calcinée parvint aux narines de Tika.

« — Sortez vite ! Tout va flamber ! » cria quelqu'un.

Piétinant les blessés, Hederick atteignit le premier la porte. Arrivé à la balustrade, il s'arrêta, stupéfait. La forêt brûlait, et des centaines de créatures aux ailes scintillant à la lueur des flammes envahissaient la ville. C'était l'infanterie draconienne.

Cinq dragons rouges volaient au-dessus des troupes, soufflant sur la moindre bourgade leur feu dévastateur. Que pouvaient les épées et les flèches contre ces créatures ?

Cette nuit demeura à jamais gravée dans la mémoire de Tika. Elle tenta de se persuader qu'il fallait quitter l'auberge en flammes, mais c'était sa maison, et elle s'y sentait en sécurité. Elle resta, et aida Otik et les filles de cuisine à éteindre l'incendie.

Quand ce fut terminé, Otik, épuisé, s'effondra dans un coin. Tika reporta toute son attention sur les blessés. Elle se démena pendant des heures, se refusant à regarder et à entendre ce qu'elle devinait à l'extérieur.

Une multitude de blessés avait envahi l'auberge. Il en arrivait toujours plus ; des hommes soutenant leurs femmes, des veuves portant leurs enfants agonisants...

Un garde des Questeurs arriva en titubant et s'écoula devant elle, une flèche dans le thorax.

« — Peux-tu me dire ce qui se passe ? Pourquoi tout le monde vient-il ici ? »

Le garde grimaça de douleur.

« — C'est le dernier bâtiment encore debout... Tout a brûlé. Absolument tout. »

Le cœur de Tika s'arrêta de battre, son sang se figea dans ses veines. Le garde tomba face contre terre, évanoui. En le tirant à l'intérieur de l'auberge, elle vit Hederick, le visage noir de suie et ruisselant de larmes, en contemplation devant la ville en flammes.

« — Il doit y avoir une erreur, gémissait-il en se tordant les mains. Il y a quelque chose qui cloche quelque part. »

Une semaine plus tard, l'auberge se révéla ne pas être le seul bâtiment rescapé de l'incendie. Les draconiens avaient détruit ce qui ne leur servait à rien, mais épargné ce dont ils avaient besoin. L'auberge, la forge de Théros Féral, et les entrepôts étaient encore debout.

* * *

Le seigneur Verminaar avait ordonné de ramener les bâtiments au niveau du sol car les draconiens avaient quelques difficultés à se mouvoir dans les arbres. Ils avaient une autre faiblesse : un amour immodéré des boissons fortes. Trois jours après la prise de la ville, l'auberge rouvrait ses portes.

— Je suis calmée, Otik. Je n'ai pas pu verser une larme depuis cette maudite nuit, dit Tika. Je ne pleurerai plus jamais !

Heureux de la voir reprendre contenance avant que les clients arrivent, Otik retourna derrière son comptoir.

— C'est bientôt l'heure d'ouvrir, dit-il, j'espère que nous aurons autant de clients qu'hier.

— Comment peux-tu accepter leur argent ? cria Tika.

— Il est aussi bon qu'un autre, plaida-t-il. Surtout par les temps qui courent...

— Mais comment peux-tu rire de leurs plaisanteries obscènes et satisfaire leurs caprices ? Je hais leur odeur ! Je hais leurs ricanements égrillards et leurs mains au contact répugnant !

— Tika, je t'en prie ! Aie un peu pitié de moi. Je suis trop vieux pour qu'on m'envoie aux travaux forcés dans les mines ! Ils t'auraient embarquée toi aussi depuis longtemps si tu ne travaillais pas ici. S'il te plaît, fais un effort.

Tika se mordit les lèvres, consciente qu'Otik avait raison. Elle risquait en effet de rejoindre les caravanes d'esclaves qui défilaient tous les jours à travers la ville, mais surtout d'être abattue de sang-froid par un draconien en colère. Elle en était à ce stade de sa réflexion lorsque six gardes reptiloïdes poussèrent la porte, déclarant l'auberge ouverte.

— Tika...! appela doucement Otik.

— J'y vais..., répondit-elle d'un ton morne.

2

L'ÉTRANGER.
LA CARAVANE DES ESCLAVES.
LE VIEUX MAGICIEN.

Il n'y avait pas grand monde à l'auberge ce soir-là. La plupart des clients étaient des draconiens et des hobgobelins. Après ce qui s'était passé, les rares survivants de Solace préféraient éviter l'auberge.

Le Théocrate Hederick ne comptait plus parmi les habitués. Le seigneur Verminaar l'avait récompensé de ses bons et loyaux services en l'envoyant dans les mines parmi les premiers.

A la tombée du jour, un étranger entra dans l'établissement. Il s'assit à une table près de la porte. Tika aurait été incapable de dire d'où il venait. Enveloppé d'une ample cape dont le capuchon lui masquait le visage, il s'était laisser tomber sur sa chaise, exténué.

— Qu'est-ce que je te sers, étranger ? demanda Tika.

L'homme baissa la tête et rabattit un peu sa capuche.

— Rien, merci, répondit-il avec un accent prononcé. J'attends quelqu'un.

— Et pourquoi pas devant une bonne chope de bière ? fit Tika avec un sourire.

L'étranger leva la tête. Tika vit briller ses yeux bruns sous sa capuche.

— D'accord, j'ai soif. Apporte-moi une chope.

Tika retourna au comptoir. Elle tirait la bière quand de nouveaux clients entrèrent dans l'auberge. Étouffant une exclamation de surprise, elle faillit lâcher la chope. *Par les dieux ! Il ne faut pas que je les trahisse !*

— Asseyez-vous, étrangers, j'arrive tout de suite !

Le barbu qui était à la tête du groupe se dirigea vers une table isolée. Il y avait là deux hommes très grands, dont l'un était accompagné d'une femme vêtue de fourrures. Un autre toussait sans cesse. Ils semblaient tous harassés.

Tika apporta la bière à l'étranger, et se précipita vers la table des nouveaux venus.

— Que vais-je vous servir ? demanda-t-elle froidement.

— De la bière et de quoi manger, répondit le barbu.

La jeune fille revint avec une grosse poêlée de pommes de terre qu'elle déposa sur la table des étrangers. Elle surveillait les draconiens du coin d'œil. Ils étaient en train de trinquer en se racontant des plaisanteries obscènes. Rassurée, elle se tourna vers le colosse du groupe et l'étreignit avec fougue. Le gaillard rougit jusqu'aux oreilles.

— Oh ! Caramon ! murmura-t-elle. Je savais que tu reviendrais me chercher ! Emmène-moi avec toi, je t'en prie !

— Oui, oui, calme-toi, bredouilla le guerrier en lui tapotant maladroitement l'épaule. Tika, nous ne sommes pas seuls...

— C'est vrai..., dit-elle, rajustant ses cheveux.

— Raconte-nous ce qui s'est passé à Solace, demanda Tanis.

En servant les pommes de terre aux compagnons, Tika fit un rapide récit des événements. Caramon eut droit à une double portion.

— ... Et voilà pourquoi, chaque semaine, une caravane d'esclaves se met en route pour Pax Tharkas, conclut-elle. Il ne reste plus grand monde. Ils n'ont gardé que ceux dont ils ont besoin, comme Théros Féral. Je me fais du mauvais sang pour lui... (Elle baissa la voix.) Il m'a juré l'autre soir qu'il n'acceptait plus de travailler pour eux. Tout a commencé avec la rafle des elfes...

— Les elfes ? Pourquoi les elfes ? s'exclama Tanis.

Les draconiens se tournèrent vers le groupe et l'étranger leva la tête. Tanis rentra la sienne dans ses épaules et attendit que les gardes retournent à leurs chopes.

La conversation allait bon train. Les compagnons discutèrent des dispositions à prendre. Chacun proposait sa solution.

— Faut-il vraiment aller à Haven ? finit par demander Lunedor à Tanis. La situation est peut-être la même qu'ici. Comment savoir si le Conseil des Questeurs existe encore ?

— Moi non plus, je n'en sais rien, soupira Tanis. Nous pourrions tenter de rejoindre le Qualinesti !

Tass s'ennuyait ferme. Il serait volontiers allé dans les cuisines, mais Tanis le lui avait interdit. Alors il passa en revue les clients.

Il remarqua vite l'étranger qui se dissimulait sous sa capuche. Il semblait suivre attentivement la conversation. Dans le feu de leur discussion, Tanis avait à nouveau parlé à haute voix de Qualinesti. A ce moment l'étranger avait reposé bruyamment sa chope de bière sur la table.

— Eh bien, au Qualinesti ! renchérit Caramon.

Tass vit l'étranger se lever et se diriger vers eux.

— Tanis, je sens que nous allons avoir de la visite, chuchota le kender.

Les compagnons se turent dès qu'ils entendirent approcher l'étranger. Les draconiens aussi l'avaient repéré. L'un d'eux lui fit un croc-en-jambe au moment où il passait devant eux. L'homme trébucha et s'affala sur une table. Les draconiens s'esclaffèrent. L'un avait pu entrevoir le visage de leur victime.

— C'est un elfe !

— Laissez-moi passer ! Je veux simplement souhaiter la bienvenue à ces voyageurs, protesta l'étranger.

— Et puis quoi encore ? gronda le draconien.

Il prit l'elfe au collet et le jeta contre le comptoir. Puis il le frappa par deux fois à la tête. Le sang coula. L'elfe s'écroula, à demi assommé.

— Vas-y ! Tue-le ! cria un draconien.

Le garde brandit son épée.

— Ça suffit ! cria Sturm en bondissant vers eux.

Derrière le comptoir, Tika avait saisi une poêle, et avec un cri rageur l'abattit sur la tête du garde. L'elfe en profita pour tirer son poignard, pendant qu'un draconien se ruait sur Tika. Sturm le stoppa d'un coup d'épée. Caramon en empoigna un deuxième et le jeta comme un sac de pommes de terre sur le comptoir.

— Rivebise ! Ne les laisse pas sortir ! cria soudain Tanis.

Les hobgobelins prirent la fuite. On entendit quelqu'un hurler.

Flint semblait hypnotisé par l'étranger, qu'il ne quittait pas des yeux.

— Mais je te connais ! s'écria-t-il enfin, la voix couverte par le tumulte. Tanis, ce ne serait pas...

Tanis se retourna vers l'elfe et le regarda attentivement.

— Gilthanas ? Est-ce toi ?

— Tanthalas ! laissa tomber l'étranger. Je ne t'aurais jamais reconnu. Cette barbe...

Dehors, le cor retentit de nouveau, beaucoup plus proche.

— Par Reorx ! Il faut filer ! grogna le nain. Par l'arrière !

— La sortie dérobée n'existe plus ! cria Tika.

— En effet ! dit une voix près de la porte. Vous êtes pris au piège. Je vous arrête.

La salle s'éclaira d'une dizaine de torches. Les hobgobelins entrèrent. Des pas résonnèrent autour de l'auberge et une meute de gobelins apparurent aux fenêtres.

— Nous nous rendons, dit le demi-elfe.

Sturm s'était mis en garde devant les compagnons, prêt à en découdre.

— S'il te plaît, Sturm, notre dernière heure n'est pas encore arrivée..., lui dit Tanis.

Sturm le considéra d'un air offensé, puis se rendit à l'évidence. Mourir sous le fer d'ignobles gobelins n'avait rien d'héroïque.

— Encore des réfugiés de Solamnie...! aboya le chef des monstres, l'inévitable Toede.

Il ne pouvait pas être déjà au courant de la destruction de Xak Tsaroth. Tanis supposa qu'il ignorait également l'existence des Anneaux de Mishakal. Mais le seigneur Verminaar, lui, la connaissait sûrement, et il ne tarderait pas à apprendre la mort du dragon. Même un nain des ravins pourrait alors établir le lien et remonter jusqu'à eux. Il fallait que personne ne sache que les compagnons arrivaient de l'est.

— Nous venons du nord. Nous n'avons pas cherché cette bagarre, les draconiens nous ont provoqués...

— Toujours la même chanson ! Emmenez-les ! Je garderai personnellement leurs armes et leurs affaires. Quant à eux, enfermez-les dans une cage.

Les gobelins poussèrent leurs prisonniers vers la porte de l'auberge.

Tanis passa le dernier. Il se retourna une dernière fois sur la salle aux poutres noircies, aux tables renversées, aux fenêtres maculées de suie.

— J'aurais préféré mourir plutôt que voir ça, souffla-t-il.

La nuit, les cages des prisonniers, fixées sur les chariots, devenaient de vraies glacières. Les compagnons ne purent fermer l'œil. A l'aube, ils aperçurent dans la brume les autres cages de contention. C'était la dernière caravane à destination de Pax Tharkas. Tanis regarda Lunedor et Rivebise. L'elfe éprouvait à présent le sentiment de vide intérieur qui les faisait souffrir telle une blessure ouverte. Comme eux, il avait perdu son foyer.

Un fracas de métal et une bordée de jurons tirèrent Tanis de ses pensées. Les cris, devenus insoutenables, réveillèrent les compagnons.

Soudain un hurlement de rage et de douleur domina le tumulte.

Gilthanas devint livide.

— Je connais cette voix, Tanthalas. C'est celle de Théros Féral... Il a aidé les elfes à s'enfuir dès qu'on a commencé à les massacrer. Le seigneur Verminaar a juré de nous exterminer... Tu ne le savais pas ?

— Non ! Comment aurais-je pu le savoir ? se défendit Tanis.

Gilthanas observa le demi-elfe un moment.

— Pardonne-moi, finit-il par dire. Apparemment je me suis trompé sur ton compte. Je pensais que tu t'étais laissé pousser la barbe pour échapper aux rafles.

— Jamais de la vie ! Comment oses-tu m'accuser...

— J'ai appris que Théros allait être dénoncé aux draconiens, et je suis revenu pour le prévenir, murmura Gilthanas. Sans lui, je serais pas sorti vivant de Solace. Je devais le rencontrer cette nuit à l'auberge. Ne le voyant pas venir, je me suis inquiété...

La porte de la cage s'ouvrit. Brutalement, les hobgobelins y jetèrent un prisonnier.

— Voilà une bonne chose de faite ! cracha Toede. Attelez les bêtes, nous allons partir.

Les monstres amenèrent d'énormes élans près des chariots, et les attelèrent. Les bramements et l'agitation ne purent détourner l'attention du demi-elfe, fasciné par le prisonnier.

Inconscient, Théros Féral gisait sur la paille. Son bras droit se réduisait à un moignon sanguinolent, lacéré de toutes parts. Le sang ruisselait de la blessure.

— Ami fidèle, murmura Gilthanas en prenant la main restante du forgeron. Tu as payé ta loyauté de ta vie.

Le sang continuait à couler. L'homme se mourait sous leurs yeux.

— Il n'est pas dit qu'il doive mourir, déclara Lunedor en s'approchant du blessé. Je suis là pour guérir.

— Ne le touche pas ! intervint Gilthanas avec humeur. Il n'est pas un guérisseur en Krynn qui puisse le sauver ! Laissons-le au moins mourir en paix, épargnons-lui ces rituels barbares !

Lunedor l'ignora. Elle posa la main sur le front de Théros et pria, les yeux clos.

— Mishakal, déesse révérée, accorde ta grâce à cet homme. Si sa destinée doit être accomplie, guéris-le pour qu'il vive, et qu'il serve la cause de la vérité.

Stupéfait, Gilthanas considéra la blessure, qui s'était refermée sous ses yeux. La peau tannée du forgeron se régénéra, et sa respiration reprit un rythme calme. Il dormait d'un sommeil serein.

Radieuse, Lunedor le recouvrit d'un manteau et retourna s'asseoir à côté de Rivebise.

Vers midi, la caravane quitta Solace par le sud, empruntant la vieille route qui menait au col des Hautes-Portes.

Toute la journée, Lunedor se tint au chevet du forgeron. Sa vie n'était plus en danger, mais il restait très affaibli par une forte fièvre. Dans son délire, il parlait de la destruction de Solace, des cadavres de draconiens qui explosaient ou se transformaient en substances acides brûlant leurs assaillants. Entendant ces horreurs, Tanis fut pris de nausées. Il réalisait à quel point la situation était grave. Comment vaincre des armées de draconiens dont même les cadavres pouvaient tuer ? Comment se battre contre des dragons dont les maléfices surpassaient de loin les pouvoirs de leurs mages ?

Nous possédons les Anneaux de Mishakal, pensa-t-il

non sans amertume, *mais à quoi nous serviront-ils ?* Lunedor n'avait pu déchiffrer que les seules inscriptions concernant les moyens de guérir.

« — Celui qui rassemblera tous les peuples saura déchiffrer les textes des anneaux, avait-elle déclaré, pleine de foi. Il faut que je trouve ce personnage. »

Chaque fois que Tanis regardait Gilthanas, le souvenir de sa vie au Qualinesti revenait le hanter.

Gilthanas avait été son ami d'enfance - presque un frère. Ils avaient grandi ensemble dans la même maison et partagé les mêmes jeux. Quand elle fut assez grande, la sœur cadette de Gilthanas s'était jointe à eux. Ils passaient le plus clair de leur temps à taquiner Porthios, l'aîné des trois enfants, déjà préoccupé par les problèmes de son peuple.

Un jour, Porthios hériterait de la charge de son père, Grand Orateur de tous les Soleils, roi des elfes du Qualinesti.

De nombreux sujets du royaume n'appréciaient guère que le Grand Orateur ait recueilli un bâtard au palais. La femme de son défunt frère, violée par un guerrier humain, avait accouché d'un fils. Quelques mois plus tard, elle était morte de chagrin. L'Orateur avait pris l'enfant en charge. Bien plus tard, quand il remarqua les liens qui unissaient sa fille chérie et le bâtard demi-elfe, il regretta sa générosité.

Tanis avait très vite pris conscience de sa situation. Ses origines humaines lui conféraient une maturité que la jeune elfe ne pouvait avoir. A l'âge de quatre-vingts ans, l'équivalant de vingt années humaines, Tanis quitta le Qualinesti. Le Grand Orateur le laissa partir sans regret, même s'il tenta de lui cacher ses sentiments. Mais tous deux savaient à quoi s'en tenir.

En revanche, Gilthanas n'avait pas pris de gants pour dire son fait à Tanis quant à son sentiment pour Laurana. Ses paroles blessantes restaient gravées dans le cœur du demi-elfe.

Le troisième jour à l'aube, les draconiens cherchèrent un endroit propice pour faire halte et se reposer. Abruptement, la caravane s'immobilisa. Tanis ouvrit un œil, surpris par cette entorse à la routine.

Au bord du chemin, un vieil homme en tunique blanche crottée, coiffé d'un chapeau pointu cabossé, discourait devant un arbre.

— Je te demande si tu m'as entendu ? s'enquit le bonhomme en agitant son bâton devant le chêne. J'ai dit « bouge ! », et j'entends que tu obéisses ! J'étais paisiblement assis sur ce rocher, dans la douceur du soleil levant, pour réchauffer ma vieille carcasse, quand tu as eu l'audace de me faire de l'ombre ! Déplace-toi, et vite, j'ai dit !

L'arbre ne fit rien du tout.

— Je ne saurais tolérer une telle outrecuidance ! reprit le vieillard, frappant l'arbre avec son bâton. Déplace-toi ou je vais te... je vais te...

— Enfermez-moi ce vieux fou, brailla Toede en galopant vers le vieillard.

— Ne me touche pas ! cria le vieux. Arrête plutôt cet arbre ! Obstruer le soleil ! Ça, c'est un délit !

Sans ménagement, les draconiens jetèrent le vieillard dans la cage des compagnons.

— Tu n'as rien, vieil homme ? s'enquit Lunedor. Je suis prêtresse de...

— Mishakal ! s'exclama-t-il en apercevant l'amulette autour du cou de la jeune femme. Très intéressant, ma... Mais comme tu fais jeune pour tes trois cents ans !

— Comment sais-tu...? As-tu reconnu...? bredouilla-t-elle, confuse. Je n'ai pas trois cents ans...

— Bien sûr que non, ma dame. Je suis désolé. Il ne faut jamais révéler l'âge des femmes en public. Pardonne-moi, je ne recommencerai plus. Ce sera notre petit secret. (Tass et Tika gloussèrent tout bas. Le regard du vieillard fit le tour de la cage.) C'est gentil à vous de me faire profiter du voyage. La route pour Qualinost est longue.

— Nous n'allons pas à Qualinost, coupa Gilthanas. Nous sommes prisonniers. On nous conduit dans les mines de Pax Tharkas.

— Ah bon ? Un autre convoi devrait bientôt passer par là, alors... J'aurais juré que c'était celui-ci.

— Quel est ton nom, vieil homme ? demanda Tika.

— Mon nom ? répéta-t-il, hésitant. Fizban ? Oui, c'est ça. Fizban.

— Fizban ! répéta Tass en pouffant de rire. Ce n'est pas un nom !

— Vraiment ? Quel dommage ! Il me plaisait beaucoup.

— C'est un très beau nom, dit Tika en jetant un regard noir au kender.

Brusquement, Raistlin fut pris d'une incoercible quinte de toux. Il semblait brûlant de fièvre et à bout de forces, car Lunedor n'était pas en mesure de guérir le feu intérieur qui le consumait.

— Il faudrait qu'il puisse boire sa mixture ! dit Caramon, angoissé. Je ne l'ai jamais vu dans un tel état. Si ces salauds ne veulent pas entendre raison, je vais leur fendre le crâne, tous autant qu'ils sont !

— Nous leur parlerons dès que la caravane s'arrêtera, promit Tanis.

— Excusez-moi, vous permettez ? interrogea le vieillard.

Il imposa les mains sur la tête de Raistlin et murmura quelques mots. Caramon attrapa au vol « Fistandan... » et « ... pas le moment ». C'était certainement une prière de guérison, comme celles de Lunedor, mais Raistlin y réagissait ! De façon bizarre, d'ailleurs. Il leva sur le vieillard des yeux pleins de terreur et l'agrippa par le bras. Un instant, il sembla qu'il le reconnût. Puis le vieillard lui passa la main devant les yeux, qui se troublèrent.

— Coucou ! dit-il, rayonnant. Mon nom est... Fizban.

— Tu es... un magicien ! s'exclama Raistlin,qui ne toussait plus.

— Oui, c'est possible, je crois bien.

— Je le suis aussi, dit Raistlin en essayant de se redresser.

— Pas possible ! C'est extraordinaire ! fit le vieillard en éclatant de rire à cette nouvelle, qui semblait beaucoup l'amuser. Krynn est petit ! Il faut que je t'enseigne quelques-uns de mes tours. J'en connais un... Il n'est pas mal. Une boule de feu... Voyons voir, comment ça marche, déjà ?

Le vieillard poursuivit son babillage jusqu'à ce que la caravane s'arrête, dans le soleil du petit matin.

3

SAUVÉS !
LE TOUR DE MAGIE DE FIZBAN.

Raistlin souffrait physiquement, Sturm moralement, mais celui qui pâtissait le plus de la captivité était Tass.

La torture la plus cruelle qu'on pût infliger à un kender était de l'enfermer. La torture, pour les autres, consistait à être avec le kender. Après avoir enduré trois jours ses incessants bavardages, ses frasques et ses plaisanteries, Flint était prêt à l'attacher aux barreaux pour avoir une heure de tranquillité. Lunedor elle-même perdit contenance et faillit le gifler. Tanis envoya le kender en pénitence à l'autre bout de la cage. De sa vie, Tass ne s'était autant ennuyé.

L'arrivée de Fizban avait fourni une heureuse diversion, mais l'intérêt du kender s'était vite dissipé quand Tanis avait exigé qu'il lui restitue ses sacs. Au comble du désespoir, le kender jeta son dévolu sur un nouveau centre d'intérêt : Sestun, un nain des ravins.

Les compagnons le traitaient avec une sorte de pitié amusée. Homme à tout faire des gobelins, le nain des ravins était aussi leur souffre-douleur. En plus des basses besognes, exécutées sous les lazzis, il passait ses nuits à porter des messages. Les draconiens s'amusaient à le jeter par terre plusieurs fois par jour, et les hobgobelins lui volaient ses rations. Même les élans lui donnaient des coups de pieds. Pourtant le nain ne se départait jamais d'une farouche attitude de défi, ce qui lui attira la sympathie des compagnons.

Sestun approcha de la charrette des prisonniers. Les jambes pendant hors de la cage, le nez entre les barreaux, Tass lui fit signe, et entreprit séance tenante de lui raconter une de ses histoires. Derrière eux, les hobgobelins cherchaient un endroit propice pour bivouaquer. Tout en babillant, le kender remarqua sans le laisser paraître que Gilthanas faisait semblant de dormir. L'elfe, qui ne se sentait pas observé, scrutait les alentours comme s'il cherchait quelque chose. L'air dubitatif, Sestun écouta jusqu'au bout l'histoire de Tass.

— Bientôt faire jour ! constata-t-il pour tout commentaire, dans le langage laconique des nains des ravins. Beaucoup à faire.

Le soleil allait se lever sur leur quatrième journée de captivité. Tass entendit le cri d'un oiseau dans le bois. D'autres cris lui firent écho. Le kender trouva ce ramage bien étrange. Mais il ne connaissait rien à ce pays du sud. La caravane avait franchi le Fleuve de Blanche Ecume par le seul pont praticable pour se rendre à Pax Tharkas et dans les fameuses mines de Thadarkan. La vieille cité elfe de Qualinost se trouvait quelque part au cœur de cette forêt.

Tout près de lui, le kender entendit de nouveau siffler un oiseau. Il se retourna. Gilthanas, les doigts dans la bouche, avait imité le roucoulis d'un volatile.

— Tanis ! s'écria Tass.

Tout le monde se réveilla.

— Bon, dit Fizban d'une voix ensommeillée, les elfes sont là.

Le bruissement de centaines d'oiseaux s'envolant à tire-d'ailes acheva de tirer les compagnons du sommeil.

Le chariot qui les précédait se renversa. Leur cocher

tira sur les rênes pour empêcher l'élan de foncer dans l'obstacle, et réussit à le lui faire contourner. Soudain le cocher poussa un cri et lâcha les rênes. Les compagnons aperçurent la flèche empennée fichée dans sa nuque. Pris sous une nuée de projectiles, les élans s'immobilisèrent. Les compagnons s'aplatirent sur le sol de la cage.

— Que se passe-t-il ? demanda Tanis à Gilthanas.

L'œil braqué sur la forêt, l'elfe cria :

— Porthios !

— Tanis, peux-tu me dire ce qu'il se passe ?

C'était les premiers mots que Sturm prononçait depuis quatre jours.

— Porthios est le frère de Gilthanas. Je pense qu'il vient à son secours !

— Cela ne servira pas à grand-chose s'ils nous massacrent, répliqua Sturm en évitant une flèche. Je croyais que les elfes étaient de bons tireurs !

— Couchez-vous ! ordonna Gilthanas. Ce tir est destiné à couvrir notre fuite. C'est une embuscade pour nous permettre de nous enfuir ; nos gens n'ont pas les moyens d'attaquer. Tenez-vous prêts, il va falloir courir vers le bois, et vite !

— Mais comment sortirons-nous de ces cages ? demanda Sturm.

— Nous ne pouvons pas tout faire ! répliqua froidement Gilthanas. Vous avez des magiciens...!

— Je ne peux rien sans mes accessoires, siffla Raistlin. Baisse-toi, vieillard ! dit-il à Fizban qui avait dressé l'oreille et les regardait d'un air intéressé.

— Je peux peut-être faire quelque chose, dit-il, les yeux brillants. Dites-moi donc...

— Nous attaqués ! cria Sestun en rampant sous le chariot.

Toede arriva au galop.

— Nous sommes attaqués par les elfes ! Ils tentent de libérer les prisonniers ! vocitéra-t-il. Nous sommes encerclés ! Je vais faire mon rapport au seigneur

Verminaar ! Tout le monde vers le nord ! Vous, les draconiens, occupez-vous des prisonniers !

Il repartit aussi vite.

— Au moins, nous n'aurons pas les gobelins sur le dos ! dit Sturm avec un sourire. Mais il doit rester une trentaine de draconiens, et je ne pense pas que les elfes soient venus par centaines, n'est-ce pas ?

Gilthanas secoua la tête.

— Une vingtaine, tout au plus...

— Il faut filer en vitesse, dit Tanis. Les draconiens ne s'embarrasseront pas de prisonniers, maintenant que les gobelins se sont enfuis. Ils nous massacreront dans ces cages.

Le kender n'y tint plus.

— Sestun ! Prends ta hache et brise la serrure ! cria-t-il.

Le nain des ravins écarquilla les yeux, ne sachant à quel saint se vouer. Ses maîtres gobelins étaient partis sans lui. Une flèche frôla le kender, annonçant l'arrivée des premiers draconiens. Ils commençaient à tirer sur les cages.

— Sestun ! reprit Tass. Si tu nous aides, tu pourras venir avec nous !

Le nain prit son élan et abattit sa vieille hachette d'avant le Cataclysme sur la serrure de la cage.

— Il n'a fait qu'émousser le tranchant ! enragea Sturm. Dans trois jours, nous y serons encore !

Les prisonniers des autres chariots s'étaient libérés et avaient filé dans le bois. Après avoir couvert leur retraite, les elfes restèrent cachés derrière les arbres.

Les draconiens n'avaient nullement l'intention de les poursuivre. Ils reportèrent leurs efforts sur le dernier chariot et le fourgon qui contenait les bagages des compagnons.

Fizban se pencha vers Raistlin pour lui parler.

— Dis-moi, mon garçon, s'enquit le vieillard, une flèche sifflant au-dessus de sa tête, aurais-tu encore un peu de fiente de chauve-souris ? J'en suis à court.

— Non, je n'en ai pas. Baisse-toi !

— Quel dommage ! Bon, je me débrouillerai sans.

Le vieux magicien se campa sur ses jambes et releva ses manches. Les yeux fermés, il se mit à psalmodier des mots étranges, un doigt pointé sur la serrure.

— Ecartez-vous ! cria Raistlin en se jetant sous un banc.

Les draconiens, qui arrivaient près de la cage, restèrent bouche bée.

Une énorme boule de feu orangée jaillit des mains du magicien et vint frapper la grille. L'air s'emplit d'une odeur de chair brûlée. Tanis se précipita pour voir ce qu'il restait du vieux fou, s'attendant à le trouver carbonisé. Les draconiens avaient été réduits à un tas de braises fumantes. Le sol de la cage avait pris feu, et les barreaux étaient incandescents. Impossible de les toucher pour ouvrir la porte.

Sestun tituba en abattant sa hache, manqua la serrure, puis recommença. Enfin, l'acier céda et la porte s'ouvrit.

— Tanis, aide-nous ! cria Lunedor.

Avec Rivebise, elle essayait de tirer Théros de son grabat, qui disparaissait dans un nuage de fumée.

Tanis les aida à le sortir de la cage, tandis que Caramon, Raistlin et Tika rattrapaient au vol Fizban, qui s'était jeté dans le vide.

— Caramon et Sturm, allez chercher nos armes ! ordonna Tanis. Flint et Tass, récupérez les bagages. Gilthanas...

— Je n'ai pas d'ordre à recevoir de toi, Tanthalas ! répliqua l'elfe en marchant à grands pas vers le bois, où il disparut.

Sturm et Caramon revinrent en même temps qu'une demi-douzaine de draconiens. Les deux guerriers en mirent rapidement deux hors de combat. Ils avaient tout de suite remarqué que leurs poursuivants étaient différents des autres créatures. Ils comprirent vite pourquoi. Les cadavres des draconiens fondirent, leur chair se mettant à grésiller en dégageant une vapeur jaunâtre. La tête des deux compagnons tourna ; ils se plaquèrent une main devant la bouche, sûrs d'être empoisonnés.

— Tout le monde dans la forêt ! cria Tanis.

Les deux guerriers s'enfuirent sous une pluie de flèches.

— *Hai ! Ulsain !* cria une voix claire.

Sous la conduite de Gilthanas, dix elfes sortirent du bois et couvrirent leur retraite.

— Suivez-moi ! ordonna Gilthanas aux compagnons.

Quatre elfes soulevèrent Théros et l'emportèrent sous les arbres. Tanis se retourna vers la cage, réduite à un tas de cendres et de barreaux tordus. Les draconiens ne les poursuivirent pas. Ils regardaient la forêt d'un air méfiant.

— Ils ne commettront pas l'erreur de nous suivre, dit Gilthanas avec un sourire entendu.

Bientôt, les derniers bruits de la caravane se perdirent dans le lointain. Heureux de se dégourdir les jambes, les compagnons suivirent Gilthanas jusqu'à une vaste clairière où des prisonniers s'étaient rassemblés. Un homme particulièrement grand et fort leur parlait d'un air grave et d'une voix glaciale.

— Vous êtes libres de partir, bien que personne n'ait le droit de fouler le sol de ce pays. D'après ce que nous savons, les régions au sud de Pax Tharkas n'ont pas été envahies par le seigneur des Dragons. Vous pouvez prendre la direction du sud-est et couvrir le plus de distance possible jusqu'à la tombée de la nuit. Vous aurez des vivres. C'est tout ce que nous pouvons faire pour vous.

Les réfugiés de Solace, étonnés de leur nouvelle liberté, se regardèrent, désemparés. Ils avaient tout perdu. Hantés par les histoires d'elfes et de dragons, ils ne savaient où aller pour y échapper.

Les yeux clairs de Lunedor étincelèrent. Elle comprenait ce qu'ils ressentaient.

— Pourquoi les traites-tu avec tant de cruauté ? dit-elle au grand elfe. Regarde ces gens : ils n'ont jamais quitté Solace et tu leur demandes de traverser un pays où l'ennemi règne en tyran...

— Que voudrais-tu que je fasse ? Que je les conduise ? Nous les avons libérés, et les elfes ont leurs propres problèmes. Ils n'ont pas à s'occuper de ceux des hommes. Prenez garde, le temps presse ! Mettez-vous en route !

Un par un, les réfugiés, l'air hagard, se dirigèrent vers le sentier. Lunedor se campa devant Porthios et le toisa.

— Comment peux-tu rester indifférent au sort de ces...

— Humains ? Ce sont les hommes qui ont attiré le Cataclysme sur nos têtes. Ils ont eu la prétention d'exiger des dieux ce qui avait été accordé à Huma en toute humilité. Par leur faute, les dieux se sont détournés de nous...

— Ce n'est pas vrai ! cria Lunedor. Les dieux sont parmi nous !

Porthios, fou de colère, allait tourner les talons. Mais Gilthanas le rejoignit et lui dit quelques mots dans le langage des elfes.

— Qu'est-ce qu'il raconte ? demanda Rivebise, soupçonneux.

— Gilthanas explique que Lunedor a guéri Théros, répondit Tanis.

Les deux frères se tournèrent vers le demi-elfe et le fixèrent sévèrement. Tanis supporta leurs regards sans broncher.

— Te voilà revenu dans ton pays natal, dit Rivebise, mais on dirait que tu n'es pas le bienvenu.

— C'est vrai, répondit Tanis, qui sentait la précarité de leur situation. Ils veulent nous emmener à Qualinost, continua-t-il comme à regret. Je ne suis pas venu par ici depuis des années. Comme Flint pourra te le confirmer, ils ne m'ont pas rejeté, mais ils n'étaient pas fâchés de me voir partir. Tu m'as dit un jour, Rivebise, que pour les hommes j'étais un demi-elfe. Eh bien pour les elfes, je suis un demi-homme.

Le regard de Porthios alla de Tanis à Lunedor.

— L'étrange histoire que vient de me raconter mon frère demande réflexion. Je vous offre ce qui a toujours été refusé aux humains : notre hospitalité. Vous serez nos hôtes d'honneur. Suivez-moi.

Porthios fit un grand geste. Une douzaine de guerriers elfes sortirent du bois et encerclèrent les compagnons.

— Disons plutôt des prisonniers d'honneur, chuchota Flint à Tanis. Ce ne sera pas une partie de plaisir pour toi, mon garçon.

— Je le sais, mon vieux, répondit Tanis en s'appuyant sur le nain. Je ne le sais que trop.

4

L'ORATEUR.

— Je n'imaginais pas qu'il pût exister quelque chose d'aussi beau ! s'exclama Lunedor.

La journée de marche avait été pénible, mais la récompense était au-delà de ce que les compagnons attendaient. Du haut de la falaise, la fabuleuse cité de Qualinost s'offrait à leurs yeux émerveillés.

Quatre hautes tours reliées par d'aériennes arcades de marbre blanc ouvertes sur la végétation marquaient les limites de la cité.

Car elle ne possédait pas de murailles.

Avec ses maisons de quartz rose penchées sur de larges avenues, la ville épousait les caprices de la nature. Une grande tour d'or bruni s'élevait au cœur de la cité, palpitant des reflets du soleil qui lui donnait la vie. Ici, la paix et la beauté semblaient intactes, comme nulle part ailleurs en Krynn.

Sturm et Flint couvaient Tanis du coin de l'œil ; Flint parce qu'il était le seul à mesurer combien le demi-elfe souffrait ; Sturm parce qu'il savait ce qu'on ressent dans une patrie qui ne veut pas vous.

— Pas facile de rentrer à la maison, mon ami ? dit Sturm, une main sur l'épaule de Tanis.

— En effet. Je croyais avoir laissé tout cela loin derrière moi, mais je me rends compte qu'il n'en était rien. Qualinesti fait partie de mon être, que je le veuille ou non.

— Attention, voici Gilthanas, avertit Flint.
L'elfe s'arrêta devant Tanis.
— Voilà : mon père demande à vous voir *tous* ; il vous convoque dans la Tour du Soleil, dit-il dans la langue elfique. Vous n'aurez pas le temps de vous restaurer. Nous manquons à nos devoirs d'hôtes...
— Gilthanas, l'interrompit Tanis dans la langue commune, mes amis et moi avons affronté des dangers inimaginables, parcouru des chemins jonchés de morts. Ce n'est pas la faim qui nous portera le coup fatal, du moins pour la majorité d'entre nous, corrigea-t-il en jetant un coup d'œil à Caramon.
— Merci à vous, fit Gilthanas avec raideur. Je suis heureux que vous compreniez. Maintenant, suivez-moi.
Sur le chemin, Tanis pressa le pas et rejoignit Gilthanas.
— Dis-moi, Gilthanas, que se passe-t-il vraiment ? J'ai le droit de savoir.
— Crois-tu ? Depuis quand te soucies-tu des elfes ? Tu as presque oublié notre langue !
— Bien sûr que le sort des elfes me préoccupe ! Il s'agit de mon peuple !
— Alors pourquoi mets-tu en valeur la part humaine dont tu as héritée ? demanda l'elfe en désignant la barbe du demi-elfe. Je croyais que tu en avais honte...
Tanis hocha tristement la tête.
— Oui, j'avais honte, et c'est pourquoi je suis parti. Mais qui m'a fait honte ?
— Pardonne-moi, Tanthalas. Mes paroles étaient blessantes, je ne pense pas ce que j'ai dit. C'est que... Ah ! si tu savais ce qui nous attend !
— Parle ! s'écria Tanis. Je veux comprendre !
— Nous allons quitter le Qualinesti.
— Quitter le Qualinesti ?
Le demi-elfe, sous le choc, avait parlé tout haut en langue commune. Les compagnons le regardèrent. Le visage du vieux magicien s'assombrit.

— Mais c'est impossible ! reprit doucement Tanis. Quitter le Qualinesti ? Pourquoi ? La situation est grave, soit, mais non désespérée...

— Pire encore... Qualinost, la capitale est en train de vivre ses derniers jours. Regarde autour de toi !

Ils entrèrent dans la ville. Au premier coup d'œil, Tanis ne trouva rien de changé. C'était les mêmes rues de pierre scintillante serpentant entre les peupliers, les mêmes maisons de quartz réfléchissant le soleil en une multitude d'arcs-en-ciel. Tout semblait comme les elfes l'avait conçu : harmonie et beauté immuables...

Mais non. Qualinost avait réellement changé. Le bruissement du vent dans les feuilles de peupliers n'était qu'un gémissement dépourvu du ton joyeux dont il se souvenait. Son âme remuée tentait de saisir ce qui avait changé. L'atmosphère ! Elle était tendue à craquer, comme avant le déchaînement d'une tempête. Dans les rues, il vit ce qu'il n'avait jamais vu à Qualinost, ni ailleurs dans son pays. L'incertitude, la précipitation, la panique, le désespoir.

Les femmes s'embrassaient en pleurant avant de se séparer. Les enfants, instinctivement, ne jouaient plus dehors. Les hommes se rassemblaient, les armes à la main, surveillant leur progéniture. Ici et là, des feux avaient été allumés. Les elfes brûlaient ce qu'ils ne pourraient emporter.

La destruction de Solace avait porté un rude coup à Tanis, mais ce qui était en train de se passer à Qualinost lui déchirait le cœur. Il réalisa à quel point il y était attaché. Au fond de son cœur, il avait toujours cru en la pérennité du Qualinesti. Mais à présent, il allait perdre aussi cette illusion.

Qualinesti ne serait bientôt plus.

— Qu'allez-vous faire ? Où allez-vous partir ? Est-il encore temps de s'enfuir ? demanda Tanis d'une voix blanche.

— Tu le sauras bientôt, et tu apprendras beaucoup d'autres choses..., murmura Gilthanas.

Dominant la ville, la Tour du Soleil miroitait de toutes ses facettes, irradiant un tourbillon de lumière. Impressionnés par la majesté des lieux, les compagnons entrèrent dans un silence respectueux. Seul Raistlin restait indifférent à la beauté de l'édifice. Ses yeux furetaient partout et ne voyaient que la mort.

Porthios apparut au détour d'une arcade et les pria d'entrer dans la salle où l'Orateur les attendait. La pièce n'avait pas accueilli humains depuis des centaines d'années. Ni d'ailleurs de kenders. Les derniers nains à l'avoir vue l'avaient construite.

— Ah ! c'est ce qui s'appelle de la belle ouvrage ! dit Flint, les yeux humides.

L'immense salle circulaire était coiffée d'un dôme de mosaïque figurant le ciel bleu, séparé de la lune d'argent, de la lune rouge et des étoiles par un arc-en-ciel. L'éclairage provenait du contact du soleil avec les vitres et les miroirs qui renvoyaient la lumière vers une tribune trônant au milieu de la salle.

Parmi les elfes, Tanis remarqua beaucoup de femmes habillées d'incarnat, la couleur du deuil. Les elfes s'unissaient pour la vie. Les veuves ne se remariaient pas, mais accédaient à la fonction de Sages de la Maison Royale.

Les compagnons avancèrent jusqu'au milieu de la salle. Les elfes s'écartèrent en silence, adressant des regards stupéfaits au nain, au kender et aux barbares vêtus de fourrures. Le chevalier s'attira quelques murmures, ainsi que Raistlin, drapé dans sa large tunique rouge. Les magiciens elfes portaient la tunique blanche symbolique du Bien, le rouge signifiant la neutralité. Pour eux, du rouge au noir, il n'y avait qu'un pas.

L'Orateur de tous les Soleils marcha vers la tribune. Celui qu'on appelait simplement l'Orateur depuis maintenant un siècle était plus grand que son fils Porthios. Il portait l'éclatante tunique jaune vif de sa charge. Son visage austère lui donnait l'air inflexible.

Tanis remarqua que son père adoptif, lui aussi, avait changé. Quelques cheveux blancs éclairaient ses tempes et des rides soucieuses creusaient ses traits.

— Mes fils ! s'exclama-t-il tout à trac en ouvrant les bras. Je ne pensais plus vous revoir dans cette vie... Parle-moi de la bataille, demanda-t-il à Gilthanas.

— Plus tard, Orateur, répondit Gilthanas, qui comme tous ne s'adressait à son père que par ce titre. D'abord, je voudrais te présenter nos hôtes.

— Je suis désolé, dit l'Orateur, se passant une main sur le visage. Pardonnez-moi, mes amis. Je vous souhaite la bienvenue dans un royaume où personne n'a pénétré depuis bien des années.

Gilthanas lui dit quelques mots à l'oreille. D'un geste impératif, l'Orateur fit signe au demi-elfe de s'approcher.

— Est-ce bien toi, Tanthalas, le fils de ma belle-sœur ? Nous nous demandions ce que tu étais devenu. Bienvenue dans ton pays, même pour en voir l'anéantissement. Ma fille sera très heureuse de te revoir. Son camarade d'enfance lui a beaucoup manqué.

Gilthanas se raidit et regarda Tanis d'un air sombre. Le demi-elfe rougit, incapable de proférer une parole.

— Je souhaite la bienvenue à tous, reprit l'Orateur, et j'espère que nous ferons plus tard connaissance. Mais il est juste que vous sachiez ce qui arrive à notre monde. Maintenant, mon fils, parle-moi de l'attaque sur Pax Tharkas.

— Elle a échoué, répondit Gilthanas en baissant la tête.

— Raconte, dit simplement l'Orateur, le visage impassible.

— Je suis parti secrètement vers le sud avec mes guerriers. Tout allait bien. Un groupe d'humains réfugiés des Hautes-Portes est venu grossir nos rangs. La malchance nous a mis en travers du chemin des patrouilles draconiennes. Nous nous sommes tous battus comme des braves, mais en vain. J'ai été frappé à la tête, et je ne me souviens plus de rien. Je me suis réveillé au fond d'un ravin parmi les cadavres de mes camarades. Apparemment, les draconiens ont dû jeter les blessés avec les morts. Les druides de la forêt ont pansé mes blessures et m'ont appris que mes guerriers avaient été faits prisonniers. J'ai suivi à la trace l'armée draconienne, ce qui m'a conduit à Solace.

La voix de Gilthanas se brisa. Il essuya la sueur qui perlait à son front. Son père le regarda d'un air soucieux.

— Solace a été détruite, lâcha Gilthanas d'un trait. Tous les grands arbres ont été abattus ou brûlés.

Les elfes gémirent et se lamentèrent. L'Orateur leva la main pour demander le silence.

— Ce sont de tragiques nouvelles. Nous pleurons ces arbres immémoriaux. Mais que sont devenus les nôtres ?

— J'ai trouvé mes hommes et les humains qui nous avaient rejoints liés à des pieux au centre de la ville, et gardés par les draconiens. J'espérais pouvoir les libérer la nuit mais... Un dragon rouge est apparu dans le ciel. Oui, Orateur ! C'est la vérité ! Les monstres sont de retour en Krynn. Le dragon rouge a survolé Solace en tournoyant de plus en plus bas et s'est posé sur la place. Son corps luisant de reptile a envahi l'espace, ses ailes battaient les arbres et sa queue achevait de tout détruire. Des crocs écumant de bave hérissaient ses mâchoires et ses énormes pattes griffues labouraient le sol. Un homme le chevauchait.

« Son imposante carrure était drapée de la tunique noir et or des prêtres de la Reine des Ténèbres. Son visage portait le masque d'un dragon or et noir. Les draconiens sont tombés à genoux devant lui. Les gobelins, les hobgobelins et la pourriture humaine les mercenaires se sont prosternés devant le monstre ; certains ont pris la fuite. Seule la présence des miens m'a donné le courage de ne pas en faire autant.

« Certains prisonniers hurlaient de terreur, mais les nôtres sont restés calmes et dignes. Cela n'a pas plu au cavalier du dragon. Il les a harangués d'une voix d'outre-tombe. Ses paroles résonnent encore dans ma tête :

« Je suis Verminaar, seigneur des Dragons du nord. J'ai guerroyé pour libérer ce pays des croyances que répandent les Questeurs. Beaucoup d'entre eux œuvrent avec moi pour servir la noble cause des seigneurs draconiens. Je leur ai accordé grâce et je les ai comblés des bienfaits que m'a octroyés ma déesse. Je suis le seul à posséder le pouvoir de guérir, et je représente les vrais dieux. Les humains m'ont défié. Vous avez voulu me combattre. Votre châtiment servira d'exemple à ceux qui choisiront la folie plutôt que la sagesse. »

« Puis il s'est tourné vers les elfes et a poursuivi :

« Je déclare ici solennellement que j'exterminerai votre race selon les vœux de ma déesse. Les humains admettent leurs erreurs et rentrent dans le droit chemin, les elfes, jamais ! Que leur sort serve d'exemple à ceux que tente la rébellion ! Ardent, anéantis-les ! »

« Dans un rugissement, le dragon a soufflé sur les prisonniers ligotés aux pieux. Après une atroce agonie, ils sont morts brûlés... »

Un silence accablé pesa sur la salle.

— Je fus pris de folie, poursuivit Gilthanas, les yeux enfiévrés. J'ai voulu rejoindre les miens quand une énorme main m'a agrippé et m'a tiré en arrière. C'était Théros Féral, le forgeron de Solace. « Ce n'est pas le moment de mourir, me dit-il, mais de te venger ! » Je me suis évanoui. Il m'a ramené chez lui au péril de sa vie. Et il l'aurait perdue, si cette femme ne l'avait pas guéri !

Du geste, il désigna Lunedor. Tous les visages se tournèrent vers elle.

— Théros est l'homme à qui il manque un bras.

Nos guérisseurs disent qu'il survivra. Mais ils affirment que c'est un miracle qu'il soit encore en vie après d'aussi horribles blessures.

— Approche, femme des plaines, ordonna l'Orateur.

Lunedor, au bras de Rivebise, fit un pas vers la tribune. Deux gardes retinrent le barbare. Il leur lança un regard haineux, mais s'arrêta.

La fille de chef avança, la tête haute, le regard clair. Sa capuche glissa, découvrant la rivière d'or et d'argent ruisselant sur ses épaules. Les elfes s'émerveillèrent de sa beauté.

— Tu prétends avoir guéri Théros Féral ? demanda l'Orateur avec dédain.

— Je ne prétends rien, répondit Lunedor. Ton fils a vu que je l'ai guéri. Doutes-tu de sa parole ?

— Non, mais il était troublé et malade. Il peut avoir confondu sorcellerie et guérison.

— Regarde cet objet, dit doucement Lunedor en entrouvrant sa cape.

L'amulette étincela sur sa poitrine.

L'Orateur, blanc de rage, quitta la tribune et s'approcha pour voir le bijou.

— Blasphème ! cria-t-il en saisissant la cordelette pour l'arracher du cou de Lunedor.

Il y eut un éclair de lumière bleue. L'Orateur se recroquevilla sur le sol en gémissant de douleur. Les elfes poussèrent des cris alarmés et tirèrent leurs épées. Les compagnons en firent autant.

— Arrêtez cette folie ! intervint le vieux magicien d'une voix ferme.

Fizban marcha vers la tribune, écartant les épées comme des buissons sur un sentier, et aida l'elfe à se relever.

— Tu l'as bien cherché, dit-il en fronçant les sourcils.

— Qui es-tu ? s'étonna l'Orateur.

— Hum... Quel est mon nom ?

Le vieux magicien chercha des yeux le kender.

— Fizban, souffla Tass.

— Fizban, oui, c'est ça. Voilà qui je suis. Maintenant, je te suggère de rappeler tes gardes et de dire à tout le monde de se calmer. D'abord, pour ma part, j'aimerais entendre l'histoire de cette jeune femme, ensuite, tu ferais bien de l'écouter. Cela ne te ferait pas de mal non plus de t'excuser.

L'Orateur semblait sortir d'un rêve. Il se tourna vers Lunedor.

— Je te prie de m'excuser, dame des plaines, dit-il doucement. Il y a trois cents ans que les prêtres elfes ont disparu et qu'on n'a pas vu le symbole de Mishakal. Mon cœur saignait de voir profaner cette amulette, mais je me suis trompé. Pardonne-moi. Nous vivons dans le désespoir depuis si longtemps que je n'ai pas su voir arriver l'espoir. Si tu n'es pas fâchée, raconte-nous ton histoire.

Lunedor parla de l'amulette, de la lapidation de Rivebise, de la rencontre avec les compagnons à l'auberge et de leur voyage à Xak Tsaroth. Elle mentionna la mort du dragon et le don de Mishakal, mais ne dit rien des Anneaux.

Le crépuscule assombrissait doucement la salle. L'Orateur resta un moment silencieux.

— Je dois réfléchir à ce que tu viens de me dire et déterminer quelles en seront les conséquences pour nous. Vous devez être épuisés ; seul le courage soutient certains d'entre vous, d'autres dorment debout. (Appuyé contre le mur, Fizban ronflait.) Ma fille Laurana vous mènera dans un lieu où vous vous reposerez. Nous donnerons cette nuit un banquet en votre honneur, car vous nous avez ramené l'espoir. Que la paix des vrais dieux vous accompagne.

La foule s'écarta pour laisser le passage à une jeune elfe. En la voyant, Caramon resta bouche bée. Rivebise écarquilla les yeux. Même les pupilles en sablier de Raistlin s'ouvrirent.

Les cheveux de la jeune fille se déversaient comme du miel jusqu'à ses chevilles. Une peau satinée modelait ses traits raffinés d'elfe, soulignés d'une bouche carmin et de grands yeux aux reflets changeants comme les feuilles frémissant entre l'ombre et le soleil.

— Sur mon honneur de chevalier, dit Sturm avec émotion, je n'ai jamais vu femme plus adorable.

— Tu n'en rencontreras pas de plus belle..., murmura Tanis.

Les compagnons interrogèrent du regard le demi-elfe. Il ne voyait rien d'autre que la jeune fille. Sturm haussa les sourcils et échangea un clin d'oeil avec Caramon, qui poussa son frère du coude. Flint hocha la tête en soupirant du fond du cœur.

— Maintenant les choses sont plus claires, dit Lunedor à Rivebise.

— Pour moi rien ne s'éclaircit, avoua Tass. Que se passe-t-il ? Tika, tu y comprends quelque chose ?

Ce que savait Tika, c'est qu'elle se sentait tout à coup boulotte, mal fagotée, trop rousse et trop bouclée.

— Aucune idée ! répliqua-t-elle. Tout ce que je vois, c'est que Caramon se couvre de ridicule ! On dirait que ce grand veau n'a jamais vu une femme de sa vie !

— Elle est mignonne, dit Tass. Assez différente de toi, Tika. Elle est mince comme une liane, elle ondule comme un roseau sous le vent et...

— Suffit ! couina Tika en donnant une tape au kender.

— Bienvenue à Qualinost, hôtes honorés, dit Laurana d'une voix timide. Suivez-moi, s'il vous plaît. Vous pourrez vous rafraîchir et vous reposer.

Avec une grâce enfantine, elle se joignit aux compagnons qui la regardèrent avec admiration. Elle ne leva les yeux qu'une fois, imperceptiblement, en passant devant Tanis. Il fut le seul à remarquer ce coup d'œil. Il se troubla, et ses yeux s'assombrirent.

Après avoir réveillé Fizban, les compagnons quittèrent la Tour du Soleil.

5

TANIS ET LAURANA.

Laurana les conduisit dans un jardin ombragé de peupliers situé au cœur de la ville. On n'y entendait pourtant que le murmure d'un ruisseau. Laurana montra les arbres qui poussaient entre les peupliers et dit aux compagnons de cueillir les fruits pour les manger. Des jeunes filles apportèrent des corbeilles remplies de pain croustillant. Chacun se rafraîchit avec l'eau pure du ruisseau puis s'étendit sur la mousse dans un calme parfait.

Excepté Tanis.

Refusant de se nourrir, le demi-elfe arpentait le jardin, torturé par ses pensées. Dévoré de curiosité, Tass le guettait entre les arbres.

Laurana était une hôtesse délicieuse. Elle s'assura du bien-être de tous et adressa un mot à chacun.

— Tu es bien Flint Forgefeu, n'est-ce pas ? J'ai encore les merveilleux jouets que tu m'avais fabriqués. Tu nous as manqué, pendant toutes ces années.

Le nain rougit de plaisir. Intimidé, il ne sut rien faire d'autre que vider d'un trait une cruche d'eau.

— Tu t'appelles Tika...? demanda Laurana en s'arrêtant devant la jeune fille.

— Tika Waylan, dit celle-ci d'une voix nouée par la timidité.

— Quel joli nom ! Et quelle chevelure magnifique

tu possèdes, dit Laurana en caressant ses boucles rousses avec admiration.

— Tu trouves ?

— Oh oui ! C'est la couleur du feu. Tu dois avoir une âme ardente. J'ai appris comment tu avais sauvé la vie de mon frère. Je te dois beaucoup.

— Merci. Tes cheveux sont très beaux aussi...

Laurana sourit. Tass remarqua qu'elle observait constamment Tanis à la dérobée. Quand le demi-elfe disparut entre les arbres, elle s'excusa et partit vivement dans sa direction.

— Ah ! je vais enfin savoir ce qui se passe ! murmura Tass, se glissant furtivement à sa suite.

Le demi-elfe était debout devant la fontaine et s'amusait à jeter des feuilles mortes dans l'eau tourbillonnante. Laurana arriva de l'autre côté.

— *Tanthalas Quisif nan-Pah !* appela-t-elle.

Entendant prononcer son nom elfique, Tanis se retourna. Elle se jeta à son cou et l'embrassa.

— Aïe ! fit-elle en riant. Rase cette horrible barbe, elle pique ! Je ne reconnais plus mon Tanthalas d'autrefois.

Doucement, Tanis se dégagea des bras qui l'enlaçaient.

— Laurana, je...

— Ne t'inquiète pas pour la barbe, je m'y habituerai, si tu y tiens. Embrasse-moi, toi aussi ! Non ? Alors je vais t'embrasser jusqu'à t'étouffer.

— Arrête, Laurana, dit-il en se détournant.

— Pourquoi ? Quel est le problème ? Tu es resté longtemps parti, et te voilà de retour. Pourquoi es-tu froid et distant ? Tu es mon fiancé, l'as-tu oublié ? Une fille peut embrasser son fiancé.

— C'était il y a bien longtemps, nous étions encore des enfants. C'était un jeu, rien d'autre. Un secret romantique que nous partagions. Tu sais ce qui serait arrivé si ton père l'avait appris. Gilthanas l'a découvert, n'est-ce pas ?

— Bien sûr ! J'ai tout dit à Gilthanas, tu le sais. Je ne pensais pas qu'il aurait une telle réaction ! J'ai appris comment il t'avait parlé, il me l'a raconté après. Il regrette.

— Je l'espère bien, fit Tanis en la prenant par les poignets pour la tenir à distance. Mais ce qu'il a dit est vrai, Laurana ! Je ne suis qu'un bâtard. Ton père avait parfaitement le droit de me tuer. Comment pourrais-je lui causer du tort après tout ce qu'il a fait pour ma mère et pour moi ? C'est pourquoi je suis parti ; pour savoir qui je suis réellement et à qui j'appartiens.

— Tu es Tanthalas, mon bien-aimé, et tu appartiens à notre monde ! dit-elle, se libérant pour prendre ses mains dans les siennes. Tu vois ? Tu portes encore l'anneau que je t'ai donné. Je sais pourquoi tu es parti. Tu avais peur de m'aimer, mais il n'y a plus de raison d'avoir peur. Tout a changé. Père a tellement de soucis plus importants. D'ailleurs, tu es devenu un héros. S'il te plaît, marions-nous. N'est-ce pas pour cela que tu es revenu ?

— Laurana, je suis là par le plus grand des hasards...

— Je ne te crois pas ! cria-t-elle en le repoussant.

— Tu as entendu le récit de Gilthanas. Si Porthios n'était pas venu à notre secours, nous serions à Pax Tharkas à l'heure qu'il est.

— Il a inventé ! Il ne voulait pas me dire la vérité. Tu es ici parce que tu m'aimes. Ne prétends pas le contraire.

— Je n'en ai aucune envie, mais je vais devoir le faire, dit Tanis, exaspéré. Laurana, j'aime quelqu'un d'autre. Une humaine. Elle s'appelle Kitiara. Cela ne signifie pas que je ne t'aime pas, non, je t'aime aussi, mais...

Livide, Laurana le regarda sans mot dire.

— Je t'aime, Laurana. Mais je ne peux pas t'épouser, car je l'aime, elle aussi. Mon cœur est coupé en deux, comme mon être.

Il retira l'anneau aux feuilles de lierre et le tendit à Laurana.

— Je te demande de me libérer de mes engagements envers toi, Laurana, comme je te libère des tiens.

Incapable de proférer un mot, Laurana prit l'anneau. Ne trouvant dans le regard de Tanis que de la pitié, elle poussa un cri déchirant et jeta le bijou au loin.

Tass le ramassa et le glissa dans sa poche.

— Laurana, dit Tanis en la prenant dans ses bras, je suis désolé. Je ne pensais pas que...

Tass sortit des buissons et reprit le sentier.

Parfait, se dit le kender, satisfait, *au moins je sais maintenant de quoi il retourne*.

Tanis se réveilla en sursaut. Gilthanas se tenait devant lui.

— Laurana ? demanda le demi-elfe en se levant.

— Elle va bien, dit tranquillement Gilthanas. Ses suivantes l'ont emmenée chez elle. Elle m'a raconté ce que tu lui avais dit. Je voudrais que tu saches que je te comprends. C'est ce que je craignais depuis longtemps ; ta moitié humaine a besoin des humains. J'ai tenté de le lui expliquer, pour qu'elle souffre moins. Avec le temps, elle m'écoutera. Merci, Tanthalas, je me doute que ça n'a pas été facile.

— Loin de là. Mais je vais être honnête, Gilthanas, je l'aime, c'est ainsi. Cependant...

— S'il te plaît, restons-en là. Laissons faire les choses, et si nous ne pouvons être amis, au moins respectons-nous.

« Tes amis et toi devez vous préparer. Au lever de la lune d'argent, la fête commencera, suivie de la réunion du Conseil Suprême. Le temps est venu de prendre des décisions. »

Quand il fut parti, Tanis exhala un grand soupir et s'en fut réveiller les autres.

6

L'ADIEU.
LA DÉCISION DES COMPAGNONS.

Le banquet avait lieu sur une grande place de marbre et de cristal dominée par la tour dorée. Les convives admiraient la cité scintillant en contrebas, sur le fond des forêts et des Montagnes Tharkadan. La beauté du paysage était d'autant plus poignante qu'elle leur échapperait bientôt.

Lunedor était assise à droite de l'Orateur. Celui-ci fit quelques tentatives pour engager la conversation, mais le cœur n'y était pas.

A gauche de l'Orateur, Laurana, le nez dans son assiette, ses longs cheveux éparpillés autour d'elle, montrait peu d'appétit. Quand elle relevait la tête, c'était pour dévisager Tanis.

Le demi-elfe, troublé par les regards désespérés de Laurana et ceux, plus acérés, de Gilthanas, mangeait du bout des lèvres. A côté de lui, Sturm échafaudait des plans de défense pour le Qualinesti.

Flint se sentait étranger et déplacé parmi les elfes. Il n'aimait pas la nourriture et refusa tout. Raistlin chipotait dans son assiette, les yeux fixés sur Fizban. Mal à l'aise parmi les sveltes beautés elfes, Tika se sentait empruntée et balourde. Caramon trouva une explication à la minceur de leurs hôtes : ils ne mangeaient que des légumes et des fruits accommodés de sauces raffinées, de pain et de fromage, le tout arrosé d'un vin parfumé. Après avoir jeûné quatre jours enfermé dans une cage, le guerrier aurait aimé se mettre autre chose sous la dent.

La lune rouge restait invisible. Lunitari, réduite à un mince croisant argenté, était sur son déclin. A l'apparition des premières étoiles, L'Orateur fit un signe de tête à son fils. Gilthanas vint se placer debout à côté de son père et entonna un chant.

— Que chante-t-il ? Quelles sont les paroles ? demanda Sturm à Tanis, qui écoutait, la tête entre les mains.

Tanis leva la tête et traduisit d'une voix brisée :

— *Le soleil*
Œil splendide
De nos cieux
Quitte le jour

Il abandonne
Le ciel endormi
Constellé de lucioles
A la profonde grisaille.

Les elfes se joignirent à son chant, y ajoutant des tonalités d'une infinie tristesse :

— *Notre plus vieil ami*
Sommeille donc,
Berce les arbres
Et nous appelle auprès de lui.

Le feuillage secrète
Un feu de glace,
Et devient cendre
Quand l'année est finie
Du soleil.
Les oiseaux
Suivent les vents

Tournoyant vers le nord
A la fin de l'automne.

Le jour devient sombre
Les saisons s'effilochent,
Mais nous,
Attendons le rayon vert
Du soleil sur les arbres.

Mille petites lumières dansantes trouèrent la nuit, s'étendant dans les rues de la ville jusqu'aux forêts. Une à une, des voix venaient se joindre au chant :

— *Le vent*
Passe à travers les nuits.
Passe les saisons, passe les lunes
De grands royaumes voient le jour.

Le souffle
De la luciole, de l'oiseau,
De l'arbre, de l'homme,
Disparaît dans un mot.

Maintenant dors
Ami séculaire,
Berce-toi dans les arbres
Et appelle-nous
Là où tu es.

L'époque,
Les mille vies
Des hommes et leurs histoires
Rejoindront leur tombeau.

Mais nous
Peuple de poésie
Fondrons dans ce chant.

Peu à peu, les convives soufflèrent leurs chandelles, les voix se turent. Qualinost fut plongée dans le silence et l'obscurité. L'Orateur quitta son siège.

— A présent, il est temps de réunir le Conseil Suprême, dit-il d'un ton grave. Il se tiendra dans la Chambre Céleste. Tanthalas, si tu veux bien y conduire tes compagnons...

La Chambre Céleste était une grande place ouverte sur un ciel constellé d'étoiles. Au nord, l'horizon ténébreux était zébré d'éclairs. Les compagnons se groupèrent autour de l'Orateur, toute la population faisant cercle autour d'eux.

— Nous voyons ici où nous sommes, dit l'Orateur en montrant le sol.

Les compagnons découvrirent une immense carte géographique sous leurs pieds. Tass, qui se trouvait au milieu des plaines d'Abanasinie, était émerveillé.

— Solace est là ! s'exclama-t-il en pointant un doigt sur la carte.

— Oui, kender, répondit l'Orateur, c'est là que le gros de l'armée draconienne est stationné. A Solace et à Haven, dit-il en désignant les villes de la pointe d'un bâton. Le seigneur Verminaar n'a pas fait mystère de ses projets d'invasion du Qualinesti. Il n'attend plus que le reste de ses troupes, et que s'organise l'intendance. Nous ne pouvons espérer tenir contre une telle horde.

— Qualinost peut tenir, intervint Sturm. Il n'y a pas de route pour y accéder. Nous avons traversé des précipices sur des ponts qu'il suffirait de détruire pour empêcher n'importe quelle armée de passer.

— S'il n'y avait que l'armée, nous pourrions défendre le Qualinesti. Mais que pouvons contre les dragons ? Rien ! Selon la légende, le valeureux Huma n'a pu les vaincre que grâce à la Lancedragon. Personne, à notre connaissance, ne se souvient du secret de cette arme extraordinaire.

« Il ne nous reste plus qu'à abandonner la ville et la

forêt. Nous pensions aller vers l'ouest, dans des contrées sauvages, ou retourner au Silvanesti, le domaine d'origine des elfes. Notre plan était bien préparé. Il faut trois jours de marches forcées aux troupes du seigneur des Dragons avant de pouvoir donner l'assaut, et nos espions nous auraient informés de leur départ de Solace. Nous aurions eu le temps de fuir vers l'ouest. Mais nous avons appris qu'il y avait une autre armée à Pax Tharkas, à moins d'un jour de marche d'ici. Si nous ne l'arrêtons pas, nous sommes perdus. »

— As-tu un moyen de vaincre ou d'arrêter cette armée ?

— Oui, répondit l'Orateur en regardant son fils cadet. Tu sais que les gens de Hautes-Portes et de Solace sont emprisonnés dans la forteresse de Pax Tharkas et travaillent pour le seigneur des Dragons. Verminaar est malin. Pour empêcher la révolte des esclaves, il a pris en otages leurs familles. Si nous les libérons, les captifs se révolteront. La mission de Gilthanas consistait à libérer les otages et à mener la révolte. Il aurait ensuite conduit les humains dans les montagnes du sud, attirant ainsi l'armée à leurs trousses, ce qui nous laisserait le temps de fuir.

— Et après, qu'adviendra-t-il des humains ? demanda sèchement Rivebise. Tu les jettes en pâture aux armées draconiennes comme un désespéré lance un morceau de viande à une meute de loups qui le traque ?

— Verminaar ne va pas les garder très longtemps. Les mines ne rendent presque plus rien. Il n'aura plus à s'embarrasser d'esclaves et il les tuera. Il y a des cavernes dans la montagne, où les humains peuvent se réfugier et se défendre. Ils tiendront facilement les cols, maintenant que l'hiver arrive. Certains mourront, mais c'est le prix à payer. Si tu avais le choix, homme des plaines, préférerais-tu mourir en esclavage ou en te battant ?

Rivebise, les yeux fixés sur la carte, ne répondit pas.

— Gilthanas a échoué, dit Tanis, et tu voudrais que nous prenions la relève et menions la révolte, si j'ai bien compris ?

— Exactement, Tanthalas. Gilthanas connaît un chemin pour Pax Tharkas : le Sla-Mori. Il vous conduira à la forteresse. Vous pourrez sauver des humains, mais aussi donner une chance de survie aux elfes, une chance qu'ils n'ont pas eue quand les humains ont provoqué le Cataclysme !

Rivebise leva les yeux et fronça les sourcils. Le visage de Sturm s'assombrit. L'Orateur poussa un soupir.

— Pardonnez-moi, dit-il, je ne voulais pas remuer le fer dans les blessures du passé. Le sort des humains ne nous est pas indifférent. J'envoie mon fils avec vous, sachant que je risque de ne jamais le revoir. Je fais ce sacrifice pour que mon peuple et le vôtre puissent survivre.

— Nous allons réfléchir, dit Tanis, qui savait quelle décision prendre.

Les guerriers elfes conduisirent les compagnons dans un jardin clos et se retirèrent.

— J'irai à Pax Tharkas, dit doucement Tanis. Je crois que le temps est venu de nous séparer, mes amis. Mais laissez-moi vous confier une chose. J'aimerais que Tika, Lunedor, Rivebise, Caramon, Raistlin, et toi, Fizban, vous accompagniez les elfes afin de mettre les Anneaux en sûreté. Ils sont trop précieux pour que nous prenions le risque de les emmener à Pax Tharkas.

— C'est bien joli, siffla Raistlin, mais ce n'est pas parmi les elfes du Qualinesti que Lunedor trouvera la personne qu'elle cherche.

— Qu'en sais-tu ? dit Tanis, interloqué.

— Il n'a aucune idée, Tanis, interrompit Sturm. Il parle...

— Tu disais, Raistlin ? fit Tanis.

— Tu as entendu le chevalier ! Je ne sais rien !

Tanis soupira en les regardant.

— Vous m'avez pris pour chef...

— C'est vrai, mon garçon, coupa Flint. Mais ta décision est guidée par la raison, non par le cœur. Au fond de toi, tu n'es pas persuadé qu'il faille nous séparer.

— Eh bien moi, je ne resterai pas avec les elfes, dit Tika en croisant les bras sur sa poitrine d'un air déterminé. Je viens avec toi, Tanis. Je veux devenir une guerrière comme Kitiara.

Tanis tressaillit. Il reçut ce nom comme un coup de couteau dans le cœur.

— Je ne me retrancherai pas derrière les elfes, dit Rivebise. Je ne veux pas laisser mes semblables se battre seuls pour moi.

— Lui et moi ne faisons qu'un, déclara Lunedor, la main dans celle de Rivebise. D'ailleurs, j'ai le sentiment que le mage dit vrai : le guide que nous cherchons n'est pas parmi les elfes.

— Nous irons tous avec toi, Tanis, conclut Flint avec fermeté.

Le demi-elfe eut l'air désorienté, puis il hocha la tête en souriant.

— Vous avez raison. Je ne crois pas vraiment qu'il fallait se séparer. Ce serait la seule chose logique à faire ; bien entendu, nous optons pour le contraire.

— Nous pourrions peut-être aller dormir, suggéra Fizban en bâillant.

— Un instant, vieil homme, dit gravement Tanis. Tu n'es pas des nôtres. Tu iras avec les elfes.

— Ah bon ! Vraiment ? rétorqua le vieux magicien en braquant un regard pénétrant, presque menaçant, sur le demi-elfe. Je vais où je veux et j'ai choisi de venir avec toi, Tanis Demi-Elfe.

Raistlin échangea un regard avec Tanis, signifiant « Maintenant, comprends-tu ce que je veux dire ?».

Tanis se fit une raison. Le vieux magicien viendrait avec eux.

Raistlin hocha la tête et donna le bras à Fizban.

— Il ne nous manquait plus qu'un sorcier dérangé ! grommela Flint. Je vais dormir !

Les compagnons se retirèrent les uns après les autres. Tanis resta seul avec Caramon et Sturm. Rougissant, le grand guerrier regardait ses pieds. Sturm lissait ses moustaches d'un air absorbé.

— Alors ? questionna Tanis.

— Il s'agit de Gilthanas..., répondit Sturm.

— Cela ne regarde que moi, dit le demi-elfe en se grattant la barbe.

— Cela nous regarde aussi, car il va nous conduire à Pax Tharkas. Il ne faut pas être grand clerc pour constater qu'il y a un problème entre vous. J'ai vu comment il te regarde, et si j'étais à ta place, je ne lui tournerais jamais le dos.

Caramon dévisagea Tanis d'un air inquiet.

— Je sais bien, c'est un elfe, et... Mais parfois il a vraiment une expression étrange. Ne connais-tu pas le chemin de Sla-Mori ? Pourrions-nous le trouver tout seuls ? Je n'ai pas confiance en lui. Raistlin et Sturm non plus.

Sturm sentit que la colère gagnait le demi-elfe.

— Ecoute, Tanis, si Gilthanas risquait sa vie à Solace, pourquoi était-il tranquillement attablé à l'auberge ? Et que penser de ses guerriers qui tombent comme par hasard sur cette satanée armée ? Ça ne tient pas debout ! Ne dis pas non, attends un peu ! Il n'est sans doute pas méchant, mais il a pu se laisser tromper. Et si Verminaar avait prise sur lui ? Peut-être l'a-t-il convaincu qu'il laisserait la vie sauve aux elfes, s'il nous livrait en retour ! Peut-être nous attendait-il à Solace dans ce but ?

— C'est idiot ! Comment aurait-il su que nous allions arriver ?

— On ne peut pas dire que nous avons fait le

voyage de Xak Tsaroth à Solace incognito ! objecta froidement Sturm. Nous avons aperçu des draconiens tout le long du chemin, et ceux qui ont fui Xak Tsaroth ont dû comprendre que nous étions venus pour les Anneaux. Verminaar connaît probablement mieux notre signalement que le visage de sa propre mère.

— Non, je refuse d'y croire ! dit Tanis, furieux. Vous vous trompez tous les deux ! Je suis prêt à le parier sur ma vie. J'ai grandi avec Gilthanas, je le connais bien ! Oui, il y a eu des différends entre nous, mais nous en avons discuté, et le sujet est clos. Non, je ne connais pas le chemin de Pax Tharkas. Je n'y suis jamais allé. Autre chose encore, cria-t-il, exaspéré, s'il y a quelqu'un dont je me méfie dans ce groupe, c'est de ton frère et du vieillard !

Le grand guerrier blêmit et baissa les yeux. Il allait s'éloigner, quand Tanis réalisa qu'il était allé trop loin.

— Pardonne-moi, Caramon. Je n'ai pas voulu dire ça. Raistlin nous a plusieurs fois sauvé la vie au cours de ce maudit voyage. Mais je n'arrive pas à croire que Gilthanas soit un traître.

— Nous le savons, Tanis, dit doucement Sturm, et nous avons confiance en ton jugement. Mais la nuit est trop noire pour marcher les yeux fermés, comme on dit chez nous.

Tanis hocha la tête en soupirant. Il prit Sturm par le bras. Les trois hommes restèrent ainsi côte à côte sans rien dire, puis regagnèrent à pas lents la Chambre Céleste.

— Que signifie Sla-Mori ? demanda Caramon.

— Chemin secret, répondit Tanis.

Réveillé en sursaut, le demi-elfe bondit sur son poignard. Une forme sombre était penchée sur lui. Il la maîtrisa rapidement et la maintint le dos au sol, la lame sur la gorge.

— Tanthalas !

C'était un petit cri étouffé, comme une plainte, déclenché par le miroitement de la lame.

— Laurana !

Elle l'étreignit, tremblante. Il vit ses longs cheveux dénoués ruisseler sur la chemise légère qu'elle portait sous sa cape.

Cédant à une impulsion, Laurana avait quitté son lit et s'était faufilée jusqu'à lui.

— Laurana..., répéta Tanis en rengainant son poignard.

Il la repoussa et s'assit, contrarié de lui avoir fait peur et qu'elle ait réveillé des sensations profondément enfouies en lui. Il avait senti le parfum de ses cheveux, la chaleur de son corps, la douceur de ses seins. Laurana était une petite fille quand il l'avait quittée. Il retrouvait une femme très belle et très désirable.

— Au nom des Abysses, qu'est-ce que tu fais ici à cette heure ?

— Tanthalas, je suis venue te demander de changer d'avis. Laisse tes amis libérer les humains à Pax Tharkas et viens avec nous ! Ne gâche pas ta vie. Mon père est désespéré, il ne croit pas que ce plan puisse réussir, je le sais. Mais il n'a pas le choix. Il pleure déjà Gilthanas comme s'il était mort et enterré. Je vais perdre mon frère. Je ne peux pas te perdre, toi aussi !

Tanis jeta un coup d'œil alentour. Si des gardes survenaient, quel scandale !

— Laurana, dit-il en la secouant par les épaules, tu n'es plus une enfant. Il faut que tu sois une grande fille, et vite ! Je ne laisserai pas mes amis affronter seuls le danger. Je ne suis pas aveugle ! Mais si nous pouvons libérer les humains et vous donner la chance de vous enfuir, il faut saisir cette possibilité ! Il arrive un moment, Laurana, où on risque sa vie pour ce qu'on croit, et qui signifie plus que la vie elle-même. Comprends-tu ?

— Oui, Tanthalas, j'ai compris.

— Bien ! soupira-t-il. Maintenant tu vas retourner au lit. Vite ! Tu me mets dans une situation impossible. Si Gilthanas nous voyait...

Laurana se leva et traversa les allées bordées de peupliers bercés par la brise. Arrivée sans encombre dans la maison de ses parents, elle écouta à leur porte. Il y avait de la lumière dans leur chambre. Elle entendit le froissement du parchemin et sentit une odeur âcre passer sous l'huis. Son père était en train de brûler des papiers...

7

DOUTES. EMBUSCADE ! UNE NOUVELLE RECRUE.

Les elfes réveillèrent les compagnons avant le lever du jour. Gilthanas, qui avait revêtu une cotte de mailles sur sa tunique bleue, les rejoignit après le petit déjeuner.

— Voici des vivres ! Nous pouvons aussi vous donner des armes et de l'équipement, si besoin est.

— Il faudrait une armure et un bouclier pour Tika, dit Caramon.

— Je vais m'en occuper, mais il sera difficile de trouver une armure à sa taille.

— Comment se porte Théros Féral, ce matin ? demanda Lunedor.

— Il se remet lentement, prêtresse, dit Gilthanas en s'inclinant respectueusement devant la jeune femme. Allez lui dire au revoir avant qu'il parte avec les nôtres.

Des elfes revinrent avec une armure à la taille de Tika. Ils apportaient aussi l'épée courte et légère en usage chez les dames elfes. Tika admira le heaume et le bouclier ciselés et incrustés de gemmes que Gilthanas lui présenta.

— Je voudrais te remercier de m'avoir sauvé la vie à l'auberge, dit-il. Accepte ce présent. C'est l'armure d'apparat de ma mère ; elle date des guerres de

Kinslayer. Elle devait échoir à ma sœur, mais Laurana et moi avons décidé que tu la porterais.

— Quelle merveille ! murmura Tika, rougissante. Mais je ne sais pas comment me débrouiller avec ces pièces d'armure, avoua-t-elle.

— Je vais t'aider, proposa Caramon.

— Je m'en occupe, intervint Lunedor avec fermeté.

— Que connaît-elle des armures, bougonna Caramon.

Rivebise lui adressa un de ses rares sourires.

— Tu oublies qu'elle est fille de chef. C'est elle qui menait la tribu à la guerre. Les armures, les guerriers, et les cœurs qui battent sous les cottes de mailles n'ont pas de secrets pour elle.

Caramon devint écarlate. Il fourragea nerveusement dans les sacs de vivres.

— Qu'est-ce que c'est que cette horreur ? demanda-t-il en exhibant une masse indéfinissable.

— Du *quith-pa*, répondit Gilthanas. Des rations de fer, comme on dit dans notre langue. Nous pouvons tenir des semaines avec cette nourriture.

— On dirait des fruits séchés, fit remarquer Caramon d'un air dégoûté.

— Ce *sont* des fruits séchés, répliqua Tanis en riant.

Quand Gilthanas donna le signal du départ, le soleil filtrait à peine à travers de gros nuages gris. Tanis prit congé de Qualinost sans se retourner. Il n'aurait pas imaginé que son retour au pays fût si mélancolique. Laurana était restée invisible. Bien que soulagé d'avoir ainsi évité des adieux pénibles, il se demandait pourquoi elle ne lui avait pas dit au revoir.

Le sentier, dont il fallait au fur et à mesure élaguer les broussailles, descendait en pente légère vers le sud. Au bout de quelques lieues, il se fit abrupt. Le groupe quitta la forêt de peupliers et gagna les terres basses plantées de pins. Arrivés à une rivière d'eau claire qui s'achevait en torrent, ils firent halte.

Fizban s'accroupit près de Tanis.

— Quelqu'un nous suit, murmura le vieillard.

— Quoi ? s'exclama Tanis en regardant le sorcier comme s'il avait perdu la raison.

— Eh oui, quelqu'un nous suit, affirma Fizban, la mine solennelle. J'ai vu une silhouette se faufiler d'arbre en arbre.

Sturm remarqua l'expression inquiète de Tanis.

— Que se passe-t-il ?

— Le vieil homme dit que quelqu'un nous a suivis.

— Bah ! souffla Gilthanas en se levant. Des hallucinations ! Remettons-nous en route. Le Sla-Mori est encore loin et nous devons y être au coucher du soleil.

Ils cheminèrent plusieurs heures à travers des pinèdes desséchées et arrivèrent devant une clairière.

— Attention ! avertit Tanis en reculant précipitamment.

Caramon brandit aussitôt son épée. Tass se mit à glapir pour qu'on l'informe de ce qui se passait. Tanis le foudroya du regard. Le kender se tint tranquille.

La clairière avait été très récemment le théâtre d'une bataille. Elle était jonchée de cadavres humains et de gobelins gisant dans des positions macabres. Les compagnons scrutèrent les alentours, mais il ne virent rien de particulier. Dans le lointain, on n'entendait que le bruit du torrent.

La petite troupe s'avança prudemment. Un gémissement se fit entendre. Tanis désigna du doigt l'endroit d'où il devait provenir. Caramon écarta les corps. Sous deux cadavres de gobelins, il découvrit un blessé.

— C'est un humain ! Il est couvert de sang...

L'homme portait une cotte de mailles et des vêtements luxueux, mais élimés. Les cheveux noirs, les traits réguliers, il pouvait avoir une trentaine d'années.

L'inconnu ouvrit les yeux et considéra les compagnons d'un air hébété.

— Que les dieux des Questeurs soient remerciés ! gémit-il. Mes amis... où sont-ils ? Morts ?

— Occupe-toi d'abord de toi ! dit sèchement Sturm. Qui étaient tes amis ? Les humains ou les hobgobelins ?

— Les humains. Nous nous battions contre les draconiens. (Il ouvrit grand les yeux.) Gilthanas ?

— Ebène, dit l'elfe, à peine surpris. Comment as-tu survécu à la bataille près du ravin ?

— Et toi, à propos ? fit Ebène en essayant de se mettre debout.

Caramon lui tendit la main pour l'aider à se relever. Soudain Ebène pointa un doigt devant lui.

— Regardez ! Des draconiens !

Caramon le laissa retomber par terre. Une douzaine de reptiloïdes en armes se tenaient à l'orée du bois, prêts à attaquer.

— Tout étranger doit être présenté au seigneur des Dragons pour subir un interrogatoire, cria un draconien. Suivez-nous sans résister.

— Le Sla-Mori est un sentier *secret...*, d'après l'elfe, dit Sturm d'un air entendu à l'oreille de Tanis. Très secret...

— Nous n'avons pas à obéir au seigneur Verminaar ! cria Tanis aux draconiens.

— Tôt ou tard, vous n'y échapperez pas !

Les monstres chargèrent.

Sa nouvelle épée en main, Tika tremblait d'excitation et de peur. Un draconien se rua sur elle. Sans hésiter, la jeune fille abattit sa lame. Elle manqua sa cible de plusieurs longueurs, mais faillit décapiter Caramon. Le guerrier la repoussa et, du plat de son épée, envoya le draconien rouler à terre. D'un coup de talon, il lui brisa la nuque avant qu'il puisse se relever.

— Reste derrière moi, dit-il à Tika. (Il la vit exécuter de sauvages moulinets.) Réflexion faite, corrigea-t-il, va rejoindre le vieillard et Lunedor sous les arbres, tu seras gentille...

— Pas question ! se récria Tika avec indignation. Je vais leur montrer de quel bois je me chauffe !

Deux draconiens chargèrent Caramon. Son frère vint à son secours et lui prêta main-forte par le biais de la magie. Tika réalisa qu'elle ne pouvait que les gêner. Elle craignait le mage encore plus que les draconiens.

— Argh !

Un rugissement terrifiant la fit se retourner. Un draconien fondait sur elle en ricanant. Prise de panique, elle saisit son bouclier à deux mains et frappa la gueule du monstre. Sous ses assauts répétés, la créature s'effondra. Tika l'acheva d'un coup d'épée dans le cœur. Le corps se pétrifia aussitôt, emprisonnant l'arme. Tika tenta en vain de la retirer.

La jeune fille sentit une main se poser sur son épaule.

— Tout va bien maintenant, dit Caramon d'une voix rassurante. C'est fini, ils sont tous morts. Tu as été magnifique, tu sais !

— Je n'ai pas été très efficace à l'épée, bredouilla Tika, saisie de convulsions.

Voyant combien ces événement l'avaient ébranlée, Caramon la prit dans ses bras et caressa ses boucles rousses trempées de sueur.

— Tu es plus brave que nombre de guerriers chevronnés, dit-il d'une voix contenue.

Ils rejoignirent Tanis, Sturm et Gilthanas qui parlait avec Ebène.

— Je t'assure que je vais très bien, dit Ebène. J'ai eu peur quand les draconiens sont apparus, c'est tout. Le sang que vous voyez sur moi est celui de l'ennemi. Moi, je n'ai que des égratignures. Nous étions à la poursuite de ces créatures, quand une quarantaine de gobelins nous ont assaillis.

— Bien entendu, tu restes le seul à pouvoir en témoigner..., dit Gilthanas.

— Exact, répliqua Ebène, lui retournant le même regard suspicieux. Je suis un fin bretteur, tu le sais.

C'est moi qui ai tué les six gobelins que tu vois. Ensuite, j'ai été submergé par le nombre. Ils m'ont laissé pour mort. Bon, assez parlé de mes exploits ! Tes compagnons n'ont rien à m'envier, ce sont de sacrés combattants ! Où vouliez-vous vous rendre ?

— A Sla..., commença Caramon.

— Notre destination doit rester secrète, coupa Gilthanas. Mais une fine lame peut nous être utile..., ajouta-t-il d'un air entendu.

— Tant que vous vous battez contre les draconiens, je suis votre homme ! Voilà : je m'appelle Ebène Brisepierre, et je viens de Hautes-Portes. Vous connaissez sûrement ma famille. Nous possédons une des plus belles demeures de l'ouest...

— Ça y est ! cria Fizban, qui arrivait en trottinant. J'ai retrouvé ma formule !

A la tombée du jour, le groupe atteignit une plaine encadrée de pics vertigineux. Perchée sur les sommets, la gigantesque forteresse de Pax Tharkas montait la garde sur le défilé. Impressionnés, les compagnons la contemplèrent en silence.

— Je n'ai jamais rien vu d'aussi énorme ! s'exclama Tika. Qui a bien pu construire un édifice pareil ? Ce devait être des géants !

— Non, répondit Flint, la mine renfrognée. (Il regardait la forteresse d'un air mauvais.) Ce sont les elfes et les nains qui l'ont construite. Du temps paisible où ils travaillaient ensemble...

— Le nain dit vrai, renchérit Gilthanas. Autrefois, Kith-Kanan, s'étant fâché avec son père, dut quitter le royaume séculaire du Silvanesti. Il s'installa avec les siens dans des forêts que l'empereur d'Ergoth, qui avait mis fin aux guerres fratricides, lui avait octroyées. Les elfes vécurent des siècles durant au Qualinesti. La grande œuvre de l'empereur fut cette citadelle. Construite par deux peuples sur la base de l'amitié, elle marquait la limite entre le royaume des elfes et celui des nains. Cela me fend le cœur de la voir aujourd'hui au cœur d'une terrible machine de guerre.

Pendant que Gilthanas parlait, les compagnons virent s'abaisser le pont-levis de Pax Tharkas. Un corps d'armée composé de draconiens et de gobelins franchit le pont-levis et avança dans la plaine. Le son de leurs cors résonna contre les versants des montagnes. Un grand dragon rouge planait au-dessus des troupes. Les compagnons se réfugièrent dans les buissons. Le dragon ne pouvait les voir, mais sa seule présence les effrayait.

— Ils marchent sur le Qualinesti, dit Gilthanas d'une voix brisée. Il faut entrer dans la citadelle et libérer les prisonniers. Verminaar sera alors obligé d'ordonner à son armée de rebrousser chemin.

— Vous voulez entrer dans Pax Tharkas ! s'écria Ebène.

— Exactement, répondit l'elfe, se repentant d'en avoir trop révélé.

— Eh bien ! ce n'est pas le courage qui vous manque, c'est le moins que je puisse dire ! Alors, comment allons-nous entrer ? Faut-il attendre que l'armée ait quitté la forteresse ? Il n'y aura sans doute que quelques gardes à l'entrée. Nous n'en ferons qu'une bouchée, n'est-ce pas, mon gaillard ?

— Sûr ! opina Caramon en riant.

— Ce n'est pas notre plan, dit froidement Gilthanas. (Il désigna une étroite vallée qui se perdait entre les montagnes.) Voilà le chemin que nous prendrons, à la nuit tombée.

Il se leva et partit. Tanis se hâta de le rattraper.

— Que sais-tu de cet Ebène ?

Gilthanas haussa les épaules.

— Il faisait partie du groupe d'humains qui se sont battus avec nous près du ravin. Les survivants ont été emmenés à Solace. Je suppose qu'il s'est enfui. Après tout, j'en ai fait autant. Il vient de Hautes-Portes, où ses parents furent de riches marchands. Les autres m'ont dit que sa famille était ruinée et que, depuis, il vivait de son épée.

— C'est ce que je pensais, dit Tanis. Ses vêtements sont somptueux, mais ils ont connu des jours meilleurs. Tu as eu raison de l'enrôler.

— Je n'ai pas osé le laisser derrière nous, répondit Gilthanas d'une voix tendue. Je sais ce que les autres vont dire, surtout le chevalier. Mais je te jure que je ne suis pas un traître ! Je ne veux qu'une chose : anéantir Verminaar. Si tu avais vu ce que le dragon a fait de nos frères ! Je suis prêt à sacrifier ma vie...

— Et la nôtre ?

— Tanthalas, si tu tiens vraiment à le savoir, ta vie est le cadet de mes soucis ! La survie de mon peuple est mon unique préocupation. C'est la seule chose à laquelle je tienne.

Ils poursuivirent lentement leur chemin. Quelques instants plus tard, Sturm les rattrapa.

— Tanis, dit le chevalier, le vieil homme avait raison. Quelqu'un nous suit.

8

LES SOUPCONS SE PRÉCISENT. LE SLA-MORI.

Un étroit sentier qui serpentait à travers les arbres amena les compagnons vers les sommets. L'obscurité tomba au moment où ils s'engagèrent entre deux pics. Brusquement, Gilthanas quitta le sentier et disparut dans les taillis.

— Il est fou, murmura Ebène à Tanis, cette vallée est le domaine des trolls ! Par qui crois-tu qu'a été tracé ce chemin ! (L'homme aux cheveux de jais prit Tanis pas le bras avec une désinvolture qui déconcerta le demi-elfe.) Je sais que je suis « le nouveau », et que tu n'as aucune raison de me faire confiance, mais que connais-tu au juste de ce Gilthanas ?

— Je sais que...

Ebène, qui avait de la suite dans les idées, lui coupa la parole :

— Beaucoup d'entre nous sont persuadés que l'armée draconienne ne nous a pas attaqués par hasard, si tu vois ce que je veux dire... Après la destruction de Hautes-Portes, mes hommes et moi nous étions repliés dans les collines pour combattre les reptiloïdes. La semaine dernière, les elfes ont fait leur apparition. Ils nous ont dit qu'ils allaient attaquer la forteresse du seigneur des Dragons, et ils nous ont demandé si nous voulions y participer. « Pourquoi pas ? » avons-nous répondu, toujours prêts à balancer un caillou dans les gencives de ce satané seigneur des Dragons...

« Avec le temps, l'inquiétude nous gagna. On trouvait partout des empreintes de draconiens ! Mais les elfes avaient l'air de s'en moquer. Gilthanas disait que c'étaient d'anciennes empreintes. Une nuit, nous avons bivouaqué et posté des sentinelles. Cela n'a pas servi à grand-chose, car les draconiens ont attaqué. Pendant que nous nous jetions sur nos armes pour repousser les créatures, j'entendis les elfes appeler, comme s'ils étaient égarés. Et qui crois-tu qu'ils appelaient ? »

Ebène fixa Tanis avec intensité. Le demi-elfe fronça les sourcils en hochant la tête, agacé par son air théâtral.

— Gilthanas ! dit Ebène avec emphase. Il était parti ! Je les entendu crier et recrier le nom de leur chef. J'ignore s'il a réapparu. J'ai été fait prisonnier, puis emmené à Solace, d'où je me suis échappé. En tout cas, j'aurais mieux fait d'y regarder à deux fois avant de suivre cet elfe. Il avait sans doute ses raisons d'être absent quand les draconiens ont attaqué, mais...

— Je connais Gilthanas depuis longtemps, coupa Tanis, plus troublé qu'il ne voulait l'admettre.

— Evidemment. Je pensais seulement qu'il fallait que je te le dise, fit Ebène avec un sourire compatissant.

Il tapa sur l'épaule de Tanis et alla s'asseoir à côté de Tika. Le demi-elfe comprit que Caramon et Sturm avaient tout entendu, mais ils gardèrent le silence. Avant que Tanis se décide à leur parler, Gilthanas réapparut entre les arbres.

— Nous ne sommes plus très loin, annonça-t-il. Par là, la végétation est moins dense, l'accès sera plus facile.

Quand les compagnons émergèrent enfin des broussailles, ils se trouvèrent face à une immense paroi de granit. Gilthanas sonda la surface de la roche.

— C'est là, dit-il soudain.

Il plongea la main dans la poche de sa tunique et en sortit un morceau de quartz d'un jaune lumineux. Ses doigts s'arrêtèrent sur une petite niche dans laquelle il déposa le quartz. Décrivant dans les airs une série de signes cabalistiques, il prononça une incantation.

— Très impressionnant, murmura Fizban. Je ne savais pas que nous avions un confrère.

— C'est un amateur, rien de plus, commenta Raistlin, qui observait attentivement Gilthanas.

L'énorme bloc de granit vibra, puis il glissa sans bruit sur le côté. Un courant d'air froid aux relents de moisi fit frissonner les compagnons.

— J'ignore ce qu'il y a à l'intérieur, les prévint Gilthanas, je n'y suis jamais entré. Je connais l'existence de cet endroit par les seuls récits de mon peuple.

— Mais c'est censé être quoi ? demanda Caramon.

— La chambre mortuaire de Kith-Kanan.

— Encore des fantômes ! grogna Flint. Nous n'avons qu'à envoyer le mage en avant pour prévenir de notre arrivée.

— Raistlin, quelle impression te fait cet endroit ?

— Très mauvaise. Il sent le Mal.

— Mais je sens aussi le Bien, déclara Fizban. Là, les elfes ne sont pas tombés dans l'oubli, bien que le Mal soit sur eux.

— Pure folie ! cria Ebène. (Ses paroles résonnèrent contre les rochers ; les autres le regardèrent avec inquiétude.) Je suis désolé d'avoir parlé si fort. Mais je n'arrive pas à croire que vous puissiez entrer là-dedans. Nul besoin d'un magicien pour savoir que ce trou ne contient rien de bon. Moi, je le sens ! Retournons sur nos pas, et attaquons la citadelle par la porte frontale ; ce sera un jeu d'enfant par rapport à ce qui nous attend dans ces ténèbres de mauvais augure.

— Il a raison, Tanis, dit Caramon. On ne peut pas se battre contre les morts. Nous en avons fait l'expérience dans le Bois des Ombres.

— C'est le seul et unique chemin ! s'emporta Gilthanas. Vous êtes de tels poltrons...

— Entre la prudence et la couardise, il y a une différence, Gilthanas, intervint Tanis. Nous pourrions attaquer par la porte principale, mais les gardes donneront immédiatement l'alerte. Je propose d'entrer dans ce *trou noir* et de l'explorer d'abord. Flint, tu passes devant. Raistlin, nous avons besoin de lumière.

— *Sharak !*

Le bâton du mage s'illumina. En compagnie du nain, Raistlin s'engagea dans la caverne, suivi du reste de la troupe.

— Et notre poursuivant ? demanda Sturm. On lui permet d'entrer ?

— Pour l'appâter, dit Tanis, laissons une petite ouverture, afin qu'il voie par où nous sommes passés. Très étroite, car il ne doit pas se douter que nous lui tendons un piège.

Gilthanas plaça le morceau de quartz dans une alvéole du rocher ; la faille commença à se refermer. Au dernier moment, il retira la gemme ; la paroi s'arrêta non loin du bord.

— J'ai trouvé de la poussière en quantité, mais pas d'empreintes, dit Raistlin, qui s'était remis à tousser.

— Moi j'en ai trouvé à cent trente pas d'ici, là où la grotte fait un coude. Elles ne proviennent pas des draconiens, ni des gobelins. Le mage prétend que le chemin de droite est dangereux.

— Nous resterons ici cette nuit, près de l'ouverture. Nous monterons la garde à tour de rôle des deux côtés de la caverne. Sturm et Caramon en premier. Ensuite, Gilthanas et moi, Ebène et Rivebise, Flint et Tasslehoff.

— Et moi ! dit fermement Tika. Je prendrai aussi un tour de garde.

— D'accord, répondit Tanis, réprimant un sourire. Tu iras avec Tass et Flint.

La jeune rousse étendit sa couverture sur le sol, puis sous le regard de Caramon, s'allongea le plus naturellement du monde. Elle remarqua qu'Ebène l'observait aussi. Tika avait l'habitude du regard admiratif des hommes, et Ebène était plus élégant que Caramon ; plus malin et plus séduisant aussi. Comme les hommes, elle avait gardé sa cotte de mailles pour dormir. Cela se révéla très inconfortable, mais elle était si fatiguée que le sommeil eut vite raison d'elle.

Les compagnons furent réveillés par la lumière du jour qui filtrait à travers la faille. Après un frugal repas, ils rassemblèrent leurs affaires et s'enfoncèrent dans le Sla-Mori. Arrivés devant la fourche, ils examinèrent les deux couloirs. Rivebise se pencha pour examiner les empreintes. Il se releva, l'air perplexe.

— Ce sont des traces d'êtres humains et de rats, mais il y en a d'autres, indéfinissables. Le nain avait raison, les draconiens et les hobgobelins n'ont jamais mis les pieds ici. Ce qui me trouble, c'est que les empreintes de rats s'arrêtent devant le couloir de droite. Celles que je n'identifie pas s'arrêtent devant celui de gauche.

— Quel couloir choisissons-nous ? demanda Tanis aux compagnons.

— Aucun des deux ! déclara Ebène. Retournons sur nos pas.

— Il n'est pas question de rebrousser chemin, répliqua Tanis. Je te laisserais bien partir, mais...

— ... Tu n'as pas confiance en moi, acheva Ebène à sa place. Je ne peux pas t'en vouloir, Tanis. J'ai dit que je vous aiderais, et je le ferai. Alors, à gauche ou à droite ?

— A droite, c'est mauvais, dit Raistlin.

— Gilthanas ? interrogea Tanis. As-tu la moindre idée où nous sommes ?

— Non, Tanthalas. Selon la légende, il existe plusieurs sorties du Sla-Mori sur Pax Tharkas. Elles sont toutes restées secrètes. Les seuls elfes à avoir accès à cet endroit étaient les prêtres qui célébraient les morts. Que nous prenions l'un ou l'autre...

— Ce sera celui de gauche, dit Tanis, puisque Raistlin redoute celui de droite.

Sur plusieurs centaines de pas, les compagnons suivirent la lueur du bâton de Raistlin. Ils débouchèrent dans un grand espace sombre qui avait dû être une salle de cérémonie. Deux rangées de sept colonnes, dont certaines s'étaient brisées sur le sol, couraient tout autour de l'immense salle aux murs craquelés partiellement affaissés, un souvenir du Cataclysme. Au fond de la salle, se dressaient deux grandes portes de bronze.

Raistlin avança. Les autres le suivirent, l'épée au poing. Soudain, Caramon poussa un cri de surprise. Le mage se précipita pour éclairer ce que le guerrier montrait du doigt.

Devant eux se trouvait un trône de granit flanqué de deux grandes statues aux yeux vides et occupé par le squelette d'un homme dont la mort avait effacé les caractéristiques raciales. Ses vêtements avaient perdu leur éclat, mais la couronne qui surmontait son crâne aux orbites creuses brillait de tous ses feux. Les restes d'une main décharnée étaient refermés sur la garde d'une épée toujours dans son fourreau.

Gilthanas tomba à genoux.

— Kith-Kanan, murmura-t-il. Nous sommes dans la Salle des Ancêtres, où il a été enseveli. Personne n'est entré ici depuis la disparition des prêtres pendant le Cataclysme.

Tanis regardait le trône avec intensité. Envahi par un sentiment inconnu, il s'agenouilla devant le plus grand des rois elfes.

— *Fealan thalos, im murquanethi. Sai Kith-Karanoth murtari larion,* murmura-t-il.

— Quelle belle épée ! fit Tass, dont la voix aiguë déchira le silence. (Tanis lui jeta un regard sévère.) Je ne voulais pas la prendre ! J'ai seulement fait remarquer l'existence d'un objet intéressant !

Tanis se releva.

— N'y touche pas, dit-il gravement au kender.

Tass regarda l'épée de plus près. Raistlin en fit autant, puis murmurera des mots étranges :

— *Tsaran korilath ith hakon.*

Il promena la main au-dessus de l'arme en décrivant une figure. L'épée s'anima d'une lueur rougeâtre.

— Elle est ensorcelée, déclara le mage avec un sourire.

— Par un bon ou un mauvais sort ? interrogea Tass.

— Il m'est impossible de le savoir. Mais si personne ne l'a touchée jusqu'à présent, je ne me risquerais pas à le faire !

Tandis que le kender luttait contre la tentation de désobéir à Tanis, sachant qu'il courait au-devant de grands dangers, les autres sondèrent les parois à la recherche de portes secrètes. Flint leur tint une conférence sur l'art et la manière des nains de construire des passages dérobés. Gilthanas se dirigea vers les grandes portes de bronze, dont l'une, légèrement entrebâillée, était gravée d'une carte de Pax Tharkas. Raistlin fit de la lumière et ils étudièrent le tracé.

Au bout d'un moment, Flint interpella le kender :

— Tasslehoff, bon à rien, viens donc par ici, c'est ta spécialité ! Tu te vantes de trouver les portes secrètes derrière lesquelles dorment de fabuleux trésors ! Donc agis !

Le kender approcha. Soudain, il se figea, dressant l'oreille.

— Qu'est-ce que ça peut bien être ? s'interrogea-t-il, la tête penchée.

— Quoi donc ? demanda Flint d'un ton absent.

— Une sorte de frottement, dit le kender d'un air perplexe. Là, derrière cette porte...

Tanis releva la tête ; il avait appris à apprécier l'ouïe particulièrement fine du kender. Il avança vers Gilthanas et Raistlin, qui examinaient la carte de bronze. Le mage fit un pas en arrière. Une odeur putride jaillit de la porte, qui s'était ouverte. Chacun put entendre distinctement un frottement accompagné d'un bruit de succion.

— Ferme la porte ! jeta hâtivement Raistlin.

— Caramon ! Sturm ! cria Tanis.

Les deux guerriers se précipitèrent et, aidés d'Ebène, pesèrent de tout leur poids sur les battants. En vain. La porte s'ouvrit en grand. Dans le fracas du bronze frappant les parois, une monstrueuse créature rampante apparut.

— Mishakal, viens-nous en aide ! s'écria Lunedor en se plaquant contre le mur.

En dépit de ses dimensions gigantesques, le monstre progressait rapidement. Le frottement provenait de l'énorme corps qu'il devait traîner sur le sol.

— Une limace ! constata le kender sur le ton d'un explorateur dénichant un spécimen rare. Mais regardez la taille de cette bête ! Je me demande ce qu'elle peut bien manger pour...

— *Nous*, imbécile ! s'écria Flint avant de tirer Tass par le collet pour le soustraire au jet de bave que crachait le monstre.

Au bout de ses antennes, les yeux du monstre scrutaient tous les coins de la salle. Pourtant, c'était grâce à son flair que la bête repérait les rats, et le gibier qu'elle venait de détecter était autrement plus intéressant. Elle cracha donc des jets de bave paralysante sur ses proies.

Le kender et le nain esquivèrent de justesse le mortel liquide. Sturm et Caramon, l'épée brandie, chargèrent la bête. La lame de Caramon ne pénétra pas d'un pouce dans sa chair caoutchouteuse, mais l'épée à deux mains de Sturm lui transperça l'arrière-train. Fou de douleur, le monstre se tourna vers le chevalier, tandis que Tanis attaquait à son tour.

— Tanthalas !

Surpris, Tanis s'arrêta et tourna la tête vers l'entrée de la salle.

— Laurana !

Ayant reniflé le demi-elfe, la bête lui envoya un jet de salive qui tomba sur son épée et commença à corroder le métal. Bientôt, la lame fondit entre ses mains, brûlant sa chair et dégoulinant jusqu'à son bras. Tanis poussa un hurlement et tomba à genoux.

— Tanthalas ! s'écria Laurana en courant vers lui.

— Arrêtez-la ! gémit Tanis.

La gigantesque limace approchait. Lunedor, effrayée, courut auprès de Tanis. Rivebise se plaça devant eux pour les protéger.

— Dépêchez-vous de filer ! lâcha Tanis, les dents serrées.

Lunedor prit la main blessée du demi-elfe entre les siennes et implora la déesse. Rivebise avait encoché une flèche et tira sur la limace. Le projectile l'atteignit au cou, ce qui suffit à la détourner de Tanis. Le demi-elfe se releva, la main guérie, mais l'épée hors d'usage. Entraînant Lunedor avec lui, il battit en retraite.

Raistlin courut vers Fizban.

— C'est le moment de lancer ta boule de feu, vieil homme ! haleta le magicien.

— Vraiment ? répondit Fizban, rayonnant de bonheur. Magnifique ! (Il se gratta la tête avec perplexité.) Quelle était donc la formule ?

— Tu l'as oubliée ! cria presque Raistlin en entraînant le vieillard à l'abri derrière une colonne afin d'éviter les crachats venimeux de la limace.

— Retirez-vous ! Il faut sortir d'ici ! cria Tanis, tentant de protéger Laurana et Lunedor en se servant de son arc.

— Le monstre nous poursuit, il est sur nos talons ! cria Sturm en flanquant des coups d'épée tout juste bons à attiser encore la colère de la limace.

Soudain, Raistlin leva les bras au ciel.

— *Kalth karan, tobaniskar !* vociféra-t-il.

Des fléchettes de feu jaillirent de ses mains et vinrent frapper la tête de la bête. Elle ralentit et s'ébroua, puis attaqua à une vitesse incroyable. La flèche que Tanis décocha rebondit comme sur du cuir. La gueule béante, le monstre fonça sur lui. Le demi-elfe recula précipitamment et trébucha sur les marches du trône de Kith-Kanan.

— Cachez-vous derrière le trône ! hurla-t-il à Lunedor et Laurana.

Sa main tâtonnait à la recherche d'une pierre à lancer dans la gueule du monstre, quand ses doigts se refermèrent sur la garde d'une épée.

De stupéfaction, il faillit la lâcher. Le métal était si froid qu'il lui brûlait la peau, mais la lame étincelait dans la lumière du bâton du mage. Ce n'était pas le moment de se poser des questions. Le demi-elfe plongea la pointe de l'épée dans la gueule ouverte.

— Filez ! cria-t-il en attrapant Laurana par le bras.

Il la poussa vers la porte, puis se retourna pour ralentir la progression de la bête et couvrir la fuite de ses compagnons. Mais l'ardeur combative de la limace semblait être douchée. Avec des contorsions de douleur, elle rampait lentement vers son repaire. Un liquide clair et gluant suintait de ses blessures.

Les compagnons se tassèrent dans le tunnel et reprirent haleine. Tanis lança un rapide coup d'œil autour de lui.

— Où est Tasslehoff ? demanda-t-il, exaspéré.

Il marchait en direction de la salle quand il tomba nez à nez avec le kender.

— Je t'ai rapporté le fourreau de l'épée, triompha Tass en le tendant à bout de bras.

— Retournons dans le tunnel, dit sèchement Tanis pour couper court à tout bavardage.

Ils rejoignirent les autres et, épuisés, se laissèrent tomber sur le sol. Tanis se tourna vers la jeune elfe.

— Par les Abysses, Laurana, peux-tu me dire ce que tu fais ici ? Il est arrivé quelque chose à Qualinost ?

— Non, rien du tout... Je.. je... suis venue, tout simplement.

— Et maintenant, tu vas rentrer ! s'exclama Gilthanas en la prenant par le bras.

— Je ne retournerai pas en ville, dit-elle vivement. Je te suivrai, toi, Tanis et les autres.

— Laurana, c'est de la folie, intervint le demi-elfe. Nous ne sommes pas en balade. Il ne s'agit pas d'un jeu. Tu as bien vu, nous avons failli y laisser la vie !

— Je sais, Tanthalas, plaida Laurana d'une voix tremblante. Tu m'as dit que le temps était venu pour toi de prendre des risques pour tes idées. Je suis celle qui te suivra.

— Tu auras pu être tuée, grogna Gilthanas.

— Mais je suis en vie ! protesta Laurana. Comme toutes les elfes, j'ai été entraînée avec les guerriers, en souvenir du temps où nous nous battions aux côtés des hommes pour défendre notre patrie.

— Ce n'est pas sérieux ! gronda Tanis avec colère.

— Ecoute, Tanis, interrompit le mage, nous perdons inutilement notre temps. Je n'ai pas l'intention de moisir dans ce tunnel. Cette jeune fille a pris sa décision. Nous ne pouvons nous permettre de la raccompagner, ni de la renvoyer seule chez elle. Elle pourrait être capturée et révéler nos projets. Il faut l'emmener avec nous.

Tanis foudroya le mage du regard ; il le haïssait pour sa logique froidement implacable, et surtout, parce qu'il avait raison. Il était sur le point de haïr également Laurana, sans trop comprendre pourquoi, sinon qu'elle lui rendait la tâche encore plus difficile.

— Ne compte que sur toi-même, lui dit-il tranquillement, tandis que les autres ramassaient leurs affaires. Je ne peux pas passer mon temps à te protéger, Gilthanas non plus. Tu t'es conduite en enfant gâtée.

Je te l'avais dit, il faudrait que tu mûrisses. Sinon, tu mourras bientôt et tu entraîneras peut-être les tiens dans ta chute.

— Pardonne-moi, Tanthalas, mais je ne pouvais pas te perdre une seconde fois. Je t'aime. Tu verras, tu seras fier de moi.

Tanis lui tourna le dos et s'éloigna. Confronté au visage hilare de Caramon et aux gloussements de Tika, le demi-elfe se sentit rougir.

— Je crois qu'il faut prendre le couloir de droite, quels que soient les mauvais pressentiments de Raistlin.

Le regard du mage s'attarda sur l'épée que Tanis avait rengainé.

— Cette arme est ensorcelée, dit doucement Raistlin. Comment l'as-tu trouvée ?

— J'étais près du tombeau du roi des elfes, et je cherchais un objet à lancer à la tête de la limacc quand cette épée s'est retrouvée soudain entre mes mains. Elle avait été dégainée, et...

— Et alors...? demanda Raistlin avec impatience.

— Il me l'a donnée. Je me souviens que sa main a touché la mienne...

— Mais qui ? demanda Gilthanas. Aucun de nous n'était là.

— Kith-Kanan...

9

LA GARDE ROYALE.
LA SALLE DE LA CHAÎNE.

Peut-être était-ce un effet de l'imagination des compagnons, mais les ténèbres devenaient de plus en plus denses et l'air de plus en plus froid. Quand les explorateurs arrivèrent à un carrefour, aucun ne voulut prendre le tunnel de gauche, par crainte de retomber sur la Salle des Ancêtres ou sur l'antre de la gigantesque limace.

— L'elfe a failli nous faire passer de vie à trépas en nous jetant dans la gueule d'un monstre, je me demande sur quoi nous allons encore tomber ! grommela Ebène.

Personne ne répondit. Chacun reconnaissait l'atmosphère sinistre que Raistlin avait annoncée. Seule la solidarité qui liait les membres du groupe les faisait encore avancer.

Le tunnel se termina brusquement sur un amoncellement de gravats provenant d'un trou percé dans la paroi rocheuse. Il s'en dégageait une énergie maléfique terrifiante, qui passait sur la peau comme une main glacée invisible. Tous s'arrêtèrent ; même l'intrépide kender n'osa franchir l'ouverture béante.

— Tu sais bien que ce n'est pas la peur qui me retient, dit-il à Flint. Simplement, je préfère être ailleurs que dans ce trou.

Le silence se fit oppressant. Chacun ne perçut plus que les battements de son cœur et le souffle de la respiration des autres. Le bâton lumineux tremblait dans la main du mage.

— Bon, nous n'allons pas nous éterniser, déclara Ebène d'un ton cassant. Envoyons l'elfe en reconnaissance, puisque c'est lui qui nous a amenés ici.

— C'est moi qui irai, déclara Gilthanas. Mais j'ai besoin de lumière.

— Personne ne doit toucher ce bâton en dehors de moi, siffla Raistlin. J'irai avec toi, ajouta-t-il à contrecœur après une pause.

— Je vous accompagne, murmura Caramon.

— Pas question, dit Tanis. Tu restes là et tu veilles sur les autres. C'est moi qui irai avec Gilthanas et Raistlin.

Gilthanas passa le premier, suivi du mage, soutenu par Tanis. Ils découvrirent une petite salle pourvue sur deux côtés de portes de pierre dont les charnières étaient encastrées dans le rocher.

— Elles sont décorées de sculptures, fit remarquer Tanis. Raistlin, approche ton bâton.

— Le blason royal ! s'exclama Gilthanas en découvrant les motifs des portes.

— Et qu'est-ce que ça signifie ? interrogea Tanis, gagné par la frayeur de l'elfe.

— Nous sommes dans la crypte de la Garde royale, répondit Gilthanas d'une voix blanche. Selon la légende, les soldats du roi ont fait le serment de veiller sur sa sépulture par-delà la mort.

— Et la légende est réalité ! souffla Raistlin, agrippé au bras de Tanis.

Les énormes blocs de pierre glissèrent sur leurs gonds, qui grincèrent de façon sinistre. Par les portes largement ouvertes, un courant d'air glacial traversa leurs corps jusqu'à l'engourdissement. Derrière les portes se mouvaient des formes indistinctes.

— Les gardes ! Les empreintes indéfinissables

étaient les leurs ! s'écria Raistlin, affolé. Des empreintes d'êtres humains qui n'en sont plus ! Nous sommes perdus ! Contrairement aux spectres du Bois des Ombres, ceux-ci n'ont qu'une chose en tête : anéantir les auteurs du viol de la sépulture royale.

— Il faut tenter quelque chose ! dit Tanis en se dégageant de l'étreinte du mage.

Il avança vers une des portes et se trouva bloqué par deux revenants.

— N'avancez pas ! cria Tanis aux compagnons. Restez à distance ! Qui est-ce ? Fizban ! Non, mon vieux, il faut que tu t'éloignes. Ce sont des gardes morts..., des spectres !

— Calme-toi, murmura le vieillard. Vous, les jeunes, vous vous affolez pour un rien.

Il se retourna et fit entrer Lunedor.

— Tout va bien, Tanis, dit-elle avec douceur. (Elle entrouvrit sa cape : l'amulette s'était auréolée de bleu.) Fizban affirme qu'ils nous laisseront passer s'ils voient mon pendentif. Au moment où il le disait, le bijou s'est illuminé !

— Pas question ! rétorqua Tanis, prêt à ordonner la retraite.

Mais Fizban le retint d'un index brandi.

— Tu es un brave garçon, Tanis, dit-il, mais tu te fais beaucoup trop de souci. Maintenant détends-toi et renvoyons ces pauvres hères à leur sommeil éternel. Dis aux autres de venir, s'il te plaît.

Trop abasourdi pour proférer une parole, Tanis s'effaça devant Lunedor et Rivebise qui défilèrent lentement devant les spectres alignés. Après le passage de la jeune femme, les gardes retournaient à leur posture figée ; l'atmosphère maléfique disparaissait au fur et à mesure qu'elle avançait.

Les autres la suivirent de près, à l'exception de Tass, qui ne put s'empêcher d'examiner une grande silhouette vêtue d'une splendide armure gisant sur sa pierre tombale. Sa curiosité admirative concernait le blason royal, dont il n'arrivait pas à déchiffrer la devise.

— « Fidèle par-delà la mort », traduisit Tanis.

Au bout de la crypte, ils découvrirent un grand portail de bronze que Lunedor ouvrit sans difficulté. Ils suivirent un vestibule triangulaire se terminant sur deux portes. Après une brève discussion, Tanis décida qu'on emprunterait celle de droite.

— Encore une autre pièce..., dit Tass en l'ouvrant avec facilité.

Eclairés par le bâton de Raistlin, les compagnons y pénétrèrent sur la pointe des pieds. La salle était ronde et d'un diamètre d'au moins cent pieds. A l'autre bout se dressait une porte de plus, et au centre...

— Regarde, Flint, une colonne creuse ! s'exclama Tass en riant. De fameux architectes, les nains qui ont construit une colonne creuse ! gloussa-t-il.

— S'ils l'ont fait, c'est qu'ils avaient une bonne raison, répondit Flint en écartant le kender pour examiner l'objet. Hum...! Ce n'est pas une colonne, cervelle d'oiseau ! explosa-t-il. C'est une énorme chaîne ! Regarde donc, elle est arrimée au sol par des crochets de fer.

— Alors nous sommes dans la Salle de la Chaîne ! s'exclama Gilthanas. Voilà le fameux mécanisme qui sert à défendre Pax Tharkas. Nous sommes pratiquement à l'intérieur de la forteresse.

Les compagnons lorgnèrent la gigantesque chaîne d'un air incrédule. Chacun de ses maillons était aussi grand que Caramon et aussi épais que le tronc d'un arbre.

— Comment ça marche ? demanda Tass en essayant d'attraper la chose pour y grimper. Où mène-t-elle ?

— C'est la chaîne qui conduit au mécanisme proprement dit, répondit Gilthanas. Quant au fonctionnement, il faut demander au nain, car je n'y connais rien. En détachant la chaîne des crochets où elle est arrimée, on libère d'énormes blocs de pierre qui s'abattent devant les portes des remparts de la forteresse. Aucune force en Krynn ne peut alors les ouvrir.

« — Regardez ! s'exclama Gilthanas, pointant un doigt vers le nord de la salle. Une entrée dérobée ! »

— Flint, va voir d'abord où elle mène, ordonna Tanis.

— A un couloir semblable à tous les autres, cria bientôt Flint de l'autre bout de la pièce.

— Mais le chemin de Pax Tharkas emprunte une porte secrète, j'en suis sûr ! protesta Gilthanas.

Avant que quiconque ait pu réagir, il se baissa et retira une pierre de la paroi. La porte s'ébranla puis s'ouvrit sur une grande salle remplie d'objets scintillants sous une épaisse couche de poussière.

— La salle du trésor ! s'écria Ebène. Nous avons trouvé le trésor de Kith-Kanan !

— Ce n'est que de l'or, dit froidement Sturm. Sans valeur, par les temps qui courent ; seul le fer en a une...

Sa voix grave s'étrangla, ses traits se tordirent d'épouvante.

— Qu'y-a-t-il ? s'écria Caramon, alarmé.

— Je sais très bien ce qui se passe ! s'exclama Raistlin, haletant, la main en visière devant les yeux. C'est l'esprit d'un elfe noir ! Je savais qu'il ne fallait pas ouvrir cette porte !

— Faites quelque chose ! dit Ebène en titubant.

— Rengainez vos armes, imbéciles ! Le fer ne peut rien contre un esprit ! Son contact est mortel, et s'il pousse le moindre cri entre ces murs, nous sommes perdus. Les aigus de sa voix suffisent à tuer. Courez ! Dépêchez-vous ! Par la porte sud, au fond de la salle !

Les compagnons se tournaient vers l'huis en question quand les ténèbres de la salle du trésor se muèrent en une forme féminine opalescente d'une beauté à glacer les sangs : une elfe maléfique d'un autre âge, condamnée à ce sort pour des crimes inavouables. Les magiciens elfes l'avaient contrainte à demeurer la gardienne du trésor pour l'éternité. A la vue des humains, le spectre tendit les mains vers la chaleur de leurs corps et hurla sa douleur et sa haine pour tout ce qui était vivant.

Les compagnons avaient fait volte-face vers les portes de bronze et prenaient la fuite. Dans sa précipitation, Caramon bouscula son frère, qui trébucha et laissa choir son bâton. Le cristal magique, que seul le souffle d'un dragon pouvait éteindre, continua de luire au ras du sol, plongeant le reste de la salle dans l'obscurité.

Voyant ses proies lui échapper, l'esprit vola à leur suite. Il effleura la joue d'Ebène, qui, sous le choc, poussa un hurlement et s'effondra. Sturm le traîna sur le sol tandis que Raistlin réussissait à ramasser son bâton.

— Tout le monde est là ? demanda Tanis, hésitant à refermer la porte.

Un grognement sourd s'éleva, si terrifiant que le cœur de Tanis s'arrêta de battre. Il osait à peine respirer. Puis le grognement cessa, et le demi-elfe respira. Sans doute l'esprit reprenait-il son souffle pour pousser un cri encore plus déchirant.

— Pas le temps de vérifier ! haleta Raistlin. Ferme la porte, frère !

Caramon poussa de toutes ses forces les lourds battants de bronze qui se refermèrent avec un vacarme retentissant.

— Cela ne l'arrêtera pas ! cria Ebène, pris de panique.

— Non, mais je peux jeter un sort sur cette porte, bien que je n'aie plus beaucoup de force. Je vous conseille de fuir pendant qu'il en est encore temps. Si ça ne marche pas, j'essaierai de retenir l'esprit d'une manière ou d'une autre.

— Rivebise, emmène les autres, ordonna Tanis. Moi, je resterai avec Caramon et Raistlin.

— *Kalis-an budrunin...*

Un froid glacial s'abattit sur le mage, l'empêchant de se concentrer sur sa formule magique.

L'elfe noire ! Elle tentait de résister au sort de Raistlin. Les images de son combat avec un autre elfe noir, dans la Tour des Sorciers, défilèrent devant les yeux du mage. Il fit un effort intense pour chasser ce souvenir sinistre qui lui brouillait l'esprit. Mais il sentit qu'il perdait inéluctablement le contrôle de lui-même. La formule lui était complètement sortie de la tête !

La porte se mit à vibrer. L'elfe noire était en train de passer au travers !

Alors une force qu'il avait ressentie deux fois dans sa vie - dans la Tour des Sorciers et devant l'autel du dragon noir, à Xak Tsaroth - envahit son être. Une voix familière qu'il n'avait jamais pu identifier lui parla distinctement, dictant des paroles magiques qu'il répéta à tue-tête sur un ton qu'il ne se connaissait pas : « *Kalis-an budrunin kara-emarath !* »

De l'autre côté de la porte s'éleva un murmure de déception. Le bronze avait tenu bon.

Et le mage s'était évanoui.

Caramon tendit le bâton magique à Ebène et prit Raistlin entre ses bras. Tous se ruèrent dans le couloir obscur. Une nouvelle porte secrète ne résista pas à l'habileté de Flint. Elle débouchait sur une enfilade de tunnels jonchés de débris à travers lesquels ils se frayèrent péniblement un chemin. Ils aboutirent enfin à une vaste salle remplie du sol au plafond de coffres de bois. Sur les uns était inscrit « Solace », sur les autres, « Hautes-Portes ».

— Nous y sommes ! Nous nous trouvons à l'intérieur de la forteresse, dit Gilthanas, bouleversé par cette amère victoire. Nous sommes dans les caves de Pax Tharkas.

— Rendons grâce aux vrais dieux ! s'écria Tanis avec un grand sourire de soulagement.

Il se laissa tomber sur le sol à côté de ses compagnons. Alors ils prirent conscience de l'absence de Fizban et de Tasslehoff...

10

ÉGARÉS. LE PLAN. LA TRAHISON.

Après coup, Tass n'arriva plus à se souvenir de ce qui s'était passé au moment où avait éclaté la panique dans la Salle de la Chaîne. Il se rappelait avoir demandé « Une elfe noire ? Où ça ? » quand le bâton lumineux était tombé par terre. Il avait entendu crier Tanis, tandis qu'un autre son - une sorte de plainte stridente - lui avait fait perdre tout sens de la réalité. Des bras puissants l'avaient agrippé par la taille et soulevé dans les airs.

— Grimpe ! avait crié une voix derrière lui.

Tendant les mains, ses doigts avaient rencontré le métal froid de la chaîne. Il avait commencé à escalader quand il entendit un bruit de porte lointain et un deuxième hurlement. Le kender pensa que ses amis venaient d'échapper à la maléfique créature.

Tass commençait à désespérer quand il capta un marmonnement.

Fizban !

Il n'était pas seul ! Comme il faisait un noir d'encre, le kender avait dû grimper sans s'en rendre compte jusqu'à la jonction de la chaîne et du mécanisme car un courant d'air froid lui avait soudain caressé la joue droite. Si seulement il avait pu voir quelque chose ! Alors il lui vint à l'esprit qu'il était en compagnie d'un magicien.

— Il nous faudrait de la lumière, lança-t-il.

— Chaumière ! Quelle chaumière ? répliqua Fizban avec consternation.

— Pas chaumière, *lumière* ! corrigea Tass en riant. Je crois que nous sommes parvenus au bout de ce machin, et qu'il faudrait que nous y voyons un peu plus clair.

— Ah, mais certainement ! Voyons... de la lumière...

Tass entendit le magicien fouiller dans ses poches, puis lâcher un petit cri de satisfaction suivi de quelques murmures. Soudain, une boule de flammes jaunes apparut près du chapeau de Fizban.

Elle zigzagua vers le kender et tourna autour de lui, puis revint sur le chapeau du magicien. Tass était enchanté. Une multitude de questions lui montèrent aux lèvres, mais il les réprima. Ses bras n'en pouvaient plus ; le vieillard semblait épuisé. Il valait mieux trouver un moyen de sortir de cette inconfortable posture.

Tass leva les yeux au-dessus de lui. Ils se trouvaient bel et bien en haut de la forteresse. La chaîne s'enroulait sur un énorme engrenage de bois dont l'axe de fer était fiché dans le rocher. Les maillons s'encastraient sur des dents de la taille d'un tronc d'arbre, acheminant la chaîne jusque à un tunnel, sur la droite du kender.

— Nous pourrions escalader l'engrenage et ramper le long de la chaîne jusqu'au tunnel, proposa Tass. Peux-tu diriger la lumière par là ? dit-il en pointant un doigt.

Tass atteignit rapidement la première dent de la roue. Sa large tunique relevée jusqu'aux cuisses, Fizban le suivit avec une agilité déconcertante. La boule de lumière dansait devant eux, comme si elle les avait guidés vers le tunnel.

Le kender examina l'intérieur du tunnel. Haut de sept pieds, il abritait une quantité de petites chaînes reliées à la principale et lestées d'énormes poids.

— Quelle heure peut-il être ? demanda Tass.
— L'heure de manger, répondit le vieillard. Nous pouvons très bien le faire ici. Cet endroit est aussi sûr qu'un autre pour se reposer.

* * *

— Flint, pour la dernière fois, je te répète que je suis aussi malheureux que toi d'avoir perdu Tass, dit Tanis d'un ton grave. Mais nous ne pouvons pas retourner en arrière ! Songe qu'il est avec Fizban. Tels que nous les connaissons, ils réussiront sûrement à se tirer d'affaire.
— Si toutefois ils ne font pas s'effondrer la forteresse ! marmonna Sturm.
Le nain s'essuya les yeux et lança un regard noir à Tanis, puis il lui tourna le dos et s'accroupit dans un coin, la mine sinistre.
Tanis se rassit. Il comprenait ce que ressentait Flint. Aussi étrange que cela paraisse, le kender, qu'il aurait parfois étranglé de bon coeur, lui manquait cruellement. Son indéfectible bonne humeur en faisait un compagnon irremplaçable. Tous les kenders ignoraient la peur, mais, de surcroît, Tass ne se laissait jamais abattre, toujours prêt à faire face au danger. Tout ce que Tanis pouvait espérer, c'est que la nouvelle épreuve que son ami traversait ne serait pas la dernière.
Les compagnons se reposèrent pendant une heure et se restaurèrent. Voyant Gilthanas absorbé par l'étude d'une carte, Tanis approcha. Passant devant Laurana, assise seule, il lui sourit. Elle détourna la tête. Tanis soupira : il regrettait de lui avoir parlé si durement. Force était de reconnaître qu'elle s'était remarquablement comportée en des circonstances périlleuses. Il envisagea de s'excuser auprès d'elle, mais d'abord, il fallait parler à Gilthanas.
— Quel plan caresses-tu ? demanda-t-il en s'asseyant près de l'elfe.

— Où nous trouvons-nous exactement ? s'enquit Sturm.

Bientôt, tous les compagnons furent rassemblés autour de la carte.

— Voilà la forteresse de Pax Tharkas, entourée de la zone des mines, dit Gilthanas en pointant un doigt. Nous sommes dans les caves du niveau inférieur. Sous ce passage, environ à cinquante pieds d'ici, se trouvent les geôles des femmes et un poste de garde. Là, dit-il en appuyant sur le parchemin, c'est l'antre d'un des dragons rouges, celui que le seigneur Verminaar appelle Ambre. L'antre communique avec les appartements du seigneur, au premier.

« Les enfants sont prisonniers derrière la chambre de Verminaar. Le seigneur des Dragons n'est pas idiot. Il a séparé ses otages, sachant que les femmes ne s'évaderont pas sans leurs enfants, ni les hommes sans leur famille. Un deuxième dragon rouge monte la garde devant la prison des gamins. Les hommes, environ trois cents, travaillent dans les mines creusées sous la montagne, en compagnie de plusieurs centaines de nains des ravins. »

— Tu sembles bien informé, dit Ebène.

— Que veux-tu insinuer ? répliqua Gilthanas.

— Rien du tout ! Je me borne à constater que tu connais bien Pax Tharkas, pour quelqu'un qui n'y est jamais allé. Je me demande donc pourquoi nous nous sommes jetés dans les bras d'un monstre qui a failli nous tuer.

— Ebène, dit Tanis d'un ton calme, nous sommes las d'entendre tes sempiternels soupçons. Il n'y a pas de traîtres parmi nous, j'en suis sûr. Comme l'a dit Raistlin, s'il y en avait un, il nous aurait vendus depuis longtemps. Pourquoi nous aurait-il laissés progresser aussi loin ?

— Pour nous livrer, les Anneaux et moi, au seigneur Verminaar, dit tranquillement Lunedor. Il sait parfaitement que je suis ici, Tanis. Lui et moi sommes des gens de foi.

— C'est ridicule ! grogna Sturm.

— Pas du tout, reprit Lunedor. Souviens-toi de la disparition des deux constellations. L'une était la Reine des Ténèbres, qui compte parmi les anciens dieux. Les dieux du Bien s'opposent aux dieux du Mal, et les dieux *neutres* tentent de maintenir l'équilibre. Verminaar sert la Reine des Ténèbres comme je sers Mishakal. C'est ce qu'a voulu dire la déesse quand elle a parlé de *rétablir* l'équilibre. La promesse de Bien que je représente est ce que Verminaar redoute et il fera tout ce qui est en son pouvoir pour me retrouver. Plus longtemps je resterai ici, plus...

— Raison de plus pour cesser de se chamailler, dit Tanis en fixant Ebène.

— Ce que vous me dites me suffit. Je suis avec vous.

— Quel est ton plan, Gilthanas ? interrogea Tanis, notant avec irritation que Sturm, Caramon et Ebène échangeaient des regards complices.

Trois humains qui se liguent contre les elfes, se surprit-il à penser.

Gilthanas avait également vu l'échange de clins d'œil. Il regarda les trois hommes sans ciller puis parla d'un ton mesuré et distant, comme à contrecœur :

— Tous les soirs, une douzaine de prisonnières quittent leur geôle pour aller porter à manger à leurs hommes et à leurs enfants. Mes guerriers et moi avions projetés de nous déguiser en femmes pour avertir les mâles que nous allions libérer les otages et qu'ils pouvaient se préparer à la révolte. Nous n'avions pas pensé à la façon de libérer les enfants. Nos espions ont fait un rapport étrange sur le dragon qui les garde ; nous n'avons pas pu déterminer de quoi il s'agit.

— Quels esp..., commença Caramon.

Croisant le regard de Tanis, il renonça à poursuivre.

— Quand et comment allons-nous attaquer Ambre, le dragon rouge ?

— Demain matin. Verminaar et Ambre vont sûrement vouloir rejoindre l'armée, sur les frontières du Qualinesti. Le seigneur a longuement préparé cette invasion, et je ne pense pas qu'il veuille manquer l'événement.

Le groupe discuta du plan jusque dans ses moindres détails et s'accorda sur l'essentiel. Puis chacun ramassa ses affaires. Sturm et Ebène poussèrent la porte qui donnait sur le couloir et avancèrent en silence dans le corridor désert.

* * *

Tasslehoff et Fizban passèrent une bonne heure à se faufiler entre les chaînes pour trouver une issue dans le tunnel. En vain. Ils s'accordèrent une pause et s'assirent près de la sortie du tunnel.

— Tu parlais de lumière, eh bien, en voilà ! déclara soudain le vieux magicien.

Tass se retourna. Un mince rai filtrait par une lézarde, au bas de la paroi. Des bruits de voix s'élevèrent et le rayon de lumière se fit plus intense. Des hommes munis de torches circulaient dans la pièce du dessous.

Tass se précipita vers la lézarde, s'accroupit et colla son œil sur la fente.

— Viens voir !

Fizban et le kender découvrirent une vaste salle meublée avec un luxe inouï. Tout ce que le seigneur des Dragons avait pu trouver de plus joli, de plus délicat, de plus précieux dans le pays se trouvait dans ses appartements privés. Autour du trône ouvragé, des miroirs d'argent ornaient les murs, reflétant à l'infini l'image grotesque du seigneur au heaume cornu.

— Ce doit être lui ! s'exclama Tass, éberlué. Ce ne peut être que Verminaar ! Et là, regarde ! reprit-il haletant d'excitation, c'est sûrement son dragon, tu sais, Ambre, celui dont a parlé Gilthanas. C'est lui qui a tué les elfes à Solace !

* * *

Ambre, ou Pyros (son vrai nom n'était connu que des draconiens et des autres dragons) était un antique dragon rouge. Il avait été offert à Verminaar par la Reine des Ténèbres pour le récompenser de ses services. En réalité, c'était pour avoir l'œil sur lui. Car Verminaar souffrait d'une terreur panique, quasi paranoïaque, de voir revenir les vrais dieux. En Krynn, tous les grands seigneurs draconiens possédaient des dragons, mais celui-ci était plus fort et plus intelligent que les autres.

Le rôle que Pyros devait jouer auprès de Verminaar sur ordre de la Reine des Ténèbres devait bien entendu rester secret.

Il consistait à rechercher dans cette partie de l'Ansalonie un homme connu sous plusieurs noms. La Reine des Ténèbres l'appelait l'Immortel, les dragons le nommaient l'Homme à l'Emeraude, et son nom humain était Berem. En raison de son obsédant souci de mettre la main sur cet individu, Pyros se trouvait dans la chambre de Verminaar en un après-midi qu'il aurait préféré passer vautré dans son antre.

Pyros avait appris que Toede, le chef des gobelins, allait amener deux prisonniers. Berem pouvait être l'un des deux. Le dragon assistait toujours aux interrogatoires, bien qu'il s'y ennuyât ferme, car il arrivait que Verminaar lui abandonne un prisonnier en pâture.

Pyros somnolait dans la spacieuse salle du trône qu'il emplissait presque totalement. Ses gigantesques ailes se soulevaient sur ses flancs. En remuant dans son sommeil, il fit tomber un vase précieux. Verminaar, qui examinait une carte du Qualinesti, leva la tête.

— Transforme-toi, avant de tout casser ! grogna-t-il.

Pyros ouvrit un œil, regarda Verminaar d'un air goguenard, puis marmonna une formule magique. Le grand dragon rouge se mua en un être humain aux cheveux sombres, au visage émacié, aux yeux d'un rouge ardent. Il avança vers le seigneur, faisant froufrouter son ample tunique écarlate.

Quelqu'un frappa un coup à la porte.

— Entrez ! répondit Verminaar d'un ton absent.

Un garde draconien ouvrit et introduisit le chef des gobelins, Toede, accompagné de ses prisonniers. Quelques minutes s'écoulèrent avant que le seigneur des Dragons daignât lever la tête. Puis il alla s'asseoir entre les deux mâchoires sculptées qui formaient son trône.

Verminaar avait une belle prestance. L'homme en imposait avec son armure en écailles de dragon trempée d'or et le masque couronné de cornes qu'il portait sur le visage.

Il considéra Toede et ses prisonniers d'un air courroucé. Il savait que Toede les lui avait amenés pour se faire pardonner la perte désastreuse de la prêtresse, qu'il avait laissée s'échapper. Quand Verminaar avait appris qu'une femme correspondant au signalement de la prêtresse se trouvait parmi les prisonniers de Solace et qu'elle s'était enfuie, il était entré dans une colère noire. Toede aurait payé cette erreur de sa vie s'il n'avait fait jouer ses exceptionnels talents de flagorneur. Au début, Verminaar ne voulut plus entendre parler de l'abject hobgobelin. Sentant que tout n'allait pas pour le mieux dans le royaume, il s'était ravisé.

C'est à cause de cette maudite prêtresse ! pensa Verminaar. Elle prenait de plus en plus d'importance, ce qui le mettait mal à l'aise et le rendait nerveux.

Il examina les prisonniers. Aucun des deux ne correspondait au signalement des visiteurs de Xak Tsaroth. Désappointé, il maugréa sous son masque.

Pyros eut une tout autre réaction. Le cou tendu, il serra le bord de la table avec une telle frénésie qu'il y laissa l'empreinte de ses ongles. Voulant dissimuler son excitation, il fit un effort démesuré pour prendre un air détaché. Mais ses prunelles de braise trahissaient son ardeur.

Un des prisonniers était le nain des ravins, Sestun. L'autre était un homme en haillons qui gardait les yeux baissés.

— Pourquoi m'amènes-tu ces déchets, Toede ? grogna Verminaar.

Toede, dont les bourrelets adipeux ballottaient de peur, se jeta éperdument dans les explications.

— Celui-ci, dit-il en donnant un coup de pied à Sestun, a aidé les esclaves de Solace à s'enfuir, et celui-là errait autour de Hautes-Portes, territoire interdit à quiconque est étranger à l'armée.

— Que veux-tu que j'en fasse, imbécile ? Qu'ils aillent rejoindre le reste de la racaille dans les mines !

— Je p...pensais q...que l'humain p...pouvait être un espion...

Le seigneur des Dragons examina l'homme en haillons avec attention. De haute taille, les cheveux blancs, le visage rasé et buriné, il devait bien avoir une cinquantaine d'années. Vêtu comme un mendiant, ce qu'il était probablement, pensa Verminaar avec dégoût, il ne présentait pas de signe particulier, n'était un regard jeune et franc. Ses mains aussi avaient un aspect juvénile. L'homme devait avoir du sang elfique...

— C'est un simple d'esprit, déclara Verminaar, en faisant un geste vers le prisonnier, qui restait bouche bée. On dirait un poisson échoué hors de l'eau.

— Je c...crois q...qu'il est sourd-muet, seigneur, dit Toede, en nage.

Verminaar fronça le nez. L'odeur répugnante du hobgobelin pénétra jusque sous son masque.

— Tu as réussi à capturer un nain des ravins et un espion sourd-muet ! Bravo, Toede, de mieux en mieux ! Maintenant, tu pourrais peut-être aller me cueillir un bouquet de fleurs !

— Comme il plaira à Son Excellence, répondit Toede, en s'inclinant avec onction et componction.

Verminaar éclata de rire malgré lui. Toede était somme toute assez amusant ; quel dommage qu'il sente si mauvais !

— Débarrasse-moi le plancher, Toede, ordonna le seigneur. Le nain des ravins fera un excellent dîner pour Ambre. Quant à ton espion, envoie-le à la mine, mais garde l'œil sur lui, il a vraiment l'air redoutable !

Verminaar quitta son trône et rejoignit sa table de travail, où il rangea ses cartes. Il interpella Pyros :

— Occupe-toi de transmettre les ordres. Nous nous envolerons demain matin pour le Qualinesti, que nous anéantirons. Sois prêt quand je t'appellerai.

Les portes de bronze claquèrent derrière le seigneur des Dragons. Pyros se leva et arpenta la pièce de long en large, s'énervant quand on frappa à la porte.

— Le seigneur Verminaar s'est retiré ! vociféra-t-il, furieux d'être dérangé.

La porte s'ouvrit.

— C'est toi que je voulais voir, Majesté, chuchota un draconien en entrant.

— Bon ! Mais dépêche-toi !

— Notre espion a réussi, Majesté, dit le draconien. Il est parvenu à s'échapper un moment sans attirer l'attention. Mais il a dit que la prêtresse...

— Au diable la prêtresse ! grogna Pyros. Cette nouvelle n'intéresse que Verminaar ! Va le lui dire. Non, attends un instant...

— Je suis venu te le dire d'abord, comme convenu, répondit le draconien, prêt à se retirer.

— Reste ici, ordonna le dragon. Après tout, cette nouvelle n'est pas sans intérêt pour moi. Il y a d'autres choses en jeu... Je vais rencontrer notre *ami*. Amène-le ce soir dans mon antre. Verminaar sera bien trop occupé avec le Qualinesti...

Le draconien s'inclina et quitta la pièce. Pyros reprit ses allées et venues, méditant sur ces heureuses circonstances.

11

LA PARABOLE DE LA GEMME.
LE TRAÎTRE DEMASQUÉ.
LE DILEMME DE TASS.

— Nous voilà arrivés au-dessus de la salle du trône, constata joyeusement Tass. Cet escalier y descend. L'endroit doit fourmiller de gardes draconiens !

Il colla son oreille à la porte et guetta les bruits. Rassuré, il poussa les deux battants.

Il s'arrêta et écouta de nouveau, puis entra à l'intérieur de la salle suivi de Fizban et de sa boule de lumière.

— On dirait un musée, remarqua Tass en découvrant les peintures qui couvraient les murs.

Par les fenêtres placées en hauteur, il vit la ligne sombre des montagnes se découper sur le ciel étoilé. Après avoir soigneusement repéré les lieux, il compléta le schéma qu'il s'était fait mentalement.

— Si mes calculs sont bons, résuma-t-il, la salle du trône est à l'ouest, et l'antre du dragon se trouve juste derrière. Elle ouvre forcément sur le ciel, ce qui nous permettra de voir d'en haut ce qui s'y passe.

Absorbé par son étude, il ne s'était pas rendu compte que Fizban ne l'écoutait pas. Le vieux magicien examinait les peintures avec intérêt.

— Ah ! la voilà, murmura-t-il. Tasslehoff !

Le kender tourna la tête. Il vit une des peintures s'illuminer d'une lueur diffuse.

— Oh ! Mais qu'est-ce que je vois là ! fit-il. Voyons ! Des dragons..., des dragons rouges, comme Ambre. Ils attaquent Pax Tharkas et... (Il se tut.) Des hommes..., des Chevaliers de Solamnie chevauchant d'autres dragons les combattent ! Ces dragons dorés et argentés irradient de lumière ! Les armes des chevaliers aussi !

Soudain, Tass eut une *révélation*. Il existait de bons dragons de par le monde, et si on arrivait à les trouver, ils lutteraient contre les mauvais et...

— La Lancedragon ! murmura-t-il, pris dans son rêve.

— Oui, petit, chuchota le vieux mage. Tu as compris. Tu as trouvé la réponse. Souviens-t'en. Mais pour l'instant, oublie..., oublie..., dit-il en tirant sur la queue-de-cheval du kender.

— Des dragons. Qu'est-ce que j'ai dit ?

Tass ne se souvenait de rien. Il se demanda ce qu'il faisait planté devant une peinture que la poussière rendait pratiquement invisible.

— Ah oui ! s'écria-t-il. L'antre du dragon. Si mes calculs sont exacts, c'est par là.

Il partit en trottinant. Le vieillard le suivit, un sourire aux lèvres.

* * *

— Arrête, polisson ! s'indigna Caramon en flanquant une tape sur la main qu'Ebène avait glissée sous sa jupe.

Devant les pitreries des guerriers déguisés, les trente-quatre femmes entassées dans la prison éclatèrent de rire. Leurs conditions de vie étaient épouvantables, mais l'arrivée des compagnons leur redonnait espoir. Celle qui se nommait Maritta voulut tranquilliser Tanis, soucieux de ne pas attirer l'attention des gardiens.

— Nous sommes de votre côté, et nous avons compris ton plan. Nous ferons l'impossible pour qu'il réussisse, mais à une condition... Nos enfants ne doivent courir aucun risque !

Elle se tourna vers ses compagnes, qui hochèrent la tête en signe d'approbation.

— Je ne peux malheureusement pas vous le garantir. Il nous faudra nous battre contre un dragon avant de pouvoir les libérer...

— Contre Flamme ? dit Maritta, incrédule. Il n'y a pas grand-chose à craindre de cette pauvre créature. Si vous lui faisiez le moindre mal, les enfants vous mettraient en pièces. Ils l'adorent.

— Ils adorent le dragon ? s'enquit Lunedor. Comment s'y est-il pris ? Il les a ensorcelés ?

— Non. Je ne crois pas que Flamme soit en état de jeter un sort, souffla tristement Maritta. La pauvre créature a presque perdu la tête. Ses rejetons ont été tués à la guerre et elle s'est mis dans la tête que nos enfants étaient les siens. Je me demande d'où le seigneur l'a sortie, mais il devrait avoir honte ! J'espère bien qu'il le paiera ! Il ne sera pas difficile de libérer les enfants. Flamme dort tard dans la matinée ; nous leur apportons à manger et nous les prenons pour une petite promenade. Elle se rendra compte qu'ils ne sont plus là quand elle se réveillera. La pauvre bête !

Les femmes mirent la dernière main aux déguisements qu'elles avaient confectionnés pour les compagnons. Vint le tour du chevalier de revêtir le sien.

— Me raser !

Sturm avait accepté tant bien que mal l'idée de se déguiser, puisque c'était le seul moyen d'aller de la forteresse aux mines sans se faire remarquer. Mais il préférait succomber à la torture plutôt que sacrifier sa moustache. Tanis parvint à le calmer en lui suggérant de s'envelopper la tête dans un fichu.

Rivebise provoqua un deuxième incident. Sur un ton définitif, il déclara que jamais il ne s'habillerait en femme. Aucun argument ne réussit à le faire changer d'avis.

Lunedor prit Tanis à l'écart. Elle lui expliqua que,

dans leur tribu, un guerrier qui s'était montré lâche devait porter des vêtements féminins jusqu'à ce qu'il ait expié.

Après force discussions, il fut décidé que Rivebise s'envelopperait dans une cape et marcherait courbé en deux comme une vieille matrone.

Bientôt ce fut l'heure d'apporter à dîner aux mineurs. Raistlin, qui avait toussé tout l'après-midi, décréta qu'il était trop faible pour les accompagner.

— Vous n'avez pas besoin de moi ce soir, murmura-t-il d'une voix éteinte. Laissez-moi ici, il faut que je dorme.

— Qu'il reste tout seul ne me plaît guère..., commença Gilthanas.

Il fut interrompu par des bruits de pas et de marmites qui s'entrechoquent. La porte de la geôle s'ouvrit sur deux gardes qui empestaient le vin.

— Allez-y ! dit l'un d'une voix rauque.

Les « femmes » quittèrent leur prison et rejoignirent les six nains des ravins qui transportaient des ragoûts aux relents nauséabonds.

Les compagnons parvinrent sans encombre à la mine, car les quelques gardes qu'ils croisèrent ne prêtèrent pas attention à ce convoi de routine. Les prisonniers furent conduits pour la nuit dans les grottes, les soldats retournant surveiller les nains des ravins attelés au travail épuisant de la forge ; Verminaar ne faisait pas surveiller les hommes enfermés pour dormir, il savait qu'ils ne s'enfuiraient pas.

Effectivement, ces gens-là n'iront nulle part, songea Tanis, confronté à l'évidence. Il fallait se l'avouer, *ils n'iraient nulle part.* Ils regardaient sans conviction Lunedor qui leur parlait. Pour eux, elle n'était qu'une étrangère, une barbare aux vêtements et à l'accent bizarres, qui leur racontait une histoire de dragon périssant dans des flammes bleues dont elle était sortie indemne, en brandissant un jeu d'anneaux de platine pour les convaincre.

Le plus virulent des prisonniers fut Hederick, le Théocrate de Solace. Il accusa la femme de Que-Shu d'être une sorcière et rappela l'incident de la cheminée, à l'auberge de Solace. Les hommes écoutèrent mollement son réquisitoire. Après tout, les Questeurs n'avaient pas arrêté les dragons.

Cependant certains prisonniers s'intéressaient au plan d'évasion. Ils supportaient la faim et les coups, vivaient dans la crasse et la vermine, et savaient qu'ils seraient exterminés aussitôt la mine épuisée. Mais les Questeurs qui, même en prison, restaient des chefs, s'opposèrent à un plan si risqué.

Les discussions allaient bon train. Les hommes se disputaient, criant à qui mieux mieux. Tanis n'avait pas prévu pareille réaction. Combien de temps allaient durer ces arguties ? Malheureuse de voir sa foi mise en doute, Lunedor était au bord des larmes.

— Ces humains sont stupides ! souffla Laurana à Tanis.

— Non, s'ils étaient stupides, ce serait plus facile. Nous ne leur avons rien promis, et nous leur demandons de risquer la seule chose qu'il leur reste : la vie. Tout ça pourquoi ? Pour aller se battre dans les collines ! Ici, ils sont encore en sécurité, du moins pour l'instant.

— Mais comment peut-on tenir à la vie dans des conditions pareilles ? demanda Laurana.

— C'est une excellente question, jeune fille, répondit une voix hésitante.

Laurana et Tanis se retournèrent. Maritta était agenouillée devant un vieillard étendu sur une paillasse dans un coin de la geôle. Dévoré par la maladie et les privations, il paraissait sans âge. Tendant la main à Laurana et à Tanis, il tenta de se relever. Maritta lui prodigua quelques paroles apaisantes, auxquelles il réagit avec irritation :

— Je sais que je suis à l'agonie, femme ! Ce qui ne signifie pas que je doive m'ennuyer à mourir ! Amène-moi la barbare !

Tanis interrogea Maritta du regard.

— C'est Elistan, répondit-elle, l'un des Grands Questeurs de Haven. Les gens le respectaient et l'aimaient. Il a été le seul à s'opposer au seigneur Verminaar. Mais personne ne l'a écouté, nul ne voulait entendre...

— Tu parles de lui comme s'il était mort. Il vit encore, à ce que je vois...

— Il n'en a plus pour longtemps, dit Maritta en essuyant une larme. Je connais la maladie qui le ronge, mon père en est mort. Il a souffert le martyre ces derniers jours ; les douleurs se sont arrêtées, sa fin est proche.

— Peut-être bien que non, dit Tanis. Lunedor est prêtresse, elle peut le guérir.

— Possible, répliqua Maritta, sceptique, mais j'en doute. Ne donnons pas de faux espoirs à Elistan. Qu'il meure en paix.

— Lunedor, cet homme veut te voir, dit Tanis, entraînant la jeune femme auprès du vieillard.

Elistan leva les yeux sur la prêtresse.

— Jeune femme, dit-il gravement, tu prétends porter la parole des anciens dieux. S'il est vrai que ce sont les hommes qui se sont détournés des divinités et non l'inverse, comme nous l'avions cru, pourquoi ont-ils attendu si longtemps pour se manifester ?

Lunedor s'agenouilla près du mourant et donna sa réponse :

— Imagine que tu traverses un bois, et que tu portes avec toi ton bien le plus précieux... une gemme rare. Une bête féroce se jette sur toi. Tu laisses choir ta pierre précieuse et tu t'enfuis. Quand tu te rends compte que tu l'as perdue, tu as trop peur pour retourner dans le bois. Alors tu rencontres quelqu'un qui te propose une autre pierre. Au fond de toi, tu sais qu'elle ne peut avoir la valeur de celle que tu as perdue, mais tu es trop effrayé pour retourner la chercher. Cela n'empêche pas que ta pierre gît toujours dans le bois, brillant sous les feuilles, attendant ton retour.

— Bien sûr, la pierre est là, espérant que nous revenions la chercher, dit Elistan d'une voix faible. Quels fous avons-nous été ! J'aimerais avoir le temps de connaître tes dieux...

Lunedor parut aussi pâle que le mourant.

— Tu en auras le temps, dit-elle, prenant ses mains dans les siennes.

Tanis les regardait avec émotion quand il sentit une main se poser sur son épaule. Sturm et Caramon se tenaient derrière lui.

— Que se passe-t-il ? demanda le demi-elfe. Les gardes arrivent ?

— Pas encore, répondit Sturm, mais cela ne va pas tarder. Ebène et Gilthanas ont disparu.

* * *

La nuit était descendue sur Pax Tharkas.

De retour dans son antre, Pyros s'adonnait à sa manie d'aller et venir malgré les dimensions exiguës de l'endroit. Il finit par se calmer et s'étendit, la tête appuyée sur le sol, les yeux fixés sur la porte. Il ne remarqua pas les deux paires d'yeux qui le regardaient du haut du balcon supérieur.

On frappa à la porte. Deux gobelins apparurent, traînant une masse informe derrière eux.

— Un nain des ravins ! grogna Pyros. Verminaar a perdu la tête ! Il ne croit quand même pas que je vais manger ça !

Sestun se terra dans un coin et ne bougea plus. Les gobelins se hâtèrent de prendre congé. On frappa de nouveau à la porte. Pyros reconnut le signal ; ses yeux étincelèrent.

— Entre !

Une silhouette encapuchonnée se glissa dans l'antre.

— Conformément à tes ordres, je suis là, Ambre.

— C'est bon, répondit Pyros. Enlève ta capuche. J'aime bien regarder les gens en face.

Une exclamation étouffée lui parvint, venue des hauteurs. Pyros leva les yeux, se demandant s'il allait s'envoler pour voir de quoi il s'agissait. Mais le nouveau venu monopolisa son attention.

— Je dois faire vite, Majesté, pour qu'on ne remarque pas mon absence. De plus, je dois faire mon rapport au seigneur Verminaar.

— Chaque chose en son temps ! Dis-moi ce que manigancent les fous qui t'accompagnent.

— Ils projettent de faire évader les esclaves pour qu'ils se révoltent et forcent ainsi Verminaar à rappeler l'armée qui va envahir le Qualinesti.

— C'est tout ?

— Oui, Majesté. Maintenant il faut que j'avertisse le seigneur des Dragons.

— Bah ! Quelle importance ! Je me chargerai de mater les esclaves. A moins qu'ils ne complotent contre moi ?

— Non, Majesté, ils te craignent plus que tout. Pour libérer les enfants, ils attendent que le seigneur et toi soyez partis pour le Qualinesti. Ensuite, ils se réfugieront dans les collines, avant que vous soyez revenus.

— Ce plan n'honore pas leur intelligence. Ne t'inquiète pas pour Verminaar, il sera prévenu en temps utile. Il y a des affaires beaucoup plus importantes. Capitales même ! Ecoute-moi bien : cet après-midi, cet imbécile de Toede a amené ici deux prisonniers, chuchota-t-il, les yeux brillants. C'est chose faite : nous *le* tenons !

L'homme le regarda d'un air stupéfait.

— Es-tu certain que c'est lui ?

— Bien sûr ! Je l'ai vu dans mes rêves. Il est là, à portée de main ! Tout Krynn est à sa recherche, et c'est moi qui l'ai trouvé !

— Vas-tu en informer la Reine des Ténèbres ?

— Non, je ne veux pas prendre le risque d'envoyer un messager. Je lui livrerai l'homme en chair et en os, mais je ne peux le faire maintenant. Verminaar ne saurait se débrouiller seul avec le Qualinesti. Même si cette guerre n'est qu'une ruse, il faut sauver les apparences ; de toute façon, le monde se passera très bien de l'existence des elfes. Je conduirai l'Eternel chez la Reine quand le moment sera venu.

— Pourquoi m'en avoir parlé ? demanda l'homme d'une voix où pointait l'inquiétude.

— Parce que tu devras faire en sorte qu'il ne soit pas tué ! Les pouvoirs de la Reine des Ténèbres ont permis que la prêtresse de Mishakal et l'Homme à l'Emeraude se trouvent en même temps à ma portée. Je laisse à Verminaar le plaisir de s'occuper de la prêtresse et de ses amis. Tout s'annonce très bien ! A la faveur de la révolte, nous pourrons mettre la main sur l'Homme à l'Emeraude sans que Verminaar le sache ! Dès que les esclaves attaqueront, tu iras à sa recherche et tu l'enfermeras dans une salle du rez-de-chaussée. Quand les humains auront péri, et que l'armée aura rayé le Qualinesti de la carte, je livrerai l'Homme à l'Emeraude à la Reine des Ténèbres.

— J'ai compris, dit l'espion en s'inclinant. Quelle sera ma récompense ?

— Tu auras ce que tu mérites. Maintenant, laisse-moi.

L'homme rabattit son capuchon et se retira. Le dragon resta étendu, les yeux dans le vague. Seuls les gémissements de Sestun troublaient le silence.

* * *

Tass et Fizban, blottis dans l'ombre, avaient bien trop peur pour se risquer hors de la galerie.

— Je regrette d'avoir laissé échapper un cri, dit Tass d'un air contrit. Je n'ai pas pu me retenir. Même si je m'y attendais, il est dur d'être trahi par un camarade. Tu crois que le dragon m'a entendu ?

— On s'en moque, répondit Fizban. La question est de savoir ce que nous allons faire.

— Aucune idée, répliqua Tass, navré. Je ne suis pas de ceux à qui on demande de penser. Nous ne pouvons pas avertir les autres, puisque nous ne savons pas où ils sont. En partant à leur recherche, nous risquons de compliquer les choses. Tu sais, j'ai demandé un jour à mon père pourquoi les kenders étaient petits. Je voulais être grand comme les humains ou les elfes.

— Et qu'a répondu ton géniteur ?

— Que les kenders étaient petits parce qu'ils étaient destinés à réaliser de petites choses. « Si tu regardes bien les grandes choses de ce monde, me dit-il encore, tu verras qu'elles sont faites d'une quantité de petites. » Ce grand dragon, en bas, n'est finalement qu'un amas de gouttelettes de sang. Ce sont les petites choses qui font la différence.

— Un homme sage, ton père...

— Laissons les grandes choses aux autres, déclara Tass d'un ton plus serein. Ils ont Tanis, Sturm et Lunedor. Ils s'en sortiront. Nous allons nous occuper d'une petite chose, même si elle ne paraît pas importante : sauver Sestun.

12

QUESTIONS SANS RÉPONSES.
LE CHAPEAU DE FIZBAN.

— J'ai entendu du bruit, Tanis, alors je suis allé voir, dit Ebène, les lèvres serrées. J'ai regardé dehors, devant la porte de la cellule, et j'ai vu un draconien en train de nous épier. Alors je suis sorti et je me suis jeté sur lui, mais un autre m'est tombé dessus. Je l'ai poignardé et j'ai poursuivi le mouchard, que j'ai mis hors d'état de nuire. Ensuite, je me suis dépêché de revenir ici.

Quand les compagnons furent retournés dans leur geôle, ils y trouvèrent Gilthanas et Ebène. L'histoire qu'avait racontée l'humain à Tanis semblait plausible. Le demi-elfe avait vu les corps des draconiens ; Ebène, dont les vêtements étaient déchirés, portait une estafilade sur la joue.

Caramon fixa Gilthanas d'un air perplexe.

— Et toi, Gilthanas, s'enquit-il, où étais-tu ?

— Ne pose pas de questions, répondit l'elfe, la réponse pourrait te déplaire.

— Où étais-tu, Gilthanas ? insista Tanis.

— Je vous aurai avertis, répondit l'elfe. Je suis retourné voir si notre mage était aussi épuisé qu'il le prétendait. Ce ne devait pas être le cas, car il avait disparu.

Brandissant le poing, Caramon se précipita sur

Gilthanas. Sturm tira le guerrier en arrière tandis que Rivebise s'interposait.

— Chacun a le droit de s'exprimer et de se défendre, dit le barbare à Caramon. L'elfe a parlé. Maintenant, écoutons ce que dit ton frère.

— Pourquoi parlerais-je ? siffla Raistlin d'une voix haineuse. Tous se méfient de moi, alors pourquoi me croiraient-ils ? Je refuse de répondre, pensez ce que vous voulez. Si vous croyez que je suis un traître, tuez-moi ! Je ne me défendrai pas...

Il fut pris à une nouvelle quinte de toux.

— Il faudra d'abord me passer sur le corps, précisa Caramon en conduisant Raistlin vers son grabat.

Hantés par l'inquiétude et le doute, les compagnons se retirèrent chacun dans un coin pour dormir. La nuit se passa en silence.

* * *

La lumière du jour naissant s'infiltra par les orifices du toit. Tass ouvrit un œil ; son sang ne fit qu'un tour.

— Fizban ! réveille-toi ! dit-il en secouant le mage.

— Quoi ? Qu'y a-t-il ? Le feu ?

— Nous devions rester éveillés pour sauver Sestun ! Tu avais un plan !

— Vraiment ? Etait-il bon ?

— Tu ne me l'as pas dit. Tu as simplement fait remarquer qu'il fallait libérer Sestun avant le matin, car le dragon, affamé, pouvait aller jusqu'à manger un nain des ravins.

Ils se penchèrent pour scruter l'antre. Sestun était recroquevillé dans son coin et le dragon ronflait comme un foyer de forge.

Fizban ferma les yeux. Tass comprit qu'il se concentrait sur un sort. Le vieillard psalmodia une incantation et leva les bras au ciel. Le kender, les yeux fixés sur le dragon, faillit s'étrangler.

— Arrête !

Fizban ouvrit les yeux : le dragon rouge, endormi, s'élevait lentement dans les airs. Le vieux mage poussa un petit cri, et prononça aussitôt une incantation destinée à annuler le sort. Le dragon redescendit lentement.

— Je me suis trompé. C'est trop bête ! Je recommence pour Sestun.

Le nain, toujours endormi, flotta rapidement jusqu'à la galerie où, aidé par Tass, il atterrit tranquillement.

— Sestun, chuchota le kender, une main sur la bouche du nain pour qu'il ne crie pas. C'est moi, Tass ! Réveille-toi !

Le nain des ravins ouvrit les yeux, croyant tout d'abord que Verminaar avait décidé de le jeter en pâture à un féroce kender plutôt qu'au dragon. Puis il reconnut son ami et le soulagement se lut sur son visage.

— Tu es en sécurité, mais garde le silence ! l'avertit le kender. Si le dragon nous entend, nous ne pourrons pas...

Un bruit sec l'interrompit.

— Le seigneur draconien, murmura Fizban, montrant du doigt l'étage intermédiaire.

— Ambre ! Réveille-toi ! hurla Verminaar. Des intrus ont pénétré dans la forteresse ! La prêtresse est parmi eux et incite les esclaves à se rebeller.

Etirant son grand corps, Pyros émergea d'un curieux rêve dans lequel un nain des ravins s'envolait dans les airs. Et Verminaar qui braillait à propos d'une prêtresse... Ainsi, il avait été mis au courant. Il fallait s'en occuper tout de suite...

— Inutile de te mettre dans des états pareils, seigneur...

Pyros s'interrompit. Un objet étrange voletait au-dessus d'eux. Ils levèrent la tête et le suivirent du regard. C'était le chapeau de Fizban.

* * *

Tanis réveilla tout le monde avant le lever du jour.

— Alors, c'est décidé, nous appliquons notre plan ? demanda Sturm, soucieux.

— Nous n'avons pas le choix, répondit Tanis. Si l'un de nous a trahi, il devra vivre avec la honte d'avoir entraîné des innocents à la mort. Ne pouvant croire qu'il y a un félon parmi nous, je m'en tiens donc à notre plan.

Maritta et Lunedor conduisirent le groupe jusqu'au premier étage. Les gardes ne les accompagnèrent pas, ce qui inquiéta la jeune prisonnière. Mais il était trop tard pour rebrousser chemin.

Selon la carte de Gilthanas, la salle de récréation des enfants était séparée du dortoir par deux pièces dont l'une s'ouvrait sur l'antre de Flamme. L'aube pointait lorsqu'ils approchèrent de la salle de jeu. Les quatres draconiens qui la gardaient cessèrent de parler quand ils virent arriver le groupe de femmes. L'un d'eux ouvrit la porte pour les laisser entrer.

Maritta s'empara d'une torche accrochée au mur, l'alluma, et guida les compagnons dans le couloir obscur qui menait à l'antre du dragon...

* * *

— Fizban, ton chapeau ! murmura Tass.

Le vieux mage tenta en vain de le rattraper, mais il était trop tard.

— Des espions ! Je le savais ! rugit Verminaar. Capture-les, Ambre ! Je les veux vivants !

Vivants ? Certainement pas ! songea le dragon. Il se souvint du cri qu'il avait entendu la nuit précédente et pensa que les espions avait entendu le nom de l'Homme à l'Emeraude. Seuls quelques privilégiés partageaient le terrible secret qui permettrait à la Reine des Ténèbres de conquérir le monde. Puisqu'ils avaient surpris ce secret, il fallait que ces gens meurent.

Pyros déploya ses ailes et s'envola à une vitesse effrayante. *Cette fois, c'en est fait de nous. Nous n'y échapperons pas*, pensa Tasslehoff. Tandis qu'il se résignait à finir carbonisé par le souffle d'un dragon, il entendit Fizban proférer un mot de pouvoir. Brusquement, un épais nuage noir les plongea dans l'obscurité.

— Prends tes jambes à ton cou, vite ! dit le vieux mage en le poussant. Sestun est avec moi !

Tasslehoff courut dans la galerie sans lâcher le magicien. Derrière eux, ils entendaient le souffle du dragon.

— Non content d'être un espion, tu es un magicien ! cria Pyros. Nous n'allons pas te laisser dans le noir, tu pourrais te perdre. Je vais t'éclairer !

Tass entendit un énorme mugissement et se retrouva environné de flammes qui, à sa vive stupéfaction, ne le touchèrent pas. Tout se mit à brûler dans la galerie, vite remplie de fumée. Tass coula un coup d'œil admiratif au vieux magicien.

— Combien de temps peux-tu tenir ce sortilège ? cria-t-il à Fizban.

— Aucune idée ! Je ne savais pas que j'en étais capable ! (Une autre vague de feu les enveloppa. La chaleur commençant à se faire pénible, le mage hocha la tête.) Je suis en train de perdre le contrôle des événements !

Au moment où ils atteignirent les portes de bronze de la galerie, le sortilège de Fizban mourut. L'huis qui conduisait à la Salle de la Chaîne se trouvait face à eux, grand ouvert. Tass referma les battants de bronze et fit une pause pour reprendre son souffle.

Sauvés ! Le kender s'apprêtait à crier victoire, quand l'énorme patte griffue du dragon s'abattit sur le roc, au-dessus de lui.

Sestun poussa un hurlement et se précipita dans l'escalier. Tass le retint par le collet.

— Pas par là ! Ça mène aux appartements de Verminaar !

— Retournons dans la Salle de la Chaîne, dit Fizban.

Ils franchirent le seuil de la porte secrète au moment où le mur cédait. *J'en ai des choses à apprendre sur les dragons !* se dit Tass. *Je me demande s'il existe des livres à ce sujet...*

— Vous êtes revenus vers votre trou comme des rats. Maintenant, vous êtes piégés, tonna Pyros. Ce ne sont pas les cloisons qui m'arrêtent...!

Il y eut un grattement effroyable. Les murs de la salle se mirent à trembler, puis se lézardèrent.

— Je ne regrette pas ce que nous avons tenté, dit Tass, navré de perdre la partie. Ce dernier sortilège était fantastique ! Cela valait presque de périr sous les griffes d'un dragon...

— Périr ? A cause d'un dragon ? s'indigna Fizban, comme piqué par une épingle. Je dirais que non ! Quelle insulte ! Il doit y avoir une voie... Descendons par la chaîne !

Le vieillard tourna les talons et se précipita dans le tunnel, sourire aux lèvres. Sestun considéra Tass d'un air ahuri, puis ses yeux se dilatèrent de frayeur : des griffes acérées s'étaient abattues sur le mur, qu'elles pulvérisèrent. Sans hésiter, le nain et le kender coururent rejoindre Fizban, qui avait déjà atteint la première dent du rouage.

Tass reprit espoir. Ils pouvaient s'en sortir si l'elfe noire qui montait la garde au bout de la chaîne était partie faire un tour. Mais la gueule gigantesque de Pyros, qui s'était frayé un chemin en démolissant toutes les cloisons, apparut au-dessus d'eux. Des pans de murs s'effondrèrent dans un fracas épouvantable. Tout le mécanisme se mit à trembler.

Rassemblant son souffle, le dragon prit une telle aspiration que l'air sembla se raréfier. Tass ferma les yeux, mais les rouvrit de suite. Il ne fallait pas manquer cette occasion - peut-être la dernière - de voir un dragon cracher le feu.

Les flammes atteignirent la chaîne, qui devint vite incandescente. Pyros continua de souffler jusqu'à ce que les maillons fondent. Une violente secousse ébranla la chaîne, puis elle se brisa et disparut dans les profondeurs.

Pyros contempla son œuvre d'un œil satisfait. Ceux-là ne parleraient plus. Il retourna dans son antre, où l'attendait Verminaar, toujours fulminant.

Dans l'obscurité que le dragon laissait derrière lui, la roue, libérée de la chaîne pour la première fois, se mit à tourner en grinçant.

13

MATAFLEUR. L'ÉPÉE MAGIQUE. PLUMES BLANCHES.

A la lueur de la torche de Maritta, les compagnons découvrirent une grande salle que l'immense corps du dragon emplissait presque entièrement. Tanis, qui jugeait déjà le monstre de Xak Tsaroth énorme, trouva celui-ci gigantesquc. Maritta semblait parfaitement à l'aise et avançait avec assurance. Après un instant d'hésitation, les compagnons lui emboîtèrent le pas. La bête, usée par les années, était réellement mal en point. Ses écailles étaient devenues rougeâtres, ses crocs jaunes et cariés. Ses ailes desséchées battaient ses flancs lardés de cicatrices au rythme d'un souffle rauque.

Tanis comprit la pitié que le vieux monstre inspirait à Maritta. Mais il reprit conscience du danger lorsque la créature remua dans son sommeil. Ses griffes restaient redoutables et son souffle aussi destructeur que ceux des autres dragons de Krynn.

— C'est déjà l'heure ? demanda Matafleur d'une voix ensommeillée.

Flamme était le nom que seuls lui donnaient les simples mortels.

— Il est encore tôt, répondit Maritta avec douceur, mais je voudrais que les enfants sortent avant l'orage. Rendors-toi, je m'assurerai qu'ils ne te réveillent pas.

La créature entrouvrit les paupières. Les compagnons constatèrent qu'elle était borgne.

— J'espère que nous n'aurons pas à la combattre, dit Sturm à Tanis. J'aurais l'impression d'attaquer une grand-mère.

— Soit, mais une *redoutable* grand-mère !

— Les petits ont passé une bonne nuit, murmura Matafleur. Assure-toi qu'ils ne soient pas mouillés par la pluie, Maritta, surtout le petit Erik. Il a eu un rhume la semaine dernière.

Matafleur ferma les yeux et s'assoupit. Un doigt sur les lèvres, Maritta fit signe aux compagnons de la suivre. Parvenu à trente pas du dragon, Tanis, qui fermait la marche, perçut une sorte de bourdonnement. Il l'attribua tout d'abord à sa nervosité, mais le bruit amplifia, rappelant celui d'un essaim d'abeilles. Tous le regardèrent avec étonnement.

La créature poussa un grognement et secoua la tête comme si elle avait mal. Raistlin se précipita vers le demi-elfe.

— L'épée !

Il souleva la cape de Tanis et dévoila l'arme. Le mage avait raison. C'était l'épée qui bourdonnait. Etait-ce un signal ?

— Elle est enchantée, constata Raistlin avec intérêt. Je me souviens, maintenant... Il doit s'agir de Tranche-dragon, la fameuse épée de Kith-Kanan. Elle réagit dès qu'elle est en présence de ces monstres.

— Il est grand temps que tu t'en souviennes !

— Mieux vaut tard que jamais, persifla Sturm, il a choisi le moment propice !

Matafleur avait lentement relevé la tête. Ses naseaux fumaient ; ses yeux écarlates se dardèrent sur Tanis.

— Qui as-tu amené avec toi, Maritta ? demanda-t-elle d'un ton menaçant. J'entends un bruit que je n'ai plus ouï depuis des siècles et je sens l'infecte odeur de l'acier ! Ce ne sont pas des femmes qui t'accompagnent, mais des guerriers !

— Tanis, ne lui fais pas de mal, gémit Maritta.

— Il ne me reste rien d'autre à tenter ! répliqua Tanis. Rivebise et Lunedor, éloignez Maritta !

La lame s'auréola d'une lumière blanche et le bourdonnement se fit menaçant. Aveuglée par la lumière, assourdie par le bruit, Matafleur recula.

— Vite ! Allez chercher les enfants ! vociféra Tanis.

Maritta et les compagnons mirent quelques instants à ramener les enfants. Dûment chapitrés, ils savaient ce qu'on attendait d'eux, mais ils regrettaient d'abandonner leur amie. A la vue du groupe, les yeux de Matafleur s'emplirent de haine.

— Ne touchez pas à mes enfants ! C'est avec moi que vous devrez vous battre ! Ne faites pas de mal à mes enfants !

Tanis comprit que la bête, folle de douleur, revivait le passé qui l'avait privée de ses petits.

— Je reste avec le demi-elfe, dit Sturm en dégainant son épée.

— C'est moi qui resterai ici avec Tanis, murmura Raistlin. Ta lame ne te servira à rien. Pars avec les autres.

Le demi-elfe regarda le mage avec surprise. Leurs regards se croisèrent : Raistlin savait que Tanis doutait de lui, mais il ne cilla pas.

— Va avec les autres, ordonna Tanis au chevalier.

— Quoi ? Tu as perdu la tête ! Faire confiance à ce...

— Sors d'ici ! répéta Tanis.

Sturm hésita, mais son sens du devoir l'emporta. Il jeta un regard haineux sur le mage et s'engagea dans le corridor.

— Mes pouvoirs magiques ne peuvent pas grand-chose contre les dragons, déclara Raistlin.

— Mais peux-tu gagner du temps ?

Raistlin sourit. L'approche d'une mort qu'il croyait certaine ne l'effrayait pas.

— C'est possible. Commence à t'éloigner doucement. Au premier mot que je prononcerai, cours !

Tanis recula prudemment, l'épée brandie. Mais Matafleur n'était plus affectée par la lame magique. Seul le désir de tuer ceux qui s'en prenaient à ses enfants l'animait. Elle plongea sur le demi-elfe à l'instant où il s'échappait. Alors une obscurité très dense l'enveloppa ; Matafleur se crut devenue complètement aveugle. Elle entendit prononcer les mots magiques et comprit qu'on lui avait jeté un sort.

— Je vais les brûler ! rugit-elle. Ils ne m'échapperont pas ! (Elle perçut le babillage des enfants - ses enfants - au fond du couloir.) Non, pas cela, je risque de leur faire du mal. Mes enfants ! Je voulais faire du mal à mes enfants !

Elle laissa retomber sa tête sur le sol.

Tanis et Raistlin atteignirent le bout du corridor. La lumière du soleil matinal, qui inondait la salle de jeu, les éblouit. Ils se précipitèrent dans la cour où se trouvaient les femmes et les enfants. Soudain, un hurlement effroyable leur déchira les tympans.

Pyros venait de découvrir des espions dans son antre. Les murs commencèrent à trembler. Battant l'air de ses ailes immenses, le dragon prit son envol.

— Ambre ! maugréa Tanis, amer. Il est encore dans la forteresse !

Flint hocha la tête d'un air entendu.

— Je veux bien avaler ma barbe si Tass n'est pas responsable.

* * *

Trois petites silhouettes suspendues à ses maillons, la chaîne brisée vint s'écraser au fond de la Salle de la Chaîne.

Agrippé à un maillon, illusoire planche de salut, Tasslehoff faisait une expérience qu'il aurait bien voulu prolonger : voir la mort approcher à toute vitesse. Au-dessus de lui, Sestun hurlait de terreur. Au-dessous, le vieux mage marmonnait une formule magique. La phrase qu'il débitait s'interrompit net. Un cri s'éleva, suivi d'un fracas d'os brisés. Fizban s'était écrasé sur le sol. Le moral de Tass chuta immédiatement. Un sort identique l'attendait. Dans quelques secondes, ce serait son tour...

Il se mit à neiger.

Du moins c'est ce que crut le kender avant de réaliser qu'il était entouré de myriades de plumes. Il atterrit dans une énorme couche de duvet où il s'enfonça. Sestun fourragea à sa recherche, soulevant des nuages blancs.

— Pauvre Fizban, dit Tass en se frottant les yeux. Il a dû commencer une formule magique pour que nous tombions comme des plumes, et il ne s'est plus souvenu de la fin. Nous n'avons eu que les plumes !

Au-dessus d'eux, la roue de l'engrenage, libérée de son entrave séculaire, tournait de plus en plus vite...

* * *

Dans la cour intérieure de la forteresse régnait une confusion totale.

— Rassemblez-vous autour de moi ! cria Tanis. Courez vers les mines et mettez-vous à l'abri ! Verminaar et le dragon rouge sont encore ici. Nous sommes pris au piège. Vite ! Ils vont arriver !

Les compagnons acquiescèrent d'un air sinistre, conscients que la situation était désespérée. Ils avaient cinq cents pas à parcourir à découvert avant de pouvoir se cacher.

Les mineurs, voyant arriver leurs familles, maîtrisèrent les gardes et commencèrent à courir au-devant des leurs. *Ils ne se conforment pas au plan fixé ! Que fait donc Elistan ?* Dans quelques secondes, huit cents personnes courraient en tous sens, sans possibilité de se protéger ! Elistan devait les rassembler et les conduire vers le sud, dans les montagnes où tous pourraient se cacher.

— Où est Ebène ? cria Tanis à Sturm.

— La dernière fois que je l'ai vu, il courait vers les mines. Je n'ai pas compris pourquoi...

Le chevalier et le demi-elfe poussèrent une exclamation en même temps. Ils venaient de comprendre ce qui s'était passé.

— Maintenant, c'est évident, dit Tanis d'un ton abattu, tout concorde point par point. C'est clair.

* * *

En se ruant vers la mine, Ebène n'avait qu'une seule pensée à l'esprit : obéir à Pyros. Coûte que coûte, il fallait qu'il mette la main sur l'Homme à l'Emeraude. Il savait parfaitement quel sort Pyros et Verminaar réservaient aux prisonniers. Il eut pitié d'eux, car il n'était ni méchant ni cruel. Mais cette compassion ne dura pas longtemps. Il s'était rangé du côté des plus forts et il était bien décidé à rester dans le camp des gagnants.

Après la ruine de sa famille, il ne lui était plus rien resté d'autre à vendre que lui-même. Il savait être intelligent, loyal et vaillant tant qu'on le payait bien.

Verminaar, qu'il avait rencontré dans le nord, lui avait fait une telle impression qu'il avait tout mis en œuvre pour s'attirer ses bonnes grâces. Il avait également réussi à se rendre utile auprès de Pyros, qui le trouvait charmant, avisé, inventif, et, finalement, digne de confiance. Renvoyé dans son pays de Hautes-Portes, il s'était arrangé pour espionner un groupe de guerriers résistant aux draconiens. Quand il était tombé par hasard sur la prêtresse, il avait eu du mal à croire en sa bonne fortune. La Reine des Ténèbres allait être enchantée des ses services...

Pour l'heure, il lui fallait trouver l'Homme à l'Emeraude... Ebène implora de nouveau l'aide de la Reine, car sans intervention divine, comment le repérer dans cette fourmilière ?

Après avoir scruté en vain la foule, il décida d'aller fouiller les cachots. Il y trouva un homme seul, assis par terre, les yeux dans le vague. Ebène se creusa la cervelle pour se rappeler son nom, étrange, démodé...

— Berem..., dit-il au bout d'un moment. Berem ? C'est bien ainsi que tu t'appelles ?

L'homme leva les yeux. Il n'était ni sourd, ni muet, mais totalement absorbé par sa méditation. Par bonheur, il demeurait une part humaine en lui ; le son d'une voix sembla lui faire du bien.

Il fallait qu'Ebène sorte du cachot en compagnie de Berem avant que Tanis les surprenne. Se cacher dans Pax Tharkas avec sa précieuse trouvaille ne lui semblait pas raisonnable ; Verminaar pourrait lui poser des questions...

Il devait sortir de la forteresse et se terrer dans la campagne jusqu'à la fin des combats, puis revenir à la faveur de la nuit.

— Il va y avoir une bataille, dit Ebène. Nous allons nous mettre à l'abri, et nous reviendrons quand les combats seront terminés. Je suis un ami, comprends-tu ?

Berem leva sur lui des yeux brillant d'intelligence et de sagesse. Son expression était celle d'un homme qui a accumulé des années d'épreuves. Il se borna à soupirer en hochant la tête.

* * *

En proie à une rage froide, Verminaar quitta ses appartements. Un draconien le suivait, portant Nuitnoire, la masse d'armes du seigneur des Dragons.

— Imbéciles, il est inutile de rappeler la garde ! Cet incident sera réglé très vite. Ce soir même, Qualinesti sera en flammes ! Ambre ! hurla-t-il en ouvrant la porte qui donnait sur l'antre du dragon. Combien de temps te faut-il pour capturer un misérable espion ? Ambre !

Il n'y eut pas de réponse, sinon un étrange bruit métallique provenant de l'autre côté de la forteresse.

Un autre son lui succéda, celui d'une roue qui n'avait pas tourné depuis des siècles. Verminaar se demandait d'où provenaient ces grincements étranges quand Pyros atterrit dans son antre.

Le seigneur Verminaar sauta de la balustrade et enfourcha son dragon. Bien que se méfiant l'un de l'autre, les deux malfaisants formaient un duo redoutable au combat. Leur haine des petits peuples qu'ils s'efforçaient de subjuguer, jointe à leur soif de pouvoir, les liait plus sûrement que la confiance.

— Envole-toi ! ordonna Verminaar.

Le dragon s'éleva vers le ciel.

* * *

— Cela ne sert à rien, mon ami, dit Tanis en posant sa main sur l'épaule de Sturm, qui s'égosillait à donner des ordres. Garde tes forces pour le combat.

— Il n'y aura pas de combat, nous mourrons piégés comme des rats. Pourquoi ces idiots n'écoutent-ils rien ?

Sturm et Tanis se trouvaient dans la partie nord de la cour, à une vingtaine de pas des portes de la forteresse. Au sud se dressaient les montagnes, leur seul espoir de liberté. A tout instant, les portes de Pax Tharkas pouvaient s'ouvrir sur l'armée draconienne de retour du Qualinesti, et quelque part entre ces murs se trouvaient Verminaar et le dragon.

Elistan s'efforçait de rassembler ses gens pour les conduire vers les montagnes. Mais chacun cherchait un parent ou un ami, et il était impossible de se mettre en route.

Comme une comète auréolée de feu, Pyros jaillit du haut de la forteresse, chevauché par le seigneur Verminaar, dont le heaume à cornes brillait dans le soleil. Leur ombre plana au-dessus de la foule, obscurcissant la cour.

Une peur panique saisit les prisonniers. Pétrifiés par

la terrible apparition, ils se blottirent les uns contre les autres, attendant la mort.

Pyros se posa sur une tour. Fou de rage, mais impénétrable, Verminaar toisa la foule en silence.

Tanis contempla les prisonniers d'un air désespéré.

— Regarde !

Sturm l'avait pris par le bras et pointait un doigt vers les portes de la forteresse.

— Ebène ! Mais qui est avec lui ?

— Il ne nous échappera pas ! cria Sturm en courant vers les deux hommes.

S'élançant à son tour, Tanis fut dépassé par une silhouette vêtue de rouge. C'était Raistlin, accompagné de son frère jumeau.

— Moi aussi, j'ai un compte à régler avec cet individu, murmura le mage.

Tous trois rattrapèrent Sturm à l'instant où il saisissait Ebène et le jetait par terre.

— Traître ! hurla le chevalier. Je mourrai sûrement aujourd'hui, mais toi, tu rejoindras les Abysses avant moi !

Il leva son épée pour frapper. L'homme qui accompagnait Ebène s'était approché. D'un geste, il arrêta le bras du chevalier. Sturm se retourna, stupéfait.

La chemise de l'inconnu s'était ouverte, dévoilant la gemme verte incrustée dans sa poitrine. La pierre, grosse comme le poing, renvoyait une lumière d'une intensité de mauvais augure.

— Je ne savais pas qu'un objet magique de cet ordre existait, s'étonna Raistlin.

Sentant les regards converger vers lui, Berem referma sa chemise. Oubliant Sturm, il tourna les talons et fonça vers les portes. Ebène se remit d'un bond sur ses jambes et courut derrière lui.

Sturm allait les poursuivre, mais Tanis l'arrêta.

— Non, c'est trop tard, ça n'en vaut pas la peine. Nous avons d'autres soucis.

— Tanis, regarde ! cria Caramon, un bras tendu vers les portes.

Un pan de muraille surplombant le portail s'ouvrit. Lentement, de gros morceaux de granit commencèrent à s'en déverser. Un par un, ils atterrirent sur le sol en soulevant des nuages de poussière. Au-delà du bruit de la chute des pierres, on percevait le grincement d'une chaîne.

Les blocs avaient commencé à se détacher de la muraille au moment où Ebène et Berem rejoignaient les portes. Instinctivement, Ebène se couvrit la tête avec les bras en hurlant de terreur. L'homme qui l'accompagnait lâcha un soupir. Une seconde plus tard, tous deux étaient ensevelis sous des tonnes de granit. L'antique système de défense de Pax Tharkas venait de sceller les portes de la forteresse.

* * *

— Cette provocation est la dernière ! Vous l'aurez voulu ! gronda Verminaar. (La chute des blocs de granit l'interrompit un instant.) Je vous ai donné une chance de servir ma Reine. J'ai pris soin de vous et de vos familles ! Mais vous êtes aussi bornés que têtus ! Vous le paierez de vos vies ! (Il leva Nuit-noire au-dessus de sa tête.) J'anéantirai les hommes ! J'anéantirai les femmes ! J'anéantirai les enfants !

Le seigneur draconien éperonna Pyros, qui déploya ses ailes et s'envola. Il tournoya dans le ciel, se préparant à fondre sur la foule pour la balayer de son souffle mortel.

Soudain Matafleur apparut, piquant sur Pyros. Ayant sombré dans la folie, la bête revoyait comme dans un mauvais rêve les chevaliers montés sur leurs dragons d'or et d'argent, leurs Lancedragons scintillant dans le soleil. Elle se revoyait suppliant ses enfants de ne pas aller au combat, les assurant qu'il était perdu d'avance. Ils ne l'avaient pas écoutée. Entendant Verminaar annoncer la mort des petits, elle avait fait éclater les murs de son antre pour se précipiter à leur secours, comme des siècles auparavant.

Surpris par cette attaque imprévisible, Pyros évita de justesse les crocs mortels de la vieille folle. Le choc abîma une aile de Matafleur, ce dont Pyros tira avantage, lui labourant le ventre de ses griffes. De douleur, la bête vacilla en arrière.

Pyros s'était défendu, sans égard pour son cavalier. Pendant l'affrontement, Verminaar perdit l'équilibre et tomba dans la cour. Indemne, il se releva devant les prisonniers qui, terrifiés s'égayèrent dans tous les sens. Alors il remarqua, près des portes, quatre personnes qui n'avaient pas pris la fuite...

* * *

L'apparition de Matafleur et l'attaque portée sur Pyros avaient tiré les prisonniers de leur hébétude. Descendu du ciel parmi eux comme une sorte de dieu malfaisant, Verminaar avait réussit ce qu'Elistan avait tenté en vain de faire. Les rescapés s'étaient mis en route pour les montagnes. Aussitôt, le capitaine de la garde draconienne envoya un messager à l'armée pour la faire revenir.

Les draconiens se ruèrent sur les prisonniers, mais ils ne provoquèrent pas l'effet de panique escompté. Les gens avaient trop souffert d'échanger leur liberté contre de vaines promesses de paix et de sécurité. Entre-temps, tous avaient compris que la paix reviendrait lorsqu'ils seraient débarrassés des monstres qui terrorisaient Krynn. Hommes, femmes, enfants, tous se battirent bec et ongles, utilisant leurs poings, leurs pieds, leurs dents...

Laurana se trouva totalement isolée dans la bataille. Terrorisée, elle s'était repliée contre la muraille, l'épée brandie. Empalé, un homme s'effondra à ses pieds dans une mare de sang. Elle regarda le liquide rouge couler avec une fascination horrifiée. Un draconien, la voyant dans cet état, approcha de cette proie facile. Mais Laurana leva instinctivement son arme et frappa. Pris de court, le draconien fut transpercé. Il s'écroula dans un affreux gargouillis de tripes et de boyaux, puis se changea en pierre, comme Laurana s'y attendait. Avec un détachement dont elle ne se serait pas crue capable, elle attendit que le cadavre tombe en poussière pour récupérer son épée.

Le soleil fit briller la lame encore ensanglantée. Laurana regarda autour d'elle mais ne vit ni Tanis, ni les autres. Ils étaient peut-être morts. Allait-elle mourir aussi d'un instant à l'autre ?

Elle leva les yeux vers le soleil. Le monde lui apparut sous un jour nouveau. Chaque caillou, chaque feuille lui semblait d'une réalité suraiguë, d'une intensité inconnue. Une brise odorante souffla du sud, chassant l'orage qui obscurcissait le ciel de son pays natal. Délivrée de son carcan de peur, Laurana laissa ses pensées s'envoler au-delà des nuages.

Elle fit miroiter son épée sous le soleil.

14

LE SEIGNEUR DES DRAGONS. LES ENFANTS DE MATAFLEUR.

Verminaar jaugea les quatre hommes qui approchaient de lui à pas lents. Ce n'étaient pas des esclaves. Soudain, il reconnut les compagnons de voyage de la prêtresse aux cheveux d'or. Ceux qui avait tué le dragon noir de Xak Tsaroth, qui s'étaient échappés de la caravane d'esclaves et introduits dans Pax Tharkas. En quelque sorte, de vieilles connaissances... Un chevalier venant d'un glorieux pays disparu ; un demi-elfe revendiquant son humanité ; un magicien malade et difforme ; son frère jumeau, un géant obtus aux gros bras.

Le combat sera intéressant, pensa Verminaar. Il était content d'avoir à se battre au corps à corps. Cela ne lui était plus arrivé depuis longtemps... Avec les années, commander des armées juché sur le dos d'un dragon devenait fastidieux. Cela lui fit penser à Ambre. Il le chercha des yeux, se demandant s'il allait l'appeler pour qu'il lui prête main-forte.

Mais le dragon avait ses propres problèmes. Matafleur avait livré force combats avant même qu'il ne sorte de l'œuf. Ce qu'elle avait perdu en force était compensé par la ruse et l'habileté ; le sang pleuvait dans le ciel embrasé.

Verminaar haussa les épaules et reporta son attention sur les quatre personnages qui avançaient prudemment vers lui. Il entendit le magicien rappeler à ses compagnons qu'ils avaient affaire au prêtre de la Reine des Ténèbres, et qu'il invoquerait sûrement sa déesse. Verminaar savait que ce mage, malgré son jeune âge, disposait de pouvoirs particuliers et qu'il pouvait se révéler redoutable.

Les quatre hommes ne pipaient plus mot. Inutile de parlementer avec l'ennemi. Chacun évaluait la force de l'adversaire. Foncer tête baissée sans réfléchir ne servirait à rien. Il fallait garder la tête froide, sinon la mort seule serait victorieuse.

Les compagnons se répartirent aux quatre coins de la cour pour cerner l'adversaire et lui couper la retraite. Verminaar prit appui sur ses jambes et fit tournoyer Nuitnoire, sa masse d'armes, pour les tenir à distance le temps d'adopter une tactique.

Le prêtre noir serra son arme dans sa main droite et s'élança. L'attaque prit les compagnons au dépourvu. Verminaar atterrit devant Raistlin. Il le saisit fermement par l'épaule et murmura une invocation à la Reine des Ténèbres.

Raistlin hurla. Le corps transpercé de lames invisibles, il s'effondra sur le sol. Caramon bondit sur Verminaar en rugissant. Celui-ci, qui avait prévu le coup, brandit sa masse d'armes et l'abattit sur la tête du guerrier.

— Nuitnoire ! vociféra le seigneur.

Caramon poussa des cris de désespoir ; Nuitnoire l'avait rendu aveugle.

— Au secours, Tanis ! Je ne vois plus rien ! cria-t-il, désemparé.

Avec un ricanement lugubre, Verminaar le frappa de nouveau à la tête. Le grand guerrier tomba comme un bœuf foudroyé.

D'un coup d'œil, le seigneur des Dragons avait repéré l'épée à deux mains du demi-elfe, qui s'était placé pour l'attaquer de flanc. Verminaar se retourna et para le coup avec le manche en chêne de son arme. Les deux combattants se livrèrent à un bras de fer dont Verminaar sortit victorieux. Tanis se retrouva au sol.

Le Chevalier de Solamnie leva son épée pour saluer l'ennemi avant de l'affronter. Cette erreur lui fut fatale. Verminaar en profita pour extraire de sa poche un aiguillon de métal qu'il tendit vers le ciel en invoquant la Reine des Ténèbres. Sturm, qui se dirigeait sur son ennemi, sentit ses membres s'alourdir, puis tout son corps s'immobiliser.

Etendu dans la poussière, Tanis était retenu par une main invisible qui pesait sur lui. Impossible de bouger, ni de tourner la tête. Sa langue refusait de lui obéir. Il entendit les cris de douleur de Raistlin et les invocations de Verminaar à la Reine des Ténèbres. Impuissant, il vit le seigneur des Dragons se retourner sur le chevalier en brandissant sa masse d'armes.

— *Baravais, Kharas !* cria le seigneur en langue solamnique.

Parodiant le salut d'honneur des chevaliers, il éleva son arme et visa Sturm à la tête, sachant que son agonie serait la pire des tortures : mourir des mains de l'ennemi.

Mais une main saisit Verminaar par le poignet et arrêta son geste. Médusé, il reconnut les doigts d'une femme. Et sentit qu'une force inconnue contrebalançait la sienne. Le Bien entrait en lutte avec le Mal. Sous la pression de cette main, Verminaar se rendit compte que ses pouvoirs lui échappaient. Il en oublia les paroles de ses prières à la Reine des Ténèbres.

* * *

La Reine des Ténèbres ouvrit les yeux et vit un être radieux, revêtu d'une armure étincelante de blancheur apparaître à l'horizon du plan qu'elle habitait. Nullement préparée au retour de cette divinité, elle n'avait pas les moyens de la combattre. Il lui fallait revoir ses projets et changer de tactique, voire envisager pour la première fois la possibilité d'une défaite. Elle ferma les yeux, abandonnant son serviteur à son destin.

Sturm sentit les effets du sortilège refluer comme une vague. Ses muscles lui obéirent à nouveau. Près de lui, Lunedor était aux prises avec Verminaar, qui la frappait sauvagement. En un bond, le chevalier se rua à son secours. L'épée elfique scintilla au soleil ; Tanis, lui aussi, s'était relevé.

* * *

Les deux hommes se précipitèrent vers Lunedor, mais Rivebise les devança. S'interposant entre elle et son agresseur, il reçut le coup de masse qui allait fracasser la tête de la prêtresse. Le barbare entendit crier « Nuitnoire ! », puis l'obscurité l'enveloppa. Comme Caramon auparavant, il était devenu aveugle.

Le guerrier que-shu s'y attendait ; il ne céda pas à la panique. Il ne voyait pas l'ennemi, mais il l'entendait. Guidé par le souffle rauque du seigneur des Dragons, il frappa de sa lame pointée. Ripant contre la solide armure draconienne, son arme lui échappa des mains.

Verminaar maudit son heaume, inutile dans ce type de combat, sous lequel il étouffait et qui limitait son champ de vision. Le barbare étant aveuglé, il aurait pu facilement l'achever. Mais il y avait les deux autres, sur lesquels le sortilège n'avait plus d'emprise. A cause de son casque, il ne les voyait pas, mais il les entendait. Il tourna la tête et localisa le demi-elfe. Mais où était le chevalier ? Verminaar fit tournoyer sa masse pour les tenir en respect et essaya de se libérer de son heaume.

Trop tard. La lame enchantée de Kith-Kanan avait percé son armure et traversé son dos. Fou de colère et de douleur, il fit volte-face pour affronter le Chevalier de Solamnie. L'antique lame du père de Sturm lui transperça les entrailles. Il vacilla et tomba sur les genoux.

Il n'arrivait plus à respirer et sa vue se troublait... Le nouveau coup qu'il reçut le plongea dans les ténèbres.

Haut dans le ciel, Matafleur, déchirée par la douleur, entendit la voix de ses enfants qui l'appelaient. Elle était désemparée : on eût dit que Pyros attaquait de tous les côtés à la fois. A force de ruse, le grand dragon rouge se retrouva finalement le dos à la montagne.

Alors la bête entrevit une chance de sauver ses enfants.

Pyros cracha une bouffée de feu sur l'antique dragonne. Il constata avec satisfaction que l'assaut l'avait fortement ébranlée.

Mais Matafleur ne sentait pas les flammes lui brûler les yeux. Guidée par ses hallucinations, elle poursuivait son rêve.

Elle fonça tête baissée sur Pyros.

Le dragon, écumant de rage et de douleur, croyait avoir réduit son ennemie à néant et ne s'attendait pas à cet assaut meurtrier. Il réalisa qu'il ne pouvait plus reculer, s'étant laissé acculer à la montagne.

Matafleur rassembla tout ce que son vieux corps meurtri recelait de forces. Avec l'énergie du désespoir, elle se jeta sur Pyros, telle une flèche envoyée par les dieux tout-puissants. Les deux dragons s'écrasèrent contre la montagne, pulvérisant le roc. Le sommet explosa en crachant des pierres et des flammes gigantesques.

Des années plus tard, quand la mort de Flamme fut entrée dans la légende, certains prétendirent avoir entendu la voix d'un dragon portée dans le vent d'automne :

— Mes enfants... Mes enfants...

LE MARIAGE.

Le ciel était clair et serein en ce dernier jour de l'automne. La brise du sud, qui soufflait depuis que les réfugiés avaient fui Pax Tharkas devant les armées draconiennes, réchauffait l'atmosphère.

L'armée avait mis longtemps à reconquérir la forteresse. Ses portes étant bloquées par des tonnes de granit, on avait dû utiliser des échelles d'assaut.

Les nains des ravins défendirent vaillamment les tours en repoussant les échelles et en jetant sur les draconiens tout ce qui leur tombait sous la main. Ils tinrent suffisamment longtemps pour que les réfugiés puissent arriver dans les montagnes, où ils courraient beaucoup moins de risques.

Flint s'était porté volontaire pour guider la troupe jusqu'à un endroit propice pour passer l'hiver. Il connaissait comme sa poche ces montagnes, proches de son pays natal, et il eut tôt fait de découvrir une vallée entre deux pics, dont l'accès serait bloqué tout l'hiver par la neige. L'endroit pouvait être facilement défendu, et les cavernes offraient un abri sûr en cas d'attaque.

Ils venaient de pénétrer dans la vallée quand une avalanche se déclencha derrière eux, couvrant providentiellement leurs empreintes. Les draconiens mettraient des mois à les retrouver.

Protégée des vents froids et de la neige, la vallée bénéficiait d'un climat tempéré. La forêt regorgeait de gibier. Des torrents d'eau claire ruisselaient le long des pentes. Les réfugiés pleurèrent leurs morts, puis se réjouirent de leur liberté retrouvée. Ils construisirent des cabanes pour s'abriter et célébrèrent un mariage.

Le dernier jour de l'automne, à l'heure où le soleil disparaissait derrière la montagne, Rivebise et Lunedor s'unirent.

Elistan avait été très honoré quand ils lui demandèrent de présider à l'échange de leur serment. Il s'était enquis des coutumes de leur peuple. Tous deux répondirent qu'elles n'avaient plus cours depuis le massacre de leur tribu.

— Cette cérémonie se déroulera comme nous *le* voulons, dit Rivebise. Destinée à rompre avec le passé, elle sera le point de départ d'une ère nouvelle.

— Au fond de notre cœur, nous honorons la mémoire de notre peuple, ajouta Lunedor. Mais nous regardons devant nous, et non derrière. Nous chérirons le passé en cultivant ce qu'il a de meilleur, avec les épreuves et les peines qui font partie de notre être. Mais ce n'est plus lui qui régentera nos vies.

Elistan consulta les Anneaux de Mishakal pour connaître l'avis des anciens dieux sur ce mariage. Il demanda à Lunedor et à Rivebise de rédiger leur serment de mariage pour exprimer la profondeur de leur amour. Car ce serment serait échangé devant les dieux et il les lierait par-delà la mort.

Selon la coutume que-shue, il fut décidé que les fiancés confectionneraient eux-mêmes les anneaux, qu'ils échangeraient en prononçant leurs vœux.

Les derniers rayons du soleil irradiaient le ciel. Dans un silence recueilli, tout le monde se rassembla au pied d'une butte, sur laquelle Elistan se plaça. Portant les torches, Tika et Laurana arrivèrent les premières. Ses cheveux d'or mêlés de fils d'argent flottant sur les épaules, le front ceint d'une couronne de feuillage, Lunedor marchait seule derrière elles. Le talisman de Mishakal brillait sur la tunique de cuir frangée de la barbare.

Tika avançait devant elle, le visage empreint de solennité. Ses craintes de jeune fille s'estompant, elle commençait à juger plus merveilleux qu'effrayant le grand mystère qu'un homme et une femme décidaient de partager.

Si la beauté de Lunedor avait la majesté des arbres, des fleuves et des montagnes, le charme de Laurana tenait à l'étrange éclat de sa beauté d'elfe.

Les deux jeunes filles accompagnèrent la fiancée jusqu'à Elistan et attendirent l'arrivée du promis.

Brandissant bien haut leurs torches, Tanis et Sturm précédaient Rivebise, aussi impassible qu'à l'ordinaire. Mais ses yeux brillaient d'une joie plus éclatante que les flammes.

Ses longs cheveux noirs étaient maintenus par une couronne de feuillage.

Flint et Tasslehoff le suivaient, tandis que Caramon et Raistlin, le cristal de son bâton activé, fermaient la marche.

Les hommes laissèrent le fiancé avec Elistan et se retirèrent près des jeunes filles. Tika se trouva à côté de Caramon. Timidement, elle lui effleura la main.

Il lui sourit.

En regardant Rivebise et Lunedor, Elistan songea aux dangers qu'ils avaient affrontés, aux chagrins et aux tragédies qu'ils avaient surmontés. En serait-il autrement à l'avenir ? Etreint par l'émotion, il ne savait que dire.

Les fiancés devinèrent son tourment et l'entourèrent avec sollicitude. Il les serra contre lui et leur murmura des paroles qu'eux seuls purent entendre.

— C'est grâce à votre amour et à votre foi inébranlable que vous avez redonné espoir au monde. Vous avez eu assez de volonté pour sacrifier votre vie à cette promesse, et chacun a sauvé l'existence de l'autre. Le soleil brille à nouveau, mais le crépuscule descend, et la nuit est proche. Pour vous aussi, mes amis. Vous devrez traverser les ténèbres avant d'atteindre l'aube. Mais votre amour vous éclairera comme une torche.

Elistan recula d'un pas et harangua l'assemblée. A mesure qu'il parlait, sa voix enrouée devenait claire et forte. Il sentait la paix divine tomber sur lui. Les dieux donnaient leur bénédiction aux époux.

— La main gauche est celle du cœur, dit l'officiant en plaçant la main de Lunedor dans celle de Rivebise. Joignons ces deux paumes pour que l'amour qui habite le cœur de cet homme et de cette femme devienne un fleuve puissant. Qu'il coule à travers toute les contrées, explorant de nouvelles voies avant de rejoindre la mer de l'éternité. Reçois leur amour, Paladine, dieu suprême, bénis-le et fais descendre la paix dans leurs cœurs, puisqu'elle n'existe pas en ce monde dévasté.

Dans le silence, les hommes et les femmes se prirent par le bras et restèrent enlacés. Les amis et les enfants se pressèrent contre eux. Les cœurs rongés par le désespoir se consolèrent. La paix était avec eux.

— Echangez vos serments et les anneaux qui lieront vos cœurs, dit Elistan.

Lunedor regarda Rivebise et prononça son serment :

— *La guerre s'est installée dans le nord*
Les dragons ont pris possession du ciel
« Le temps de la Providence est venu »
Déclarent le sage et celui qui va le devenir.
Au cœur de la bataille, on a besoin de braves.
Les promesses que la femme fait à l'homme
Sont dépassées par de plus grands desseins.
Mais toi et moi, malgré les steppes en feu,
Les ténèbres qui obscurcissent le monde,
Déclarons que cette terre et son peuple,
Le ciel qui leur a donné naissance,

Le souffle divin qui passe entre nous,
L'autel où nous tenons,
Tout cela est grandi par la promesse
Que la femme fait à l'homme.

Rivebise parla à son tour :

— *Revenu dans le ventre de l'hiver,*
Où la terre et le ciel ne sont que grisaille,
Au cœur des neiges immobiles,
Le temps est venu de dire oui
Aux vallons boisés et bourgeonnants,
Aux frondaisons verdoyantes,
Car tout cela est plus important
Que le serment d'un homme à sa fiancée.
Par la promesse que nous nous faisons,
Née du plus profond de la nuit,
Soutenue par la présence de héros,
Tendue vers l'avenir d'un printemps de lumière,
Les enfants verront les lunes et les étoiles
Remplacer les dragons dans le ciel.
La plus humble des choses produit des miracles,
Quand un homme donne sa foi à sa fiancée.

Lunedor et Rivebise échangèrent leurs anneaux. Celui de Rivebise était composé des cheveux de Lunedor liés par des fils d'or et d'argent.

Le barbare avait trouvé à Solace un fragment d'arbre que le feu n'avait pas consumé et il l'avait gardé. Dans ce bois, il avait sculpté l'anneau de Lunedor.

Voyant la couleur claire du bijou, elle se souvint de la nuit de leur arrivée à Solace avec le bâton au cristal bleu. Les larmes lui montèrent aux yeux.

— Bénis ces anneaux, Paladine, dit Elistan, car ils sont les symboles de l'amour et du sacrifice. Dieu puissant et lumineux, dieu des hommes et des elfes, dieu des kenders et des nains, accorde ta bénédiction à tous tes enfants. Que l'amour semé aujourd'hui dans leur cœur soit nourri par leur âme et donne naissance à un arbre de vie qui les protège. Par l'échange du serment, et par ces anneaux, toi, Rivebise, petit-fils de l'Errant, et toi, fille de chef, n'êtes plus qu'un dans vos cœurs, devant les hommes et sous le regard des dieux.

Rivebise prit son anneau des mains de Lunedor et le fit glisser à son doigt. Il s'agenouilla devant elle pour lui passer le sien, selon la coutume que-shue. Lunedor secoua la tête.

— Relève-toi, guerrier, dit-elle en souriant.

— C'est un ordre ?

— Le dernier que te donne la fille de chef.

Rivebise se releva. Il la prit dans ses bras et ils échangèrent un baiser. L'assemblée poussa des acclamations de joie tandis que le soleil disparaissait derrière la montagne, teignant le ciel de pourpre et d'écarlate.

Les mariés descendirent de la butte, signe que les réjouissances pouvaient commencer. De grandes tables en bois de pin avaient été dressées sur l'herbe et garnies de gibier rôti, de légumes et de fruits.

Tanis et Sturm, assis côte à côte, discutaient calmement. De temps à autre, le regard du demi-elfe se posait sur Laurana. Assise à une table voisine, elle s'entretenait sur un ton animé avec Elistan. Comme elle avait changé ! Il ne restait rien de l'adolescente énamourée et têtue qui l'avait poursuivi hors du Qualinesti. Mais de quoi pouvait-elle parler avec Elistan qui fût si excitant ?

La pression de la main de Sturm sur son bras le tira de ses pensées. Tanis sursauta.

— Qu'y a-t-il ? demanda-t-il vivement.

— Chut ! Tais-toi et ne bouge pas ! ordonna Sturm. Regarde l'autre table, juste en face de moi.

Tanis tourna la tête dans la direction indiquée. Un homme seul était assis, le visage penché sur son assiette. Quand on s'approchait, il se renfrognait comme quelqu'un qui a peur. Se sentant observé, il releva la tête et croisa le regard du demi-elfe. De stupéfaction Tanis en laissa tomber sa fourchette.

— Mais c'est impossible ! dit-il d'une voix nouée. Nous avons vu les blocs de granit l'écraser, lui et Ebène. Qui pourrait survivre à cela ?

— Je ne m'étais donc pas trompé, dit Sturm. Tu l'as reconnu, toi aussi. J'ai cru que je délirais. Si nous allions lui parler ?

Mais l'homme n'était déjà plus là. Ils fouillèrent des yeux l'assistance en liesse sans pouvoir le découvrir. Il avait disparu.

Quand la lune d'argent et la lune rouge s'élevèrent dans le ciel, la musique et les chansons emplirent la nuit. Hommes, femmes et enfants se mirent à danser autour des feux. Rivebise et Lunedor, enlacés, rayonnaient de bonheur.

Laurana et Gilthanas exécutèrent une vieille danse elfique pleine d'une grâce étrange. Sturm et Elistan discutèrent de leurs projets. Ils voulaient partir pour le sud à la recherche d'un port légendaire, Tarsis le Magnifique ; ils espéraient trouver des bateaux pour transporter les réfugiés hors du pays déchiré par la guerre.

Lasse de regarder manger Caramon, Tika harcela Flint jusqu'à ce que le nain, rougissant, accepte de danser avec elle

Où est Raistlin ? s'étonna Tanis, qui se rappelait l'avoir vu attablé devant sa potion. Il lui avait paru singulièrement pâle et tranquille. Le demi-elfe partit à sa recherche.

Ce soir la compagnie du mage cynique et ténébreux lui conviendrait mieux que les rires et la musique.

Il trouva Raistlin assis sur un tronc d'arbre foudroyé. Sans mot dire, il s'assit à côté de lui.

Une petite ombre s'était glissée entre les buissons et observait les deux hommes. Il fallait que Tass sache de quoi allaient parler les deux hommes ! Raistlin avait les yeux rivés sur le sud. Le vent commençait à tourner, et la température à baisser. Le mage frissonna. Son visage éclairé par la lune frappa Tanis à cause de ressemblance avec celui de sa demi-sœur, Kitiara. Ce ne fut qu'une impression fugitive, mais elle lui rappela la jeune femme et les tourments qui lui étaient liés.

— Que vois-tu là-bas, dans le sud ? demanda-t-il abruptement à Raistlin.

— Que puis-je voir avec des yeux tels que les miens ? répondit le mage avec amertume. La mort et la destruction. La guerre. Regarde ! Les constellations n'ont pas réapparu. La Reine des Ténèbres n'a pas été vaincue.

— Nous n'avons pas gagné la guerre, mais remporté une bataille décisive...

Raistlin secoua la tête.

— Vois-tu un espoir à l'horizon ? insista Tanis.

— L'espoir est la négation de la réalité. C'est la carotte qu'on agite devant le cheval sans qu'il puisse l'attraper.

— Veux-tu dire qu'il faut renoncer ?

— Non, juste qu'il faut enlever la carotte et continuer de marcher les yeux grands ouverts. Comment penses-tu te battre contre les dragons, Tanis ? Car ils viendront ! Et plus nombreux que tu l'imagines ! Où est Huma ? Où est la Lancedragon ? Non, ne me parle pas d'espoir.

Ils se turent et continuèrent de regarder vers le sud. Tass se laissa tomber dans l'herbe. *Pas d'espoir !* se répéta le kender, regrettant d'avoir suivi le demi-elfe. *Je ne le crois pas.*

Depuis la mort du vieux Fizban, Tass avait imperceptiblement changé, commençant à réaliser que cette aventure était sérieuse et que les gens étaient prêts à donner leur vie pour elle. Il se demanda pourquoi il s'y trouvait mêlé.

La réponse, il l'avait donné lui-même en déclarant à Fizban que les petites choses étaient importantes pour la réalisation des grandes.

Jusqu'à présent, il s'était refusé à croire que tout cela ne servirait à rien. Non, il ne perdrait pas un à un ses amis - comme le vieux mage -, pour que les dragons remportent en fin de compte la victoire.

— Il faut garder espoir et ne pas renoncer. C'est ce qui importe. Sans doute plus que tout le reste.

Quelque chose flottait dans les airs, qui effleura le nez du kender. Tass attrapa l'objet au vol.

C'était une petite plume blanche...

Achevé d'imprimer sur les presses de

BUSSIÈRE

GROUPE CPI

à Saint-Amand-Montrond (Cher)
en janvier 2004

FLEUVE NOIR
12, avenue d'Italie
75627 Paris Cedex 13
Tél. : 01-44-16-05-00

— N° d'imp. : 38062. —
Dépôt légal : mai 2001.

Imprimé en France